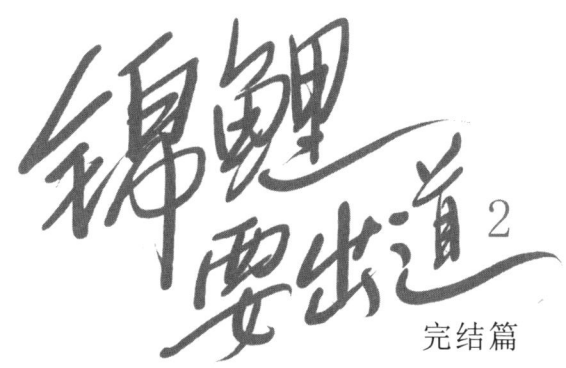

完结篇

墨西柯 著

图书在版编目（CIP）数据

锦鲤要出道.2，完结篇/墨西柯著.-- 武汉 ：长江出版社，2025.1.-- ISBN 978-7-5492-9936-2

I.I247.5

中国国家版本馆CIP数据核字第20240U5G30号

锦鲤要出道.2 完结篇/ 墨西柯著

JINLI YAO CHUDAO.2 WANJIE PIAN

出　　版	长江出版社
	（武汉市解放大道1863号 邮政编码：430010）
市场发行	长江出版社发行部
网　　址	http://www.cjpress.cn
责任编辑	罗紫晨
印　　刷	三河嘉科万达印刷有限公司
	（地址：河北省三河市三香路大枣林村西）
版　　次	2025年1月第1版
印　　次	2025年1月第1次印刷
开　　本	880mm×1230mm 1/32
印　　张	10.25
字　　数	323千字
书　　号	ISBN 978-7-5492-9936-2
定　　价	45.00元

版权所有，侵权必究。如有质量问题，请与本社联系退换。
电话：027-82926557（总编室）027-82926806（市场营销部）

目录

第一章	002
第二章	021
第三章	035
第四章	055
第五章	073
第六章	092
第七章	113

目录

第八章	132
第九章	159
第十章	194
第十一章	246
番外一	313
番外二	316
独家番外	320

今日份的小锦鲤来啦！
听说善良的人会有好运哦！

有的时候，安子晏真的弄不明白，苏锦黎说的话是真话，还是一个搞笑的梗。

"这个发型……怎么这么奇怪？"安子晏问苏锦黎。

"子含帮我选的颜色。"

"你别总让他祸祸你。"

"祸祸我是什么意思？"

"别总让他糟蹋你。"

苏锦黎觉得，不过是一个发型而已，怎么能算是糟蹋呢？

于是疑惑地回答："您言重了吧，我们只是朋友，他在给我意见。"

安子晏意识到自己的词语，苏锦黎很多都不懂，于是叹了一口气，摆了摆手："回去准备比赛吧，我以后跟你说普通话。"

"好，小精致再见。"

安子晏迷茫地看着苏锦黎对他含蓄地笑了笑，接着跑开，粉红色的头发配上跑步的姿势，简直没眼看。

他抬手拍了拍自己的脑门，真不知道自己究竟在迟疑什么，为什么不直接问问呢？

算了，等比赛结束再说吧。

这一场比赛按照排名排序，第一组上去表演的，是这次网络排名的最后一名。

苏锦黎跟张彩妮是一组，不管苏锦黎是第几名，都要按照张彩妮的排名上场。

张彩妮是第二十一名。

这样的话，安子含跟乌羽的组合，是最后一组登场。

张彩妮还是第一次跟苏锦黎一起搭档，平时他们都不知道对方上台前的状态。这次他们要上场前，张彩妮围着苏锦黎转了能有五圈，看苏锦黎的形象有没有问题。

"张嘴我看看你的牙。"张彩妮命令。

苏锦黎乖乖地亮出牙齿给她看。

"嗯，没有东西，我有没有问题？"张彩妮问苏锦黎。

"挺好的。"

"你现在的声音已经好多了，上台的时候只要稳，就没事。"

"好。"

"苏哥带我飞！"

"你比我岁数大。"

"……"张彩妮在心里一个劲地念叨，佛系一点，不能打人，看在他长得帅的份上。

他们两个人上场后，立即引来了全场尖叫声。

《全民偶像》的公演，一般是上台后直接开始表演，等表演过后主持人才会过来采访他们两个人。

苏锦黎跟张彩妮经过这几天的磨合，已经有了一些默契，在表演的时候有一些互动。比如会看着对方微笑，有一个小细节，是他们互相走向对方，手指交叉紧握又快速松开。

安子晏站在台边看着，面带微笑，内心却没那么平静。

这回算是成功了？

小伙子你笑得挺欢啊。

苏锦黎现在的声音已经好了很多，真的飙高音的话，苏锦黎还没有信心回到之前的水平。

但是，唱今天这首歌，还是游刃有余的。

见到苏锦黎状态不错，不少粉丝都开始兴奋地尖叫。现如今，苏锦黎的人气已经超乎他自己的想象。

最近，就连安子晏的父亲都打电话说过安子晏，夸赞安子晏下手快。

经过前段日子的事件发酵，外加总台主持人的认可，现在苏锦黎的人气疯狂上升，堪称一个奇迹。

等这一首歌唱完，安子晏走上台，刚靠近苏锦黎就听到台下有人喊："真坏！"

安子晏特别无奈，站在苏锦黎的身边，说道："自我介绍一下。"

苏锦黎拿着话筒，微笑着对台下问好："大家好，我是你们的小锦鲤——苏锦黎，我现在已经好多了，现在能正常唱歌。上次那首高音的歌应该唱不上去了，但是……"

苏锦黎还没说完，就被安子晏打断了："等等，上次那首歌还没播，明天播。"

"播得这么慢啊？"

"我们也需要剪辑，跟后期制作。"

"那我怎么说呢，嗯……那他们是不是也不知道我之前嗓子不好啊？"

安子晏点了点头："的确是这样，估计部分粉丝不知情。"

网上炒得那么厉害，怎么可能不知道？明显是睁眼说瞎话。

苏锦黎恍然大悟，赶紧补充自己的话："之前我没注意，嗓子出现问题了，现在好多了。然后，如果都播出了之后大家知道了的话，不用太在意，我好多了，以后也能康复。"

"还有吗？"安子晏继续问。

"有，张彩妮是一名很努力的选手，在我们合作的时候她一直在认真改编，而且我不会这种唱法，她也一直在教我。"

"你是在帮她拉票吗？"安子晏诧异了一瞬间，居然不是第一时间给自己拉票，而是给张彩妮。

"我觉得……她的处境比较危险。"苏锦黎回答得有点不好意思。

"要不要给自己拉拉票？"

"好，我希望大家可以选我，给我投票，因为我想继续唱歌给你们听。"

安子晏又采访了张彩妮几句后，公布了票数。

现场一共 1500 人，苏锦黎的票数为 758 票，也是因为今天的歌，没有上一次那种压倒式的气势。

张彩妮则是 249 票，去到了舞台边的危险待定区。

其他观众弃权。

从这场比赛一开始，舞台边就会有危险待定区。

网络投票后 15 名的选手中，淘汰 10 名现场投票数最低的选手。

网络投票前 15 名的选手中，淘汰 5 名现场投票数最低的选手。

舞台边的危险待定区，有金色区域，上面有五个座位，会坐上去目前得票数最低的 5 名，网络投票前 15 名的选手。

红色的区域，会坐上去 10 名现场得票数最低的，网络投票后 15 名选手。

首先表演的选手，表演后就要直接过去危险待定区等待。凑够规定人数后，后面比赛的选手，分数低于待定区的选手的，会替换掉已经坐在那里的选手。

在他们之前已经有 7 组表演了，其中有 2 组是后 15 名选手的组合。

坐在金色区域的选手里，没有人比苏锦黎的票数高，苏锦黎顺利晋级，到后台休息。

红色区域则是还没凑过 10 人，张彩妮直接进入座位等待。

等到范千霆他的组合表演后，安子晏听着耳机里的声音，对范千霆说："目前你的得票数并不乐观，恐怕会进入那边的座席，你还有什么想说的吗？可以给自己拉票。"

这一次的公演投票，每名观众只能投给一个人，而且是从这一组上场后就可以开始投票了。

在安子晏让他们自我介绍的时候，投票数已经出来了，现在的拉票时间，是他们最后拯救自己的机会。

范千霆拿着话筒，有一瞬间的迟疑，最后还是说了出来："其实我一开始来这个节目之前，我信心满满的，特别膨胀，觉得自己挺厉害的。结果真的来了这里，遇到了其他的选手，就发现我其实有很多的不足。"

他停顿了一下，才继续说了下去："就好像乌羽跟苏锦黎，长得帅，还有实力。安子含虽然性格……"

说到这里，范千霆看向了安子晏，安子晏立即示意："没事，你继续说。"

"安子含虽然性格不太好，一进寝室挺招人烦的，看到他的一瞬间我脑袋里就两个字：完了。但是，后来就发现他这个人特别仗义。我前几天拿手机看网上的言论，有人说他们三个排挤我什么的，不带我玩。其实没有，他们三个……"

范千霆不是一个爱哭的人，说到这里突然忍不住红了眼眶，赶紧转身调整情绪，然而继续说话的时候，还是在哽咽。

"前阵子我票数特别低，他们三个看着连忙帮我想办法，最后也没想出什么好方法，想去节目组去偷手机发动态给我拉票。安子晏干这种事情很正常，苏锦黎也特别好忽悠，可以理解，没想到乌羽也跟着去了。三个人去了设备室，愣是没一个人发现摄像头，被抓了一个现行，一起被按在导播室写检讨书。"

范千霆想笑，然而却开始哭，眼泪啪嗒啪嗒地往下掉："我……我特别喜欢唱歌……我长得不行，我以为我能当个实力派，演戏我顶多能接个活三集的角色，我不唱歌就完蛋了。我想继续比赛，不想这么早就被淘汰了，我还想跟那几个家伙死磕到总决赛！"

安子晏拍了拍范千霆的肩膀，安慰道："你是一个很有灵性的歌手，我从第一轮就有注意到你。当一名歌手的声音有辨识度，能唱出自己的特色，还非常动人的话，那就是成功的。你在歌声上完全没有问题，你一定可以，无论是在这里，还是在未来。"

未来可期。

范千霆点了点头，努力控制眼泪，最后给台下的观众鞠了一躬。

安子晏继续听耳机里的声音，接着微笑宣布："范千霆367票，目前顺利晋级。"

"谢谢……"范千霆再次道谢。

张彩妮一直徘徊在危险的边缘。

她的票数，在这10个人里算高的，然而，却一直没有低于她的选手出现，这让她非常着急。

从知道赛制开始，张彩妮就知道她不占优势。

苏锦黎人气太高，很多观众会投给苏锦黎，这就让她的票数变得非常低，抢走了她的票数。

到最后一名后15名的选手出来时，张彩妮的票数排在10人中的第一位。

也就是说，这位选手如果票数低于她，她就会晋级，如果高于她，她就确定会被淘汰。宣布票数的时候，安子晏真的是卖足了关子，这绝对是本期的看点之一。

张彩妮看着安子晏都要绝望了，然后就听到安子晏说："那就由张彩妮开始，跟观众道个别吧。"

得到她被淘汰的消息，她的心咯噔一下，已经预料到了，却还是有些难过。

"我是不会放弃我的梦想的！"张彩妮说出来的第一句话，就像是最后一句一样，之后半天也没再说什么。

"没了吗？"安子晏问。

"还有……嗯……苏锦黎，我……我回去以后给你投票。"张彩妮说完，就眼泪就落下来了，只能用手捂着嘴，不至于哭得太难看。

"哦。"安子晏扶着耳机，笑了笑。

安子晏扶着耳机，等张彩妮调整好状态了，才再次对张彩妮说："那你没有投票的机会了，你晋级了，我是让你跟观众道别，然后回后台休息去。"

张彩妮都开始哭了，结果告诉她晋级了，她震惊得睁大了眼睛。

这回，眼泪更控制不住了，挥舞拳头，凭空打了一下，似乎是想揍安子晏。然而他们的距离很远，这只是一个小动作而已。

她哭的时候说不出话来，拿着话筒半晌，也只是对观众席鞠了一躬，说了一句"谢谢……大家"后，就去了后台。

转身的时候，才有之前的干净利落风格。

走出去的路上，她一边哭，一边走，走出不远就看到苏锦黎居然过来接她了。旁边还跟着范千霆跟常思音。

苏锦黎见到她就说："不哭不哭，棒棒的，你表现得挺好的。"

"我眼影花了吗？"张彩妮快步走到了苏锦黎面前，崩溃地问。

"没有，据听说是防水的。"苏锦黎回答得特别认真，回答完，打了

第一章 | 007

一个嗝。

"你的眼影就跟大坝似的,特别稳固。"安子含跟着说。

"你哥怎么那么坏啊!"张彩妮问安子含。

"我管不住啊,没办法。"安子含耸了耸肩,他哪敢管他哥啊?

几个人一块回了休息室,张彩妮一照镜子就尖叫出声。

再回头,几个男生全跑了。

这几个人,没一个靠谱的,全是大骗子!

常思音最近特别努力,以至于这一次的表演依旧是有惊无险地通过,顺利晋级。

最后,才是安子晏跟乌羽的组合,这首歌两个人唱得也不错,然而,互动上依旧欠缺。就好像是执行任务,到了场上,一起唱完了一首歌。

唱完了,收工,走人。啊,对了,还得拉票,那就聊两句吧。

这个时候,组合的优势就体现出来了。

苏锦黎因为队友是张彩妮,所以有了压倒性的胜利,票数多出几倍来。

但是安子含跟乌羽都是人气选手,投票的票数对半分,场面十分惨烈,导致他们的票数都不算太高,不敌苏锦黎。

到了最后环节,苏锦黎又一次成为现场得票王,有一次拉票环节,算是一种福利待遇。

苏锦黎赶紧跑过来等待,站在场边等待的时候,陆闻西正在台上唱歌,安子晏也站他旁边,跟着他一起等待。

他看了一会儿,忍不住感叹:"陆哥的气场好强啊。"

"毕竟开过近五十场巡回演唱会的人。"安子晏回答,"老油条了,你可以跟着学学。"

"我们风格不一样。"苏锦黎认真地回答。

"怎么不一样了?"

"他是比较帅的那种,我不是,我是复古型的。"

"真没想到这么久了,你还在坚持这不靠谱的人设。"

苏锦黎委屈巴巴地看了安子晏一眼,拿着手里的歌词看了一眼。

"会唱这首歌吗?"安子晏问他。

"刚才听了一遍。"言下之意就是，唱不好。

"那你们怎么合唱？"

"不知道啊，太突然了，没想到嗓子坏了还能成为第一。"

安子晏问耳机里的导演组，导演组还没给出答案，陆闻西已经唱完了。安子晏立即上场，并且开始了跟陆闻西的聊天。

他刚刚上台，陆闻西就躲开了半步。

"你为什么也躲我？"安子晏有点意外。

陆闻西回答："和你站在一起会显得我特别矮，让大家觉得我是虚报身高。"

"那我们请出今天的现场得票第一名，身高跟你差不多的苏锦黎好不好？"

"好。"

苏锦黎立即上场，对大家问好。

"我们苏锦黎呢，是一个复古系的男孩子。所以，对你的歌不是太熟悉，不知道你能不能教他唱你的成名作？"安子晏自己做了决定，更改节目的流程。

陆闻西一听，这跟之前安排的不一样啊，有点意外。不过还是反应很快地点了点头，伸手将苏锦黎拉到了自己的身边，开始教苏锦黎唱自己的歌，他唱一句，苏锦黎唱一句。

然后，两个人合唱歌曲的副歌部分。

"要不这样好了，你们要不要来一个好兄弟三连拍？"安子晏站在旁边，等他们唱完了这首歌后，拿着话筒问道。

"好姐妹是什么情况？"陆闻西的笑容显得十分危险。

"我弟弟曾经跟他一起合照过，不过后来被誉为好兄弟连拍，我弟弟还全程虚影。"

陆闻西主动挖坑："我觉得传统的拍没意思，我们三个一起吧，捕捉一瞬间，谁被拍到算谁输，在台上直接做20个俯卧撑。"

"为什么要带上我？"安子晏崩溃了，他很不喜欢场面失控的情况。

"一起嘛，不然你站在台上多尴尬？"苏锦黎也跟着说。

现在的苏锦黎，已经会习惯性地挖坑来坑安子晏了，这次也是顺势推波助澜。

然后，三个人对着一个镜头，开始合影。

苏锦黎站在中间，左右两位人气偶像都成了一阵小旋风，偶像包袱全无，不了解情况的多半会觉得他们俩是神经病。

苏锦黎看得直发蒙，有点被他们俩吓到了，震惊的表情堪比表情包。

最后，苏锦黎输了。

拍照的一瞬间，他正在看着安子晏"抽风"，他身边的两道身影就像飞翔的闪电。

他吞咽了一口唾沫，心服口服，真的做了 20 个俯卧撑。

陆闻西累得蹲在苏锦黎身边，感叹："其实刚才拍照，真不比你做俯卧撑轻松。"

"能别播吗？我觉得刚才简直就是大型掉粉现场。"安子晏也喘着粗气地问，他为了不输也是拼了。

苏锦黎做完俯卧撑，重新站好后拿着话筒回答："不行，不然我俯卧撑就白做了。"

陆闻西笑得不行，说道："播播播，必须播，哈哈哈哈哈。"

等苏锦黎跟陆闻西下台后，安子晏正式宣布："《全民偶像》的比赛已经过半，现在后台还剩下 15 名选手。在下一轮比赛中，他们依旧要经历一轮残酷的淘汰赛，最后只留下 9 名选手进入总决赛。"

安子晏看着台下，认真地说道："从此刻开始，之前的网络投票，以及现场票数全部清零。几天后，会重新开放投票频道。他们已经准备好背水一战，这一场角逐，将由你们见证。"

全民运动会，由 1 位主持人和 1 位助唱嘉宾带领 15 名选手参加。

到了比赛的场地，导演组才宣布了比赛的规则："你们将分成两队，自主选择队员，进行运动会的比拼。比赛结束后，输了的队伍将会品尝节目组精心制作的板蓝根炒饭，还有苦瓜汁炖牛肉。"

"我是新来的，不懂就问，你们节目组都这么养生的吗？我那里还有五红汤，有谁想加点料吗？"陆闻西第一个开口说道。

"五红汤是什么?"安子晏十分疑惑。

"应该是红豆、红枣、枸杞、红糖跟红皮花生,一起煮出来的汤,比较补血。"苏锦黎掰着手指头说着其中的材料。

"对对对,你们山上来的孩子,似乎都很懂这些。"陆闻西立即对苏锦黎进行了夸奖。

苏锦黎笑了笑,坦然地回答:"这个只能算是养生方面的简单知识,我还懂中医。"

"你还懂中医?你全能吗?"安子含震惊了。

"还真是复古男孩啊?"范千霆睁大了眼睛。

苏锦黎认真地点头:"我还见过扁鹊……"

陆闻西立即打断了苏锦黎的话:"嘘,咱们俩一块去跟华佗拜把子的事情不能告诉他们,就让这个秘密跟随我们到坟墓吧。"

苏锦黎意识到自己又说错话了,陆闻西是在帮他圆场,于是点了点头:"好,深藏功与名。"

这回,就像一个玩笑话了。

安子晏看了看苏锦黎,只是一眼而已,很快就移开了。

"为了不吃黑暗料理,也得赢!"安子晏很捧场地说了一句,其实就是在将话题引回去,继续走流程,这是主持人需要做的。

"其实我挺想尝尝的。"苏锦黎说着,还吞咽了一口唾沫。

"整段垮掉……"安子晏无奈地一挥手,全场大笑出声。

节目组的导演再次宣布:"两位领队,要用最传统的方式进行比拼,接着交替挑选队员,获胜的一方将多得到一名成员。"

"好。"安子晏跟陆闻西前后脚回答。

"石头剪刀布,三局两胜。"

安子晏跟陆闻西石头剪刀布后,安子晏获胜。

"我要苏锦黎。"安子晏第一个就选择了苏锦黎。

"为什么不要安子含?"陆闻西问。

"我不要他,不然我们队容易内讧。"

"好,既然如此,我要乌羽吧。"陆闻西跟着说。

安子含真的是看不下去了，直接问："什么情况，我这么讨人嫌吗？"

陆闻西说："也不会，你哥哥的队伍会比我们多一个人，最后没人要的队员，就去你哥哥的队伍了，我估计你就是那个最后被要走的。"

安子含崩溃了，伸手抱住了苏锦黎："我要跟小锦鲤一队！"

安子晏无情地推开了安子含："不要纠缠我的队员。"

闹归闹，陆闻西在第二轮还是要了安子含。

最后的组合是苏锦黎、范千霆、常思音等人在安子晏的队伍。

安子含、乌羽、张彩妮等人在陆闻西的队伍。

"已经到了夏天，我们就要有凉爽的活动，比如游泳接力比赛。每个队伍派出四名队员，参加这轮游戏。"导演组说道。

苏锦黎立即一慌。

安子晏扭头看向苏锦黎，小声问："你不能碰水，是吧？"

"嗯……"

"我有点好奇，你碰水会怎么样。"

苏锦黎立即慌张地看向安子晏。

安子晏对苏锦黎抿唇一笑，又一次凑过来小声说道："放心，以后有机会我单独看。"

安子晏最近接的戏杀青了，除了过两天会去拍一个代言广告和一个杂志封面，之后就没有太多的工作了。

这让他有大把时间想苏锦黎。

睁开眼睛想苏锦黎，刷着牙想苏锦黎，换衣服的时候想苏锦黎，吃饭的时候想苏锦黎……

他气得凌晨三点坐起来，抽了四根烟，之后睡意全无。心中有疑问就去问安子含，他们寝室有没有什么奇怪的事情，例如突然飞过去什么东西之类的。

安子含想了半天回答了一件事：寝室的浴室里动不动就有股子异味。

安子晏想了想，突然就想到了什么。

苏锦黎不敢碰水，浴室里有异味，这两点结合是不是就证明，苏锦黎碰到水之后会出现什么异状？这个症状，会导致出现异味。

再想到苏锦黎说过自己不吃鱼，结合一下也能得出结论了。

"就算碰水也没什么，就是得立即擦干。"苏锦黎故作镇定地回答，其实手指尖都在颤抖了。

"哦。"安子晏看了苏锦黎的神情后，点了点头。

这一轮，安子晏并未派苏锦黎上场，而是选择了自告奋勇的选手。

要知道，他们进入训练营之后没日没夜地训练，难得有这样的场合，自然是要抓紧机会表现。

好久没游过泳了，在这种炎热的天气当然是游泳才畅快。

安子晏作为领队，自然要出场的，跟着节目组去换了泳装。

其实，节目组是想让安子晏跟陆闻西秀身材的，结果两个人都套上了T恤衫，美其名曰："太暴露了不好播出"，天知道奥运会的游泳比赛是怎么播出的。

可惜两位排场都太大，节目组也不强求。

"你怎么不参加这个比赛？"苏锦黎问安子晏，安子晏前几天就在念叨想去游泳。

"我不参加，我要跟你参加一个项目。"

"你会输的。"

"那可不一定。"

这一局比赛陆闻西的队伍输了，主要是游戏规则比较变态。

选手们游到头了，需要上岸做一道小学数学应用题，做完之后才能够接力给下一个人。陆闻西这个队伍，从陆闻西到队友，都是碰到题就完全蒙了，半天也解不开。

而安子晏这个队有小天使常思音在，问题迎刃而解。

安子晏上岸后整理了一下头发，对陆闻西说道："多读点书！"

陆闻西没好气地回答："你没比我强哪儿去。"

陆闻西是艺考生文化课成绩不太行，靠着其他方式读的大学，选择一心一意地当明星。

安子晏则是从小就是童星,后来靠演技上了戏剧学院,高考分数也就是勉强过线一点。

两个人真的是半斤八两。

到了第二个环节,是篮球抢歌比赛。

队伍里同样是派出四个人来,两个人去打篮球,两个人在跑步机上准备。

当裁判吹响哨声,队伍里打篮球的两个人就可以抢球了。抢到球并且投篮成功后,同队的跑步机开始启动,队友需要在跑步机上跟着音乐唱歌。

如果唱对了,自己的队获得分数。如果唱错了,或者没猜出来是什么歌,对方的队伍获得分数。

安子晏这回叫出了苏锦黎,问:"会打篮球吗?"

苏锦黎摇了摇头。

"你投个篮试试。"安子晏将球丢给了苏锦黎。

苏锦黎双手拿着,尝试投篮,结果姿势就被安子含嘲笑了:"端尿盆式投篮啊?"

苏锦黎不服,问他:"不是投进去就可以了吗?"

"是是是,你试试看。"

苏锦黎不"端尿盆"了,而是改为助跑,接着跃起之后,将球送入篮筐。

一个非常漂亮的扣篮,弹跳力惊人。

安子晏立即欢呼了一声:"厉害厉害!"等苏锦黎过来了,还揉了揉苏锦黎的头。

结果安子晏刚刚感叹完,节目组的导演就宣布:"好,实验完毕,请升起篮筐。"

紧接着,大家就看到篮筐被吊起来,升高了一米左右。就连身高一米九多的安子晏都蒙了。

找碴呢吧?!

苏锦黎看到这一幕,主动转身上了跑步机。

跟他一起上跑步机的队友是范千霆,因为范千霆知道,那个高度更不适合他。

安子含似乎是打算跟苏锦黎死磕,倒是跟着上了跑步机,没参加篮球的一方。

比赛开始后，安子晏他们开始抢球，因为高度不太适应，他们投了几次篮后，还是安子晏最先蒙准的。

投篮成功后跑步机就开始启动，苏锦黎跟范千霆都惊呼了一声，然后开始疯狂跑动。速度太快了，简直跟不上就要被冲下去。

节目组开始播放音乐，苏锦黎听完就蒙了："我没听过这首歌！"

范千霆在旁边跑得上气不接下气的，狼狈地唱完了这首歌。

安子含看得大笑不止："苏锦黎听过的歌非常非常少，他来这里就是占了一个地方。"

范千霆都无奈了，问苏锦黎："所以你是想让我们跟你一起吃黑暗料理吗？"

苏锦黎委屈极了："我……也不想啊。"

安子晏见到苏锦黎这种样子，就瞬间心软了："没事没事，就是玩，不要在意。"

再次开始比赛，之后的几轮充分地展示了苏锦黎的"音乐黑洞"一面，他真是很多歌都没听过，所以也唱不出来。

如果范千霆没唱出来，他们组就会给对面组送分。然而陆闻西队抢到机会了，两名选手一般都能把握住机会。

听完10首歌后，节目组宣布："更换题目。"

"更换成什么？"众人一起问。

"你们可以先抢答题机会，再得知题目。"

两队只能继续抢球投篮，接着，陆闻西队抢到了答题权。节目组读了题目："明月别枝惊鹊的下一句。"

安子含跟队友表情都失控了，偏偏导演组还补充了一句："这是初中课本上的。"

"你就是小学课本我也不记得了啊！"安子含完全就是一个学渣。

"这是苏锦黎的部分！"范千霆直接嚷嚷了一句。

陆闻西站在旁边看了一会儿说："这一轮，如果我们抢到，我们给他们送分。如果他们抢到，他们都会回答上来，这还有得玩吗？"

安子晏终于复活了，对苏锦黎竖起大拇指："你的选择是对的。"

苏锦黎因为开心，站在跑步机上对着安子晏跳起了舞。

安子晏看了一会儿，突然笑得特别开心，觉得之后抢球都更有劲头了。

安子含则大声抗议："别闹了好吗？我肚子里也是有些墨水的，至少我还会床前明月光，地上全是霜，举头望明月，一行白鹭上西天。"

陆闻西直接暴走了："你这首诗背的，不但错了一句，最后一句还走错片场了。上西天？跟着唐僧师徒四人取经去了？"

苏锦黎却十分严谨地说："其实仔细想想，子含说的这首诗也没什么问题，抬头看月亮，顺便看到了一行白鹭，然后朝西边飞……"

"行了行了，别硬圆了，我这个亲哥都听不下去了。"安子晏无情地打断了苏锦黎替安子含救场。

场面一度失控，全场爆笑。

再次开始抢球，陆闻西的队伍已经丧失了战斗力，让安子晏投篮成功。

陆闻西捣乱似的说道："你们出得太简单了，就是看不起我们复古男孩。"

节目组斟酌后出题："攀北极而一息兮的下一句。"

苏锦黎几乎是秒速回答："吸沆瀣以充虚。"

问题回答完很多人都有点糊涂了，似乎连说的是什么都不知道。

跑步机已经停了下来，苏锦黎这才说道："是《惜誓》，作者是贾谊，这一句套用官方的译文也特别美，'攀上北极星我稍稍休息，吸引清和之气充肠疗饥'。"

安子晏："哦。"

陆闻西："哦。"

安子含："还挺押韵。"

之后的几道题到了陆闻西组，问小学跟初中的题，到了安子晏组，就问非常有难度的题。

然而，苏锦黎还是获得了压倒性的胜利。

第三轮比赛，陆闻西的队伍已经是重在参与了，依旧发扬了他们的精神，坚持完成了比赛，终于赢得了一轮。

之后就是惩罚环节了。

两支队伍面对面坐在长桌前，安子晏的队伍每名选手面前半个西瓜，还给了他们勺子，他们可以挖着吃。

简直就是夏天的专利。

对面则是放着板蓝根炒饭还有苦瓜汁炖牛肉，两边同时开吃。

苏锦黎吃了几口西瓜之后到了安子含的身边："我能尝尝吗？就一口。"

安子含立即回答："都给你都行。"

苏锦黎用勺子吃了一口炒饭，品了品之后说道："还行。"

接着又吃了一口苦瓜汁炖牛肉，吃完五官都挤到一块了："真……难吃。"

"该，让你馋。"安子晏在旁边数落了一句。

"不过炒饭还可以。"苏锦黎挖了一勺递给安子晏，"你尝尝。"

安子晏看着苏锦黎的勺子，稍有点迟疑，还是吃了一口。

味道什么的品不出来了。

这组镜头拍完选手们就可以自由活动了。

这次，节目组算是给他们放了一个假，之后不再有摄像头，他们想干什么就干什么。

选手们纷纷去换了节目组早就准备好的泳装，到泳池里游泳。

安子含就像疯了一样，非要表演一个跳水，结果砸在了乌羽身上，两个人都蒙了好半天，然后在水里互相按对方，筋疲力尽了才罢休。

苏锦黎坐在台子边看着他们游泳，不由得有点羡慕。

在山上的时候，经常在山上的小河洗澡，河水清澈，游得也畅快。

他出来快一年了，已经很久没游过泳了。现在只能坐在旁边眼巴巴地看着，装成一个旱鸭子。

安子晏坐在台子边，挖着西瓜对几个女选手说："里面有个室内的游泳池，没这个大，但是安静，晒不到阳光。还可以从门里面锁上，里面还没监控器，没事。"

几名女选手立即兴奋地跑进了室内。

苏锦黎看着她们离开，继续挖西瓜。

陆闻西吃完黑暗料理难受得不行，过来吃几口西瓜化解一下味道，同时小声问苏锦黎："你不能游吗？"

第一章 | 017

"嗯。"

"我见过沈城游泳啊,他怎么没事?"

"他比我厉害,我不行,是我们山上最弱的一个,都不如我弟弟。"

"我吃完就得走了,最近挺忙的,要不是沈城开口我都不能来。我走之后你自己小心点。"陆闻西对于这种事情也没办法,只能跟苏锦黎道别。

"好。"

"如果有事的话你就联系我,我那边有一个粉丝群,关键时刻能派上用场。我已经申请好友了,你手机拿回来后,加我就行。"

陆闻西的粉丝至今仍是神话一样的存在,有组织,有纪律,所到之处,片甲不留。

苏锦黎还没参与这些事情,所以不太懂,只知道是陆闻西的好意,立即点了点头:"好,谢谢陆哥。"

"没事,我走了。"陆闻西说完,就跟安子晏也道别了。

安子晏正在不远处玩手机,只是随便应了一句。

等陆闻西走了以后,安子晏似乎也想去游泳,于是对苏锦黎:"帮我往身上涂点防晒。"

苏锦黎拿走安子晏手里的防晒膏,安子晏立即脱掉了上衣,后背冲着他。

从苏锦黎的角度,能够看到安子晏结实的后背,流畅的肌理,皮肤意外的白皙。

可能是混血的原因。

他挤出来了一些防晒膏,然而因为他现在见到安子晏,还有点慌张,以至于没控制住,挤出来一片。生怕浪费似的,赶紧将所有防晒都糊在了安子晏的后背上,然后揉来揉去的,半天都没涂匀。

"你在我后背揉大饼呢?"安子晏忍不住侧头问。

"挤太多了,怎么一下子出来那么多?"苏锦黎特别慌张,最后干脆用自己的手臂去蹭他的后背,分出来了一些。

安子晏伸手去拿自己的防晒,看了看:"哟,这么厉害,一下子挤出来半瓶,你手劲怎么这么大?"

苏锦黎只能道歉:"对不起,我不是故意的。"

"没事，你用这么多，我就跟多穿了一件衣服似的，贼安全。"安子晏哪里可能责怪苏锦黎，立即安慰。

苏锦黎坐在原处揉自己脸上的防晒，左右看了看后，看到节目组的工作人员有人在烤肉，立即跑过去跟着吃了。

安子晏看着苏锦黎离开什么都没说，走过去跟着游泳。

他刚过去，一群人开始尖叫，好身材就该露出来才对！

选手们是离开训练营到附近的度假村参加运动会的。

当天晚上，节目组给所有的选手都安排了各自的房间，住宿条件非常不错，让不少选手都兴奋得不行。剧组富裕了，杀进前十五名果然有福利。

跟陆闻西、安子晏一起玩了一整天，就问，还有谁？！

苏锦黎在房间里，站在窗户边，看着楼下的人少了一些就开始蠢蠢欲动了。

他其实特别想游泳，然而，他需要防着别人，不能被别人发现自己的秘密。幸好这回是单独一个人的房间，他能够偷偷跑出去也不被发现。

他回到房间后就睡了一觉，凌晨2点钟醒了过来，套上了衣服，拎着自己早就准备好的东西，鬼鬼祟祟地出了房间。

快步下了楼，果然已经一个人没有了。

度假村里的路灯依旧亮着，还有布景的星星灯海，好似一个梦幻的灯海，风景不错。清凉的夜里一个人走在这里，会觉得心旷神怡，的确是适合长期休养的地方。

他含着笑，慢悠悠地走到了泳池边，蹲下身用手指碰了碰水，这都兴奋得不行。

他怕这里有守夜人，左右看了看后摸黑进入了室内。

这里的大门只是虚掩着，估计还会有顾客晚间过来，他们是没有闭馆时间的。他走进了室内，找了一会，终于找到了安子晏说的室内游泳池。

室内泳池不算大，是一个圆形的泳池，可以供几个人自由地游泳，人多了就不行了。

让他诧异的是，房间还可以拉上窗帘。他当然不会知道，这里是专供情侣用的……

他将门反锁了之后拉上了这个房间的窗帘，室内瞬间漆黑一片。幸好他夜视能力好，才不至于无法行动。他在换衣间脱掉衣服后，就快步跳进了泳池里。

游泳真的超舒服！

安子晏又失眠了。

他到门阳台上打算吸一根烟，因为常年怕被狗仔队拍到，所以他蹲在了可以遮挡他的地步，一个人独自吞云吐雾。刚刚站起身，就看到苏锦黎一个人拎着一个小包，美滋滋地往泳池那边走。

他看着苏锦黎走过去，犹豫了片刻，还是出了自己的房间门。

他想知道——关于苏锦黎的一切，从未这么迫切地想要知道一些事情。

他出来得晚，走到户外泳池边的时候这里空无一人。他不知道苏锦黎是不是要来这里，刚要离开，就看到室内泳池那儿有人在拉帘。这让他有一瞬间的迟疑，不过，还是鬼使神差地走了过去。

到登记的地方，就发现苏锦黎并未做登记，也没拿走钥匙卡，不由得叹气。这个小傻子进入房间不会开"请勿打扰"，去泳池也不知道拿走钥匙。

他拿着钥匙，刷卡进入了泳池的门，走进去打开灯，就看到令人震惊的一幕。

他扭头看了看一边的柜子，柜门还敞开着，彰显着主人的迫不及待。泳池边还放着一双拖鞋，一只还飞出老远，明显是踢掉的。

Chapter 02

看到安子晏进来的苏锦黎惊慌地出了泳池，到了柜子前用浴巾将自己擦干净。

他赶紧穿上衣服，然后拎着自己的东西快步走出小房间。

刚走出去没多远，就看到安子晏坐在门口的长椅上，看到他出来，便朝他看过来，问："游够了？"

苏锦黎看到他心里"咯噔"一下，慌张地点了点头，想绕开他离开。

安子晏意味深长地看了他一下："所以……刚在泳池里……"

苏锦黎停住脚步，他知道安子晏肯定是知道真相了，自己根本躲不过去了。

他回过身，快步走到了安子晏面前，说道："我警告你不要乱说，不然我不会饶了你的。"

以前苏锦黎的凶，是一种装模作样的凶，看起来还萌萌的。这回倒是有点真凶了，让安子晏错愕了一瞬间，随后就是苦笑。

"怎么，你会让我变成干尸吗？"安子晏继续问，无畏地像把生死置之度外了，简单来说，就是用潇洒俊朗的姿态作死。

"只要你不随便乱说话就没事了。"苏锦黎回答完还是有点慌，不知道自己这么说，安子晏会不会听。

安子晏还是有点难过，声音低沉地问："你是不相信我吗？"

苏锦黎被问住了，错愕了一瞬间，他是被吓坏了，下意识就想警告安子晏一句。然而被安子晏用难过的眼神看着问出这样一句话来，他还是有点心里不是滋味。

"你仔细想想看，我做过什么伤害你的事情吗？"安子晏又问，眼神里都透露着神伤跟阵阵地疼。

苏锦黎被问得哑口无言。

"所以你对沈城能够坦诚相对,对陆闻西也可以,偏偏就对我不行吗?"安子晏问完这句话,自己都觉得特别委屈。

这么久了,他还是一个外人。

苏锦黎不能卖队友,只能回答:"你跟他们不一样。"

又是这样的回答,这让安子晏的委屈越来越多了。

"那现在怎么办呢?我自己发现了,你想怎么做才能放心?"安子晏坦然地问,他很想知道,苏锦黎对他的态度。

"我都说了……你只要什么都不说,就没事了……"苏锦黎的气场已经弱了下来。

他从来没有伤害其他人的心思,被安子晏发现了也是他自己不小心,怪不得别人。真要是安子晏说出去了,他也顶多是不再参加比赛,回山上藏着去。

他,本来就不适合下山。

安子晏突然认认真真地说道:"你跟我在一起根本没必要害怕,我绝对不会做让你受伤的事情,还会保护你。"

"嗯……"苏锦黎对上安子晏认真的眼神有一瞬间的惊慌,最后点了点头,小声回答,"那……我相信你。"

苏锦黎有点想离开,于是他敷衍地说道:"我困了,我先回去了。"

安子晏指了指苏锦黎的衬衫:"纽扣都系串了,我帮你重新系好。"

苏锦黎低下头,才发现自己的纽扣位置系串了,刚才实在太着急,没注意到。

安子晏很轻地一粒一粒把纽扣解开,又帮他系好,接着拍了拍苏锦黎的肩膀:"好了。"

"我哥以前给我做过这种事情。"苏锦黎看着自己的纽扣,对安子晏说。

"哦……"

"当时我还老爱尿裤子,控制不好自己,他就天天帮我收拾。我们山上没有尿不湿,只有尿裤子,他就帮我洗,挂长长的一串晾干。"

"你父母呢?"

"我也不知道我的父母在哪里。"

"会不会……很伤心？"安子晏试探性地问。

我们兄弟俩可能会比较特殊，其实也还好。

安子晏已经走到了苏锦黎的包旁边帮忙捡起来，接着看向苏锦黎问："你们跟我们还有什么其他的不一样吗？"

"其他的啊……"苏锦黎跟在安子晏身边，一边往住处走，一边聊天，"挺多的，例如……"。

能知道苏锦黎这些小秘密，安子晏竟然没觉得害怕，反而挺开心的。他总觉得他知道了别人不知道的事情，跟苏锦黎的关系和别人不一样了。

送苏锦黎回到房间门口，安子晏才将东西递给苏锦黎，然后走回到自己的房间里。在房间里找出手机，拨通了江平秋的号码。

江平秋那边很久之后才接通，迷迷糊糊地问："安少，怎么了？"

"我刚才跟苏锦黎单独在一起了，这附近的全部监控都给我删除记录。"

"好。"江平秋立即明白了。

凌晨，单独在一起还需要删监控，这些事情江平秋一想就明白了，所以都不用多问。

张鹤鸣早上突然接到华森娱乐打来的电话，质问他们为什么会淘汰周文渊。

张鹤鸣完全蒙了。

当初麦枫承诺，他们可以放心大胆地淘汰周文渊，华森那边波若菠萝会去交涉。当时张鹤鸣完全相信他们，再加上那堆黑料放在面前，他又保护剧组心切，就答应了。

现在华森娱乐打电话过来质问，他被问得哑口无言，还被对方要求赔偿。

张鹤鸣的策划案最开始不被看好，找来的评委老师不是过气的，就是没红起来的。难得安子晏由于弟弟的原因要过来，他们把安子晏当成祖宗供着的。

让他没想到的是，节目居然能够逆袭成功，渐渐有了起色，还引来了投资商们的青睐。这让他越来越有底气，心态也就飘了起来。

当时，他的重心就是保护好这个节目。

苏锦黎出事后，张鹤鸣做的决定是封锁消息，低调报警，配合调查。只要不闹大，不传出什么风波，能保全节目组就OK。波若菠萝方面也极力配合，算是仁至义尽。

在之后，麦枫拿出了周文渊的黑料放在了他的面前，他的第一个想法还是保全节目组，同时还能请来陆闻西助阵。

可是，事情总是不如张鹤鸣的意。

乔诺上台公开挑战苏锦黎，他依旧是想要保护节目组。因为成功地太不容易，所以格外珍惜。这一举动惹怒了安子晏，还有沈城那边的人。

现在想来，恐怕是沈城一开始就下了一个套，让他心甘情愿地往里跳。如果他们表现好了，沈城会去跟华森协商。然而，他们在之后又做了损害苏锦黎的事情，沈城就放任他们，让他们自己解决这件事情了。

这段时间，张鹤鸣从未这么疲惫过。

他每天要盯着节目组的事情，还要处理那些一直没有甩干净的负面新闻。

以前盼着节目组的选手或者节目内容上热搜，现在一上热搜就提心吊胆，生怕又出现了大批量的负面事件。他每次见到安子晏，都觉得非常有压力，把人家当爷爷供着，人家还不一定愿意把他当成孙子看待。

按理说，他这次的逆袭可以成为一个成功案例，以后的节目策划也会引来大批的支持才对。

就算真的举办第二季，他也能挺直腰杆。

可惜……他并没有，负面新闻太多，上级还来批评过他一次，说他处理突发情况的水平太差。

现在这种情况，谁能告诉他该怎么处理？

华森娱乐把练习生送过来，坐等周文渊能出道，结果被节目组擅自淘汰了。

周文渊刚刚离开节目组就失踪了，外加他们这一阵子一直在控制消息，居然是周文渊的父母去华森娱乐，办理周文渊的离职手续，他们才知道的情况。

绝对是耻辱！

现在，华森娱乐开口就是五千万的赔偿金，不然这件事情绝对不会善罢甘休。本来就在风口浪尖上，再来一件事情绝对是雪上加霜。

张鹤鸣简直要疯了。

他只能试探性地打电话给麦枫，麦枫接通电话后依旧是乐呵呵地问："怎么，华森娱乐不同意吗？你们是怎么处理的？"

"您不是说好会跟他们打招呼吗？"

麦枫是个老狐狸，怕张鹤鸣录音，所以根本不说这件事情，全程都在打太极。

张鹤鸣只能道歉。

苏锦黎是沈城那边的人，他在节目组受伤，受伤后又差点被节目组放弃，沈城那边会这么做也不奇怪。圈里都知道，那几个得罪不起的人是谁。

安子晏是一个，沈城是一个。

他十分厉害，一口气得罪了两个。

"您说的我不懂啊，我们不需要黑幕的呀，乌羽才是我们公司的，为什么要定苏锦黎第一啊？苏锦黎就算凭人气，也能第一的吧？"麦枫说话的时候还带着口音，似乎是故意在打马虎眼。

张鹤鸣真的是毫无办法了，几乎是用哭腔求麦枫帮忙解决。

"那就按照我们说的剪辑下一期，我们派人过去。"麦枫终于改了口吻。

下一期是乔诺公开踢馆，周文渊被淘汰的那期。波若菠萝要控制剪辑，恐怕也是努力往捧苏锦黎让粉丝心疼的路线走。

还有就是低调处理周文渊的出局。

"好……"张鹤鸣答应了。

挂断电话，张鹤鸣的后背上全是虚汗。

他颓然地坐在自己的办公间里，一坐就是一天，也不知是个什么心情。也不知过了多久，有人敲门进入了他的工作间，激动地说道："张导，新的一期播了，收视率破纪录了！"

张鹤鸣终于站起身来，跟着工作人员走了出去。

新的一期《全民偶像》播出了。

这一期是组合表演的主要内容。本期最大的看点，是苏锦黎跟安子晏那组的演唱。制作后的苏锦黎高音部分，成为本期的最大看点。

这段播出后不久，各大平台都被苏锦黎的视频霸占了头条的位置。真正的实力演唱，国内罕见的男子高音领域，是无法被埋没的。

乌羽之前的水平，已经被不少业内人士称赞了。当苏锦黎的这首歌无杂音的版本播放出来后，几乎是点燃了一个炸点。

这场轰炸，在国内的音乐圈轰然炸响。

连带着，苏锦黎的口技表演，也被总台《国家文化宝藏》杨泽华发布在了社交平台上。

杨泽华：说真的，再次看到这段口技表演，我仍然会热泪盈眶，他让我看到了希望。已经跟他的经纪人确认过，他的伤势恢复得很好，并且，已经正式定了档期，希望可以跟这位少年合作，录制一场精彩的节目。

这一天的热门动态，往下翻几条，就会看到苏锦黎，堪称霸屏级别的存在。

苏锦黎火了，这次不是因为转发有好运，不是因为受伤新闻，而是因为歌声。

苏锦黎张着嘴，被几个人围观自己的嗓子。

"我看着是没什么事了。"安子含这样说道，其实也看不懂什么，就是想跟着看看。

"嗯，刚才说话的声音很正常，尤其骂你的时候。"乌羽跟着说。

"下场比赛肯定没问题。"范千霆跟着点了点头。

他往后躲了躲，回答："我身体素质好。"

"那也少吃点这些干脆面吧，你怎么就爱吃这玩意？啊？"安子含依旧在翻苏锦黎的柜子，将他不能吃的零食一样一样地拿出来。

"我嗓子好了，能吃了！"苏锦黎继续拼命阻拦。

"还有这个肉松饼，多咸？都齁嗓子，你吃完都能变成一条咸鱼干了，吃它干什么？"安子含继续扔东西。

"大不了我好了以后再吃嘛！"苏锦黎急得直跺脚，这都是用他工资买的啊。

"赛制流程你也知道了,下一轮就是单人比赛了,每个人得准备两首歌,你嗓子能行吗?这回压力更大了你知道吗?"安子含沉浸于做哥哥的人设,就喜欢管着苏锦黎。

苏锦黎气得不行,照着安子含屁股踢了一脚。

安子含被踢得刚想回头收拾苏锦黎,突然有人敲了敲门走进来,问:"你们怎么寝室门都不关?"

"穿堂风凉快还自然。"安子含回答,同时追问,"哥,你怎么又来了?"

"我最近没什么工作,过来看看,明天去拍一个广告代言就不能过来了。"

"哥,他刚才踢我!"安子含指着苏锦黎告状。

"我看到了,脚抬得还挺高的,下回踢的时候小心点,别抻到了什么。"这句话是对苏锦黎说的。

安子含总觉得安子晏没向着自己,顿时心情就不好了。然后就看到安子晏走进来,坐在了他的床上,不由得疑惑:"哥,你干什么来的?"

安子晏回答得理直气壮:"我来看看啊。"

"哦,我把下一轮选的曲目唱给你听啊?"

"不想听。"

"嗯?"安子含闹不明白了,他哥过来到底是干什么的?

苏锦黎趁这个功夫,赶紧把安子含拿出来的零食一股脑全放了回去,然后锁上了柜子门。

刚弄好,一回身就看到有人搬进来一个桌子。

他正觉得奇怪呢,江平秋就拎着一堆食材进来了,后面还有一个人手里拎着一个锅。

"我听说你们还没吃晚饭呢,涮火锅吧?"安子晏主动问。

苏锦黎兴奋得话都说不全了,眼睛都明亮了几分:"喔喔喔!哇!吃吃吃!"

他已经很久没吃过火锅了,而且,他也是第一次跟自己新交的朋友一起吃火锅,自然兴奋得不行。

安子含兴奋地抱了安子晏一下:"哥,你果然爱我。"

安子晏只是笑了笑，没回答。

等东西都放好了，大家生怕被其他人发现开小灶，赶紧关上了门，打开空调。

江平秋送完东西就走了，只留下了四个男生跟安子晏，苏锦黎还悄悄跑去把常思音也叫来了。

六个大男人坐在一个寝室里吃火锅显得有点挤，以至于苏锦黎根本没在意安子晏紧挨着他，只是专注于吃火锅。

"没有虾滑，没有海鲜，它也好意思叫火锅？"安子含看完食材后，就忍不住问了一句。

"苏锦黎不吃。"安子晏回答得特别自然。

"没事的，我不吃关系，你们吃你们的。"苏锦黎立即说道。

"都在一个锅里，别串味了。"安子晏说完，又给苏锦黎夹了羊肉，放在苏锦黎的碗里。

羊肉好一点，安子晏夹一点，苏锦黎面前都堆起了小山，其他人还在眼巴巴地等。开始是等羊肉好，后来是等苏锦黎赶紧吃饱。

苏锦黎吃得特别满足，吃到撑才放下筷子，站起身来对他们说："我吃太多了，我得出去走一走，不然坐不稳。"

"我也吃饱了，一起去吧。"安子晏跟着放下筷子说道。

苏锦黎犹豫了一下，想着拿人手短，吃人口软，他只能同意了，不能太忘恩负义了。

等他们俩出去了，安子含忍不住评价道："我哥一准是舍不得我了。"

"何以见得？"范千霆还在锅里捞东西呢，安子含干脆将剩下的肉一股脑倒里面了。

"比赛快结束了，我也快出道了，等我出道以后我们兄弟俩见面的时间肯定少了，他有点憋不住了，没事就来看看我。"安子含如此说道。

"真的有那么忙吗？我总是体验不到那种感觉。"常思音跟着问。

"你看 H 国艺人，国家都没有我们一个省大，还经常一分手就是行程太忙聚多离少呢。我国这么大的地方，各种通告，肯定忙疯了。"

乌羽只是听着安子含说，忍不住扬起嘴角冷笑。

安子晏全程只给苏锦黎夹肉，末了还跟着苏锦黎走了，安子含怎么有自信说他哥是冲着他来的？安子晏顶多是想刷满新摇钱树的好感度？

苏锦黎跟着安子晏并肩去了训练室。

这里有一处小操场，平时给选手们运动用的，现在是晚饭时间，选手们大多在食堂没有过来。

两个人在室内走了走之后，苏锦黎突然对安子晏说："谢谢你，小精致。"

"听说你爱吃火锅，我特意弄过来给你解解馋，顺便跟你说点正事。"

"嗯，你说。"

"我给你接了一个节目，是总台的《国家文化宝藏》，主持人很欣赏你，最近对你的情况也很关注，知道你身体好了，就立即来邀请你了。你在比赛结束后，第一个节目就是这个，没问题吧？"

"可以啊，听从领导安排，只是我不知道去了要做什么？"

"他很欣赏你的口技表演，还有反弹琵琶，想要采访你，同时你还需要准备一段演出，让他们记录到文化档案里。"

"这样的话，可以啊。"

安子晏见苏锦黎完全无所谓的样子，所以开始跟苏锦黎耐心地解释："一个艺人的出道首秀非常重要，你结束比赛后，无论是第几名，这个选秀节目都过去了。有人是在舞台上表演出道后的第一个节目，或者是参加什么综艺节目。你的出道方式，恐怕是所有艺人里最特别的，但也是最值得宣扬的，毕竟是总台一套的黄金时间段。"

"我相信你不会给我安排错的。"苏锦黎点了点头，完全信任安子晏。

苏锦黎又说起了其他的事情："其实上次勇哥他们给我制作了一个曲子，我听了两遍觉得挺好的，只是还没填词。曲子是用我平时练歌的调子扩展的，我非常喜欢，你还记得吗，就是上次乌羽教常思音发音的时候，我哼的那段。"

下一轮比赛的歌曲，他还没有正式确认，所以到现在还有点犹豫。

第二章 | 029

安子晏点了点头:"记得。"

之前,安子晏特意找了苏锦黎的剪辑版,把有苏锦黎的镜头,全部都重新看了一遍。

"我有点想试试看自己填词,然后表演这首歌,我应该能够驾驭得了。"苏锦黎想了想后,跟安子晏说了自己的想法。

毕竟现在安子晏是他的领导,他也要跟领导商量一下才行。

"这一轮你要一个人准备两首歌,时间很紧,如果还要自己填词的话,恐怕是一个很大的工程。"

"我想试试。"苏锦黎说完笑了笑,坦然地看向安子晏,"我当初也是练习了半年的时间就来参加比赛了,居然能坚持到现在,不试试看怎么知道我不行呢?"

安子晏总觉得,他能够被苏锦黎的笑容瞬间治愈。这种笑容很自然,没有任何杂质,真的会显得非常可爱。

于是他点了点头:"好,我去跟节目组申请,还给你们手机一段时间,你可以随时跟你的经纪人以及工作室沟通,修改细节。"

他愿意无条件支持苏锦黎的决定,只要是苏锦黎想要的,他拼尽全力也会帮苏锦黎拿到。

"好,谢谢你!"苏锦黎立即兴奋地感谢。

苏锦黎回到寝室的时候手机已经还回来了,不得不说安子晏的效率很高,已经在寝室里做直播了。

安子含看到苏锦黎回来了,立即招呼苏锦黎也过去一起直播,也能拉点人气。

苏锦黎躲不过去,就走到了手机前面,对着屏幕打招呼:"你们好。"

他盯着手机上的弹幕说道:"你们问得慢点,我看不清。"

"苏锦黎!姐姐爱你!"

"哦,姐姐你好。"苏锦黎看着弹幕回答。

"苏锦黎,身体好了吗?"

"好多了,最近说话的声音都正常了。不过还没尝试唱高音的歌呢,过两天再试试看。"

"锦鲤大仙祝我过四级！"

"小锦鲤，求期末成绩逆袭。"

"嗯，祝福你们。"

"小鱼儿，安子含和乌羽同时掉进水里，你救谁？"

安子含一直在旁边跟着看，所以立即就指了这个问题："这个问题很有水平了。"

苏锦黎回答得坦然："我一手一个，都能拎起来。"

安子含忍不住数落："你个旱鸭子去救两个会游泳的吗？真敢说。"

苏锦黎站起身不再参与直播了，拿着纸笔到一边找灵感。他没有填词的经验，拿到音乐的时候还是有一段时间的迷茫的。

他又去听了其他的歌找了找感觉，然后开始填词。一边填词一边跟着哼歌，因为是平时练嗓子的音调，也算是熟悉。在填词的期间他没去训练室，而是留在了寝室里，这样还能安静一点，至少不会被人打扰。

坐了一会，乌羽打开寝室门走进来问："你的进度怎么样了？"

"还可以吧，你训练完了？"

"你的小哥哥总跟我找碴。"

"他又做什么了？"苏锦黎调整了一下转椅的方向问乌羽，对于这两个人的掐架，早就习以为常。

"他听到我练歌，就过来跟我说，我的选歌风格太单一了。说你在节目里这么几期选了几个风格，还各个突出。我就全是一个风格，扯着嗓子嗷嗷叫唤。"乌羽重复完，就翻了一个白眼，躺在了自己的床铺上。

"其实他说得也对。"

"你听谁的都对，就跟你想要确立人设一样，我也有我自己的风格。很多歌手也有自己的风格，所以吸引固有的粉丝。"

"你这么说的话……也是……"苏锦黎又被说动了，标准墙头草，谁说的都很有道理的样子。

乌羽看着苏锦黎觉得特别有意思，抬头看了看摄像机，注意到是开着的，于是没再说什么。

没一会儿，安子含也回来了。

他进入寝室第一件事也是看苏锦黎写的东西，读了读之后说："你的这些歌词太绕口了，不通俗。或许你的歌可以突然杀出重围，但是这些歌词不会让你的歌大火，因为很多人唱不出来，记不住，不够脍炙人口。"

苏锦黎也停下来，盯着自己的歌词看，突然听到了手机的消息提示音。

他打开消息，看到小咪发来了一条消息：尤姐这边的戏快杀青了，你们有没有内部门票啊，我想去现场看你。

苏锦黎：好，你等等啊，我去问问看。

过了一会儿，小咪发来了一张自拍的相片，苏锦黎点开看了看。最近苏锦黎的后援会出了应援物，人手一顶锦鲤的鸭舌帽，白红色花纹样式的。

苏锦黎真的憋了很久才忍住没说，是金色的，不是白红色花纹的……

不过，既然是后援会想出来的，他只能接受了。

小咪就买了一顶这样的帽子戴在了头顶，还拍自拍的相片给苏锦黎看，苏锦黎看完就忍不住笑了笑。

安子含探头看了看，认了出来："哦，是上次在饭店碰到的那个小姑娘，长得挺好看的，我对她有点印象。"

"嗯，她想来现场看我表演，我们这里有内部门票吗？"

"你要得有点晚啊，现在估计都已经没座位了，总决赛的还有可能剩几张，要不我帮你问问？"

"嗯，好。"

"你……喜欢她？"安子含试探性地问。

"没有啊，就是之前帮过我，我想帮她弄一张票。"苏锦黎回答得挺坦然的。

安子含又拿起手机看了一眼，觉得小咪看起来长得真就不错，仔细回忆一下，似乎身高也不矮，于是对苏锦黎说："你把她名片发给我，我加她好友。"

"你直接跟她联系？"

"不是……我……"安子含抬头看了看摄像机，伸手将摄像机关了，这才说道，"我觉得她长得不错，聊聊看性格合适不，合适的话我……"

安子含还没说完，乌羽就忍不住说："合适你就发展，被你甩了之后，这个小姑娘跟苏锦黎连朋友都做不成了。"

"说得那么难听呢，我认真起来也是个好人。"安子含特别不服气地反驳。

"呵呵。"乌羽十分不信。

"不行！"苏锦黎终于听出来安子含的意思了，毫不犹豫地拒绝了。

"你也不信任我是不是？"

"是。"

安子含不爽了，气呼呼地出了寝室。

然后，没人去追。

场面一度十分尴尬。

没一会儿，安子含又自己回来了。

苏锦黎的填词已经差不多了，最近节目组有了再次收走他们手机的意思。

苏锦黎将自己的这首歌传到了其他的设备上，然后开始给自己的好友们留言，告诉他们自己即将被没收手机。

小咪：谢谢你的票！

苏锦黎看着这行字觉得很奇怪，诧异地问：我没要到啊。

小咪：安子含加我了，还要了我的地址，给我邮了门票跟好吃的，不是你的意思吗？

苏锦黎看着手机屏幕上的字，突然有点生气。

他的手机是安子含教他怎么用的，最开始设置的时候安子含录入了自己的指纹。

前几天安子含说想认识小咪，他拒绝后安子含再也没提，他也没当回事。没想到安子含居然自己找到了小咪的联系方式，然后跟小咪联系上了。

他有点气愤，立即去质问安子含："你怎么回事？我都说了你跟她不合适。"

安子含意识到苏锦黎应该是知道了，于是回答："我又没干什么，只是给她弄了两张现场的票，还答应放她进来看一看训练营内部。"

"你怎么这样，她是一个好女孩，跟你不合适。"

安子含走进浴室里，打开水龙头就听到苏锦黎这么说，瞬间不爽了，反问："你什么意思，我就不是个好人了呗？"

"在这方面你的确不够好。"苏锦黎依旧在坚持。

安子含有点被气到了，扶着洗手台，对苏锦黎特别嚣张地说道："那你就看着吧，她肯定会对我动心的，懂不懂？再说了，就一个小助理，又不是什么大人物，至于吗？"

"你说话的时候就对她很不尊重。"苏锦黎怒视着安子含握紧了拳头，心里全是失望。

安子含的确有好好恋爱的意思，这次都没着急，打算从朋友先开始做，试试看人家的意思。

结果苏锦黎来他面前质问他，他么解释都不听，让安子含有点烦。于是，他气得脑袋迷糊，说了一句很让人厌恶的气话。

"呵。"安子含忍不住冷笑，"我看得上她是她的荣幸。"

话音刚落，安子含就被苏锦黎揍了一拳。

Chapter 03

安子含完全被苏锦黎的这一拳打蒙了。

他从认识苏锦黎的那天起,就没想过有一天苏锦黎会打自己。一个看起来脾气很好的男生突然生气,真要动手也是毫不犹豫的,更不会手下留情。

安子含扶着自己的脸颊,颧骨疼得要命。他还要参加比赛呢,居然打脸,过分了吧?

然而苏锦黎哪里知道这些顾忌,完全进入了安子含调戏自己朋友的愤怒状态。

"你打我?还打脸?"安子含恼了,举起拳头就要还击,却被苏锦黎稳稳地握住了拳头。

然后,又被苏锦黎补了一脚,踹得他都没能站稳。

安子含以为他跟苏锦黎打了一架,然而不是,他是被苏锦黎压倒性地单方面揍。谁能看出来这个平时那么好欺负的少年,居然这么会打架。安子含好几次想还手,都根本没有还手的余地。

乌羽捧着泡面"刺溜刺溜"地走了过来,站在洗手间门口看着,对着里面的两个人用拿叉子的手比了一个 OK 的手势:"放心打吧,摄像机被我关了。"

什么叫落井下石?

这就叫落井下石。

乌羽不但不拉架,反而捧着泡面一边吃一边看着他们打架……呸,看着苏锦黎揍安子含,时不时还提醒一句:"唉,安子含你倒下的时候注意点,别砸到衣架了,手注意点,别碰到我洗面奶了。"

安子含有苦叫不出,被揍得浑身疼,委屈得直想哭。

偏偏苏锦黎拽着他衣领,还问他:"知道错没?"

他还嘴欠地说:"没有!"

然后继续挨打。

乌羽一边看一边乐,提醒苏锦黎:"别打脸,别被发现了,不然容易被节目组开除。"

范千霆听到动静赶过来,这边苏锦黎已经停下来了,气呼呼地瞪着安子含,看样子是休战了。

"苏锦黎你别以为我拿你没辙。"安子含见苏锦黎不打了,立即又叫嚣起来。

"你再敢这样,我还敢再揍你。"

"是,你哥是沈城,你牛!"安子含嚷嚷起来,以前这都是别人骂他的话,只是沈城会变成安子晏。

范千霆睁大了眼睛,看向乌羽:"还真是沈城的弟弟啊,我之前以为安子含瞎说呢,都没当回事。"

乌羽没回答,走进来到了安子含的身前,伸手捏住了安子含的下巴看了看:"颧骨肿了,估计会被节目组发现。"

"怎么的,你们还打算'毁尸灭迹啊'?"安子含拍开了乌羽的手,有种被一群人欺负的委屈感。

范千霆走进来拍了拍苏锦黎的肩膀说:"消消气,消消气,咱别跟他一般见识。"

"被打的是我!"安子含再次嚷嚷起来。

"你挺大个个子,怎么那么弱呢?"范千霆居然还数落安子含。

"我……我以前打架没人敢还手啊。"

苏锦黎扭头离开了洗手间,乌羽跟着走了出来,问:"用不用我给你泡一碗面?"

"想吃,但是我是不是得先跟节目组'投案自首'去?"苏锦黎问乌羽。

"不用,装死,就说安子含自己撞的。"乌羽回答完就坐下继续吃泡面了。

苏锦黎还是有点不安,回头看了看。

范千霆跟安子含推推搡搡地走了出来,范千霆就又戴上耳机,开始沉浸在自己的小世界里哼歌。

安子含出来后左右看了看，独自一个人走出了寝室，出门后掀起衣服看了看，发现身上青一块紫一块的，浑身疼得要命。

他现在终于相信安子晏是亲哥了，因为安子晏打得完全没有这次疼。

一身狼狈相地去了节目组，进去后继续装大爷，让他们帮忙准备冰块跟医药箱，尽快给身上的伤消肿。过了一会儿，导播组的领导过来问："你打架了吗？"

安子含也知道，如果说苏锦黎揍他了，苏锦黎会被开除，于是憋闷了半天才说："没有。"

"这身伤可不像摔的。"

"我这人脾气不好，生起气来连自己都打。"安子含脸肿，说话的时候都一个眼睛大一个眼睛小，偏偏依旧嚣张。

他们跟安子含争执不过没再计较，只是叮嘱了几句不要在训练营内部出现暴力事件。

安子含点头同意了，拿到了冰块敷脸，将其他人赶出去，然后拿出电话给安子晏打电话。

安子晏接通后，就是不耐烦的声音："有事吗？我挺忙的。"

"我刚跟苏锦黎打了一架。"

结果，瞬间听到安子晏愤怒的声音："你打他了？你找事吧？"

"他先找碴的！"安子含立即反驳。

"我就不信他那种性格能找碴跟你打架。"

"关键我什么都没干呢，他就气势汹汹地来质问我。"安子含憋屈得不行，直接哭了起来，一边嚎一边说："我……都被打傻了，你们还都向着他！我被打了你还骂我……啊啊啊！"

安子晏听到安子含嚎成这样，冷静了一会后，才说："行了，你先别哭了，告诉我怎么回事。"

"苏锦黎应该是喜欢……喜欢尤拉的助理，叫小咪，就是……上次饭店里见过的那个。我加了那个小姑娘的微信，他就生气了，打了我一顿。"

"小咪？他跟你说喜欢了？"安子晏的话有点迟疑。

"前脚跟我咨询感情问题，后脚就跟小咪笑呵呵地聊天，还为了她跟

第三章 | 037

我打了一架，你说呢？"

"你们打架的事情，节目组那边知道了吗？"

"我没告诉他们，他们也没再问，估计是不想再闹出什么事了。"

"哦，如果是他喜欢的人，你为什么要加小咪的微信？"安子晏沉着声音问道。

安子含突然回答不上来了。

"你是不是没经过他允许，就加他朋友微信了，然后被他发现后，他才去收拾你的？"

"我还……什么都没做呢。"安子晏心虚地回答。

"是不是你从小就被一群人捧着，身边的女生也主动往你身边凑，你就觉得世界上的女生都是你随随便便就能招惹的？"

"我没有……"

"你对女生总是缺乏一种最起码的尊重。"

"我没有！我这次是正常做的，就是想先认识一下，从朋友开始。我真的是认真的……"

"认真个屁，你才几天没处对象就空虚寂寞了？训练营里太清闲了是不是？"

安子含又觉得自己很委屈了，哭着回答："我没有，这次是想偷偷给小咪门票，让她过来看苏锦黎，还答应带她进来，这样能给苏锦黎一个惊喜。我确实想顺便认识小咪，但是没打算直接泡她啊！"

安子晏的语气这才好了一些，问："你为什么不解释清楚？而且你跟小咪说清楚了吗？"

"我忘记告诉小咪了，我让别人帮忙邮的，谁知道这么快！而且，苏锦黎进来就质问我，我什么样你又不是不知道，肯定呛他几句。"

安子晏叹了一口气，这才问："怎么样，被揍得严重吗？"

"他打脸！颧骨都肿了，身上青一块紫一块的。"

"你好好处理伤口，之后还有比赛。我后天就回去了，然后过去看看你。你也跟苏锦黎解释清楚，道个歉。"

"我不！我要是以后再跟他好，我就是他孙子。"

"别说这种气话行吗？"

"你不说，就咱俩知道，完全可以当成没那回事。"

"……"他的弟弟也就这点出息。

安子含跟苏锦黎打架的消息没人传，但是很多人都看出来了。

安子含的脸上有伤，明显是打架了，他却没闹，训练营里也没人被处罚什么的，这种事情谁能做到？他能这么忍着的，能有几个人？

他又突然跟苏锦黎闹起了冷战，这就已经能够说明情况了。

安子含性格不好，不过对苏锦黎是真的不错，这几天愣是能忍住不跟苏锦黎说一句话，可见这次闹得有多严重。

可是他们寝室里乌羽不劝，范千霆乐得清闲，常思音试图劝说了两次，安子含张口就骂人，常思音也不管了。

到了彩排的时候，节目组按照苏锦黎的曲风，给苏锦黎安排了高空吊威压的表演，需要苏锦黎在半空荡秋千，接着再飞身下来。

住上铺能忍住，但是这个真忍不住，苏锦黎慌得不行，抱着秋千的绳子鬼哭狼嚎地说："不行……我恐怕不行。"

我只是一条小鱼鱼，我不能吊这么高啊！

"没事，你别看下面。"乌羽站在下面鼓励。

"你这个舞台效果会特别好。"常思音也这么说。

"摔下来就从锦鲤变成扁口鱼了。"安子含坐在一边看着，幸灾乐祸。

苏锦黎扶着绳子，硬生生把自己的恐惧忍回去了。

到了安子含出场，节目组安排了一个纸的幕布。

安子含会在里面先唱一段，只能在纸上看到安子含在灯光下的轮廓，然后突然戳破白纸，从里面走出来。

然而安子含为了耍帅，从纸里出来的时候，绊了一下摔倒在台上。

苏锦黎当时就站在台边解威压，看到之后"扑哧"一声笑了出来，引得安子含瞪了苏锦黎好几眼。

往回去走的时候，两个人好巧不巧的碰到了，安子含双手插兜，跟在苏锦黎身后碎碎念："红烧鲤鱼、酸菜鱼、糖醋鱼、剁椒鱼头……"

安子晏刚到训练营，就看到安子含蹲在大门口等他呢。

"不用训练吗？"安子晏随口问了一句，继续往里走。

"青天大老爷啊！小民冤枉啊！"安子含突然特别浮夸地喊了一句，然后连滚带爬地到了安子晏的身边。

安子晏停住脚步，看向周围，见到周围人诧异的目光忍不住轻咳了一声，然后拎着安子含的衣领，带着安子含去了自己的休息间。

刚进去，安子含就开始假哭，指着自己的已经消肿的脸说："看，苏锦黎打的。"

安子晏看了一眼之后，确定妆能遮盖上，于是放下心来点了点头。

接着，安子含又掀起了自己的衣服，让安子晏看身上的淤青："苏锦黎打的。"

"嗯。"

"我今天上午摔倒了他还笑话我！"告状三连。

"嗯。"

见安子晏进来之后只是脱外套，然后把包放好，江平秋也忙着整理东西。

安子含又开始在屋子里干号："我被打了！"

两个人都不理他。

安子含开始躺在地上打滚。

"给我起来，都多大了还这样。"安子晏立即吼了一声。

"我被揍了，室友也不帮我，亲哥也不管我。"

"你道歉了吗？"

"我道歉？！是他苏锦黎的问题。"

"行，那你把他叫过来吧。"

安子含立即得意了，对江平秋挥了挥手："江哥，你去。"

江平秋点了点头，出门去找苏锦黎了。

安子含想坐在屋子里看安子晏收拾苏锦黎，结果被安子晏轰了出去："你也出去，我跟他单独聊聊。"

"哦……不用给我面子，狠狠地收拾他。"

安子含走了没一会儿，苏锦黎就来了，进来之后也不说话，站在门口跟罚站似的。

他知道安子含肯定是告状了，之前安子含就跟他嘚瑟过："我哥要来了，你等着吧！"

所以苏锦黎等到了，只是站在门口，保持着最后的倔强。

安子晏看到苏锦黎以后，立即走过来问："哪个手打的安子含？"

苏锦黎乖乖地举起了右手，颇有些"壮士一去兮不复还"的壮烈模样。

"疼不疼，安子含骨头挺硬的，揍得挺疼的吧？"

苏锦黎没想到安子晏会这么问，诧异地看向安子晏。

"安子含还手没？有没有伤到你？"

"那倒没有，我手也不疼了。"

"下回跟他生气，你不用亲自动手，你告诉我，我帮你揍他。"

"那多不好意思啊……"

"这有什么？你要是没消气，我再揍他一顿。"

"已经没用之前那么气了，当时真是被他的语气气到了，有点冲动了。"苏锦黎主动软了态度。

如果他一进来，安子晏就兴师问罪他说不定会不服。但是安子晏这样，他就有点受不住了，这叫先礼后兵。

安子晏拍了拍他的后背："抱歉，是我没教好弟弟，让你受委屈了，你消消气。"

"也不怪你的……"苏锦黎委屈兮兮地说。

加上安子晏温柔的语气，再次效果加成。

"就是我的错误，我给他惯坏了，他也跟我解释了。"安子晏将安子含跟他说的解释，说给了苏锦黎听。

苏锦黎惊讶地问："真的假的？"

"他是这样说的。"

苏锦黎立即内疚起来："说起来的确是我冲动了，要不我给安子含道歉去吧。"

"不用，的确是他自己嘴欠，怪不得别人。"

苏锦黎抿着嘴唇，地垂下眼眸，心里颇不是滋味。

安子晏揉了揉苏锦黎的脸："行了，没事，之后我跟他说就行了，你别气坏了就行。"

"好。"

"不过……"安子晏话锋一转，问道，"你喜欢小咪？"

"啊？"

"安子含说的。"

"我刚下山的时候什么都不懂，尤拉姐跟小咪都帮过我。萍水相逢的就愿意帮我一个陌生人，我很感谢她们，也一直把她们俩当朋友，所以很在意。子含他……挺花心的，说话还不太尊重，我就……生气了，没喜欢她。"

"我还以为你喜欢她，都准备好公关工作了。"安子晏唉声叹气地说了一句，看起来颇为可怜。

"没有的，你放心吧。"

安子晏也不会步步紧逼，很快就重新坐好，说了起来："听说你跟安子含打架了，给我吓了一跳，我以为他欺负你了呢。他说是被你打了之后，我才冷静下来。"

"你不该担心弟弟吗？"

"有力气给我打电话，说话还底气十足的，我担心他什么？"安子晏说着，从自己的身边拎出了几个盒子，"给你带了好吃的，你尝尝看。"

苏锦黎一瞬间眼睛就亮了，扑到了食物跟前，大声地感叹："小精致，你真是一个好人！"

苏锦黎忐忑地去了安子晏的休息室，然后吃得饱饱地出来了。

他离开后，安子晏又把安子含叫了回去。

"我从来没见过苏锦黎这么生气的样子，他还差点跟我动手。"安子晏说的时候还叹了一口气，从自己带的零食里，挑挑拣拣拿出苏锦黎吃剩下的，看不出来被动过的东西，放在了安子含的面前。

安子含吓了一跳："啊？那么大脾气？"

"嗯，我觉得他是不可能跟你道歉了，要不你们俩绝交吧。"

安子含看着这些东西，都没有胃口吃了，问："他怎么能这样呢，我以前白对他好了。"

"就当没认识过吧，反正比赛就剩两轮了，也接触不了多久了。"

安子含一听，刚认识的弟弟就要绝交了，鼻子一酸开始掉眼泪："我把他当弟弟看待，他却揍我。"

"唉，看开点。"安子晏拍了拍安子含的肩膀，一副惋惜的模样。

影帝就是影帝，丝毫看不出来任何破绽。

安子含还以为哥哥来了问题就能解决了，结果却得知真的要绝交了，然后开始发脾气，嚷嚷着说苏锦黎的不好："他哪儿好啊？睡觉跟耍杂技似的，吃的还多，人也傻，手机都不会用，绝交了还省心！"

"对对对。"安子晏心不在焉地应付了一句。

"等比赛结束了，我就雇几个人打回来！"

"你敢？！"安子晏立即狠狠地问了一句。

安子含被吼得一愣，立即缩着脖子说："没……我就是说说。"

安子晏瞪了安子含一眼，继续低头玩手机。

安子含又坐了一会儿，低头吃了点东西，又气势汹汹地出去了。安子晏看着弟弟出去，忍不住笑了笑。

两个小家伙，还挺有意思。

安子含出去后不久就找到了苏锦黎，犹豫了一会儿还是走了过去，对苏锦黎说："咱俩聊聊。"

苏锦黎"哦"了一声，就跟着安子含走了。

范千霆看完仰面躺在地板上："安子含牛啊，这次居然忍了3天！"

"他就这点出息。"乌羽继续练习自己的舞蹈。

"别踢到我，欻欻！"

"躺远点。"

他们两个人去了楼梯间，刚进去就看到一直张罗减肥的张彩妮，蹲在角落里吸草莓奶昔，那沉醉的表情就跟要成仙了似的。

几个人一照面，都有点傻眼。

张彩妮尴尬地"嘿嘿"一笑，问："哟，和好了？"

"呸！"安子含反驳。

苏锦黎则是问："哪儿买的？"训练营里没有卖的。

"我跟一位小姐姐混得熟，她帮我带进来的。"张彩妮回答完，知道安子含想让她腾地方，于是快速吸了几口，结果凉得脑门直疼。

张彩妮揉着脑袋扔了空杯子，走了回去："你们慢慢聊。"

"你要是想喝，我让江哥给你买去？"安子含看出了苏锦黎的向往，主动问他。

"有点，但是……我现在好饱。"苏锦黎眼巴巴地看着奶昔的空杯子。

"你脾气怎么那么大？上来就揍人？"安子含质问苏锦黎。

"你嘴欠。"

"我……我一直这样啊。"

"所以活该。"

"嘿！"安子含气得直掐腰，谈话就此陷入僵局。

两个人僵持的工夫，有人喊他们集合。

"真不是时候……"安子含嘟囔了一句，"行了，对不起，这事算我错了行吗？"

苏锦黎瞅了瞅安子含，勉为其难地点了点头："你要再这样，我还揍你。"

"是，你厉害，你那点能耐全用我身上了。"

"不过我也冲动了点。"苏锦黎也跟着检讨。

"对，做事不过脑子，长这么一个脑袋，就是为了显得个子高的。"

苏锦黎凶巴巴地瞪了安子含一眼，跟着去集合了。

安子含跟在苏锦黎身后，絮絮叨叨地问："怎么，你还不服了？你自己承不承认？"

"你怎么这么讨人厌？"

"我讨人喜欢的话，别人还怎么活？样样都不如我，不得自卑死？"

"歪理邪说。"

安子含忍不住笑了起来，跟在苏锦黎身后，用手戳苏锦黎后背："想笑别憋着，跟嘴角抽筋了似的。"

苏锦黎终于破功笑了出来，又很快忍住了。

这种场合要严肃。

最没有尊严的事情就是非常努力地生气，却被逗笑了。

集合后，节目组宣布这次比赛的场地需要更换到本市一个体育馆里。

之前几场公演，现场最多可以容纳 1500 人。

但是随着《全民偶像》的人气增加，门票开始被炒得价格很高，这次他们需要找一个大一点的场地，还能多卖点门票，赚一波钱。

所以，这次选择的场地一共能容纳 3300 人。

选手们需要提前一天到达场地进行彩排，熟悉一下现场。

安子晏作为主持人，也会跟着他们一起去。他本来想混进选手的车跟苏锦黎坐在一起，上去就看到自己弟弟已经赖在了苏锦黎身边。

而苏锦黎已经被安子含一杯奶昔收买了，根本不理之前请了好吃的自己，气得扭头又下了车，坐自己的保姆车过去。

中午太热，场地不适合彩排，他们的彩排被安排在了下午。

他们先去酒店送自己的东西，到了酒店门口，进门的时候，就被浩浩荡荡的几千号人吓到了。

苏锦黎刚下车，就听到了粉丝的尖叫声："苏锦黎，姐姐爱你！"

"啊啊啊啊啊，我的妈啊，苏锦黎你好帅！"

"小锦鲤看我！"

"小鱼儿别跟安子含玩，我跟你玩！"

安子含刚下车就听到这么几句，疑惑地看过去，直接嚷嚷起来："瞎喊什么玩意呢？"

结果引来一阵爆笑。

苏锦黎被吓到了，跟在安子含身边，问："这是粉丝吗？"

"嗯，以后出行都会是这种阵仗。"

范千霆立即强行挤到他们俩中间，笑嘻嘻地看着粉丝们，然后拉着他们两个人走。

"干什么啊？"安子含有点不爽。

"跟着你们俩混点镜头，不然我这辈子都上不了热搜。"范千霆回答。

"你不觉得我们三个现在就像一个'凹'字吗？"苏锦黎认认真真地问。

瞬间扎心，范千霆都笑不出来了。

去酒店里休息了一个多小时，节目组的人还在忙碌，走廊里都是工作人员的声音，似乎是有极度狂热的粉丝进来酒店里提前入住了，节目组正在努力处理。

苏锦黎在房间里盘腿做着吐纳，没一会儿有人敲他房间的门。

他起身走过去开门，刚刚打开门就看到一捧大大的花。

他一愣。

紧接着就听到工作人员喊："你怎么进来的，请不要打扰选手们！"

女孩似乎很惊慌，对苏锦黎："小鱼儿，你快收下，没毒的，我要跑了！"

"那你小心点。"苏锦黎伸手拿来了花，女孩子就玩命狂奔了出去。

他看了看花，粉色的玫瑰花，还挺香的。

他又探头看了看走廊里，有工作人员走过来问苏锦黎："用不用我们帮你处理了？"

"不用，没事的。"苏锦黎看到了，刚才那个女孩子给人感觉很纯净，估计只是很喜欢他吧。

"我帮你检查一下吧。"工作人员拿来花，里里外外地检查了一遍，才又给了苏锦黎。

他又进入了房间，到酒店窗户边往外看，看到有一群带着锦鲤花纹帽子的粉丝还在等。

今天的太阳大得要命，毒辣的阳光感觉可以烧坏一层皮肤似的，在下面等会很煎熬吧？

他站了一会儿还是走了出去，跟节目组申请了一下后，节目组派人跟着苏锦黎一起下了楼。

他到了自己粉丝聚集的地方，走过去跟他们打招呼。

这群粉丝原本坐在一起,等待选手们出酒店后再看苏锦黎一眼,没想到他专门出来看他们,立即兴奋得不行。

他走过去,拿着笔给他们签名,同时问:"热不热?"

"好热啊!"

"看到你就满足了。"

"小锦鲤,你比电视上还帅。"

"我好喜欢你啊!"

苏锦黎把签名递了出去,听到了表白后想了想,回答道:"对不起,我们好像不太合适?"

"你不用这么严肃地拒绝!"粉丝心痛得不行。

苏锦黎犹豫了一下,抬手揉了揉她的头:"那祝福你一下吧。"

"啊啊啊啊啊!"立即尖叫声一片,涌来一群粉丝求摸摸头。

苏锦黎的签名没设计过,一笔一画的,写字还好看,名字笔画还多,所以签名很慢,写出来的简直就是签名界的业界良心。

他签名的同时也没闲着,一直在跟粉丝互动,回答他们的问题。

签了一会儿,突然有一个高大的男人走了过来,撑着遮阳伞到了苏锦黎身边,用伞的阴影罩住苏锦黎,问道:"怎么一点防晒设备都没有?"

苏锦黎回头看了看安子晏,回答:"下来得比较匆忙,没带。"

安子晏点了点头:"没事,你忙,我给你遮着。"

"小鱼儿对不起,我们激动得忘了!"粉丝开始道歉。

"安子晏,可以请您签个名吗?"

"真的好高啊……"

安子晏看着苏锦黎的粉丝,优雅地笑了笑,回答:"专心喜欢你们的小锦鲤,别分心,他值得你们喜欢。"

苏锦黎在粉丝堆里待了好半天,最后还用自拍杆跟粉丝们合影。

安子晏也跟着凑了个合影,因为个子太高了,只能蹲下身来。拍完照才发现苏锦黎的粉丝,在他的头顶弄了一圈剪刀手,相片里他就像盛放的向日葵。

他拿着相片十分嫌弃,果然跑到别人的粉丝面前就是挨欺负。

相片是用安子晏的手机拍的,他拿着手机将相片简单处理了一下,接着递给了苏锦黎:"你上你的账号把它发出来吧。"

"不行啊,得要验证码!"苏锦黎在这方面有经验。

"对啊……"安子晏点了点头,接着把相片发给了侯勇:自己看着办吧。

侯勇:好的好的。

苏锦黎美滋滋地走回去,然后就被告知其他的选手已经去彩排了,他立即慌得不行。

"完蛋了,我掉队了!"苏锦黎惊恐地对安子晏说。

"我让他们别打扰你的,你跟我坐车过去吧。"

"哦……好的。"苏锦黎赶紧跟在安子晏的身边,生怕安子晏也把他给丢在酒店里。他没参加彩排,明天绝对慌得不行。

安子晏笑得有点得逞,带着苏锦黎上了自己的保姆车。

苏锦黎特别没见识似的,到了安子晏的车里惊讶的不行,感叹道:"哇……车里居然跟小房子似的!"

"嗯,对,你出道以后也会给你配一辆这样的车。"

"超厉害!"苏锦黎眼睛都亮了,感叹的时候出了绵羊音。

苏锦黎这种少见多怪的样子让安子晏很满意,笑眯眯地问:"喝饮料吗?"

"居然还有冰箱!"

"嗯,对,还有吃的……"安子晏说完,就看到小冰箱里还放着小龙虾,立即默默地关上了冰箱门。

然而苏锦黎没注意到,打开饮料喝了一口,美得不行。

安子晏放下心来,笑呵呵地看着苏锦黎。

到了现场,他们俩一块下车,苏锦黎小跑着往里进,把安子晏甩得远远的。

进去后就发现没有化妆的地方,他只能站在门口扶着门框看着其他选手化妆。为什么经费提上来了,也不多请几名化妆师?

安子晏进来后看到苏锦黎在门口幽怨地等待着,直接对苏锦黎说:"你跟我过来吧,我不带妆彩排也没事。"

"好。"苏锦黎立即美滋滋地继续跟着安子晏走了,"小精致,你人真好。"

"你别总是动不动就给我发好人卡,我心惊胆战的。"

"人好还不能夸了？"苏锦黎反问。

"是，你说得对。"

安子晏再次成功地将苏锦黎带到了自己的化妆室，Lily 拿来了苏锦黎的服装，感叹了一句："红衣似火啊。"

"对，这次是妖艳风格，就是那种快意江湖，唯我独尊的形象。"苏锦黎跟 Lily 解释。

"给你画眼线可以吗？"

"可以，您看着来就行。"

Lily 点了点头开始工作。

彩排期间苏锦黎穿着一袭红色的古装，部分地方则是黑色的布料点缀。手里拿着一支箫，款款走过来就引来了一阵惊呼声。

这次苏锦黎有假发了，不再是一个简单的丸子头，整理过发型，加上脸上的舞台妆，让苏锦黎的气质都跟着一变。

"东方不败大人！"安子含大喊了一句。

"贾宝玉！"范千霆跟着感叹。

"你见过这么妖的贾宝玉？"安子含忍不住问范千霆。

苏锦黎不太了解东方不败是谁，于是回答："叫我锦鲤大仙！"

结果引来一群人的笑声。

"你这身行头不好换装啊，第二首歌跨度又那么大。"安子含忍不住感叹。

"只能抢妆了，Lily 姐说明天她会跟着我。"苏锦黎说话的时候，整理了一下自己的袖子。

"我觉得你可以演那种古装剧，尤其是什么美男子之类的角色，你绝对出挑。"安子含盯着苏锦黎看了一会儿，由衷地建议。

"小精致也说想帮我接古装剧，可是我不会演戏啊。"

"不行，我听到小精致这个称呼就想笑。"

等到了苏锦黎上台彩排后，节目组依旧是安排他在半空中出场。

他需要先爬梯子在架子上准备好，趁着中场休息的时间在秋千上准备，等他开始了，节目组会一点一点地帮他放下去。

他的这个节目还是本场危险系数最高的，所以彩排的时候也最重视。

现在苏锦黎是"祖宗",可不能再受伤了。

苏锦黎小心翼翼地候场完毕,安子晏就在台下看着,看到苏锦黎在半空中荡秋千的时候,心也跟着悬了起来,下意识地伸手,生怕苏锦黎会掉下来。

后来发现,苏锦黎似乎坐得挺稳的,安全设施完全合格。

苏锦黎拿着箫开始吹奏,虽然知道前奏的箫曲是早就录制好的,苏锦黎只是在表演,他还是被此时的画面一瞬间镇住了。

苏锦黎潇洒地收起箫,纵身跃下,稳稳地落在了舞台上,在舞蹈动作的掩饰下,解开了身上的威压锁扣。降落的一瞬间,衣袂飘飘,长发飞舞,还真有几分仙子降世的感觉。

画面好看得让人移不开眼睛。

"他之前坐在秋千上鬼哭狼嚎的,这次倒是表现得不错。"安子含到了安子晏身边,忍不住数落苏锦黎。

安子晏这才回过神来,问:"为什么?"

"他恐高啊。"

"他不是住上铺吗?"

"啊……他本来在下铺,不过床铺被我抢了。"

安子晏一听就不高兴了,问:"你欠揍吧?"

"我个高啊,住上铺多憋屈?"

"苏锦黎也不矮啊。"

"乌羽个子矮不愿意上去。"安子含说完就觉得背脊一寒,一回头才看到乌羽就站在他身边,立即闭了嘴。

安子晏听苏锦黎唱了一会儿歌,忍不住感叹:"旋律不错。"

"他自己练歌的调子扩展的,别看苏锦黎公司不大,里面的员工倒是有点本事,这个音乐做得不错,苏锦黎的填词也可以。重点是他声音好听,唱功也越来越厉害,唱得非常不错。"安子含这样点评。

"难得你能夸人。"乌羽忍不住说了一句。

"那是我弟弟。"

"前几天还嚷嚷再跟苏锦黎说话,你就是他孙子。"

乌羽看完苏锦黎的表演后才离开场地，安子含看着乌羽离开，忍不住问安子晏："他是不是只把苏锦黎当成对手了，只看苏锦黎一个人的彩排。"

"估计是的。"

"没把我放在眼里吗？"

"估计还能在意一个魏佳余。"

"卧……"脏话刚出口，就被安子晏抽了后脑勺。

苏锦黎在彩排结束后跟着车回到了酒店。

刷卡进入自己的房间看到房间里有荧荧光亮，不由地一愣，他走时似乎没有开灯，怎么有光亮？下意识想退出房间。

房间里传出沈城清冷的声音："是我。"

"哥！"苏锦黎瞬间惊喜，快步走进去扑了过去。

"彩排完了？"沈城看着他笑得宠溺，柔声问。

"嗯嗯，哥，我超想你！"

"我知道，你每次都说。"

"你怎么过来的？"

"直接过来的。"

苏锦黎说："我也想像你一样。"

"呃……"沈城知道苏锦黎恐怕不行，又不能打击苏锦黎，于是说道，"我给你买辆车吧？你喜欢什么车型？"

苏锦黎立即懂了，不免有些失落，刚巧此时有人过来敲苏锦黎的房间门。

苏锦黎赶紧起身，拽着沈城，让沈城在开门后看不到的位置站着，接着走到门口询问："谁啊？"

门外是安子晏的声音："我。"

"你有事吗？"

"你的服装留在我那里了，我给你送过来，还给你带了点夜宵。"

苏锦黎这才想起来，彩排时换衣服，他将衣服留在了安子晏的化妆间里。他立即打开门，伸手去拿东西，抓了几下，只抓到了安子晏的袖子。

安子晏站在门口觉得纳闷，忍不住问："脸都不露吗？"

"你给我之后，就早点回去休息吧。"苏锦黎赶紧说，从安子晏的手里接过了东西。

刚要关门，门却从里面打开了。

他回过头就看到沈城站在他身后打开了门，微笑着看向安子晏，主动打招呼："好久不见。"

安子晏的表情在看到沈城的瞬间就变了。

苏锦黎现在的位置，面前是安子晏，身后是沈城。仅仅是站在他们俩中间，就感受到了一股子突兀的杀气。

没错……是杀气。

"你怎么会在这里？"安子晏的声音彻底冷了下来，微微低头，却还在看着沈城，眼神里都是压制不住的寒意，好似枯井里的风，悬崖峭壁里的冰。

"我为什么不能在这里？"沈城的脸上依旧是云淡风轻的微笑，然而那种笑明显不是真的在笑，而是保持优雅的一种表现。

安子晏看向苏锦黎，就看到苏锦黎往房间里跑，似乎是想要躲开这种修罗场一般的现场。

求生欲很强了……

"你是过来探班的？"安子晏又问沈城。

"对啊，看看我家小宝。"

苏锦黎立即诧异地看向沈城，哥，你以前不是这么叫我的！

结果，刚要开口说话，就被沈城紧紧地捏了一下手腕警告，喉咙也发不出声音来。

安子晏忍不住嘲讽地笑了笑。

"嗯，你是准备跟我聊天吗？我今天晚上住在这里。"

"不想。"安子晏立即拒绝了。

"这样啊……"沈城看向苏锦黎，温柔地问，"你有没有跟你的老板说我们的关系？"

苏锦黎摇了摇头，刚要说话，手腕又被紧紧地握住了。在沈城的控制下，苏锦黎此时就算有声音也发不出来。

"那以后就麻烦老板帮忙公关了。"沈城再次对安子晏说道，话语客气，眼眸笑得就剩一条缝。

安子晏强装镇定地回答："哦，客气了。"

"老板还有什么事情吗？"

安子晏又一次看向苏锦黎，气得眼圈有点发红，周身阳气大盛，让苏锦黎一阵难受。

苏锦黎说不出话来，只能站在旁边听着，低下头就看到安子晏的拳头握得紧紧的，不由得有点慌。他能感受到安子晏的愤怒，这让他有点愧疚，毕竟是他一直没告诉安子晏，他跟沈城是兄弟。

签约了死对头的弟弟，安子晏会生气也不奇怪。

安子晏不再逗留，直接转身离去。

沈城目送他离去，眼中的微笑更盛，这次应该是真的想笑了。想到安子晏最起码会气一整个晚上，沈城就觉得非常开心。

他拉着苏锦黎进入了房间，让苏锦黎坐在床上，自己则是双手环胸站在苏锦黎面前。

"哥，你干吗啊？"苏锦黎忍不住问，今天沈城说话莫名其妙的，让他觉得很奇怪。

"我现在要跟你说清楚几件事情。"沈城特别正式地开口。

苏锦黎立即点头，表示自己会听。

"我非常讨厌安子晏，我跟他注定合不来。"

"可他现在算我的顶头上司……"苏锦黎紧张得抓住了沈城的手。

"你本来就傻乎乎的，再跟那么一个傻大个在一起，你们加一块就是对二，真的让人非常不放心。和他们的约定期满了，就彻底断绝关系。"

"哥，你怎么那么讨厌他啊？"苏锦黎忍不住问，光知道他们俩互相看不顺眼，因为什么他却不知道。

"他仗着自己家庭背景好，干了不少缺德事，他的公司截和之类的事情屡见不鲜,恶性竞争尤其拿手。近几年还好些了,知道收敛了,前几年简直就是顺他者昌逆他者亡的架势,让人恶心。"

"啊?这么霸道?还欺男霸女吗?"这是苏锦黎觉得最恶劣的事情了。

沈城摇了摇头,坐在了苏锦黎的身边,继续说了下去。

"如果世家传奇看上的艺人,拒绝了他们的邀请,他们都会做些手脚,让那个人不得不签约世家传奇。有艺人合同期限满了想自己开公司,也被他们折腾得不行,大半年时间光处理合同纠纷了,错过了黄金期。"

苏锦黎听完跟着感叹:"真坏!"

"你听懂了?"

"没懂。"

"那你说什么坏啊?"沈城觉得好奇又好笑。

"让我哥哥生气就坏。"

沈城被苏锦黎逗笑了,捏了捏苏锦黎的脸。接着从一边拿来了一个袋子解开,给苏锦黎看:"我给你带的菜,在饭店吃完觉得好吃,就又点了一份给你带来尝尝。"

"哥,你真好!"苏锦黎感叹完,就拿起筷子夹了一块,尝了一口后立即亮出了大拇指。

他端着东西到一边的小桌子上去吃,接着又起身拿来了安子晏带来的夜宵,打算一起吃。

沈城一看就不爽了,直接拎走了安子晏送来的夜宵,扔进了垃圾桶里:"不许吃他的东西。"

"哦……"

Chapter 04

安子晏回到自己的房间,坐在客厅里的沙发上,对江平秋说:"派人去盯着,看看沈城走了没有。"

"好。"

"还有看看附近有没有狗仔队,别让沈城被拍到了。"

现在的苏锦黎要步步小心,他的根基不稳,周围又有很多双眼睛在盯着他。他行差踏错半步,都会被批评几天几夜。处理不好,以后都没办法再红起来。

娱乐圈就是这样。

当人们将他捧起来的时候,真的会不遗余力。但是当他们将他推下神坛的时候,也会兴奋至极。

安子晏坐在沙发上,努力让自己冷静下来,江平秋已经拿来了眼膜帮他敷眼睛。

"安少,你有没有想过,有没有可能是你猜错了?"江平秋见安子晏终于冷静下来了,忍不住提醒。

"怎么,难不成还是他哥吗?"安子晏冷哼了一声回问。

问完,就突然坐直身体,撕下眼膜。

沈城能因为苏锦黎摸过自己的头,就知道苏锦黎的身份,是不是证明沈城也是?

他怎么把这个给忘记了?

苏锦黎说过,他是下山来找哥哥的,已经很久没见过哥哥了。前阵子找沈城也是说,想要确认一件事情,没确认之前不敢瞎说。

现在想来,应该是想要确认沈城是不是他的哥哥,刚巧沈城发现了苏锦黎给他头顶上留的东西,反过来很快就找到了苏锦黎。

所以……沈城是苏锦黎的哥哥?

安子晏立即站起身来，在屋子里走来走去，最后直用脑门撞墙壁："沈城是他哥才更可怕！"

安子晏这辈子最大的运气，可能就用来投胎了。

从出道起他就被黑，黑到最近才有那么点转机，他的事业也迎来了转机，他签了一个可以爆红的新人，可以利用苏锦黎在公司站稳脚跟。结果人还没捧红，就半路杀出了程咬金来。

他只要靠近苏锦黎，沈城就能跟他拼了。

他都能想到沈城目前正在给苏锦黎那个小傻子洗脑，苏锦黎那个小傻子又一副"对！你说得对啊"的模样，想想就觉得头大。

安子晏抱着最后一线希望，问江平秋："沈城的档案上，有过关于他有一个弟弟的资料吗？"

"刚才我派人去查了，沈城曾经在一个谈话节目上说起过，自己的亲人里只有一个弟弟在世了，然而他因为工作忙又分隔两地，已经很久没见过弟弟了。"

"他们两个人的户籍所在地呢？"

"他们两个人的身份证信息都查询不到。"

"那怎么签约的？"安子晏纳闷地问。

"身份证好像是特别的组织办的，想查询他们的详细信息直接被发出了警告。"

"所以他们两个人的信息，是一样的都无法查到是吗？"

"对。"

第二天一早，选手们再次带妆去彩排。

苏锦黎古装造型化妆要比较慢，所以很早就出了门，去敲了敲安子晏的房间门，毕竟他需要用安子晏的化妆师。

打开门的是江平秋，走进去就看到Lily也在，正在帮安子晏整理发型。

他走进去就看到安子晏看向他，立即心虚地站好。

安子晏从口袋里拿出手机来，亮给苏锦黎看："我昨天晚上跟你说话，发现你把我拉黑了,这是怎么回事?"

"我哥不让我加你好友……"苏锦黎弱弱地回答。

我哥……

安子晏眼前一黑。

安子晏再次问道:"你就那么听他的?以后我安排工作怎么办?"

"一般都是经纪人安排我工作啊。"苏锦黎回答得理直气壮,显然是沈城已经说过了。

"我是你的直接领导。"

"那你打电话吧。"

安子晏这个无奈啊,气得胃直疼,早饭都不想吃了。

"你哥走了?"安子晏又问。

"嗯,昨天晚上就走了。"

苏锦黎还挺失落的,原本以为沈城会留下来跟他一起住,结果苏锦黎刚说要睡觉,沈城就逃也似的走了,根本留不住。

安子晏看了一眼江平秋,看到江平秋有点意外,就知道他派去盯着的人根本没看到沈城离开。

Lily 不知道具体的情况,见苏锦黎来了,开始叮嘱今天的事情。

先告诉苏锦黎不要再换妆了,白天彩排的时候,两首歌都穿古装,等到苏锦黎唱完第一首歌,就要快速回到化妆间换妆。

他们的任务重在苏锦黎需要脸部换妆,时间又很短,这是最难为造型师的。

第一轮比赛苏锦黎是第一个上场,上场后还有 14 名选手,中间有一个互动环节,这个时候苏锦黎已经需要出现了。

接着,再第一个上场,唱今天的第二首歌。

苏锦黎一直认真听了,然后点了点头:"那就辛苦李姐了。"

"嗯……嗯。"Lily 随便应了一句,对于李姐这个称呼还是有点不知道该说什么。

在帮安子晏整理造型的时候,Lily 看了看苏锦黎的皮肤状态,忍不住说:"你就是比他嫩,出道这么多年了,还把状态搞成这副样子。我今天来的时候他眼神呆滞，而且眼睛还肿了，跟哭了一晚上似的。"

苏锦黎看向安子晏，就看到安子晏瞪了 Lily 一眼。

安子晏这一天都要去整理自己的台本，准备好说辞。接了主持人的工作，就不能做得太不像样子了，他做得也很用心。

苏锦黎则是去化妆，接着再次去现场彩排，准备好晚上的表演。

到了晚上 6 点钟，观众们已经开始陆续地入场，现场喧闹起来。写着名字的灯牌被举了起来，因为天还没有完全黑，所以看着还不是特别真切。

苏锦黎是第一个需要入场的，所以一直站在台边准备，听到工作人员说："好像要下雨，节目组给入场的观众都发了雨衣。"

"有跳舞的环节，可千万别摔倒什么的。"

"室外场地就是这点不好。"

苏锦黎惊讶地看着他们，一下子慌了神。

他抬头看了看天，的确是要下雨的征兆，不由得握紧了拳头。

如果下雨，对他来说绝对是天大的灾难。

又过了一会儿，安子晏到了他身边，捏了捏他的肩膀："我要上场了。"

"已经 7 点了吗？"

"对，你也从架子上去吧。"

苏锦黎点了点头，爬上了架子。

安子晏一直看着苏锦黎的防护措施全部系好，才上了台。

安子晏上台后，苏锦黎明显能够感受到现场的气氛为之一变，惊天动地的呼喊声，就好像惊涛骇浪一样扑面而来。

苏锦黎在上方准备，视线受阻，看不到什么，却可以在最接近现场的位置，感受 3300 名观众的震撼力。

"今天是《全民偶像》第四场公演，如果算上音乐节那次，可以称之为第五次公演。虽然已经不是第一次现场主持了，但是我还是非常的激动，尤其是看到这些选手们的粉丝越来越多，看着他们一步一步地成长，我的心里特别地欣慰。"

安子晏走上台后，开始了今天的开场介绍，接着介绍苏锦黎的曲目。

"接下来上台的选手，是上一轮比赛的第一名。"

刚刚说到这里，场下就开始一片欢呼了。

安子晏顿了顿之后，才继续说道："这一回的曲子非常有难度了，是根据苏锦黎自己练习唱歌的调子扩展的曲子，苏锦黎自己填词。而且，他的上场也是与众不同，让我们欢迎——苏锦黎！"

安子晏说完灯光一暗，让他能够悄无声息地退场。

舞台上只有昏暗的光在上空徘徊，最后聚集在一处。

苏锦黎的秋千降了下来，慢悠悠地荡着，同时他还在吹箫。

悠扬的箫曲在整个场地内回荡，原本乖巧的男生，此时竟然冷艳万分，眼神里都是冷漠的神情，加上脸上的妆容，还真有几分清冷出尘的感觉。

这个扮相台下的观众似乎很喜欢，立即尖叫起来，全场沸腾，尖叫声响彻云霄。

接着，苏锦黎拿着箫一跃而下，稳稳地落在了舞台上。

一开口，又是原本那动听的声音。

苏锦黎练嗓子的音律，自然会有他平时的吟唱。歌曲中间段是哼音吟唱，空耳式旋律，好听到让人想要落泪。一段古风的歌曲，配上干净澄澈的声音，如同梦幻般的旋律，传入到所有观众的耳朵里。

苏锦黎是实力派，最近已经不会有人反驳了。

如果说，第一轮苏锦黎上台，有人说他其实没有什么实力，就是长得不错，外加装傻充愣，歪打正着有了话题度。

第二轮，苏锦黎的表现依旧不算特别优秀。

那么从第三轮起苏锦黎就点燃了一个炸点，一次次展现自己精彩的才艺，得到了粉丝们的认可。

这一次，苏锦黎又一次给了众人惊喜，展现了自己的才华。

第一眼看到的是一袭红衣的扮相，之后注意的就是动人的歌声，宛若从仙境里闯出来的谪仙，翩然降临人间。

待苏锦黎唱完，安子晏再次上台，拿着话筒说道："这一次的公演对于选手们来说，依旧非常重要。大家可能都知道，这是 15 进 9 的比赛，现场得票第一名的选手，将获得 15 万的票数。第二名，将获得 14 万的票数，以此类推。"

安子晏说话的时候，场内的尖叫声还没有平息下去，安子晏只能先停下来。现在安子晏站在苏锦黎身边，都觉得是自己在蹭苏锦黎的热度。

苏锦黎也微笑着跟台下挥手示意。

等到场馆内安静了一些，安子晏才继续说了下去："现在选手们的票数都咬得很紧，你们今天的现场投票非常重要，知道吗？一定要公平公正，你们可能会左右他们的未来，不要让一名有实力的选手遗憾落选。"

"好！"台下的观众积极响应。

"此次的得票结果，会在两天后加上场外的得票数，一起计算总票数，最后决定晋级名额。现在距离给苏锦黎投票结束，还有最后 10 秒钟。10、9、8……2、1。投票结束。"

"累不累？"安子晏终于有机会跟苏锦黎聊天了。

"其实还好，就是在上面的时候有种瑟瑟发抖的感觉，我有点恐高。"

"现在你是一条小飞鱼了。"

苏锦黎回以微笑，并未再回答。

"我知道你一会儿要换装，今天完全是两组不一样的造型，所以不再耽误你了，可以先去换装了，我们期待你下一首歌的表演。"

"好。"苏锦黎再次鞠躬感谢大家，之后下场。

进入后台，Lily 已经在等他了。

他一边走一边脱外套，Lily 个子高挑，跟着他身后帮他卸掉假发，在他身边说："不用洗脸，一会儿我单独给你卸眼妆，不用慌，我有经验。"

"好。"

"衣服已经在我那里了，一会儿波波也会过来帮忙。"

"嗯。"

苏锦黎进入到化妆间，刚坐了没一会儿，安子晏居然进来了，对他们三个人说："没事，我一会儿主持的时候尽可能拖延时间，你们淡定点。"

"你一会儿主持没问题吗?"苏锦黎扭头问安子晏。

"没事,我就是跟你们说一声。"说完,安子晏又急匆匆地离开了化妆间,显然是抽时间过来了一趟。

波波是过来帮忙的,等这边差不多了,他还得回去去给其他选手换装。

看到安子晏居然特意回来,波波忍不住感叹:"安大少对你倒是不错。"

"何止不错啊,是非常好了。"Lily 跟着说。

苏锦黎不知道该说什么,于是只是闭上眼睛配合他们俩。

苏锦黎的妆前半段都是站着化的,Lily 化妆,波波在苏锦黎身边帮他脱衣服,再套上上一场的衣服。

这个时候苏锦黎已经无法顾及羞不羞了,完全配合。

这边忙活得差不多了,波波小跑着回了集体化妆间。

苏锦黎坐在单独的化妆间里,不知道那边进度怎么样了,一直将心提在胸口的位置。

过了一阵有工作人员敲门,进来提醒:"Lily 姐,还有 5 分钟左右。"

"我这里完全 OK!"Lily 回答的同时,手依旧没停。

等工作人员催苏锦黎上场的时候,Lily 依旧是跟着苏锦黎走的,站在场地边帮苏锦黎整理发型,拿着定型一顿喷。

苏锦黎配合地低着头,看到了安子含的鞋尖。

"掉雨滴了。"安子含对苏锦黎说,"一会儿你上场注意点。"

"啊?!"苏锦黎一愣。

Lily 立即说道:"放心,我早有预备,你的妆容不会花,都是防水的。"

"下雨了的话,也需要按照原来的表演吗?"苏锦黎问。

"肯定的啊!曾经有一个演员,在大雨天气开演唱会又唱又跳还零失误,一点也不矫情,好多年过去了还被夸呢。"

苏锦黎双手紧握,忐忑地等候在舞台边。

工作人员让他们上场,他们依次到了台上,公布上一轮的票数。

这一次,苏锦黎跟乌羽的票数依旧不相上下。

第一名苏锦黎:2752 票。

第二名乌羽：2743 票。

第三名魏佳余：2598 票。

第四名安子含：2418 票。

……

第八名范千霆：1845 票。

第九名常思音：1723 票。

……

第十二名张彩妮：1498 票。

选手们原本以为宣布完票数就结束了，没想到突然多出来一个环节。

这个环节堪称选秀节目里的经典桥段，有选秀，一定有这个环节，就好像不来一个这种环节，他们都不好意思称自己为选秀似的。

然而观众买账，就是爱看。

这个环节就是——播放亲人们加油打气的 VCR。

这一次，是从第 15 名开始播放的。

观看的时候，安子含凑到了苏锦黎身边问："你家里会是谁？你哥吗？"

"我不知道啊，他都没跟我说。"苏锦黎小声回答。

张彩妮的家里可以说是全家总动员，居然还录了一段奶奶跳广场舞的片段，说张彩妮是遗传了奶奶的艺术天赋。张彩妮又哭又笑的，现场跟着跳了一段广场舞。

常思音的家里就很正常了，爸爸说完妈妈说，妈妈说完爸爸说，然后两口子对视一笑。一看就是家庭氛围特别好，不然常思音也不会这么佛系。

范千霆家里就很搞笑了，让范千霆千万别回去，他们把范千霆的房间改成了宠物房，范千霆回去没地方住。在家里的地位，不如一猫一狗。

等到了安子含的时候，就是全场惊呼了。

安子含的母亲是一位金发碧眼的美女，形象气质都非常好，偏偏说着流利的……东北话。

她叫安子含小宝贝，叫安子晏大宝贝，然而这兄弟俩真没长着"宝贝"脸。

"我妈以前是超模，身高 181 厘米，跟乌羽一般高，所以我看乌羽总觉得他小巧玲珑的。"安子含对苏锦黎说,结果引来乌羽瞪了他一眼。

到了乌羽这里,出来的就是一起做练习生的朋友,没有家人出场。

等到了苏锦黎的时候,场面突然黑屏,苏锦黎还以为设备坏了。

他抬起头来,就看到已经淅淅沥沥地下起了小雨,他只能用自己微薄的力量努力维持形象。

这个时候,黑色的画面里突然传来了声音:"你没开机盖,确定能拍到?"

声音很温柔,也很让人熟悉。

接着是工作人员尴尬的声音:"抱歉,见到您太紧张了。"

屏幕上突然出现一段话:是谁能让我们的工作人员这么紧张?

接着,终于有了画面,沈城出现在大屏幕里。

全场惊呼。

苏锦黎也是一怔,没想到沈城居然会同意采访。

"这阵子一直有人提醒我,说沈城你看看,这个孩子长得像不像你,是不是你失散多年的弟弟?我就很奇怪了,为什么我亲弟弟得你们介绍给我认识。"沈城在大屏幕里,微笑着说出这句话。

不仅仅是在场的观众,就连其他选手都尖叫起来。

张彩妮"啊啊啊啊啊"地叫了半天,回头看了看苏锦黎,又看了看沈城,居然问苏锦黎:"你哥那么帅,你怎么长这样?!"

苏锦黎无奈了,他终于能体会上次安子晏经历大型"出轨"现场的心情了。

"锦黎,其实说起来,我跟你真的有很多年没有见面了,我们因为一些事情分隔两地,还有不一样的姓氏,我……"沈城说到这里,话语一顿,神情有些低落。

苏锦黎知道,沈城是故意在引导,让大家误以为是家里出了什么变故,他们的姓氏才不一样的。以沈城的演技,这点事情真的是信手拈来。

"我可能不是一个称职的哥哥,这么多年都在忙碌工作,没回去看过你。让你因为想我而独自出来闯荡,还误打误撞参加了选秀。上次见面,还是在你受伤的时候,我去医院看你……那段时间,我的心里真的非常难受。"

沈城说到这里眼圈红了,声音也有点发颤。

第四章 | 063

苏锦黎看着也跟着要哭是的，结果就听到安子含问："你哥是不是看你红了才肯认你？"

苏锦黎立即回答："不是。"

之后，沈城又对苏锦黎进行了一番鼓励。

接着，又说了这样一段话："我总看到热搜上有安子晏、安子含兄弟的话题，然后看到粉丝夸他们兄弟俩玉树临风什么的。我就想说，我们兄弟俩也是很英俊的。"

最后对着镜头，展现了一个完美的微笑，结束。

安子晏一直看着视频，努力让自己淡定，可是看到最后，安子晏还是忍不住笑了，拿着话筒说："临到结尾，还挑衅了一下。"

说完，扭头看向苏锦黎，看到苏锦黎在微微低头。

此时已经开始下起了小雨，雨滴一直往下落。台上的选手都没有撑伞，或者是有什么防护措施，苏锦黎也在跟着淋雨。

"虽然我家弟弟不如你们家的，但是我们家哥哥拿得出手啊！"安子晏说完，引来观众们的一阵起哄声，居然还有"吁"声。

安子晏也不在乎，直接让选手们下场，他也跟着走了下去。到了舞台边，开始有化妆师帮他们补妆，擦脸上的雨水。

安子晏对耳机说了一句："评委老师帮忙救一下场，实在不行更换出场顺序，苏锦黎这边状态不太好。"

"是身体状况吗？"耳机里有人询问。

"没错，下雨天对他有点影响，我一会儿再上台。"

耳机里传来了顾桔的声音："节目组找我的音乐，我可以上台临时唱两首歌。"

不需要彩排的临时救场，真的有实力的人，才敢这么做。

"感谢。"安子晏说道，心中突然对顾桔多了一些赏识。

这边安排完，安子晏拉着苏锦黎快速回了自己的化妆间。刚进去，安子晏就看到苏锦黎皮肤上不受控制地出现鱼鳞，他已经急得要哭了。

"一会儿我想办法给你安排一把伞，或者你穿雨衣上去。"安子晏拿来毛巾，帮苏锦黎擦干。

"别人都没有,我不能搞特殊!"

"不然怎么办?"

苏锦黎也急得不行,突然他用力地握住了安子晏的手腕。他突然感到了一丝凉意,安子晏也不反抗,反而配合苏锦黎。

安子晏也是第一次有这种强烈的感觉,有些许不适,却还能撑得住。

只要苏锦黎没事就好。

这种情况让苏锦黎的头很痛,只能微微蹙眉。

然而安子晏的温柔似乎有安抚作用,让苏锦黎渐渐好了一些。

这一次持续了能有五分钟,安子晏的耳机里传来声音,说顾桔第二首歌过半了,询问安子晏这边的情况。

他推开苏锦黎问:"可以上台吗?"

苏锦黎酝酿了一下之后回答:"应该是可以。"

"一会儿表演完就回我的化妆间,把门反锁,谁敲门都不要开,结束了之后你再上台。如果那个时候状态不对,我会帮你跟观众解释,听到了没?"

"好。"

安子晏这才打开耳机回答:"可以了,我们现在就回去。"

Lily 一直等在门口,在他们俩出来之后看了看他们,什么都没说,再次帮苏锦黎补妆。

安子晏在顾桔表演结束后,走上台去跟顾桔互动了一下,才介绍了下一个曲目,让苏锦黎上场。

这一轮,苏锦黎演唱的是一首最近比较流行的歌曲,需要边唱边跳。现在舞台上都是雨水,雨也越下越大,苏锦黎上台没一会儿,就已经浑身湿透了。

然而,他在演唱的时候依旧没有任何的气息问题,就连舞步都卡点很准。

这一场雨,让苏锦黎的表演更加有视觉冲击性了,白色的衬衫被雨水淋湿后成了半透明的状态贴在身体上,能够显现出苏锦黎很好的身材。

在做动作的时候,苏锦黎临时更改动作,踢起了舞台上的积水,并且用法术控制水花,让水就像在他的身边绽放开一样,美丽炫目。

整场表演结束后,苏锦黎保持最后一个姿势站在舞台上,大口喘气,胸口起伏，肌肉的轮廓都能够呈现出来，性感又迷人。

这一场表演，他真的是用尽了自己所有的力量，已经快坚持不住了。

一段舞蹈，让他筋疲力尽。

安子晏走上台，一边走一边脱掉自己的西服外套，接着搭在了苏锦黎的身上。

他拿着话筒帮苏锦黎拉票："他最近身体一直不是很好，这场雨又来得让人措手不及。嗓子刚刚养好，身体还没彻底恢复，他现在出来表演简直是在冒险。你现在有没有什么想对大家说的？"

苏锦黎拿着话筒，将气喘匀了才开口："大家冷不冷？"

"好冷啊！"

"你注意身体。"

"小鱼儿我爱你！"

"回家以后冲一个热水澡，会促进新陈代谢，多喝热水，喝点姜汤，对自己好一点。"苏锦黎继续说道。

"我在让你给自己拉票。"安子晏无奈地提醒。

"嗯，身体好了才能继续喜欢我。"

"行，你下去吧，再问也问不出什么来。之后的选手是谁，大家知道吧？"

安子晏快速结束这轮采访内容，推了苏锦黎一下，让他赶紧回去。

他也没多留，快步跑回后台，然后按照安子晏说的进入安子晏的化妆间，进去后直接趴在了地毯上，大口喘息，身上的鱼鳞也渐渐出现了。

幸好坚持下来了。

幸好有安子晏在。

苏锦黎在地上躺了一会儿，安子晏用钥匙打开门走进来，又很快将门反锁了。

他进来后就立即帮苏锦黎将湿淋淋的衣服全部脱下来，接着拿来大块的浴巾盖在苏锦黎的身上，帮他擦干净。

"好冷啊。"苏锦黎嘟囔的时候声音都在发抖。

苏锦黎很怕冷，他还是第一次淋这么久的雨还在表演跳舞。

安子晏看着心疼安慰："没事，一会儿就好了。"

| 066　锦鲤要出道 2

"你不需要去主持吗?"苏锦黎问。

安子晏点了点头,看着苏锦黎的样子又不太放心,迟疑了一会儿,还是以大局为重。

他帮苏锦黎盖上毯子,说道:"你先睡一会儿,我帮你请假,乖。"

"嗯。"苏锦黎躲进被子里,含糊地应了一声。

安子晏中途再没有回来过,他怕他再回来会舍不得回到台上了。

等到最后宣布票数的环节,安子晏也没再叫苏锦黎,而是跟台下的观众解释,苏锦黎的身体出了点问题,目前状态不太好,不能再出场了。

之前苏锦黎受过伤,大家也都理解,现场没有出现任何异样。

最终,乌羽凭第二首歌的精彩演绎,获得现场票数第一名,苏锦黎则是第二名。

两个人居然只差了3票!

魏佳余这位女选手一直都是实力派,所以稳稳地排在第三。

安子含到底是大少爷,在雨中的表现不如人意,一下子掉到了第六名。

倒是范千霆逆袭到了第七名,常思音保持在第九名,张彩妮到了第十名。

结束后,安子含想关心苏锦黎,却是心有余而力不足,他此时同样狼狈,是在江平秋的护送下,才披着毯子离开的。

安子晏跟其他人打了招呼,说苏锦黎由他来照顾,便没有人再说什么了。

其实今天站在雨里时间最长的是安子晏,一次又一次地进入雨里,还要保持微笑去主持。

台下的观众都是买票来的,未来播出的时候,大家也不希望看到狼狈的样子,所以安子晏一直保持得很好。真说起来,安子晏也是一名足够努力的艺人,无论什么艰苦的条件,恶劣的环境,安子晏都能坚持,只要作品拿得出手就可以。

他这样能吃苦,却见不得自己在意的朋友吃苦。

看到安子含难受的样子,他破例让江平秋去照顾安子含一次。他这边,则是亲自照顾苏锦黎。

回到自己的化妆间,安子晏走进去就看到苏锦黎依旧缩在被子里休息。他进去后,自己脱掉湿淋淋的衣服,擦干净身体后换上了干净的衣服。

这时节目组有人敲门,他整理衣服的同时去开门,仅仅开了一条缝隙,门外的人将东西递进来,是他吩咐人准备的热奶茶。

奶茶有两份,安子晏接过来之后,将两杯奶茶塞进了苏锦黎的被子里,然后拿出风筒来,走到了苏锦黎身边帮苏锦黎吹头发。

苏锦黎躲在被子里,颤颤巍巍地拿着奶茶,将吸管插进去,然后跪坐在沙发上,披着毯子喝奶茶。

安子晏又坐得靠近他一些,帮他吹头发的时候看了看苏锦黎身上。

不过,还是很快收回了目光。

"好点了吗?"

"刚才冷得腿都抽筋了!不过现在好多了。"苏锦黎回答完继续津津有味地吸奶茶,只要有奶茶喝,所有的烦恼都会烟消云散了。

"哪条腿抽筋了?"

"右腿。""你看,我对你这么好,你却要听哥哥的话和我保持距离,是不是有点过分?"安子晏可怜兮兮地问。

"我给你一个护身符吧,关键时刻能保你一命。"

苏锦黎能这样许诺,已经是他能够想出来的最大的承诺了。

一般人听到这个许诺,估计都会心动。但是安子晏不一样,他就是在胡搅蛮缠。

"不要。"安子晏拒绝了。

安子晏收拾完了东西,苏锦黎也没想到该怎么补救,披着毯子跟着安子晏的身后一个劲地走,急得不行。

安子晏从自己的箱子里取出来一件卫衣,给苏锦黎套上。

安子晏找来鞋子,果不其然,苏锦黎穿着会显得很大。

安子晏只能给苏锦黎拿了一双人字拖:"穿这个吧。"

苏锦黎立即穿上了。

安子晏盯着苏锦黎的脚丫子看了一会儿,忍不住感叹:"脚这么白?"

"因为从来不露出来啊。"

"你有脚气?"看样子不像啊。

"那个脚气一次净药膏是去鱼腥味的,但是我觉得不太好用,说一次净,我这么多次了都没去干净。"

"沈城平时都带着这个吗?"

"他不用。"

安子晏点了点头,表示自己知道了。

他整理完东西后,拿起了另外一杯奶茶问苏锦黎:"你还喝吗?"

"你不喝吗?"

"我一般喝咖啡。"

"喝。"

安子晏将奶茶给了苏锦黎,苏锦黎立即插进吸管喝了起来。

"走吧,先回酒店,这个该死的地方待着不舒服。"安子晏说完,拎着自己的随身物品走了出去。

苏锦黎捧着奶茶跟在安子晏的身后。

他们离开后,有人进入安子晏的休息室,去取安子晏的东西,之后会直接送去酒店。

两个人并肩走出去,上了安子晏的保姆车。车子行驶过门口,还能看到还有粉丝站在雨中,等待他们的车子离开。

安子晏让苏锦黎坐到角落去,自己则是打开窗户,跟粉丝们挥手示意了一阵子,接着让司机将车子开走。

"追星真的好辛苦啊……"苏锦黎的奶茶喝完了,忍不住感叹。

"你先别心疼别人了,先想想你的事情吧。"安子晏说完拿出手机来看消息,跟江平秋沟通这几天的行程。

"哦……"苏锦黎低声应了一句。

两个人回到酒店后,依旧是一群人护送他们俩。

苏锦黎站在门口说道:"你早点休息,我先回房间了。"

"事情没解决,别想就这么含糊过去。"安子晏将苏锦黎带进客厅,让苏锦黎坐下,"你静静地想,没事。"

苏锦黎干脆倒在沙发上,陷入了绝望:"活着好艰难啊……做人好难啊……"

安子晏见苏锦黎都绝望成这样了,忍不住想笑。

他跟沈城之间的战争,最纠结的无疑是苏锦黎,安子晏看苏锦黎现在的样子,也有点犹豫了,怕催得太紧会让苏锦黎太难做。

正想改口的时候,就看到原本躺在沙发上的苏锦黎伸了个懒腰。

安子晏盯着他,愣了一瞬间,又好气又好笑。

"其实你今天帮我我挺感谢你的,你这样做,也算是保护了秩序,保持了之前的……"

话还没说完,就被安子晏打断了:"我还顺便拯救了世界?"

某种意义上,是的。"我真伟大。"安子晏特别敷衍地回答。

等苏锦黎坐下了安子晏才开口:"我也不是想逼迫你,我只是觉得,如果我不这样做,我恐怕再也没有机会了。"

"哦……"苏锦黎弱弱地应了一声。

"我不要,我只想你答应我,我希望你可以不考虑你哥的感受接纳我,留在我的公司,行吗?"安子晏问。

苏锦黎立即点了点头。

"那你再待一会儿,然后回你的房间吧。"

"好。"苏锦黎回答,"那我们俩要做什么?打扑克吗?玩金J钓大鱼吧!"

安子晏打赌,这是他这23年来,玩过的最无聊的游戏。

拿着扑克牌摆一串,碰到J全收起来,碰到其他的牌,分别收几张,比的就是谁的牌比较多。

然后,他一个倒霉蛋,跟一个锦鲤精玩这种游戏,就眼睁睁地看着苏锦黎兴高采烈地收牌,不到10分钟,输了6次。

这种扑克牌真有可能半个小时不分胜负,被这么碾压的情况非常少见。

安子晏拿着扑克牌,问苏锦黎:"你要不要跟我去阿拉斯加?"

"去玩吗?"

"不,去赚钱。"

"可以啊!是不是得等节目结束之后?"

"嗯,我估计你都不能再愿意卖力做明星了,你有发家的捷径。"

"我还是很想做明星的,我喜欢在舞台上的感觉,还有就是有人喜欢我,我会觉得我很幸福。之前在酒店外看到我的粉丝,我就觉得我绝对不能辜负他们,我得继续努力,配得上他们的喜欢才行。"

"你的粉丝如果听到你的这些话,一定会兴奋死的。"

"不用他们听,我会做出来给他们看。"

"你加油!我们小锦鲤真厉害。"安子晏抬手揉了揉苏锦黎的头。

第二天,《全民偶像》新的一期按时播出。

这一期是波若菠萝派人剪辑的,剪辑后的质量倒是十分不错,张鹤鸣看过之后觉得十分安心。

这一期里,节目组一直回避的问题也坦然地公开了。从管理失误,未能检查礼物,到苏锦黎受伤送到医院抢救,都被剪辑了进去。

节目里,还公开了苏锦黎的病历以及检查结果、拍的片子等,证明苏锦黎受伤的严重性,并非苏锦黎矫情。周文渊的淘汰被弱化,不过依旧会引起轩然大波,这是无法避免的。

乔诺挑战苏锦黎的片段,则是皆尽可能地保留,甚至是苏锦黎要琵琶时的混乱场面。

果不其然,这一期播放完毕,再次引起了轩然大波,《全民偶像》强势霸屏。

首先是关于苏锦黎受伤的事情,再次被重提。

紧接着,藏艾因为说苏锦黎是嗓子哑了,这个片段播出后,引得一群粉丝去藏艾的动态底下疯狂攻击。

当然,被攻击最狠的恐怕是乔诺了,甚至有一条专门关于乔诺的热搜:最恶心的练习生乔诺。

诚然,乔诺的做法可以理解,也符合流程。但是他这样做之后导致的后果就是,他被疯狂抨击,以后出道也会因为人品而引来一系列的骂名。

乔诺挑战苏锦黎的时候,也没想到苏锦黎受伤的事情会被公开。

如果苏锦黎受伤的事情没被公开,顶多是苏锦黎"嗓子哑了",他也不会怎么样，甚至会有人说苏锦黎矫情。

同时上热搜的自然有苏锦黎。

不过很快就有了质疑的声音，说：苏锦黎屁大点的事也能上热搜。

紧接着，一个新的热搜出现了：苏锦黎屁大点的事也能上热搜。

Chapter 05

从安子晏怒摔话筒，苏锦黎受伤的事情被大闹特闹之后，乔诺的日子就没平静过。

被淘汰后，他被常思音推着离开了训练营。当天因为收拾东西着急，还有几件衣服以及洗漱用品没拿走，是常思音发快递邮给他的。

走的时候他碰到了苏锦黎，苏锦黎冷漠得看都没看他一眼，他心里还在不服，觉得苏锦黎在装。在乔诺看来，他为了自己的未来，挑战自己有把握挑战得过的选手没有任何问题。只不过是苏锦黎跟安子晏关系好，又是安子晏公司最新签约的潜力艺人，才会被人护着。

然而事件爆发后，他傻了眼。

他拿着手机去看了全程，往下刷下来，几乎没有几个人帮他说话，大部分的人都在骂他。再去看自己的社交账号，已经被谩骂声攻陷了，就好像他干了什么伤天害理的事情。

他被淘汰后就回了公司，然而回到寝室后第二天，其他的练习生就对他议论纷纷了。实在是事情闹得太大，其他人都已经知道了，毕竟公司里的练习生没有要求过没收手机。

他在第二天并没有参加练习，公司也没给他安排任何工作，他在经纪人的办公室静坐了一天。最后得到的消息是：让他先回家休息一阵子。

"大概需要多久？"乔诺试探性地问，心中已经开始冰凉了。

"短则三四个月吧。"经纪人这样回答，表情也不太好看，明显是刚刚被领导批评过。

"最久呢？"

"祈祷风声过去吧，你这个性质不算太恶劣，网友也健忘，估计也不会太久。"

"那出道的事情……"乔诺依旧不肯死心。

经纪人终于没了耐心，忍不住吐槽起来："我说你挑战的时候能不能动动脑子？啊？你也间接地拿到过手机吧，知道苏锦黎最近有多火吧？张彩妮跟他套近乎都能被粉丝骂得不行，你居然在他受伤的时候挑战他？！"

"我看节目组想要封锁消息，没想到他们会公开。"

"苏锦黎刚刚签约到了世家传奇，你不知道吗？你还惹到人家头上去？他能放过你？你这一下子得罪了世家传奇、节目组，就算真留下了，你能好到哪里去？"

"我已经后悔了……"乔诺只能这样回答。

经纪人气得直揉脸，接着继续吩咐："回家去吧，尽可能别出门，就待在家里。等过了这阵子说不定能缓解一些。"

乔诺真的回家了，休息了一阵子后，等到了这一期播出。

他已经很久没拿开手机了，然而还是没忍住，用小号登录账号看了看……

最恶心的练习生乔诺。

乔诺看到这里后，直接在家里咆哮起来，他只是挑战了苏锦黎而已，至于吗？至于吗？

他已经后悔了！还不行吗？

乔诺这些天也有在想这些事情，觉得委屈，也意识到自己错了，然而最强烈的感觉，竟然是恨苏锦黎。他自己都知道自己很没品，明明是他主动挑战苏锦黎的，却记恨上了苏锦黎……

然而，他进入自己的社交账号，就看到他的账号在经纪人的操作下，发布了一条声情并茂的道歉长文，评论里依旧是一片骂声。

再去搜索苏锦黎，则是一片阳光明媚，全是夸苏锦黎好的。

紧接着，他就看到了一条让他震惊的小道消息：苏锦黎是沈城的亲弟弟。

有在现场的人爆了出来，不过消息很快被控制了，估计是后面几期的卖点。

乔诺彻底傻了。

然后捂着脸哭了起来。

他曾经想过，如果想改变这种境地，就只有一种方法：以后要比苏锦黎更红。

这样，就有粉丝帮他说话，有人讨伐也能像其他明星那样，粉丝出动能帮他大杀四方。

然而苏锦黎哪里那么容易超越？

史上最年轻的影帝的亲弟弟。

娱乐圈最强势的一家公司世家传奇最看重的新人。

安子含的铁哥们，谁不知道安家兄弟最护犊子？安子含更是无法无天。

乔诺要崩溃了。

木子桃这样焦头烂额的，不仅仅是乔诺以及乔诺的经纪人，还有张古词等人。

《全民偶像》第一期播出的时候还好，至少没有什么太大的反应，一切都四平八稳。

第二期播出后，大家看到了这个节目逆袭的势头，张古词依旧没太在意，觉得安子含他们几个运气还不错，说不定能顺利出道了。

瞎猫碰到死耗子了。

然而越到后来，他们就越发地后悔了。

真正优秀的练习生被他们留在了公司里，打算用其他的方式出道。派去几名练习生跟安子含陪练，让这几个人的人气飙升。

尤其是安子含，如今的热度不亚于一线明星，常思音因为跟安子晏、苏锦黎等人关系不错，所以镜头也蹭了一些，人气也不低。目前主动找来的剧本、代言等，不比前阵子刚刚重点推的新出道的艺人少，甚至有超越的趋势。

最重要的是，国内一线杂志居然也发来了邀请函，希望可以邀请到安子含跟常思音去拍摄封面人物。

木子桃有史以来也只有3名艺人上去过，还都是出道多年的老牌艺人。

节目越火，就越会被关注。

最开始公司领导只找张古词询问，为什么不多派去几个练习生？这么好的机会，错过了怪可惜的。张古词只能回答："其他的练习生都安排好了其他的出道方式，没有档期。"

公司领导也没太追究。

在苏锦黎的事情爆发后，领导终于知道了一些事情，外加不知是谁在领导那里告状了，让领导就此暴怒。张古词以及乔玉华、胡海高等人都被叫去了办公室。

"你们都是怎么选人的？自诩专业，结果苏锦黎这样能爆红的放过了，签了一个乔诺那样的来恶心我？！"领导说话的时候用手掌拍着桌子，声音十分有震撼力。

胡海高只能硬着头皮解释："面试的那天，苏锦黎一点才艺也没有，我们也没想到他居然能……"

"没有才艺，光看他长的那张脸就可以签约了吧？"

"我们想培养有实力也有颜值的艺人。"

"你看你们给我培养出来什么了？你再看看被你们淘汰的现在红成什么样了？"说着，指着胡海高说道，"沈城倒是对你很感兴趣。"

"为什么？"胡海高觉得很奇怪。

"当初苏锦黎只记得自己哥哥的公司名有水果，跑到我们公司来等人，想要等沈城。结果你看到了回公司到处数落苏锦黎，现在苏锦黎跑到沈城那里哭诉去了，你自己跟沈城解释去吧。"

"我并不知道是这样的事情，他当时的确是给人这种印象。"

"什么都不知道你就嘴欠？你跟村口吃瓜子的长舌妇有什么区别？"

胡海高不说话了，一名年过半百的老牌老师被公司领导这么批评，颜面自然过不去。

"行了，你先去吧。"领导再次开口，似乎看到胡海高就烦。

"去哪里？"

"准备准备，去跟沈城聊聊天、谈谈心。"

"真的要见面？"

"不然呢？这么惊讶，还准备要个签名？"

胡海高抿着嘴唇，最后还是扭头离开了领导的办公室。

张古词看到领导看向自己，就知道轮到自己了。

"你以前眼光可以啊，这回怎么回事？"领导问他。

"苏锦黎不是我面试的。"张古词都没见过苏锦黎。

"我是说看节目的眼光。"

张古词叹了一口气："其实很多公司的运气比我们还背，至少我们派去了4个，其他公司干眼馋，结果一个人都没送过去。"

领导听完吧唧吧唧嘴，酝酿了一会儿突然说不出来什么了。

"波若菠萝的那个乌羽还是自己偷偷跑过去的，世家传奇自己一个没送过去，只有苏锦黎是后签的。华森娱乐趁机送了一个，结果送了个品行不端的，估计也气得不行。"张古词继续说。

这一次，娱乐圈三大巨头全熄灯。

相比较之下，木子桃已经是赢家了。

之前有人数落木子桃错过了苏锦黎，简直错过了几个亿。现在，木子桃的领导突然心里舒服了一些。

侯勇这些天里都在看递过来的剧本，挑选合适苏锦黎的，然后胆战心惊地跟安子晏聊苏锦黎的职业规划。

安子晏要求，苏锦黎的一切安排都要跟他汇报。侯勇每次看到安子晏都怕怕的，但是为了自家小天使只能硬着头皮上。

坐在办公室里看剧本的时候，突然有人来敲了敲他的房间门，说道："勇哥，有客人。"

侯勇很意外，很快就看到乔琳儿拎着一堆礼物走了进来，顿时心里一沉。

乔琳儿是他之前带的艺人，因为惹到了吴娜，他为了保护乔琳儿被华森娱乐辞退。

最初，乔琳儿还表现得很好，给他转了五千元钱，说：勇哥，我的积蓄也不多，不过还是非常感谢你。

然而后来，他发现乔琳儿对他屏蔽自己的朋友圈。

不久后有人截图给他吐槽，说乔琳儿发了朋友圈，说都怪自己的经纪人，让自己惹到了吴娜，装得特别无辜。

他顿时心灰意冷。

现在，乔琳儿突然上门来找他了，明显不是奔着他来的。

侯勇先是有一瞬间的不自然，还有就是错愕，紧接着笑呵呵地站起身来，走过去欢迎乔琳儿了。

侯勇也知道，他现在是苏锦黎的经纪人，作为苏锦黎的团队成员，一言一行都会被盯着。他们如果做错什么，背锅的都会是苏锦黎。

现在苏锦黎风头正旺，不能出现任何纰漏。

娱乐圈里尔虞我诈，侯勇自然也不会去得罪任何人。万一他招来了事情，别人报复在苏锦黎身上就不好了。他就装成什么都不知道似的，笑呵呵地跟乔琳儿叙旧，态度上说不出任何问题，只是打太极方面真的很让乔琳儿头疼。

"什么时候我们一起去吃个饭吧，我好久没见过你了，怪想你的。"乔琳儿热情地问。

"嗯，可以啊！"侯勇直接答应了。

"你现在不是苏锦黎的经纪人嘛，我跟苏锦黎也算是一个人带起来的，不如把他也叫来，大家一起吃饭还热闹些，我请客。"

"你也知道，他比赛还没结束，结束后的工作安排也很多，短时间内恐怕都不行。"

"没事，什么时候有空了联系我就行。"乔琳儿继续坚持不懈。

"要是吃饭的话，不如就最近几天，我还能有空，过阵子真的很忙。上级安排的工作很多，真的是……不好意思啊，哈哈哈。"侯勇继续说着其他的话，就是不肯带上苏锦黎，空头支票都不肯答应。

乔琳儿明显不是奔着侯勇来的，而是想跟苏锦黎做朋友，万一能顺便传个绯闻就更好了，她估计能连续上几天的头条跟热搜。

就算澄清了，以后苏锦黎凡事出什么新闻，她都能被带一波疑似苏锦黎前女友的新闻。

不带，就自己炒作呗。

但是侯勇不肯答应，一直笑眯眯、客客气气的，她还说不出什么来。

于是，乔琳儿又开始动用感情牌："你不会还怪我吧，我不太懂事，给你惹了麻烦，当时也只能那么处理，一直都觉得怪对不住你的。"

"没事，都是过去的事情了。"

"你走以后我的工作也不多，公司里也不够重视我，我有点坚持不住了……"说着，开始簌簌落泪。

侯勇有点尴尬："你现在的经纪人怎么样？"

"你认识的，娇娇姐，资源抢不过别人。"

"娇娇人挺好的。"

"勇哥，你能帮我出出主意吗？"

侯勇拿出手帕来，擦了擦额头上的汗，看到德哥又一次从门口路过，这才说道："你合同还有多久到期？"他是前经纪人，日期记得比谁都清楚，是故意问的。

"还有一年多。"

"换一家公司吧。"

"你说世家传奇有可能要我吗？"乔琳儿立即顺藤摸瓜地问。

侯勇的工作室刚被安子晏收过去没几天，侯勇都没去过总公司，根本说不上话，所以也都如实地跟乔琳儿说了。

乔琳儿有点失望，她一直听说侯勇现在经常跟安子晏见面，还连升三级，还以为多厉害呢。

现在侯勇就靠苏锦黎，苏锦黎又是靠运气火的。

乔琳儿这次来无功而返，等她走了，德哥才走进来对侯勇说："你跟她笑呵呵的干什么啊？明显是想利用你。"

"不想给小锦鲤招仇恨。"

"你庆幸你们家小锦鲤有出息吧，不然你都没有翻身的日子，你现在这样还不是被她害的？"

侯勇擦了擦汗，跟着叹气。

"我这辈子运气最好的事情，就是遇到小锦鲤了。"侯勇感叹。

"好在小锦鲤不是坏人，他是沈城的弟弟，完全可以去波若菠萝，却

第五章 | 079

为了我们留下自动续约一年。不过一年后……"

一年后，苏锦黎离开公司，他们工作室就会被放养了吧？或者安排一些奇奇怪怪的工作。

"到时候再说吧，先把这一年做好了。"侯勇回答。

苏锦黎站在寝室门口，看着乌羽收拾行李，忍不住问："是因为安子含吗？"

"不是。"乌羽随口回答了一句。

"四个人一起住挺好的啊，还可以互相照应，早上叫起床。"

"早上都是我叫你们起床。"

"可是……"苏锦黎还想劝两句，乌羽已经将行李箱拉上拉链了。

他们参加完第六轮比赛后的第二天，宣布了最终的得票结果。

虽然上一场乌羽得到了现场第一名，获得额外15万的票数。但是在场外人气方面远远不如苏锦黎，最终公布票数的时候显得很丢人，第二名跟第三名的票数加一块，才能赶得上苏锦黎一个人的票数。

15万的票数，也只比苏锦黎的14万票数多一万。

然而苏锦黎场外得票数是两亿三千万啊！

比较戏剧化的一幕是，常思音的场外得票数不及张彩妮，最终张彩妮以第九名的成绩踩线入围前九名，常思音则是被淘汰了。

听到结果的时候张彩妮十分意外，她以为她这次绝对是走到头了，昨天已经收拾好行李了，今天还在跟其他选手道别，结果却晋级了。

还是以最后一名的成绩。

常思音被淘汰后，依旧在保持微笑。在常思音看来，他的实力相比其他的选手还是差了点，他之后还要继续努力才行。之前能够坚持住，全靠安子含跟苏锦黎他们几个时不时带他一把，不然真的撑不到现在。

张彩妮有点内疚，哭着跟常思音拥抱了一下，常思音还在安慰张彩妮，说着没事。

等这次淘汰之后，空出了几个寝室来，寝室内一名选手都没有了。

乌羽就跟节目组申请，打算自己一个寝室，专心练习，得到了节目组的批准。

苏锦黎听说乌羽要搬寝室还有点舍不得，于是跟在乌羽身边劝说。

没承想这个时候安子含跟范千霆拎着刚买回来的水回来了，安子含看到乌羽搬走，忍不住乐："有意思吗？"

乌羽根本不理安子含，直接走了出去。

安子含故意继续说："走了好啊，苏锦黎你搬到下铺来。"

苏锦黎赶紧推了推安子含让他闭嘴，然后追着乌羽继续说："你是不是心情不好啊？"

"没有。"

"你心情好的时候会跟安子含吵架，现在都不理他了，一定是生气了。"

乌羽听到这个分析，忍不住愣了一下，疑惑地扭头看向苏锦黎。

这个脑回路很厉害啊！

苏锦黎依旧紧张兮兮地看着他，眼神里是遮掩不住的关心。

他对苏锦黎没辙，叹了一口气，解释道："我这个人本来就喜欢独来独往，不愿意跟其他人共处，最开始是因为不得不一起住。现在有机会了就想一个人清净几天，找找感觉，准备好最后一场比赛。"

安子含穿着人字拖走了出来，吊儿郎当地靠着墙壁，听到了几句，跟着说："没用的，你就算最后一轮怎么努力，也顶多第二。现在苏锦黎的人气已经很难打败了。你也不用这么不服气，我们这个比赛本来就因为前景不被看好，来的选手实力也就那样，真全来厉害的，你都排不上号。"

这种话直接说出来，真的很伤人，苏锦黎气得掐了安子含一把。

乌羽将行李箱放在新寝室的门口，朝安子含走过去："你这种养尊处优的纨绔懂个屁？"

"你！"安子含见乌羽这架势是要打架啊，立即挺起胸脯来。

"你们只需要靠家里就能红了，但是我不一样，我想要实现梦想就必须努力。我下一场比赛，说不定会是我最后一次演出，我想表现出最好的状态来。"

"是，你有梦想你牛呗，你当波若菠萝是傻子？你现在的人气回到公司里，也肯定会给你安排工作，除非他们不想赚钱。"

第五章 | 081

"呵。"乌羽冷哼了一声，"事情并不像你想得那么简单。"

乌羽说完拉着行李箱进入了寝室。

他这样珍惜下一场的机会，自然不会在这个节骨眼跟安子含打架。

苏锦黎赶紧跟着进入了乌羽的房间，说道："你别跟安子含一般见识，他就是嘴欠。而且，你有实力有长相，肯定会发光发热的。"

"但愿吧。"乌羽沉着脸回答，接着开始收拾寝室。

"我会有现在的票数，是因为我沾了光，我之前其实耍了小聪明，想利用名字让大家注意到我，觉得我会给大家带来好运，这样得来的人气。"苏锦黎跟在乌羽的身后说道。

他真的觉得乌羽很厉害，只是他在山上修行过，要比一般人多出一些技能来，这才让乌羽成为第二。如果乌羽是跟一群普通人类比赛，一定不会像这样被碾压。

"你是不是也误会了？"乌羽忍不住扬起嘴角笑了笑，说道，"我还得感谢你能带来话题度，让大家注意到这个节目，顺便注意到我。我除了会唱歌外，说话无趣，性格也不够突出，甚至有点闷，能有现在的人气不错了。"

"我也是……歪打正着。"

"而且，我对你的实力是服气的。"乌羽说着，打开了行李箱，"这个世界很糟糕，并不是你努力了就会成功。"

苏锦黎回到寝室之后，就有点魂不守舍的，不过还是在安子含的催促下搬到了下铺。

苏锦黎忍不住问他们两个人："你们说，乌羽是不是有什么难言之隐啊，我总觉得他有很多事情都没跟我们说过。"

"难言之隐……"安子含嘟囔完这个词就想笑，笑容很有内涵。

范千霆坐在上铺抖腿，安子含坐在下铺也跟着颤："其实很正常，他这样做是对的，在娱乐圈里前一秒朋友，下一秒就有可能是对手。他跟我们也不是特别熟悉的关系，怎么可能什么秘密都跟我们说。"

"我都把他当成最好的朋友了。"苏锦黎回答。

"那是你朋友太少了。"安子含跟着说。

"我把你们俩也当成朋友了！"苏锦黎补充。

安子含立即亮出大拇指来："眼光独到。"

范千霆坐在上铺跟着说道："独具慧眼。"

他们要进行新一轮的选歌了，手机也重新发给了他们。

范千霆在上铺拿着手机一个劲地刷，想要看看有没有合适的歌。下铺的安子含要轻松很多，直接去问江平秋就行，等着他们帮自己筛选。

苏锦黎拿着手机跟沈城聊天，聊了几句，沈城就又让他睡觉了。

他叹了一口气，放下手机打算睡觉，突然听到安子含突然"扑哧"笑了一声，接着道，"苏锦黎，你看看节目组的官方账号，上传了你的个人视频。"

苏锦黎手笨，打开软件都得找半天，才能找到。

上铺的范千霆比他快，看到视频就笑得不行了，弄得苏锦黎更好奇了。

看到官方账号最新的动态，他就沉默了……

全民偶像：粉丝们期待的苏锦黎的睡觉特辑来了。

整个视频里都是苏锦黎寝室的摄像头剪辑的。

因为选择了固定的角度，以至于能看到其他几个人都睡得很老实，也就是偶尔翻个身而已。

苏锦黎在上铺却在一直动，身体以神奇的姿势旋转，最后又神奇地换了方向。

最有意思的是，其中有一段是苏锦黎的身体被卡在床上了，是范千霆发现了，过来拽了苏锦黎的腿，苏锦黎才得以释放。

范千霆重新躺好睡觉后，苏锦黎再次"旋转跳跃我闭着眼"。

还有一段是苏锦黎突然翻了一个身，整个身体都面朝下挂在了上铺的栏杆上，一只手跟一条腿都搭在床边，垂到了乌羽那里。

乌羽半夜翻身的工夫睁开眼睛吓了一跳，身体一颤，镇定之后下了床，凑过去看苏锦黎，还试了试苏锦黎的呼吸。

确定苏锦黎还活着，乌羽并没有立即调整苏锦黎的睡姿，而是围着床

第五章 | 083

换着角度看，研究苏锦黎是怎么睡成这样的。也不知最后研究出来没，便把苏锦黎推回到了床上，全程下来，苏锦黎居然没醒。

苏锦黎自己看到视频都觉得很震惊，仔细盯着看了一会儿才能够确定，那真的是自己。

"我的天啊……怎么这样？"苏锦黎指着手机问。

"你问我们？"安子含好笑地问。

"我一直以为我睡觉很老实。"

"对，每天都能恢复到原来的姿势，这是最绝的地方！"

苏锦黎点开评论，就觉得脸都羞得通红。

青杏酿饮酪：弟弟，平时觉得你安安静静的，没想到你夜里这么活泼，不过没事，姐姐依然爱你。

木七双：他是在梦里游泳吗？这可是逆天级别的不老实了。

胡露丹：日常求好运。

天雅夜蝶：床上自由泳选手苏锦黎上场了，2.0！这个动作2.0，所有的裁判都惊呆了，专家级别的都知道，这个难度系数的睡眠泳姿十分难掌握，没想到苏锦黎选手年纪不大，却已经有了这样的技术！

豆花叫盗灰：大家放心好了，我跟苏锦黎睡的时候都是紧紧地抱着他，他不会伤害到我的，我们很和谐。

"我怎么觉得这么丢人呢？"苏锦黎忍不住问。

"我觉得挺有意思，你睡姿都上热搜了。"安子含看着手机，还在给安子晏发消息。

安子含：你看我弟弟的新视频没？

安子晏：嗯，看了，他睡觉那么不老实？

安子含：没错，我亲眼所见。

安子晏：这可怎么办？会不会睡觉掉下去？

安子含：他搬下铺来了，今天搬的。对了，范千霆的事情你决定得怎么样了？

范千霆想换公司，然而现在的公司咬得很紧，不肯让他就这么轻易地离开公司，毕竟现在他也是很有人气了。他的公司跟木子桃娱乐规模差不多，不过大多是影视剧的拍摄，顺便用自己家的艺人。

这些艺人大多是主攻拍戏的，公司会自己在网上面买一些小说的版权，改编之后自己拍摄，用自己家培养的艺人做主演。

然而范千霆是歌手的，演戏真的不行，所以在公司里显得很尴尬。他在公司合同都要到期了，也没扑腾出来什么火花来。

之前几年里，顶多算是一个网络上有点小名气的歌手，还是自己开直播搞来的粉丝。这次的比赛，公司也没觉得会红，纯属让范千霆过来刷脸熟的。

节目意外走红，公司自然不愿意放人，最近想跟范千霆谈待遇问题，不过范千霆对公司的前景不看好。

人往高处走，就跟换工作跳槽似的，寻找合适自己的地方很正常。偏偏艺人有人气后换公司，就会被粉丝炮轰一阵子忘恩负义。真把范千霆招入公司，就得准备好公关团队。

最近安子含也在帮范千霆问，如果安子晏不要范千霆，他就推荐给木子桃去，实在不行让苏锦黎跟沈城说说也是一条出路。

安子晏：下次我去节目组亲自跟范千霆谈，最重要还是看他个人的想法。

安子含：好。

这边，苏锦黎也在跟安子晏聊天，是安子晏死皮赖脸地不停申请，苏锦黎才勉为其难地再加回来的好友。

可惜两个人都是强行尬聊。

安子晏：睡了吗？

苏锦黎：正要睡呢。

安子晏：可以跟我聊聊天吗？

苏锦黎：不行啊，我都跟我哥哥说完晚安了，我得听话。

安子晏：你在这方面能不能跟安子含学学？

苏锦黎：具体是哪方面？

安子晏：不听哥哥的话方面。

苏锦黎：不行的，如果我跟安子含学习了，我哥哥就不会让我跟安子含玩了。

安子晏：好吧，那早点休息。

苏锦黎：好，晚安。

安子晏：这就完了？

苏锦黎：你没关心我啊。

安子晏：本来上次看到你的小视频，我兴奋了好久。结果没过多久，就发现你发给我动图你的粉丝人手一份，视频全网的转发，就跟过年了一样。

苏锦黎：……

苏锦黎放下手机，躺在床上安安稳稳地睡了一会儿，突然又睁开眼睛看一看安子晏又回复他没。看到安子晏发了一个微笑的表情过来，突然纠结要不要再回复安子晏。

想了想之后，最后还是放弃了，继续睡觉。

第七轮比赛，就会角逐出冠亚军了。

《全民偶像》是一档个人赛的节目，最后的比赛结果，也是个人名次。只有前三名会有个人出道资格，并且节目组承诺，会给他们接到三百万的代言。

其实很多人都知道，按照这些选手现在的名气，很轻易就能接到这些工作，这个奖项只是一个奖励机制而已。至于前九名，肯定也会被公司以他们自己的方式送出道。

公布结果后的第二天，有人来探班，让前九名选手都拘束起来。

来的人是沈城。

沈城来了之后对着所有人微笑，对谁都很友好的样子，然而气质却是拒人千里之外。

就跟天生的王者似的，神圣不可侵犯。他坐在练习室的场地旁边看着他们训练，第七轮比赛的时候会有一段集体舞，他们都需要在今天开始学习。

等到了可以休息的时候，沈城突然走过来，蹲在苏锦黎的身边，按了按苏锦黎的鞋尖："鞋子会不会挤脚？"

"不会啊。"

"你做动作的时候大脚趾会顶到鞋尖。"

"做动作的时候脚的位置就下意识地往前了。"

"把鞋子脱了我看看。"沈城担心是很自然的，因为苏锦黎体质又不太好，脚总受伤，所以沈城很少让他来回走动。

现在看到苏锦黎这么动，自然会担心。

"哦……"苏锦黎扶着沈城的肩膀，将鞋子脱了，抬起脚给沈城看。

一边的张彩妮晃着手臂，假装路过似的在他们俩旁边徘徊，激动得脸颊微红，看到安子含跟范千霆就跟着感叹："不行了不行了，太帅了，我的天啊。"

"要个签名去。"安子含笑嘻嘻地说。

"不不不，不敢，我跟他说话都跟玷污了他的美似的。"

"靠，那你跟我们说话？"

张彩妮激动得不行，用手对着脸扇风："我在跟沈城呼吸同一个屋子的空气，想想我就要醉了。"

"是，苏锦黎还脱鞋了，味道醉不醉人？"范千霆跟着问。

张彩妮立即瞪了他们俩一眼。

"不过说起来，沈城人虽然不怎么样，但是对弟弟倒是比我家那个败家玩意儿强多了。"安子含看着苏锦黎跟沈城在一起的状态，这样评价道。

这时有节目组的人走进来，对沈城示意了一下后，对苏锦黎说："总决赛的时候，会安排几首人气票选的歌，这次网友投票，希望你跟安子晏合唱《飞鸟与鱼》。"

安子晏被粉丝们称呼为小燕子。

苏锦黎则是被称呼为小鱼儿。

他们俩在一起，还真是"飞鸟与鱼"的组合。

沈城就站在旁边，立即说了一句："能换歌吗？"

"换成……什么？"

"《手放开》。"

中间休息期间，苏锦黎跟沈城离开了之前的练习室，到了已经没有选手的B组练习室里单独练习。这样方便说话，也是不想影响其他的选手。

这里没有摄像机拍摄，也更自在一些。

苏锦黎没听过《飞鸟与鱼》这首歌，拿着耳机听歌的时候，就看到沈城沉着一张脸，满满的不爽。

"是粉丝投票选的歌曲，不唱的话他们会失望吧？"苏锦黎小心翼翼地问沈城，只希望沈城别继续生气。

"他们让你做什么你就做什么？"

"话也不能这么说，毕竟被喜欢了是荣幸。而且我是在参加比赛，人家都要求了，我也不能拒绝。"

沈城原本双手环胸靠着窗台，这次干脆跟着苏锦黎一起盘腿坐在地板上，扶着苏锦黎的膝盖，让苏锦黎转了个身，面对他。

"大不了你决赛的时候我跟你一起唱歌，你别跟他一起表演，不然我看着不顺眼。"沈城执着于这件事情。

"可是你唱歌……真的……"

在苏锦黎小的时候，沈城曾经唱过摇篮曲，唱完苏锦黎直做噩梦，之后沈城再也没唱过歌。

等苏锦黎来到了外界之后，就发现沈城不是唱歌跑调那么简单，简直就是没有一个字在调上。沈城也知道自己的斤两，于是不服地问："安子晏不也假唱吗？"

"他上次在比赛结束后，唱过一回，其实唱得挺好的。"苏锦黎立即想起了什么，问哥哥，"他说是你黑他假唱，是真的吗？"

"我一般不做这种事情，有损阴德。"沈城回答。

苏锦黎立即来了精神："我就说你是好人！"

"不过事情是我经纪人做的，我知情，但是没阻止。"

"这……跟……是你做的有什么区别吗？为什么不阻止？"

"只要不是我亲手做的，就不会影响到我。"沈城回答得理直气壮。

苏锦黎叹了一口气，这也难怪沈城跟安子晏关系这么差。

沈城看了苏锦黎半晌，这才妥协了："唱歌可以，别跟他有太多互动。"

"嗯，好。"

"还有比赛时下雨的事情我知道了。"

苏锦黎立即一缩脖子，心虚得不行，没一会儿就开始打嗝。

他就这个破毛病，越心虚，越会有很强烈的反应。打嗝是其中一个，还有就是不敢直视别人，下意识地说话大声。沈城是他哥，自然知道苏锦黎这个毛病。

"这也是我不希望你进入娱乐圈的理由，以后你如果参加真人秀，估计会有很多碰水的情况，你全部都不参加吗？就算你走歌手的路线，真的开演唱会碰到雨天，你能坚持整场吗？"沈城继续问。

苏锦黎被问得沉默，回答不出来。

"或许有人愿意帮你，难不成每次都能帮你吗？"沈城继续问。

"不能……下次肯定不会找他了……"

"所以……之前真的是他帮你了？"沈城忍不住蹙眉。

苏锦黎这才意识到沈城刚才是在套他的话！

简直防不胜防！

沈城越来越不爽了。

苏锦黎又缩着脖子，眼角垂着可怜兮兮地看着沈城，紧张得心"怦怦"乱跳。

"比赛只有一轮了，比赛结束后立即搬到我家里去。"沈城吩咐道。

"嗯，好。"

"你之后的行程安排，都要由我过目。"

"这个我控制不了啊。"

"我跟你经纪人说。"

"好。"

沈城伸出手来："手机给我。"

"我还得听歌呢……"

"又加他好友了？"

"我……"苏锦黎不知道该说什么了。

沈城直接拿来了苏锦黎的手机，打开微信看了看，苏锦黎立即按住了：

"哥，我都是大人了，你这样……"

"你进入叛逆期了吗？"

"没有啊。"

沈城拿来手机，找到了安子晏的号码，立即发过去一条信息：以后别再纠缠我了。

结果安子晏居然秒回了：沈城？

沈城继续打字回复：不是。

安子晏：哦，训练累不累？

苏锦黎（沈城）：我要拖黑你了。

安子晏：没事，我明天就过去了，我们当面说。

沈城看着手机屏幕，嫌弃得恨不得摔手机："你退赛吧。"

就连一天，他都不想让苏锦黎多待了。

"哥，你冷静一下……"苏锦黎赶紧过去，用手顺了顺沈城的后背。

"我要被气死了。"

"要不我去给你取速效救心丸吧。"

"你先把嘴闭上吧。"

"哦。"苏锦黎觉得很迷惑，忍不住说道："哥，你现在是在胡搅蛮缠吗？"

沈城又被气到了，他以前以为苏锦黎很乖巧，现在看来怎么这么不省心？

这个时候，手机又响起了提示音，沈城比苏锦黎先拿起来的，就看到安子晏又发来了一条消息：你有没有什么想吃的，我明天给你带过去。

"这个人怎么这么无耻呢？！"沈城激动地问，平时的优雅形象全没了。

苏锦黎看完消息之后小声回答："哥，你这么讨厌他，我就吃穷他吧。"

"算了，不用你这么努力，我会解决的。"沈城说完就站起身来，将手机重新丢给苏锦黎，"我下午还有事情，就先走了。"

"哦，好的。"

等沈城离开，苏锦黎回到练习室里，张彩妮就跑了过来，说话都语无伦次了：“签名！你哥！我男神，能不能要个签名？”

　　苏锦黎往练习室里看了看，然后回答："其实吧，签名很好弄到。"

　　"然后呢？"

　　"你让那个小姐姐帮我带杯奶昔，我就帮你要。"

　　"苏锦黎你学坏了啊！"张彩妮忍不住感叹，不过还是点了点头，"好说。"

　　苏锦黎往里走的时候，还在说："我哥哥听力特别好。"

　　"啊？"

　　"就是你跟安子含他们说的那些话，他都听到了。"而且，他也听到了。

　　"……"张彩妮回忆自己说了些什么，然后一脸的震惊。

　　"怎么能……"

　　"奶昔。"苏锦黎微笑着提醒。

　　"……"

Chapter 06

第二天一早安子晏就来了,过来后第一件事就是过来看选手们训练。

总决赛是现场直播,他不再担任全场的主持人,这种现场直播的比赛还是需要控场能力强、经验丰富的主持人来做。他只会在开场时出现,中间顶多有个互动。

所以他下一场大多会坐在裁判席里,看着选手们表演,任务不重。

他跟苏锦黎合唱的歌也不是一定会唱,这是在宣布结果后,第一名的选手送给观众们的福利。

如果第一名不是苏锦黎的话,就是其他选手准备的歌了。就算是这样,他们也需要提前准备好,总不能现场的时候太丢人了。

听说他要跟苏锦黎合唱的时候,安子晏最开始挺高兴的。

结果听到歌之后他就难受了,这首歌的调子怎么这么千回百转的?他跟着唱了两次,就觉得自己都不是自己了。绝望的时候,安子含给他发消息,吐槽他不是好哥哥,给他气得够呛。

仔细一问,才知道是沈城去了训练营,一下子就把他比下去了。

安子晏刚知道沈城去训练营的消息不久,苏锦黎就发来消息了,给安子晏给逗笑了,一看就是沈城又在给苏锦黎洗脑了。

于是他淡定回复,直到苏锦黎那边没声音了,依旧不知道那边是个什么情况。

现在到了训练营,看到苏锦黎回避他目光的样子就知道,这回又回到起跑线上了。

过了没一会儿,苏锦黎就不情不愿地来跟安子晏一起练歌了。

他们并没有留在练习室,而是直接去了小的录音棚里,并没有开设备,只是在录音棚里练歌而已。

"不需要互动吗?你跟张彩妮唱歌的时候都会拉拉小手什么的。"安子晏问,心里十分不平衡。

"歌不一样,之前那首歌是甜的,现在这首歌都不用对视,闭着眼睛唱就行了。"苏锦黎回答的时候也是盯着歌词,看都不看安子晏一眼。

明明是过目不忘,歌词早就记住了。

"我唱不好,你歌词多点吧。"安子晏说着拿来笔,抽走了苏锦黎手里的歌词单,画了起来。

"粉丝们想看你吧?"苏锦黎凑过去问。

"我当个花瓶就行了,他们是想看我,不是想看我唱歌跑调,这个歌真难唱。"

"你之前唱得还行啊。"

"那首歌我经常会听到,偶尔也跟着哼,这首我是第一次听。"

"哦。"苏锦黎盯着安子晏画歌词,补充道,"你也没比我哥哥强多少啊,他说他也可以跟我一起唱。"

安子晏立即停下笔,沉默了一会儿后赌气似的说:"不改了,咱俩练吧。"

安子晏练习明显有些吃力,后来是找来了专业的老师,对他们两个人进行指导。

苏锦黎唱着还好点,安子晏就一个劲地念叨:"脑袋要缺氧了。"

"我差不多了,你先继续练,我回去了?"苏锦黎问安子晏。

安子晏把歌词往桌子上一丢,拿起咖啡喝了一口,沉着脸没说话,显然是在闹脾气。

苏锦黎不知道该怎么办好,于是问:"要不我帮你往咖啡里加点糖吧?"

"嗯?"安子晏不解。

"甜的会让人心情好。"苏锦黎回答。

安子晏忍不住扬眉,接着对苏锦黎说道:"你对我笑一个。"

苏锦黎立即对安子晏露出了一个傻乎乎的笑。

"嗯,心情好多了。"安子晏回答。

安子晏伸手拿来了自己的包,递给了苏锦黎:"给你买了几瓶香水,你身上真有味道可以遮一遮,别弄你哥给你的那玩意了,怪硌硬人的。"

"哦,谢谢,我用还礼吗?"他听说是需要礼尚往来的。

"你知道我想要什么。"

"不太知道……"苏锦黎伸手接过香水，扭头就赶紧跑开了。

小没良心的。

第七轮总决赛因为是现场直播，所以这一次准备的时间特别长，舞台也又换了一个地方，已经在布置了。

这期间，第五轮比赛也播出了。

这轮比赛是苏锦黎跟张彩妮组合，安子含跟乌羽组合，范千霆跟张彩妮险些被淘汰泪洒当场的那一轮，中间插了一段音乐节。

这期比赛结束后，因为节目人气太高，导致了一场大规模的粉丝争论。

节目组为了控制骂声，跟沈城方协议了之后，决定提前放出下一期的预告。

节目官方社交账号，在当天晚上11点发布了一条最新动态，为下一期的看点，在结尾的时候出现了一段给选手们播放VCR的片段。

有范千霆得知自己房间没有了时的仰天长啸，还有张彩妮看到奶奶跳广场舞后的哭笑不得。最后一段，是苏锦黎"家人"出现全场震惊的画面。

至于苏锦黎的"家人"也只放了一段，就是黑色屏幕时，沈城说的那句："你没开机盖，确定能拍到？"

外加屏幕上出现的文字：是谁能让我们的工作人员这么紧张？

视频就此结束，卖足了关子。

评论也十分热闹：

墨然：声音有点像沈城啊，之前就觉得他们俩长得有点像，难不成是真的？

文房四宝：前阵子沈城的粉丝跟苏锦黎的粉丝在吵，你们还记不记得？说苏锦黎为了红蹭沈城热度。沈城家的粉丝大多佛系，这是近几年吵得最狠的一次了。

小团子响希：一个姓沈，一个姓苏，而且完全是八竿子打不着的两个人，别扯了行吗？

蓝白白是仙女：每次一出问题，就拉苏锦黎出来遛遛，这次还带上沈城了,你们是在消费观众的耐心。

青绕:为什么都在说他们是亲戚?你们没注意到苏锦黎的红衣造型吗?太好看了!

沈城苏锦黎疑似兄弟。

苏锦黎红衣造型。

安子含雨中失误。

乌羽高音。

苏锦黎的粉丝又一次像过节一样,忙得不得了,然后各种截屏,最新宣传视频里苏锦黎穿红色古装的相片也被疯狂转载。

之前侯勇还在买图,现在就是真的冒出层出不穷的同人图了,基本上都是因为真的喜欢苏锦黎才画的。就好像是画里走出来的少年一样,自然会引得这些资深粉丝的喜欢。

当天夜里,前十五名选手似乎是接到了节目组的要求,让他们救场,发布动态。

苏锦黎的动态就好像万花丛中一点绿一样,发的动态十分与众不同。

苏锦黎:姐姐你好。

并附上一张安子含帮他拍的,身体挂在上铺的栏杆上的摆拍造型,回应之前他睡觉不老实的视频。

评论依旧是姐姐粉的天地:

凉光锦缎:被气了一晚上,看到你的动态就被治愈了,今天晚上第一次笑。弟弟养好身体,姐姐爱你。

我的天呐:震惊。

出门忘吃药:哈哈哈哈。

东都狼崽子:弟弟你好。

安子含的动态,则是发了和苏锦黎的合影。

安子含:跟苏锦黎一起染了兄弟发色,感觉怎么样?

评论:

念经不听:青木亚麻灰!听说好伤头发,你别总染头发了。

秀殿:你带歪了我的弟弟!

陌默：我的私心是想今天你们两个人组合，绝对比跟乌羽组合有默契，不知道怎么就成了这个结果。

乌羽则是发了一张自己背影的相片，相片修得很有艺术感。
乌羽：依旧在努力。
评论：
不加酱油：所以你这么晚发动态，是一直在修图吗？你不能学学安子含一键美颜吗？范千霆曾经被他修没一个鼻孔！
vip990：我们一起努力！章鱼小丸子们是你的坚实后盾。
凛卿：没事的，下一场你一定可以第一。

范千霆：我到今天还没确定究竟唱那首歌好，为什么要让天秤座自己选歌啊！
评论：
歌清书icon：可以说是非常艰难了。
少年兮：节目组乱安排歌曲，毁了其他选手，拯救了选择困难症的你。
小包砸：今天看你哭好心疼，加油，转粉了。

张彩妮：没错，这一轮是我的人生巅峰了。
评论：
各各：喜欢你的真性情，保持下去，你是最独特的风景。
进击的胡萝卜酱：超气的，明明是节目组的安排，为什么被骂得最惨的人是你？
烟锁池塘柳：看到你自黑，居然没那么讨厌了。

常思音：在训练营还能胖的人，恐怕只有我了吧？
评论：
网红NingJo：吃的时候可以带上我们小锦鲤吗？他瘦成猴子了。
梦雨：谁让你是暖男的，热胀冷缩的道理你不懂吗？

萧萧：别老那么照顾别人了，以后对自己也好一点。

凌晨的时候，安子晏应该是收工了，转发了安子含的动态：
安子晏：你怎么不跟我染兄弟发色？// 安子含：跟苏锦黎一起染了兄弟发色，感觉怎么样？
安子含很快就回复了评论。
安子含：我哥敢吃土！！！
安子晏回复安子含：我不敢！！！

原本众人以为，这一夜就会这么平静地过去了，凌晨1点钟，突然再次出现爆款热搜。
沈城跟苏锦黎互动。
原来，沈城在12点47分的时候，评论了苏锦黎最新的那条动态。
沈城：视频我看了，你睡觉的样子怎么一点没变？
苏锦黎回复沈城：你跟我说完晚安怎么还来评论？
沈城回复苏锦黎：临睡觉前来看看。

凌晨突然出现天大的巨型瓜，你说吃不吃，是当夜宵吃，还是当精神食粮吃？
这么晚突然爆惊天大新闻，记者们是睡是不睡？通稿是今天写，还是明天写？有没有考虑过吃瓜群众跟记者们的感受？
评论的内容确实没明确说明他们俩是兄弟，但是，信息量很大啊！
睡觉的样子一点没变意味着什么？沈城知道苏锦黎以前睡觉什么样啊！什么人能知道睡觉的样子？肯定是生活在一起的人啊！再看苏锦黎回复，沈城跟苏锦黎说晚安，就证明他们俩之前在聊天啊！
私底下会聊天，关系肯定很亲密。
之前就说苏锦黎跟沈城很像，苏锦黎的粉丝提醒沈城，让沈城来认亲。
结果，沈城还关注了苏锦黎。
前段日子沈城的粉丝疯狂攻击苏锦黎的粉丝，说苏锦黎的粉丝讨厌，沈城是出于无奈才关注苏锦黎的。他们心疼自己男神,并且觉得两个人一点也不像,希望苏锦黎的粉丝不要再帮主子抱大腿了。

刚才《全民偶像》的预告动态出现后,又开始有人猜测他们俩是亲兄弟了,两边粉丝再次有开战的征兆。

如果不管,明天将会大战一整天,不为自己的偶像说话,就跟没粉过他似的。

沈城的粉丝大多是"老粉""铁杆粉",一般都是粉了很多年了,毕竟沈城出道早。

以至于沈城的粉丝平均年龄大多是18到35岁之间,人也比较成熟。

在粉丝圈里,沈城的粉丝已经算是佛系了。

苏锦黎年纪小,外加会看选秀比赛的也都是年轻人,粉丝的年龄大多比较年轻,精力充沛。

这也使得两边粉丝争论的时候,路人粉看到后,下意识地会向着沈城的粉丝,毕竟沈城是实力派,粉丝平时也不惹事。苏锦黎根基不稳,外加最近实在是刷屏厉害,让路人粉有点烦。

这个时候,两位"爱豆"居然互动了,还暴露了身份,网上一下子就炸开了锅。

很多人都猜测,是沈城知道了一些动静,所以故意在这个时候出现,为的是苏锦黎少挨骂。

同时也是不想让两家粉丝掐架。

沈城这条评论的单条回复,一下子就炸开了锅。

特家阿馨:什么情况?难道是亲哥,那我岂不是……突然多出来一个……大弟弟?

秋羽墨:什么?!我男神是我弟弟的亲哥哥?

邓子:深夜突然天降大瓜,一下子把我砸醒了。

胡飘飘:我有点语无伦次了,这个节目组真的神奇了,安子含的哥哥是安子晏,苏锦黎的哥哥是沈城。一直传说安子晏跟沈城不合,然而,苏锦黎跟安子含好得恨不得睡一个被窝?

Athene:《全民偶像》变身《哥哥去哪儿》?

裳歌舞：在安家兄弟那里围观完，刚笑完，来到这里就这样了？

阿桦田：看节目的时候觉得小锦鲤的哥哥真渣，都不去看看小锦鲤，多让人心疼啊！现在：哦，打扰了。

另外一边，沈城的粉丝们深夜发出来的动态也十分有意思。

薄荷冰不加水：喜欢城城五年了，还是第一次撸起袖子唾沫横飞地跟另外一个"爱豆"的粉丝疯狂吵架，然后发现骂了半个月城城的亲弟弟。别问我现在是什么心情，我说不出来，忘情水失忆套餐来一套。

呐，小花花：我删掉骂苏锦黎的动态，居然用了整整八分钟，可见我之前骂得有多狠！啊，原来是城城的弟弟啊，我说怎么越看越可爱呢！

以途归饮：知道真相后在群里刷屏要脱粉，不明白城城怎么有这么一个能搞热搜的弟弟，真的很失望。然后打开《全民偶像》打算找槽点骂苏锦黎，看了一会儿之后发现……越看越顺眼，不愧是我们城城的弟弟。

楚殿至上：我现在的感觉，就好像在看拳击比赛，你来我往的时候，两名选手突然拥抱，感情来得突如其来。

吹簪：吵着吵着，就突然跟对家握手言和了，一家人，大家都是一家人。

睡梦中的苏锦黎，自然不会知道他的粉丝跟哥哥的粉丝居然吵了起来。更不会知道哥哥的粉丝大批量去关注他，让他的粉丝数量再次疯狂增长。

在他闭着眼睛，在床上表演睡姿托马斯回旋的时候，记者们更是叫苦不迭。

凌晨，让人尴尬的时间。

睡在下铺之后就没有栏杆了，半夜他突兀地掉在了地面上，摔得整个人都蒙了。狼狈地爬回到床上，还偷偷看看摄像机，生怕又被录制小视频。

拿出手机看看时间，就看到了几条留言。

侯勇：小锦鲤，你专心比赛，网上的评论你不用理。

沈城：最近别登录账号。

安子晏：不用在意那些评论，这些都是成名路上在所难免的，淡定就好。

苏锦黎看着手机觉得十分迷茫，出于好奇心，他反而没忍住打开了社交平台，然后就被消息轰炸了。

第六章 | 099

他看着评论消息，点开看了一些，才惊讶地发现：这些人怎么吵起来了？什么？居然是跟哥哥的粉丝吵起来了？

然后他继续看，越看越着急。

不是那样的啊！哥哥一点也不渣，才不是坏哥哥，也不伪善的，他哥哥超级好。

凌晨四点，苏锦黎的粉丝跟沈城的粉丝倒是休战了，然而名声一直很好的沈城居然被骂了。

有心人截取了苏锦黎在节目里说的话，断章取义，分析说沈城是一个非常不负责任的哥哥，一直都丢弃苏锦黎，是苏锦黎红了以后才肯认苏锦黎。

如果真的在意弟弟，为什么会这么多年连一面都不去见弟弟？不是渣是什么？

洗不白了。

沈城一大早就看到苏锦黎一连串的留言。

苏锦黎：哥！网上的那些评论都是不对的啊，事情的真相并不是他们说的那样的。

苏锦黎：我很想挨个去解释，但是又怕多说多错，好着急。

苏锦黎：你超好的，并不是坏哥哥。

沈城拿着手机，手指摆动让手机在手里转了几圈，又放回到了茶几上。先是去洗漱完毕，接着到厨房里为自己准备早餐，等待好的时候，才重新拿出手机看消息。

沈城：醒了？还是一直没睡？

苏锦黎：晚上摔了，之后就没再睡了。

沈城：我出道这么多年，有很多人都在迫不及待地等我的黑料，难得有一次把柄，他们自然不会浪费。

沈城：还有，我的公司会管的，这些消息会影响到我。

苏锦黎：那就好。

沈城：而且，我确实不是一个称职的哥哥。

苏锦黎：不会啊。

沈城：唉，你该恨我才对。

沈城生来冷漠。

他最开始不太想管苏锦黎，觉得苏锦黎会是一个累赘。

于是沈城大多是自己去历练，走南闯北。偶尔回去看看苏锦黎，就任由苏锦黎自生自灭了。他经常一走就是几年、几十年。

难得一次回去，就会看到苏锦黎兴高采烈地围着他转悠，一点也不恨他，还很崇拜他似的。

他出于内疚，会在回去后带着苏锦黎出去玩一阵子，见见当时的名人，或者是去宫里看看庆典之类的活动。

在那之后，沈城还会独自离开。

有一次，他一次性走了八十余年没有回去。

只长了两条腿的苏锦黎穿着一双破烂的草鞋，居然出来找他了，因为能力不够，经常被其他同伴欺负也没生气。

苏锦黎跟别人打听的时候，问的都是："你见过一个超厉害超帅的人吗？他是我哥哥！"

沈城听到了消息去见苏锦黎，就看到了瘦得不行的小人儿，到他身边跳来跳去，说："哥你看我长大了，我就迫不及待来找你，想给你看看。"

明明脚底都有血迹了，还那么兴奋……

沈城看到苏锦黎后说不出话来，就只能沉默。

紧接着，苏锦黎又说了一句："哥，我想你了。"

被丢弃了却没有自觉，一点也不怨，这孩子是不是傻啊？沈城下山这么多年，可以说得上铁石心肠。

偏偏对苏锦黎没辙。

其实想想自己这么多年，沈城自己都知道，他不是一个好哥哥。他很自私，以自己为重心，所有与他为敌的，他都不会轻易放过。

然而，苏锦黎不怪他，依旧崇拜他。

沈城决定，先出去闯荡，努力赚钱然后为苏锦黎铺垫以后的出路。他拼搏了多年后，已经打算转为幕后，成为波若菠萝的股东，之后再淡出娱乐圈。

这个时候就能接苏锦黎来了,带他环游世界,到处去玩。

然而苏锦黎却独自出山来找他了,还误打误撞地进入了娱乐圈。

沈城总想回避这件事情,然而这件事回避不了,总有一天要被公开。

与其被其他人曝光,还不如他主动说出来,还能化解两家粉丝之间的矛盾。这个时间正好,反正是迟早要经历的浩劫,不如就现在来。

苏锦黎:为什么啊?你是全世界最好的哥哥。

沈城看着这句话,忍不住捂脸,鼻头有点酸。

他总觉得他不算个好哥哥,他又刻薄,又冷漠,还讨厌吵闹。他对什么事情都没有耐心,被念叨的多了就烦了,说不定还会发火。

他对苏锦黎也不算关怀备至,还是看到了祝福才想到的苏锦黎。他还不喜欢苏锦黎脱离他的控制,他总觉得这个弱小的小鱼是躲在自己的庇护之下的。

沈城:你不用担心,很快就会处理好,我们都有经验。

苏锦黎:好。

沈城:而且,抹黑我的人会倒霉的,我不在意。

苏锦黎:你说得也是。

沈城:比赛准备得怎么样了?

苏锦黎:本来是让我们准备3首歌,现在还多了一首得冠军后有可能唱的歌,就4首歌了。还要准备一段集体舞,还有一段个人的舞蹈展示,幸好时间够久。

沈城:你好好练习就行了。而且你的微博账号,会被粉丝的软件看到你上线的时间,这个也需要注意。

沈城:等你出训练营之后,我亲自教你怎么在娱乐圈里待下去。

沈城:你上次在酒店下楼跟粉丝互动就很危险,安子晏怎么都不拦着你?

苏锦黎:看我早餐!

沈城:我跟你说的话你听进去没有?

苏锦黎:嗯嗯,知道了。

不过看到苏锦黎发图,沈城才想起来自己的早餐,快速走过去关火,看着里面煳了的东西,锅都不想要了。

苏锦黎拿着手机,看着微信里的消息轰炸,有点不会回消息了。

小咪:什么?!你跟安子含还因为我打架了?我突然有种我是红颜祸水的感觉。

小咪:然后沈城是你哥是什么情况?你别告诉我当初你要去木子桃找沈城?

苏锦黎:是啊。

这个时候回复的已经不知道是哪条消息了。

小咪:你是沈城弟弟你签什么孤屿啊!你签波若菠萝啊!

苏锦黎:当时不知道。

小咪:你们兄弟俩挺迷啊。

苏锦黎:啊?

这句话什么意思?

小咪:尤拉姐让我跟你说,等她新戏上映的时候,你帮她宣传一下。

苏锦黎:怎么宣传?

小咪:用社交软件呀,不着急,距离上映估计还得一年多呢。

苏锦黎:怎么这么早说?

小咪:怕你以后红了不理我们了。

苏锦黎:不会的。

小咪:想要沈城签名照!

苏锦黎:好。

小咪:沈城生活里什么样啊?

苏锦黎:可好了。

小咪:他是你亲哥,你怎么跟我要联系方式,真和网上说的一样?

苏锦黎:别信他们的,我哥对我可好了。

安子含吃着饭,盯着走过去的乌羽说:"这小子不但搬出寝室了,连我们几个都不理了你们发现没?"

苏锦黎抬头跟着看,忍不住失落起来:"的确,我上次跟他搭话,他都没怎么理我。"

"我怎么感觉不对劲呢?"安子含摸了摸自己的下巴,从口袋里取出手机来给江平秋发消息,让他帮忙调查一下乌羽的公司跟家庭背景。

从上次节目环节出来的是乌羽的朋友,安子含就觉得有点不对劲。

苏锦黎立即按住了安子含的手机:"别了,既然乌羽不想说,我们也别问,这样不好。"

安子含这才收回手机:"嗯,好,我对他也不感兴趣。"

两个人吃了没几口饭,江平秋突然来了训练营,直奔他们过来了。

安子含诧异地看着江平秋问:"江哥,你不至于亲自过来告诉我吧?"消息刚发过去吧?

"哦,消息我看到了,不过我是要接苏锦黎出去的。"

安子含立即跟着站起来了,问:"干什么啊,带他不带我?"

"安少帮他争取了一个角色,昨天苏锦黎古装扮相出来之后,立即得到了回复,现在我要带着苏锦黎去见见导演。"江平秋回复的时候,还对苏锦黎说,"你不用紧张,一会儿会帮你做简单的造型,你去了之后只要平常心对待就行。"

世家传奇抢资源方面也算是个传奇。

安子晏更是这方面的好手,这也是沈城等人看不上安子晏的原因。这人抢资源的时候太积极,就连沈城都吃过几次瘪。

能让安子晏这么重视,一大早就把苏锦黎带出训练营,可见这个角色的重要性。

"什么戏啊?导演是谁啊?主角吗?"安子含好奇地跟着问。

苏锦黎则是迷迷糊糊地跟着他们走,听着他们说话,反正说出来导演是谁他也不知道。

"不是主角,只是一个男三号,不过戏份很重。"江平秋回答。

"还有呢?"

"导演是姜町。"江平秋见安子含一个劲纠缠,就特别小声地回答。

"不会吧?"安子含的眼睛都直了,第一部戏资源就这么厉害?整个娱乐圈都没听说有几个人能这么一步登天的。

姜町,国内著名导演,电影的数量不多,但是部部都是经典大片级别,曾经带着自己的电影冲击过国际大奖。

只要拍过姜町戏的女主角，大多会被说成是"町女郎"，后续发展的都非常好。

一部电影，导演是姜町，说出来就是：巨额投资、几十亿的票房、超级良心的特效，还有就是……主角必红！

"厉害了我的鱼。"安子含感叹。

这次安子晏只派了江平秋跟 Lily 来了，安子晏则是自己先去跟导演、制片人等碰面了。

苏锦黎被 Lily 带过去单独的化妆间，直接就让苏锦黎脱衣服："我们给你准备好服装了，你这身先脱掉吧。"

"哦，好。"苏锦黎点了点头，拿着他们给的衣服去换上了。

他们给苏锦黎准备的衣服，是白色麻料的中国风上衣，领口是盘扣设计，中袖，没有任何花纹装饰，看起来很素。

裤子是黑色的，同样宽松，穿起来显得很古典。

他走出来后，Lily 看着苏锦黎新染的头发发愁："怎么突然染头发了？"

"安子含非得拉着我一起染头发。"

Lily 叹了一口气："我先用一次性染发膏帮你弄黑了，你把这个披在肩膀上，别弄脏了衣服。"

苏锦黎乖巧地听话，坐下来任由 Lily 帮他摆弄。

这一次他虽然化了妆，但是看起来依旧很素，形象上也多了一丝沉稳。

整理好造型后他们一起出了训练营，苏锦黎坐在车上开始紧张，询问江平秋："江哥，我一会儿是不是得跟他们问好啊？我都说点什么？我用不用表演节目？我是唱我自己写的歌，还是唱他们喜欢的？"

江平秋听完忍不住笑，回答他："安少在呢，只要有他在，你就听他的就行。"

"那要是他不方便说呢？"

"你陷入困境，他一定会帮你解围的，放心大胆地相信他就行了，安少还是很可靠的。"

"哦,那好的。"苏锦黎不再说话了,不过人依旧紧张,就跟第一次去木子桃面试似的。

他们到的地方并不是公司,也不是什么吃饭的酒店,而是一家茶楼。

一楼大堂里,摆了个戏台子,大清早的也有表演。

江平秋将苏锦黎带到了二楼雅间,敲门后有人开门,苏锦黎就要自己走进去了。

掀开竹帘住进去,就看到靠窗的座位坐着三个人。一名留着嘴巴上胡须的胖子,坐在靠窗的位置,一边往楼下看,一边吃着老北京炸酱面。

旁边坐着一个男人,身材纤细修长,看起来四十余岁,在苏锦黎进来后就笑呵呵地起身:"人气偶像啊,幸会幸会。"

安子晏跟着起身,向苏锦黎介绍高瘦的男人:"这位是制片人——冯强。这位是导演——姜町。"

"冯制片,姜导,二位好。"苏锦黎礼貌地问好。

姜町抬头看了看苏锦黎,眼神在他的身上打了一个转,接着说道:"来,坐下说,我们一起看看这段戏。"

苏锦黎立即坐在他们安排的位置,低头去看楼下表演的梨园子弟。

"能瞧出点名堂来吗?这可都是梨园世家出来的,底子厚,唱得也好,难得出来表演。我们几个可是连饭都没吃就过来了,我还是硬点了一碗面吃,长得胖,不吃饿得慌。"姜町看起来性格不错,说话的时候字正腔圆,声音洪亮,笑的时候则是洪亮至极,犹如钟鸣。

苏锦黎听了一会儿,然后叹了一口气:"到底还是有点丢了原本的味道。"

安子晏帮苏锦黎倒了一壶茶,一直听着,如果苏锦黎说错话了,他会立即圆场。

"怎么?"姜町追问。

苏锦黎自然不能说,他是看过公孙大娘舞剑的人。

"说不好,我只是早时听过,不懂其中的门道,但是能跟您学一段正宗的。"苏锦黎认认真真地说。

"哟,你还会唱戏?"姜町眼睛一亮。

就连安子晏都诧异了，忍不住问："你还会这个？"

"小安过来跟我介绍你的时候，可没说这个，说了不就是加分项了？"姜町大笑着继续说道。

"只能说是会点皮毛，我唱的是古人唱腔，您要知道，古人说话其实咬字发音，跟我们是不一样的，不是标准的普通话，也不是方言。"

"这倒是听说过一些，我曾拍过唐朝的电影。不过我们拍戏的时候还是得说普通话，太文绉绉了都怕观众看不懂。"

"我也就是给您唱一段原版的，您自己品品，再看看如今的，如何？"苏锦黎问。

姜町很感兴趣，立即点头："成啊。"

"先让他们表演完吧，其实他们也十分不错，技艺上是到家的。"苏锦黎说完，就继续低头看戏了。

他来了以后，除了问好以及姜町问他问题，其他的时候没有故意讨好的意思，也没有看到大导演的激动，此时居然真的认认真真地听起戏来了。

姜町跟冯强对视了一眼，姜町笑了笑，继续吃面。

冯强则是端着茶杯，跟安子晏聊天客套。

没过多久，雅间里又来一人，进来后先是跟其他人打招呼，看到苏锦黎后觉得很意外："这不是苏小友吗？你怎么也在这里？"

这位正是上次在茶楼里，准备跟时老下棋的棋友。

安子晏又一次意外地问："王总，您认识我们世家传奇的艺人？"

王总看了看安子晏，需要猛地抬起头，退后了一步才能顺利地回答："坐下说，坐下说。"

跟安子晏站着说话累颈椎。

救过时老这种事情不能随便乱说，时老出现危险都进行了保密。王总来了之后，故意坐在苏锦黎跟安子晏的中间，安子晏也没强求，让开了地方。

王总坐下之后，就小声对苏锦黎说："时老的事情我们需要保密。"

苏锦黎虽然不懂那么多门道，却也知道帮人保密，于是点了点头。

"怎么，你们俩还有什么秘密？"姜町性子倒是直，直接问了出来。

王总笑了笑，说道："没，不过是曾经一起下棋的棋友，我的棋友里

第六章 | 107

有一位没下过他,还闹了脾气,这事不好说出来,就让苏小友帮忙保密。"

安子晏的惊奇真是一波接着一波:"你还会下棋?"

是不是一会儿还要告诉他,苏锦黎还会飞?还能跟钢铁侠似的捧着个炮弹飞到外太空去?

"我是复古系男生啊!"苏锦黎回答得理直气壮。

"现在我越来越相信了。"安子晏眯着眼睛回答,看着苏锦黎的时候,还是有点宠溺的感觉。

等几位梨园世家的前辈唱完,姜町又开始执着于苏锦黎了:"苏小友,你也亮亮嗓子吧。"

苏锦黎点了点头,也不怯场:"我就哼唱两句,让你们感受一下早期是什么样的味道。"

苏锦黎说完,就真的开始唱了。

姜町起初还当苏锦黎只是会点,结果听了没一会,就忍不住收敛了笑容。

他对这些多少有点研究,对于苏锦黎的咬字,他的确听不太懂,但是唱腔是绝对没有任何问题的,一看就是真的懂,并且自己也唱得不错。

苏锦黎这边一亮嗓子,居然引得大堂里都轰动了。

有几位在大堂里听戏喝茶的老爷子,齐齐换了一个地方,抬头往上望,想看看是哪位行家来了戏瘾,也想亮亮嗓子。

没承想,看到的是一名少年,长相端正,人也俊朗,唱戏的时候更是精彩绝伦。

王总听过几次戏,倒是略懂一些,自然是也觉得苏锦黎唱得好。

冯强不懂这些,只是看了看姜町的神色,以及王总沉醉得下意识跟着摇头晃脑的样子,就觉得这少年不错。再去看楼下仰着脖子,认认真真听戏的几个人,冯强没忍住,拿出手机将这个画面录了下来,发了朋友圈。

视频只有 10 秒,还是从姜町拍到楼下,最后拍到了并排坐着的苏锦黎跟王总,安子晏只出镜了一条腿而已。

发完朋友圈冯强也没当回事,放下手机继续听。

苏锦黎唱了一段就不唱了,说了一句:"献丑了。"

接着伸手端起了安子晏帮他倒的茶水。

一低头就发现这茶倒得这个满啊，安子晏这是倒酒倒习惯了？对茶是一点都不懂，平时是怎么谈生意的？

"苏小友真是神人……会口技、反弹琵琶，还会唱戏、下棋，长得也是一表人才。"姜町显然是了解过苏锦黎资料的，才会知道这些东西。

"略懂一二。"

"谦虚了，已经非常厉害了，不错不错，非常好。"姜町难得这么夸人，说的时候都忍不住乐，安子晏只需要看一眼，就知道苏锦黎的这个角色稳了大半了。

王总则是来了棋瘾，让人送来棋盘，说什么非得跟苏锦黎下一盘："上次光看你们下了，我还没跟你切磋过呢。"

苏锦黎也不拒绝，直接同意了。

下棋的时候，几个人换了一下位置，让苏锦黎跟王总可以坐在正对面的位置。

王总下棋的时候，跟时老一样喜欢研究，半天落一子。苏锦黎依旧是原来的模样，几乎不用犹豫便会落下一子，让王总陷入僵局。

"狠啊！真狠！"姜町看着棋盘，忍不住感叹了一句。

"你这大嗓门别总说话，打扰我思路。"王总忍不住数落姜町。

"就算我不说话你也要输了。"姜町指了指棋盘。

"我还能再试试。"王总倔强地回答。

不过最后，王总还是输了。

苏锦黎拿着自己的子，指着棋盘说："您看，我这一子下在这里，您是一种输法。下在这个位置，您又是一种输法。"

安子晏伸手拽了拽苏锦黎的衣服，想要提醒苏锦黎这位王总是电影的投资商，别给得罪了。

结果就听到苏锦黎说："您还不如……之前的老爷子呢。"

干……干得漂亮？

王总并未生气，他跟时老那个臭脾气可不一样。

第六章 | 109

他盯着棋盘看了一会,然后拿出手机对着棋盘照了一张相片,准备存起来回去慢慢研究。

姜町对下棋不算是太感兴趣,询问起了苏锦黎问题:"你们的私塾挺厉害啊,什么都教?"

苏锦黎点了点头:"先生比较厉害。"

"这位先生是哪位大师?"

"不止一位。"

"很著名的私塾?我有个儿子也到了快能上学的年龄了,被你搞的有点心动,私塾也得全日制吗?"

苏锦黎真不好说自己是从古代起,就在私塾窗户外面蹭课,而他只是私塾外面的观赏鱼。

所以他还是笑了笑,说道:"您还是让孩子上正常的学校吧,我就是一点英语都不会,而且朋友很少。"

安子晏也怕苏锦黎说错话,所以在帮忙帮着转移话题,很快就聊起了新戏。

姜町的新电影是一部古代动作片,插入了一些降妖除魔的元素。背景在明朝,世间突然出现了魑魅魍魉,需要派人去治理。

男三号是一名戏子,著名花旦,长相很好,唱戏的水平更是一流,被不少世家邀请去唱戏。

然而后期传出他与某府夫人有暧昧关系,就此落寞。

男主要调查这位戏子,因为这些家中有难的世家,都曾请过这位戏子唱戏,渐渐有了他其实是妖精的传言。中间还会被人绑住,要活活烧死的片段。

最开始安子晏送来苏锦黎的资料,姜町并未当回事。

不过是最近刚刚冒头的新秀,有点流量就往他这里送,他需要吗?而且苏锦黎的个子太高了,根本不适合这个角色。

然而苏锦黎一身红衣的扮相出现之后,姜町就突然改了口,主动联系了安子晏。安子晏自然不会错过这个机会,推掉了今天的行程,特意一大早就来见姜町了。

现在再看苏锦黎,长相好,上戏了的话扮相自然也不会差。还有唱戏的水平也是不错,绝对是专业水平的。

身高问题完全可以通过拍摄手段来弥补,这样的艺人错过了就可惜了。

姜町问了一个问题:"苏小友演过戏吗?"

苏锦黎立即看向安子晏,安子晏笑了笑回答:"他是一个天赋特别好的人,做练习生也是只有半年的时间,就已经有了现在的本事。再加上距离开始拍摄还有一段时间,等比赛结束,我们会对他进行培训。"

"也就是一点经验都没有,还非科班出身?"

"嗯。"安子晏只能承认,这个没必要隐瞒。

"这部戏的特效特别多,这点你应该知道吧?"姜町继续说了下去。

其实提起这个,安子晏就明白姜町的意思了。

没演过戏的新人,一点经验没有,得费尽心思地教苏锦黎,这片酬是不会高了。

安子晏微笑着跟姜町继续谈,无非就是苏锦黎现在的人气,对于票房的带动能力。

接着开始夸苏锦黎的长相好,符合人设,还会唱戏,这点在娱乐圈里找,都不一定再能找出来一个。

的确可以配音,那是不是得全程配音?唱戏片段的拍摄,是不是也得从零开始教?

两方开始打太极,王总听着没意思,又拉着苏锦黎下棋。

苏锦黎完虐了两局后,安子晏终于对苏锦黎说:"你还得回训练营训练吧。"

"嗯,四首歌两段舞呢!"苏锦黎回答。

"我让江平秋先送你回去。"

"好。"

苏锦黎出去后看到侯勇居然也来了,看到他之后就着急地问:"小锦鲤,里面的情况怎么样?"

"挺好的。"

侯勇的资格还是低,这种场合谈东西侯勇无法入场,只能由安子晏亲自来谈,侯勇得到消息赶过来后,只能在外面忐忑不安地等着。

"意向大吗?"侯勇继续问。

第六章 | 111

苏锦黎想了想后回答："我光下棋了，主要是安大哥在谈，不过已经在聊片酬的问题了。"

侯勇一听眼睛就亮了，抬手拍了拍苏锦黎的肩膀："不错不错，这次的机会十分难得，你一定要珍惜住，知道吗？"

"嗯。"

苏锦黎没再麻烦江平秋，而是让侯勇送他回训练营。

世家传奇已经给苏锦黎配了车，跟安子晏完全是一个等级的房车，并且是顶配。

世家传奇其他的艺人混了几年都没有这种待遇，苏锦黎一来就有了，可见安子晏对苏锦黎的关照程度。

苏锦黎的个人团队尚未准备齐全，因为苏锦黎想要全熟人的团队，所以侯勇现在即是经纪人又是助理，什么事情都干。

浩哥已经确定会过来了，薪酬已经谈好，苏锦黎参加完决赛就开工了。以至于，侯勇今天还要兼职司机。

苏锦黎到了车上就来回地看，觉得自己简直是在做梦。

他也有车了！

超棒的！

Chapter 07

　　总决赛的前两天，所有选手们收拾东西去酒店，他们又要更换比赛场地了。
　　这一场比赛是现场直播，节目组十分重视，光彩排就有两天。
　　这一轮比赛结束后，就彻底结束了。
　　在车上，因为只剩下最后九名选手了，大家又都十分疲惫，所以在车上都非常沉默，不像之前去音乐节，还会热热闹闹地聊天。
　　苏锦黎靠着座椅小憩，安子含则是浑身不自在似的来回动弹。
　　"你干什么啊？"苏锦黎就坐在他身边，忍不住问。
　　"好几天没跟乌羽吵架了，浑身难受。"安子含忍不住嘟囔。
　　苏锦黎叹了一口气，不理解安子含这种空虚寂寞冷的心情，继续睡觉了。
　　没一会儿，他被安子含摇晃醒了，他迷茫地看着安子含问："到地方了吗？"
　　"你在车上睡觉怎么也这么要命？"安子含揉了揉自己的手臂问。
　　"我打你啦？疼不疼？"苏锦黎立即反应过来，赶紧凑过去帮安子含揉。
　　乌羽在这个时候居然放躺了椅子，然后看坐在斜后排的他们俩"嘿嘿"直乐。
　　安子含总算逮到机会了，问乌羽："你笑什么呢你？"
　　"看你挨揍我就心里痛快。"
　　"你这个人怎么这样？"
　　"可能是因为羡慕嫉妒恨吧。"
　　乌羽这么说完，安子含居然没词了，就好像他刚想骂一个人：你无耻。
　　结果那个人自己先说了：我无耻。
　　安子含不可能说一句：你说得对。
　　乌羽看着安子含，眼神里闪过一丝复杂，不过还是笑呵呵地看着。
　　苏锦黎却在这个时候探头过来说了一句："乌羽，你是不是很早就关注安子含啊?你跟我第一次吃火锅的时候,你就提起过他。"

乌羽突然被问得一愣,想了想后回答:"我就是好奇,你怎么会跟这种纨绔关系这么好。"

"你这人管得倒是挺多。"安子含继续数落。

乌羽又看了安子含一眼,最终什么也没说,塞进耳塞准备睡觉。

安子含忍不住跟苏锦黎小声嘟囔:"我说他是不是犯病了?为什么看我的眼神这样,看得我怪不舒服的。"

那眼神太复杂了一些,让安子含有点奇怪。

安子含自然不会知道,他跟乌羽有一样的家庭背景。

只不过安子含从小被宠大,没进娱乐圈里就新闻不断,出了名的小霸王。他想进入娱乐圈,一堆人捧着他。

乌羽呢,是私生子,父亲不肯认他还打压他。

乌羽自然很早就知道安子含,心情比较复杂,但是大多的心情就像刚才说的那样,是羡慕嫉妒恨吧……

到了剧场后,选手们一下车就看到了自己之前的助理或者经纪人,站在一圈在等他们。

苏锦黎走过去把自己的行李给了侯勇,问:"这次你们可以随行啊?"

"嗯,这次你们彩排忙,安排我们来照顾你的日常起居。"侯勇回答。

小咪突然出现在人群里,对苏锦黎挥手:"嗨,大明星。"

苏锦黎很惊讶,问:"你怎么来了?"

"安子含安排的啊。"

苏锦黎看向安子含,就看到安子含扭着头摆手:"别别别,我不敢看,我怕看一眼你苏锦黎都揍我。"

"不至于,我觉得你应该不喜欢我这款,我也就割了一个双眼皮。"小咪说得特别坦然。

"你双眼皮是割的啊?"安子含终于看向小咪了,仔细看了看后点头,"还行吧,没残。"

乌羽一个人背着包,站在人群外看着他们,没人来接他也不觉得惊讶,反而挺淡定的。

苏锦黎注意到了，指了指乌羽，对小咪说："勇哥照顾我就行了，你帮忙照顾一下乌羽，他的行李没地方放呢。"

小咪立即比量了一个"OK"的手势，走过去说："你好，你要是不介意的话，行李我帮你送到酒店去，房间里需要准备什么吗？比如……浴缸里提前放好水？"

乌羽将手里的行李递给了小咪："放在门口就行，房间里就像你从没进去过一样，我就十分满意了。"

小咪立即答应了。

安子含听完忍不住撇嘴，这人真不好伺候，招人烦。

苏锦黎则是跟乌羽说："小咪很靠得住的。"

"放在门口，就靠你了。"乌羽补充，然而就好像在强调。

小咪也不在意，她在视频里就知道乌羽什么样的性格，只是拎着包对苏锦黎说："尤姐给你带了不少好吃的，晚上给你吃！"

"好好好。"苏锦黎连续答应了。

这个时候，安子晏走了过来，一群人跟他问好。

安子晏对苏锦黎勾了勾手指头，他立即跑了过去。安子晏带着他往后台走，一边走一边活动自己的脖颈，似乎很疲惫。

"你哥怎么那么护犊子？"安子晏扭头问苏锦黎。

"啊？"怎么突然问这个。

"本来那个戏的合同都要签了，结果侯勇报告给你哥了，你哥那边的人又来过来改合同细节。沈城非得让其中比较危险的戏全部用专业人士当替身，姜町那边直接黑脸了。"

苏锦黎不太懂，于是问："是为了谨慎吗？"

"我老怕姜町那个老狐狸反悔，谈妥了片酬，恨不得赶紧签约，结果你哥立即杀出来了，还闹得很尴尬，就跟搅局似的。"

"呃……他也是关心我，你别在意啊，实在不行我替他道歉。"

安子晏摆了摆手："没事，这都是小事，你哥也有分寸，说是会现场看你的能力，你实在不行了再用替身。他也演过姜町的戏，姜町也知道他是个什么样的人。其实这种事情私底下都好说，他非得强调一下，新人就用替身，会被导演觉得矫情的……"

安子晏拍戏这么多年都没用过替身。

他第一次跟沈城一起谈合同细节，两边的风格完全不一样。

安子晏向来以抢到资源为首位，一些事情可以让步。真的遇到难题了，安子晏也会再想办法，每次都能解决。

沈城则不是，习惯将所有的问题都放在明面上，一开始就全部谈完了，一板一眼地全部写在合同上。

"那解决了吗？"苏锦黎跟在安子晏的身后问。

"当然解决了，你知不知道这个角色有多少个人抢？"安子晏抬起手来，比量了个四，"我知道的就有四个，还个个都是科班出身，风头正旺演过不少戏的演员。"

"哦，解决了就好。"苏锦黎松了一口气。

"你现在都不高兴吗，这个角色是你的了。"

苏锦黎不太懂，于是问："片酬高吗？"

他比较关心的是这个。

"不高，你是新人，又迫切地需要这个角色，他们给的不高。"安子晏说着摆了个手势。

"八千？"苏锦黎问，没比他工资多多少啊，还得拍好几个月。

"八十万，其实按照你在戏里的戏份，不应该这么少。"

"八十万啊！这么多？"苏锦黎眼睛都瞪圆了。

安子晏看着苏锦黎的模样，突然觉得苏锦黎这种少见多怪的样子也挺好的。

"机会争取到了，你好好演。"安子晏笑了起来，拍了拍苏锦黎的肩膀，"我们俩再一起练一会儿歌。"

苏锦黎跟安子晏到了台上，没有换装，直接彩排《飞鸟与鱼》这首歌。

等他们彩排完，苏锦黎站在台边问安子晏："为什么波若菠萝的人那么不重视乌羽？他现在也有人气了，却还是连个助理都不派来。"

安子晏也觉得很奇怪："我也挺纳闷的，波若菠萝有这么一个实力新人，肯定会预定资源，然而在我帮你跟子含、范千霆询问的时候，居然没有一个地方乌羽会去。有一个综艺节目邀请了前九名所有选手，只有波若菠萝的拒绝了。"

"主动邀请也拒绝了？"苏锦黎惊讶地问。

安子晏点了点头："就好像要……雪藏乌羽一样，难道是因为乌羽太不受控制了？"

"的确是乌羽偷偷来的这个节目组。"

"不过他的事情，我真的管不到了，我的触手伸不到波若菠萝去，你真好奇的话可以问问沈城。"

"好。"

安子晏抬起手腕看了一眼手表，接着对苏锦黎说："你一会儿按照顺序彩排吧，我要去跟范千霆聊聊，看看他本人的意思，愿不愿意来世家传奇。"

"他原来的公司好像不放人。"

"放心，只要范千霆愿意来，我就有办法让他们放人，并且和平解决。"

"哦……"

苏锦黎他们到了现场就开始不间断地彩排，工作人员还会带着他们熟悉现场的环境，以防当天找错地方，耽误时间。

每一步都要做到谨慎，节目组可不想再出现任何问题了。

晚上吃饭的时候，安子晏把安子含叫走了，苏锦黎便跟范千霆他们一块吃的饭。

"我还以为安子晏这次也能带你。"范千霆吃饭的时候，随口跟苏锦黎聊天。

"不会啊。"苏锦黎很快转移了话题，问，"你和安大哥他谈得怎么样了？"

"我是很想去世家传奇的，有你在能做伴，安子含也能说得上话，至少比那些完全不知根知底的公司强一些。安大哥给我开出的条件我也基本满意，但是吧，没有想象中那么……"

范千霆比量了一下，却没能形容出来，然后看向苏锦黎。

第七章 | 117

苏锦黎奇怪地看着范千霆，等待他说下去，结果范千霆不说了，只是继续吃饭。

苏锦黎觉得很疑惑，还想再问。

乌羽却在这个时候打断了苏锦黎，说起了其他的事情："我们决赛完毕还回训练营吗？"

"回去啊，收拾行李，还有补录一些采访，别告诉我你行李都带了。"范千霆忍不住问乌羽。

乌羽随意地回答了一句："我行李本来就不多。"

"对，本来就是逃来的，有换洗的衣服就不错了。"范千霆一听就想乐。

"其实都是来之前临时买的。"

"够惨。"

这件事情就过去了。

乌羽看了看苏锦黎，还是觉得不说的好，不然容易让苏锦黎心里不舒服。

安子晏给苏锦黎开出的条件，让范千霆以为他如果也去了世家传奇，也会有那样的待遇。虽然人气差点，也可能差一些条件，没想到……会差那么多。

安子晏给的条件，只能说是满足了范千霆的要求，却没有显得有多优越，优越到让范千霆觉得超级心动，绝对不会再考虑其他公司了。

范千霆也知道自己还是不如苏锦黎的，这些话也不好说，会有些酸，范千霆不擅长搞这些叽叽歪歪的事情，干脆不说了。

行就是行，不行就是不行，跟苏锦黎比什么呢。只是，心里还会不受控制地失落一下。

乌羽倒是看破了，却没说什么，只当成不知道，适当的时候帮忙打圆场。

而苏锦黎虽然不懂很多东西，却也知道察言观色，看着他们俩，突然觉得有点不是滋味。

原本他以为，他跟这些人都成为朋友，现在却发现越到决赛了，反而出现了间隙。

他的朋友都有些事情，开始避讳，不会说出来。

又吃了几口饭，他就开始提醒自己，别这么矫情，你也一样，也有一直隐藏的事情，没有告诉他们。

有什么资格想那些呢？就算是朋友也不能无话不说。

他现在不确定，有没有真正地交到朋友。

晚上剧组带着他们换装，试穿定做的衣服，如果有哪里不合适会进行调整。

这个时候安子含才回来，回来就开始说准备的衣服丑。

苏锦黎问他："你吃饭了吗？"

"我哥给我开小灶了。"

"哦……"

"我上次表演不是失误了嘛，我哥把我叫过去鼓励我来着。说起来真倒霉，我上一轮表演的时候雨是最大的，淋得我眼睛都睁不开……"

苏锦黎捏了捏安子含的手臂："没事，其实我觉得你那个失误不大，大家都能理解。"

上一场安子含舞蹈没失误，不过歌词唱错了。

好在安子含表现得还行，没有什么破绽，只有部分细心的观众发现了。

"下一场就不能失误啦……"安子含换好衣服走出来，对着镜子照了照之后问，"我脑袋是不是有点太小了，看着有点奇怪。"

"镜头里很好看啊。"

"我哥的比例就正好，不过不知道有没有其他人注意到，他脚大，鞋得定制。"安子含一不小心，又暴露了安子晏的一个秘密。

苏锦黎抿着嘴唇笑。

"我哥今天怎么没叫你呢？"安子含忍不住问，"我还得意地拽了你一下，被江哥阻止了。"

苏锦黎摇了摇头："不知道啊……可能是想跟你说悄悄话吧？"

"有什么悄悄话啊……"安子含嘟囔了一句后，就又去换衣服了。

现场直播就十分考验一个节目组的能力了，这一次，《全民偶像》邀请了专业的团队助阵，也有实力邀请著名的主持人来控场了，阵营不会像之前那么寒酸。

安子晏跟随两位主持人一同登场,是最常见的一男一女配置,加上一个凑数的安子晏。

当三个人上场后,就说了今天的开场白,全场沸腾。

期待已久的画面终于要出现了。

总决赛!

就在今天。

现场有5000名观众,场面热闹非常。

这是一个体育馆,竟然也能座无虚席,可见这场比赛的热度。

安子晏跟两位主持人在昨天就进行过彩排,只不过今天会有嘉宾到场,昨天他们是对着空座位彩排的。

前面几位都是娱乐公司的代表,之后就是名人了。

"这位嘉宾厉害了,史上最年轻的影帝……"安子晏只说到一半,就引来了全场欢呼。

沈城的人气不是在吹牛,粉丝每个人吐一口唾沫,都能再出现一个太平洋。

不过安子晏还是在气氛稍稍平息后,脱稿背诵完毕全部的介绍词,并且微笑着对沈城说:"你有没有想对在场观众说的?"

"嗯,希望大家可以认真观看这场比赛,亲眼见证未来新秀们的崛起。"沈城拿到话筒后,客气地回答。

"还有什么想说的吗?"安子晏继续问,语气客气,看不出任何不妥。

他以为会等到沈城给苏锦黎拉票,结果只等到沈城微笑着说了两个字:"真坏。"

前阵子,这部选秀节目播出后,网上居然有了新的流行语,就是这句:真坏。

而最开始说这句话的人是苏锦黎。

沈城并没有直白地帮苏锦黎拉票,而是说了这句网红句子,很多观众都知道了他们的兄弟关系,自然会开始一阵欢呼。

好像没拉票,结果比拉票的效果还好,还有娱乐效果。意外的是,沈城说完后,居然引来了一阵起哄,甚至还有吹口哨尖叫的。

男主持人忍不住笑着问:"两位相爱相杀这么多年,没想到粉丝们相处得倒是挺和谐的。"

安子晏只能微笑着否认:"没有没有,我跟沈城在台下的关系也很和睦。"

再抬头,就看到沈城扬起嘴角微笑,不置可否。

你看,他们俩"关系多好"!

"我们都知道你是苏锦黎的哥哥,对吧?"女主持人问。

"嗯,对。"沈城回答。

"网上的争议一直很大,不理解你们兄弟两个人为什么会闹得这么僵,需要苏锦黎到真人秀上来寻亲。"女主持人的问题非常犀利,这又是现场直播,沈城没有太多的思考时间。

"我们俩只有童年的时候在一起,分开后有了各自的生长环境,当时他年纪很小,什么都不知道,只是依稀记得他有一个哥哥。具体叫什么啊,长大后长什么样子都不记得了。"沈城拿着话筒淡定地解释。

"那你是怎么找到苏锦黎的呢?因为网络上有人提醒你,让你寻亲?你应该记得你有一个弟弟啊,你这些年里都没有想过找弟弟吗?"

这些天里,不少记者对沈城围追堵截,想要采访这件事情。

然而沈城来无影去无踪的,根本一点料都没挖到。

这次沈城做《全民偶像》的嘉宾是难得的机会,女主持人也很想制造一个热点,如果她问的话,她也能跟着蹭一波热度。

"我承认我的确不算一个称职的哥哥,家庭出现变故,后来我们又失去了双亲,我曾以为他也……不在了,所以再次见到他,我真的很开心。的确是因为这个节目,让我再次发现了他,我非常感谢这个节目。"沈城说到这里,眼圈突然红了,似乎是在强忍眼泪。

原来是家里出现变故了啊……

安子晏看着沈城这个"戏精"现场飙戏,还不能砸台子,只能跟着捧场,说道:"没错,我也跟苏锦黎聊过,他无父无母,一直是被一位老先生抚养长大的,而且住得很偏僻,只能上私塾,很多事情都不懂。他其实不是网络上说的装纯,或者故意卖什么人设,是真的很多事情都不知道。"

安子晏跟沈城现场编瞎话，神配合一通之后，全场都动容了。

卖惨拉票，无父无母，被人领养，坚强地长大。

这个环节满分！

女主持人漂亮助攻。

女主持人还想再问，就被安子晏打断了："每个家庭，都有他们自己的故事，我们就不要在这样的场合再揭开伤疤了。一会儿苏锦黎可是第一个登场的，万一是哭着出来的怎么办？而且，我们下一位嘉宾刚才就在挥手示意了。"

总决赛总是会出现很多新的花样来，这个节目组又很喜欢搞出特别的东西，为难的都是选手们。

主持人介绍完毕后，场地突然全部灯光都暗了下来，之后是烘托气氛的灯海出现。

这时，场地中间突然有一个地方亮起灯来，一个小的舞台从观众席中间缓缓升起，苏锦黎就站在台上。

开场是苏锦黎一个人的单人舞蹈，他没有时间学新的舞种，依旧是他比较擅长的街舞。

这次是编舞老师帮他整理过的舞蹈动作，要比第一次的即兴表演才艺时的动作连贯很多。

这一段舞蹈一直持续了两分钟，接着第二个舞台升起，乌羽在另外一个方向出现。

苏锦黎这里的灯光暗淡，只能看到一个轮廓，让他能够进行短暂的休息。

九名选手全部个人表演结束后，分别从不同的方向走向主舞台，站好队形，音乐响起，是他们最新练习的一段集体舞。

苏锦黎之前就是第一名，所以一直占据着 C 位的位置。

推镜头的时候，也是从苏锦黎先开始。

大屏幕上，苏锦黎帅气的脸，漂亮又有点撩人的微笑出现，引来了今天最洪亮的欢呼声，撼天动地。

沈城就坐在台下，看到这一幕忍不住扬眉，然后微笑着继续看苏锦黎的演出。

他的心里，突然产生了一股子骄傲的感觉。台上那个遮掩不住光芒的少年，是他的亲弟弟。

他一开始不希望苏锦黎进入娱乐圈，然而看了后面的节目，他渐渐地发觉，是不是苏锦黎跟他一样，喜欢这样的感觉。

千百年做妖的寂寞，不是人形时对人群的躲避，让他们都有着同样的想法。

想要融入这个世界。

想要被这个世界所接受。

想要交朋友。

想要被人关注，被很多人喜欢。

现在看来，苏锦黎做到了。

从一个刚刚下山，什么都不懂的少年，到现在站在台上，从容自信，拼尽全力，展现自己实力的模样，的确迷人。

他是苏锦黎的哥哥，就要支持苏锦黎的梦想，并且帮助他前行。

这段集体舞结束，两位主持人来了台上，对九名选手进行采访。

苏锦黎是 C 位，自然是站在最中间，到他的时候，女主人再次燃起了八卦之心："今天是不是要比以前特别？因为你的哥哥坐在下面看着你。"

苏锦黎喘匀了气，点了点头，然后看向台下笑眯眯地说道："就是感觉……我哥今天真帅啊……"

"你这是秒变小迷弟吗？"

"一直都是，你不知道，我哥超厉害的！什么都会，而且什么都懂，他还对我特别好，还会给我削苹果皮，泡燕麦。"

"这……好像都是基本的生活技能？"

"他还会给我讲道理。"苏锦黎补充。

台边听着的安子晏忍不住腹诽：那叫讲道理？那是在给你洗脑！

"好了好了，我们不聊哥哥了，给自己拉拉票吧。"女主人看到苏锦黎这副迷弟的样子，也是非常无奈了。

沈城坐在一边依旧笑得优雅，他知道，这个时间肯定会给他镜头，他负责帅就行了。

苏锦黎的眼睛在台下快速看了看，终于找到了对准他的机位，然后挥了挥手："大家好，我是苏锦黎，善良的人给我投票会有好运哦！"

这一轮比赛其实对苏锦黎十分不利，他先是跳了两段舞，虽然说在采访的时候会进行短暂的休息，但是他还是需要很快开始单独的演唱。

这一次是现场直播，两位主持人还不会像安子晏那样对他进行照顾。

所以，流程走完之后，苏锦黎就要调整状态进行首轮表演了。

这一次，苏锦黎唱的是一首非常有难度的歌曲，而且是他不擅长的语种。

之前，因为苏锦黎上的是私塾，英文水平很差，这一次对他来说是一次极大的挑战。

他这次要唱的是《女神之舞》。

这是电影《第五元素》里的插曲，原唱的声音是经过电脑合成的，将这首歌打造成了4个8度，其中最难的点恐怕就是换气了。

电脑合成的音乐，让真音跟假音的转换十分自如，短短2秒的时间内，需要有3个8度的连续转换，然而一个人演唱就有些难了。

苏锦黎唱的是先有一段歌词的版本，后面的大部分时间，都是这首歌的海豚音部分。

都说苏锦黎的声音像被天使亲吻过，这一次苏锦黎的表现也不会让人失望，原本好听的声音终于回来了。一开场就放大招，没有到投票的最后阶段，苏锦黎就不会放弃。

观众们简直疯狂了，就连评委老师都纷纷跟着站起身来。

似乎是惊讶于苏锦黎的表现，还有就是对于苏锦黎康复的欣喜。

苏锦黎表演完毕，全场欢呼持续不断，下一名选手乌羽上来后，是在欢呼声里开始的演唱。

苏锦黎回到后台后，波波就快速到了苏锦黎身边："过来跟我换衣服，我给你换个发型。"

"好。"

"我跟安子晏定下来了,等节目结束就加入你的团队。"

苏锦黎原本还在紧张于比赛,听到这句话之后就忍不住笑了起来:"那很好啊,我会对你很好的。"

"我也不是因为你红了才这样的啊!"波波立即替自己解释。

苏锦黎立即点了点头:"我知道的。"

波波是一个很自由的造型师,平时只会接一些短期的工作,比如接了《全民偶像》的这一期的造型工作。

节目结束后,工作就完成了。

之后什么时候再工作全看自己的心情,平时也都是有空了就去旅游,等缺钱了才会再找工作,一直没做过长期的工作。

如果跟苏锦黎的团队,那简直就是没有休息的时间了。

苏锦黎是新秀,前两年的工作肯定忙到连轴转,根本不会有休息的时候。他如果是私人化妆师,就要跟着苏锦黎全国转悠。

这么忙碌,都没时间护理自己,也没有时间给自己放假,波波考虑了很久。不过越到后来,他越看苏锦黎顺眼,想到总决赛了,终于下定决心跟着苏锦黎干了。

错过了,恐怕就再也没机会了。

现在苏锦黎的团队里,侯勇一直在,浩哥明天就过来报到。

现在波波也来了,估计也是明天开始加入他的团队。

小咪是个临时工,不过在他初期有小咪的帮助,估计也会相处得很好。

团队的人员不需要很多,不然一辆车里装不下,也会显得排场很大,苏锦黎觉得这些人正好。

苏锦黎坐在化妆间里让波波帮自己换发型的工夫,乌羽就回来了,回来后就一直在喝水。

"怎么样?"苏锦黎问乌羽。

"没失误。"乌羽回答。

他们上场前都会希望自己超常发挥,但是真到的时候,就祈祷自己不要失误就好。

还有两轮。

第二轮苏锦黎跟乌羽基本确定是不会上台的，因为在后五名的选手需要进行最后的拉票，之后他们才会上台表演一首歌。

苏锦黎跟乌羽的票数一直很稳定，他们在准备的时候，第二首歌曲都是准备的时间最少的。

第一轮比赛结束后，九名选手全部回到台上。

两位主持人公布了后五名的名单，并未公开具体的票数，因为投票依旧在继续，甚至没有公布后五名的顺序。

最开始，大家都觉得像苏锦黎、乌羽、魏佳余、安子含这四位一直很稳定的选手，不会出现在第二轮比赛的名单内。

让人意外的是，播出了上一期范千霆泪洒现场的比赛后，范千霆在这个时候居然进入了前四名，而安子含进入了后五名的位置。

上一次安子含的雨中失误，果然对安子含人气的打击很大。

安子含需要在第二轮，跟其他的选手一起表演节目。

这对体力是一场考验。

两段舞蹈后要唱三首歌，就算是九个人轮换着来，依旧是一场消耗战。

苏锦黎下台的时候，特意走过去抱了抱安子含，安子含抿着嘴唇接受鼓励，然后偷偷看向安子晏。

其实在比赛的时候都会有粉丝在最后的关键时刻疯狂刷票数，让排名出现动荡。

还有就是公司如果会捧一个人的话，也会在暗中支持。

然而安子晏在之前就说过，这次都要靠安子含自己，安子晏愿意让自己加班加点地工作，接了这份主持人的工作，就是对安子含最大的支持了。

安子晏没有说谎。

安子含第一次感觉，他只能硬着头皮上了，没有家庭背景的光环，没有外力支持，他只能靠自己的实力，得到观众的认可。

这一刻，他也只是一名普通的参赛选手。

苏锦黎回到后台，盘腿坐在椅子上，开始做呼吸吐纳，以此来调整自己的状态，让自己放轻松。

对他来说，只剩最后一轮了。

唱完最后一首歌，这场比赛就结束了。

就像一场梦一样，一切都要结束了。

他来时内心忐忑，怕自己会被淘汰，怕寝室里的阳刚男。然而来了之后，他却非常开心，一轮又一轮的比赛后，他成长了很多，也收获了很多。

多好啊……

能认识他们，能得到大家的认可。

想结束，又不想结束，这就是他此刻的心情。

还有就是：他要赢！

苏锦黎在第三轮的表演，是唱跳型的歌曲。

个人战后就没有队员合作了，所以会有给他安排伴舞，让他不会显得太单调。

如果说第一首歌的时候，苏锦黎展现的是自己的实力以及技术的话，这一轮就是在尽情地展现自己的全部才华了。干净利落的动作，跳舞时偶尔撩人的姿态，以及自信满满的表情，都会显得特别迷人。

他的舞蹈没有任何错误，卡点很准，完成得也很漂亮，无论是平衡度还是力度，都把握得很好。

歌声同样如此，气息很稳，对老曲子进行了全新的诠释，竟然要比原唱还惊艳三分。

这一轮演唱完毕，主持人再次走到台上对苏锦黎进行采访。

"现在心情怎么样？"男主持人问他。

"有点紧张，但是更多的是释然，就是感觉……啊，都结束了，彻底完事了，本来应该是一下子才轻松了才对。但是想到明天恐怕就要跟他们分开，各自忙各自的生活了，又觉得很……很舍不得。"苏锦黎拿着话筒回答。

"嗯，这点我能理解，在训练营也待了几个月了，跟其他的选手相处得都很好对不对？"

苏锦黎："对。"

"这一场比赛是你们的首秀，是选拔你们的地方，但是你们的路才开始而已。很多期待你们成长的粉丝们还在台下，或者屏幕后盼着你们的日后路更长，你有没有什么想对他们说的？"

主持人故意转移了话题，大家想看的，并不是选手们的依依惜别，而是苏锦黎利用最后的机会，给自己拉票。

"有的时候我觉得我挺差劲的，不懂得体谅人，总是笨笨的，不会说好听的话，就是……可能不是特别好的一个人，你们也愿意喜欢我，支持我，我非常感谢你们。我只有每天都更努力一点，不会让你们觉得失望，配得上你们的喜欢。"

"嗯，我相信粉丝们都看到你的努力了。"

"谢谢。"

等苏锦黎下场后，特意回头看了一眼，发现他跟安子晏四目相对了。

然而很快，安子晏就收回了目光，继续看向舞台，没有再看他。

他沉默地下台，然后站在等待区继续等待。

时间似乎被无限拉长，让他总觉得过得特别慢，耳边的音乐声都是在慢放似的。

呼吸声都能充斥他整个耳朵，让他脑袋里一片空白，自己也不清楚自己究竟在想些什么。

安子含表演完后走到后台，找到了苏锦黎推了推他的肩膀，问："傻了？"

"啊。"苏锦黎回过神来，问安子含，"你比完啦？"

"嗯，总算完事了。"

"怎么样？"

"我觉得我表现得挺好。"

"怎么办啊……明天就不能一直看到你了，其实听你瞎扯也挺有意思的。"

安子含被苏锦黎的一句话弄得一愣，突然有点不好意思，抬手用食指蹭了蹭鼻尖："又不是再也见不到了，就是以后得忙了，偶尔聚聚还是可以的。"

"你那边是怎么安排的？"

"有几个综艺的邀请，还会去拍一个杂志的封面，公司给我接了一部偶像剧，还在帮我们几个准备单曲，估计挺忙的。"

128　锦鲤要出道 2

苏锦黎点了点头，还是有点舍不得。

心里怪不是滋味的。

"第一天来节目组，在后台的时候我说灯好看，你说要抠两个灯给我。我当时还在想，这个人是不是傻啊，灯装饰上去才好看，抠下来算什么。现在却突然想，咱俩回那个走廊里抠两个灯作纪念吧，我突然想要了。"

"你别给我弄哭了啊，我画眼线了。"安子含赶紧提醒，还顺便踹了苏锦黎一脚。

"哦。"苏锦黎委屈巴巴地点头。

最后九名选手聚集在舞台上的时候，就要最后宣布排名了。

主持人宣布的时候，不按套路来，第一个宣布的是第五名。

之前这个第五名是一个很尴尬的位置，估计安子含就是这个位置，这让镜头给了安子含、范千霆一个特写。

范千霆在微笑，显得没心没肺的，毕竟能够坚持到现在他就满意了。

第五名：范千霆。

范千霆呼出一口气，走了出去，拿着话筒问："我还可以说两句是吗？"

"对。"主持人回答。

范千霆说了一大堆感谢的话，最后看向了站在那边的几个人，说道："我知道在比赛结束后，恐怕就不能跟你们一个寝室沾你们的光了，以后我只能靠我自己了。我只希望以后咱们再聚会的时候，别缺人。"

安子含立即打了一个手响响应，苏锦黎也拍着手回答："好。"

乌羽笑了笑，没说话。

之后公布的是后面几名，没出意外，张彩妮依旧是第九名。

留在最后公布的是前四名。

第四名：安子含。

安子含还挺满意的，站在台上拿着话筒说："最开始我是因为我哥受到关注的，所以一开始我还是第一。后来事实证明，还是得看实力，我能拿到第四名已经非常不错了，感谢大家愿意支持我。"

前三名是在苏锦黎、乌羽、魏佳余里产生。

主持人在这个时候开始念广告词，弄得苏锦黎更紧张了，扭头看了看乌羽。

乌羽也挺无奈的，抬手拍了拍苏锦黎的后背，让他别紧张。

卖了一会儿关子后，终于宣布了最终排名：

第一名：苏锦黎。

第二名：乌羽。

第三名：魏佳余。

依旧是苏锦黎的票数以碾压的姿态称霸了第一名，毫无悬念。

乌羽的发言要在前面，他拿着话筒，看着台下良久才说了一句："我喜欢这个舞台，我希望我可以在舞台上被你们发现。现在我做到了，也希望你们不要忘记我。"

这句话就很有深意了，似乎早就预料到了什么，接着深深地鞠了一躬。

苏锦黎觉得奇怪，却还是被请到了台上，单独发表感言。

这种时候，不能跟乌羽沟通。

"可能是因为我是小锦鲤，才会特别幸运地一直留在这个舞台上，表演节目给你们看，现在还能得到第一名。我到现在都没缓过劲儿来，很感恩，感谢你们给我投票，也感谢各位老师教导我，还有就是我的朋友们，他们都很优秀，我非常幸运能够认识他们。

"乌羽每天都会叫我们起床，还有安子含，嘴巴很坏但是心很好，我跟他还出现过问题，现在想想非常后悔，都没好好道歉。还有范千霆，他性格很好，从来没跟我们红过脸。常思音也是……在我什么都不是的时候，也愿意帮助我。"

苏锦黎说到这里突然哭了起来，想要继续往下说，却哽咽着说不出来什么："就是怪舍不得的，舍不得他们，也舍不得粉丝，就是……"

他要语无伦次了。

"你就应该笑！"安子含突然喊了一句。

"你哭真难看。"乌羽也跟着说。

"微信群还在呢！"范千霆跟着说道。

张彩妮直跳脚："你怎么不说我呢？！"

结果苏锦黎到最后也没说出来，鞠了一躬之后，就到了台边强忍着眼泪，因为皮肤白，鼻头瞬间就红了，看着还挺可爱的。

这个时候安子晏走了上来，路过苏锦黎的时候，随手擦了一下苏锦黎脸上的眼泪，然后问："你一会儿还能跟我合唱吗？"

"能。"苏锦黎回答。

安子晏开始给他们颁奖，到苏锦黎的时候拥抱了一下，同时说："赶紧缓缓。"

"好。"

节目最后，是安子晏跟苏锦黎的合唱，因为节目的时间没控制好，所以演唱的时候，只有前半段是苏锦黎跟安子晏在台上。

后半段，其他的选手还有评委老师也上了台，进行最后的谢幕。

《全民偶像》在苏锦黎跟安子晏的合唱中结束了。

节目的最后，安子晏拿着话筒宣布："我宣布，从今天起，魏佳余、乌羽、苏锦黎正式出道！"

全场欢呼。

安子含就算只得了第四，还是抱起苏锦黎来绕着舞台抱了一圈，苏锦黎只能扶着安子含的肩膀一个劲地让他放自己下来。

沈城起立鼓掌，难得的没有嫌弃安子含的胡闹。

《全民偶像》就这样结束了。

Chapter 08

现场直播结束后,节目组留下所有选手,还有评委老师、主持人、部分不需要立即离开的嘉宾一起开庆功会。

时间已经接近凌晨,然而这里依旧热闹,所有人都睡意全无。吵吵嚷嚷地建立微信群,还有聚在一起合影,大合影的时候更是壮观。

安子晏个子高,被安排在了后一排的最中间,所有人以他为中心点开始安排位置。

安子晏只能站好,听着身边的安子含念叨:"我想跟苏锦黎站在一块儿。"

"你当我愿意跟你在一块儿?"安子晏不爽地问。

再去看另外一对兄弟,手挽着手早就站在另外一边等待了,氛围和谐。

差距十分巨大。

"两对兄弟合个影吧?"大合影完毕后,摄影师主动提议。

沈城跟安子晏互看对方一眼,表情波澜不惊,不过还是要保持友好的样子同意了,走到一起。

安子含知道哥哥跟沈城的关系不怎么样,等四个人聚到一块了,就跟苏锦黎并肩站好,两个哥哥一边一个。

可能这张合影会是重头戏,摄影师连续拍摄了好几张才罢休。

节目组准备了大蛋糕,主持人、评委老师还有前九名选手都做了橡皮泥人,插在蛋糕上,最上面是安子晏,还写着庆祝的文字,第二层是评委老师,第三层是九名选手。

整个蛋糕做得非常精致,就像一个艺术品一样,让不少人都围着蛋糕照相,好半天才真的开始吃蛋糕。

安子晏当然是切蛋糕的人,切完了之后第一个递给了苏锦黎:"来,第一名。"

"好!"苏锦黎伸手接了过来,然后小跑着送给了沈城。

送出去后，又跑回来继续等了。

安子晏看着就生气，扭头开始给其他的主持人、评委老师分蛋糕，偏不给他。

沈城拿着蛋糕到了安静的角落，坐下来安静地吃了一口就不再碰了。如果不是苏锦黎送他的，他一口都不吃。

乌羽坐在旁边也不想吃蛋糕，也不想合影，冷淡的样子跟现场有些格格不入。

"我听苏锦黎说了。"沈城突然低声开口，附近只有他们两个人，所以这句话是对乌羽说的。

苏锦黎刚刚下台就开始询问沈城，乌羽那边是怎么回事，为什么乌羽闷闷不乐的，还在道别，让观众别忘记他。还有，乌羽最近一个工作安排都没有，身边连个助理都没安排，波若菠萝到底怎么回事。

沈城还以为苏锦黎见到他后会首先庆祝得了第一名，没想到最关心的却是乌羽的事情。

沈城自然知道是怎么回事，但是他没告诉苏锦黎，而是表示自己会回去问问。

"哦……"乌羽回应了一声，态度冷淡。

"需要我帮你吗？"沈城微微侧过头，看向乌羽。

"不用，我知道你跟他斗得厉害，如果你帮了我，他一定会拿这个做把柄的，恐怕对你非常不利吧。说不定会趁机从你的手底下抢走几名艺人或者得力干将。"

"的确是这样。"沈城坦然地承认了。

乌羽勾起嘴角冷笑了一声，似乎完全不在意："我不想你现在就损兵折将，我想你继续壮大下去，然后收购他的公司。"

最后几个字，咬字极重。

"所以你和我现在算是同僚吗？"沈城觉得有意思，追问。

"算是吧，我一直在想，你上次来这里跟我说那个男人的心思是什么意思，现在想想终于明白了……你是不想他把我送过去做继子，笼络了时老吧？有了时老的帮助，这样，你想取代他的位置就更难了。"

沈城只是微笑，什么也不答，这样的姿态看起来从容优雅，又有点可怕。

运筹帷幄，就好像……一切尽在掌握之中。

乌羽随意地看了沈城一眼开始笑，他就知道是这样，笑容有点自嘲。

沈城才不是真的关心他呢。

"放心吧，我不会成为你的阻碍，关键时刻还可以帮你一把，最后你如果利用我的身份打击他，我也会主动配合你。我无所谓，只要他不痛快，我就痛快了。"乌羽说出这句话的时候，话语里都是狠绝。

"那很好啊，敌人的敌人就是朋友。"

"我跟你注定成为不了朋友，真不知道什么时候就会被你算计了，这种感觉很不舒服，我们还是越少来往越好。"

"那苏锦黎呢？"

乌羽被问了之后，抬头看向苏锦黎。

安子晏似乎在赌气，给谁蛋糕都不给苏锦黎，苏锦黎馋得不行，一个劲地围着安子晏转悠，似乎很想吃。

谁能想到沈城跟苏锦黎居然是兄弟啊，完全不是一个画风的。

"他啊……"乌羽感叹了一声，最终也没回答出来，接着起身往外走，"我去抽根烟。"

"还有烟瘾？"沈城诧异地问。

"没有，烦了才会抽。"

"去吧。"沈城也没兴趣多聊了。

乌羽刚走没一会儿，苏锦黎就捧着一块蛋糕过来了，看到乌羽不在这里还有点惊讶："哥，乌羽呢？"

"我没看住，让他跑了。"

"我的蛋糕就剩里面的心了，都没有小花了。"苏锦黎失落得眼角都下垂得更严重了。

"小花就是奶油装饰，你吃这块。"沈城把自己的推给苏锦黎。

"你不吃啊？"

"我不喜欢甜食。"

苏锦黎立即美滋滋地坐下，然后开始吃蛋糕，并且一个人吃了两块。

沈城看着苏锦黎吃完,才疼爱地说了一句:"鱼胖了是会被吃的。"
苏锦黎差点呕出来:"哥!你是魔鬼吗?!"

节目拍摄完毕后,选手们会在第二天回到训练营收拾行李,录最后一次的采访。

沈城打算给苏锦黎再派一个他放心的助理,被苏锦黎拒绝了:"我有小咪在了,而且你派一个波若菠萝的助理来世家传奇工作,弄得我像打入敌军内部的间谍一样。"

沈城很讨厌世家传奇,只能继续吩咐:"明天我派我的助理过去帮你收拾东西,然后你就搬到我那里去。"

"好。"

"这几天没有工作的时候都留在我家里,不许乱跑。你现在是公众人物,容易引起骚动。"

"好。"

沈城还想继续吩咐,就看到安子晏走了过来,立即起身,带着苏锦黎朝自己的休息室走:"还有,不许跟安家那两兄弟有来往。"

苏锦黎低头看着手机,没注意到周围,只是随口回答:"不可能的,最近好几个综艺都会碰到安子含。"

"工作结束后就分开。"

"我们俩明天还要去抠灯呢。"

"抠灯?"这是什么意思?沈城有点不解。

"哎呀,小秘密。"苏锦黎继续低头看手机,沈城稍微看了一眼,发现苏锦黎在群里聊天呢。

沈城立即拍了拍苏锦黎后背:"走路的时候不能玩手机,很危险知不知道?"

苏锦黎赶紧将手机收了起来。

沈城回到自己的休息室,他只在这里化了妆,东西并不多,啾啾已经在等了。看到他们回来,啾啾立即问:"我去停车场安排车?"

沈城点了点头,啾啾立即出去了。

第八章 | 135

门还没关好,安子晏就直接走了进来,人已经进来了,才示意性地敲了敲门。

沈城没好气地瞪了安子晏一眼,问:"有事吗?"

"聊聊天,彻夜长谈都行。"安子晏走了进来,厚脸皮地坐下来。

"没空。"沈城直截了当地拒绝了。

啾啾就在门口看着,想着要不要劝安子晏出去,见沈城对他摆了摆手,他才真的出去了。

"咱俩就不能和平相处吗?"安子晏主动问。

"不能。"沈城拒绝得依旧毫不犹豫。

安子晏这个暴脾气,从小到大就没受过这么大的委屈,坐在椅子上难受得不行:"我对于以前抢你手底下艺人资源的事情,跟你道歉行吗?"

"用得着你这么勉强地道歉?"沈城站在化妆台前气势汹汹地问,看得出来,安子晏的道歉真的一点诚意都没有,完全是被逼出来的。

苏锦黎看着他们两个人之间的氛围,吓得大气都不敢喘,睁圆了眼睛一脸惊恐地看着他们俩。

可怕。

真可怕。

他很想跟着啾啾一块儿出去,或者叫来安子含,他真怕打架的时候他一个人拉不开。

"咱俩都是一个圈子里的,抢资源的事情不是很常见吗?顶级资源就那么点,当然得抢了,你说是不是?"安子晏试图解释自己的截和行为。

"那莫依萱呢?你用得着毁了她吗?"

"她?想蹭我手底下人的热度,不成功就骂渣男,肯定得收拾啊。"

"你有没有问问你手底下的人,到底跟没跟她在一起过?"

安子晏突然回答不上来了,微微蹙眉没说话。

"你们世家传奇护犊子,我手底下的艺人就是路边捡的了?你们无脑护的时候能不能有点底线?"沈城再次气势汹汹地质问。

"可是莫依萱给小海发的语音消息，文字消息我都看过，莫依萱的确跟他勒索了两千万，这件事情你知道吗？"

沈城突然顿住，没回答。

安子晏从自己的口袋里拿出手机来："你当我傻？我什么东西都录下来当证据了，你收艺人不看人品的吗？按照你说的，两个人真的在一起过吧，这我真管不了，但是勒索就是大问题了吧？"

安子晏手机的密码文件夹里，真的有备份证据，两个人的聊天记录，还有莫依萱发的语音消息都被录了下来。

安子晏越放，沈城的脸色越黑。

这件事情，沈城并不知道详细经过。

他当时在国外拍戏，有时间处理这件事情的时候，莫依萱已经被黑到地底了，无法翻身了。

当时安子晏下手又快又狠，似乎是专门挑沈城有时差的时间段下手的。沈城只能看着满世界的黑料，气得发抖，却无能为力。这是沈城这么多年里，被压制得最狠的一次，一直被沈城认作是耻辱。

现在两个人直截了当地吵了一架，倒是知道了一些事情。

安子晏不知道海子跟莫依萱真的在一起过，沈城不知道莫依萱威胁过海子。

在安子晏这边,海子拿出了实锤,的确是莫依萱威胁的聊天记录跟语音。

按照安子晏的脾气，有这些就够用了，外加他早就看沈城不爽了，自然会下手保护自己的艺人，顺便让沈城吃个教训。

所以事情到这里就明了了。

不过是他们俩手底下的艺人因为戏而生情，或许是情吧，之后决裂了。女方不依不饶，想要勒索男方一下，不然就爆出黑料来，两个人谁都别想好。

男方则是找了领导，拿出勒索的证据来，领导就让女方吃了教训。

总结就是男方渣，女方也不算好，然后双方领导因为他们，原本关系就僵，一举成为死对头。

沈城冷哼了一声，不再说话了。

安子晏继续坐在休息室里补充："这件事情是我做得太绝了，让你很没面子我承认我是故意的,因为我目的就是这样的。"

苏锦黎听着就觉得不对劲,安子晏这哪里是道歉啊,根本就是在刺激沈城啊!

果然,沈城笑了笑说:"是,让我觉得讨厌这方面,你很成功。"

安子晏不爽了,忍不住问:"我说你这个人能不能好好说话?脾气怎么总这么暴躁?说你是神仙降世的粉丝都有问题吧?我看你就是炮仗成精了,无火自燃,易燃易爆。"

"安大哥你能把嘴闭上吗?你说话真气人。"苏锦黎都忍不住开口了。

"我就这样啊,不叫我小精致了?"安子晏见苏锦黎跟他说话,他还乐了,好像喷完沈城他挺开心的。

沈城忍不住问:"你怎么这么恶心?"

"我怎么就恶心了?"

"从长相到内心。"

"哈?"安子晏有点不爽了,他虽然性格不怎么样,平时也没得到过什么好评,但是没被说过长相。

"我长相怎么了?!"安子晏不爽地问。

"串子。"沈城骂出了最近几年最狠的话。

安子晏被气到了,握紧了拳头又松开,气得直捶自己的胸口。

苏锦黎看到之后赶紧拦着:"哥,你过分了。"

"我怎么了?"沈城一听苏锦黎不护着自己,又不悦了几分。

"你都人身攻击了。"苏锦黎说完,还走过去揉了揉安子晏的头,"你别生气,我哥就嘴巴坏,人……"

还想说人很好,结果心虚没说出来。

"气得心口疼,你给我顺顺。"安子晏居然公然逗苏锦黎。

苏锦黎回身拿来了自己的包,从里面拿出一瓶速效救心丸来:"我知道你们俩今天要见面,特意准备了这个,要不你吃点?"

安子晏可不打算乱吃药,刚准备拒绝,就听到沈城说:"别把我给你买的药给他吃。"

安子晏一听就急了,直接伸手拿来,还真倒出来了一粒,直接吃了:"老子还偏得吃了,这是苏锦黎给我的。"

结果因为没有用水顺下去,噎得够呛,难受了半天。

苏锦黎站在哥哥跟安子晏中间,难受得不得了,忍不住叹气:"你们俩……怎么有点幼稚啊?"

"能有你跟安子含幼稚,居然还打架,然后自己又好了。"安子晏反驳。

"打架?!"沈城问。

"没,你弟弟把我弟弟揍了。"安子晏解释。

苏锦黎摆了摆手:"你们俩别聊天了,聊得我提心吊胆的。"

"你这样不行啊,典型的哥宝男。"安子晏当着沈城的面告状。

沈城翻了一个白眼,取出手机来问啾啾车准备好了没。

"车安排好了,啾啾马上回来,你先回我那里住,明天送你回训练营。"沈城放下手机对苏锦黎说。

"住你那里?"安子晏蹙眉。

"怎么?"

"我给他准备了宿舍,五星级别的。"

"用不着。"

苏锦黎赶紧插了一句话:"我想跟哥哥住在一起,我特别想跟我哥哥多相处,他太忙了,住在一起还能好一点。"

住在沈城那里,安子晏一万个不同意,苏锦黎简直会被沈城看得死死的。

"我去跟安子含他们说一声,还有衣服在化妆间那边放着呢,我先去取过来。"苏锦黎说完就快速跑了出去,留下了安子晏跟沈城大眼瞪小眼。

沈城看着苏锦黎离开后,走到了安子晏身前,抬手按住了安子晏的额头。

安子晏正错愕着,就感觉到身体被转瞬间吸空了似的,他的身体一晃,险些跌倒,只能扶着旁边的台子稳住身体。

心慌。

心脏迅猛地跳着,就好像在跟他抗议着什么。额头的虚汗连续往外冒,身体内虚空一片,一点力气都没有了。

"我跟我弟弟不一样。"沈城用低沉地声音说完,看着安子晏难受的模样忍不住笑了起来,笑容阴森,有些可怕。

第八章 | 139

"所以呢？"安子晏按着心口，模样狼狈地问。

"离我弟弟远一点，不然我会让你消失得干干净净，风一吹就散了。"

安子晏没说话，只是看着沈城，表情非常难看。

"我弟弟之前就承蒙你的关照了。"沈城道谢完毕后准备离开，结果安子晏居然又说话了。

"你管得太多了。"

沈城回过头来看向安子晏，仿佛在看一个巨大的蠢货。

刚巧此时苏锦黎就取了东西回来了，探头看了一眼后就发现了不对劲，立即瞪了沈城一眼。

沈城被瞪得立即不敢言语，难得老实了，一瞬间气焰全无。

"哥，你欺负人了是不是？"苏锦黎气势汹汹地问。

"没有，我就是警告他一下。"

"有你这么警告的吗？他得几天行动不便。"

"他活该。"

"哥，你再这样我就不去你那里了！"

沈城没想到苏锦黎居然护着安子晏，有点不爽，却还是赶紧哄苏锦黎："乖，别闹，跟我走。"

"哥你道歉。"苏锦黎指了指安子晏。

沈城不情不愿的，自己的弟弟竟然这样跟他说话，结果被苏锦黎用拳头捶了一下胸口。

这么欺负人，就算是自己哥哥也不行。

安子晏看着想乐，美滋滋地看了沈城一眼，十分嘚瑟。

不过他还是忍住了，他终于摸到了门道，想让苏锦黎护着就得装可怜。于是飙戏似的开始装无助，装弱小。

"你们俩打算静坐一晚上是不是？"沈城看不下去了，问道。

"那就坐一晚上。"苏锦黎倔得很。

沈城这才走过去，不情不愿的，然后拉着苏锦黎就走。

沈城还是不太高兴，走的时候还在沉默。

苏锦黎则是开启了说教模式："哥，我们不能随随便便欺负人，你说是不是？我们应该讲道理，动之以情晓之以理……"

"有人欺负我，你会不会动之以情晓之以理？"

"呃……"

不会。

"那个，哥！"苏锦黎强行转移话题，"你怎么找了莫依萱那样的艺人啊？你的眼光有那么差吗？是不是好人一下子就能看出来。"

"我要找的是能给我赚钱，得到利益的人，而不是收集一群没用的好人。"

苏锦黎再也说不出来什么了。

这就是一个利益支撑的圈子，沈城要的是有实力的艺人，而不是一个干净的灵魂。

所以沈城无法保证自己身边的人不会犯错，有的时候只希望那个人不要连累到自己就行。

沈城今天没有开保姆车来，而是一辆私人的车。

苏锦黎到车边感叹起来："这个车跟我上次救的老爷子出车祸时的车一样。"

沈城不知道这件事情，于是问："什么老爷子。"

"哦，就是有个老爷子出车祸了，我把他送到了医院。"

"没被讹，运气不错。"沈城没当回事，更不会想到苏锦黎救的是整个波若菠萝都想巴结的时老。

啾啾回头跟苏锦黎打招呼："小锦鲤，你还记得我吧？"

"记得啊，之前在医院不是见过吗？"

"之前在医院人多不方便说，我们在之前也见过的啊。"

"啊！我想起来了！之前我去找我哥哥，是你帮忙传话的是吧？"

"对啊，我现在的名字就是我之前的叫声起的。"

苏锦黎很快就跟啾啾聊了起来，特别热烈，恨不得将脑袋插进两个座椅中间去。

沈城将苏锦黎拽了回来："坐车的时候好好坐好。"

"哦，好。"

到了沈城的家，苏锦黎就震惊了："大别墅！"

"嗯。"

"哇！"苏锦黎跟着沈城进入家门，在门口就将整个屋子的灯都打开了。

苏锦黎进去之后，兴奋地问："哥，我能每个房间都看看吗？"

"可以。"

苏锦黎"噌噌噌"地上了楼，不久后又惊呼了一声："居然有三楼。"

三楼都是沈城的房间还有书房，卧室里的更衣室就有苏锦黎以前宿舍的两个大。

"三楼都是我的房间，你的房间在二楼，我很早就打算接你过来住了，所以房间是特意给你设计的，你看了吗？"

"没，我是从三楼开始看的。"

苏锦黎回答完瞬间就不见了，沈城扭过头的时候只看到了苏锦黎一个虚影，速度那叫一个快。

二楼的确是给苏锦黎一个人设计的，因为二楼只有一个门。进去后，先是一个小的客厅，客厅里都是蓝色的主色调，很简单，却很鲜亮。

房间里放了很多书做装饰，似乎是书的海洋一般。

客厅的左边是书房，沈城给苏锦黎准备好了文房四宝，装裱书画的东西，对面却放着电脑，现代化和复古的文房四宝看起来对比强烈。

他出了书房再去了对面的卧室，就看到了大大的卧室，只是床……床的是四周都有栅栏，上床的地方居然有门，可以反锁。

可以说……非常周到了。

卧室的转角处是浴室跟衣帽间，衣帽间同样很大，浴室更是夸张。洗手池跟浴室是分开的，进入浴室，有一个游泳池一样大的浴缸。最独特的，恐怕是浴室的上空居然是透明的钢化玻璃，可以在浴缸里抬头望天空。

果然是为他设计的。

他喜欢得不行。

沈城在这个时候走到了房间里，对苏锦黎说："我已经让啾啾按照你的尺寸买了睡衣还有换洗的衣服，其实你不用带什么行李过来，明天拿点必需品过来就行了。"

"哥，你怎么这么好呢？"

"那你还天天气我？"

苏锦黎走过去给了沈城一个大大的拥抱，然后就快速松开了，又跑出去看其他的东西了。

沈城别墅的一楼是客厅跟餐厅、厨房，还有啾啾临时过来住的房间。还有的是就是一个大大的游泳池，一半在室内，一半在室外，也是为了苏锦黎故意这么设计的。

苏锦黎看到游泳池就高兴，坐在泳池边的椅子上"嘻嘻"傻笑。傻坐了一会儿，苏锦黎就又去找沈城了，这个时候沈城已经打算洗漱睡觉了。

"我可以偷看你洗澡吗？"

沈城被问得有点好气又好笑，问他："你找死吧？"

"好了，我要休息了，你也去休息吧，小冠军。"

苏锦黎抿着嘴笑了起来，美滋滋地回了房间，一下子扑到床上，兴奋地打了一个滚。

他拿出手机来，给安子晏发消息：小精致，我到哥哥家了！

安子晏很快回复了：嗯，早点休息。

苏锦黎还打算给安子晏发自己房间的小视频呢，结果安子晏直接说晚安了，让他一怔。

这次不打算跟他一直聊天了吗？

再拿出来手机，去翻看安子晏的社交平台，看到安子晏发了动态。

安子晏：最后一期，恭喜孩子们长大了。

安子晏的动态配的图片是大合影还有他跟安子含的合影。

苏锦黎难得的失眠了。

这一天有得到冠军的喜悦，有住进哥哥家里的兴奋，还有一种陌生的情绪进入了苏锦黎的脑海，难以言说，有点苦涩。

对于选秀节目的不舍，还有纠结，让他辗转反侧。

凌晨三点似乎是睡了一会儿，但是很早又醒了。他拿出手机，笨拙地看着看着自己的账号，看到昨天夜里他们又一次霸屏了。

热搜词依旧挂在上面：

苏锦黎冠军出道。

沈家兄弟与安家兄弟合影。

乌羽出道。

安子含第四。

真坏。

沈城苏锦黎兄弟隐情。

苏锦黎看着自己的粉丝数，已经到了四百七十万。

这个账号刚给他的时候，粉丝数还是两位数，这段时间过了，变化真的好大啊。

他快速起身去洗漱，然后在衣帽间里选择了一件好看的衣服换上，然后到了楼下客厅里，拿着手机录小视频。

结果他的水平总是不行，录得非常难看。

沈城下楼后，拿着手机帮苏锦黎录制好了。

苏锦黎对着镜头微笑，然后做了一个手势，对着镜头说："起床了吧？快来领取今日份的幸运吧。"

视频录制完，他拿着手机发布了动态。

苏锦黎的这一条动态，在当天就以夸张的势头上了头条。

并且在24小时内，转发超过千万。

虽然……大部分都在许愿。

苏锦黎坐在餐桌前等待的时候，就看到沈城从冰箱里拿出打包的食物，拿到厨房去热了热，然后端了出来。

"哥，你不给我做早饭啊？"苏锦黎似乎有点失望，这跟幻想里的生活不太一样。

"我不会做，要不我给你泡燕麦？"沈城问得温柔，并未在意。

"不用了……"苏锦黎失落地开始吃早饭。

"你会做吗？以后可以做给我吃。"沈城继续端东西过来，同时问苏锦黎。

"不会。"苏锦黎回答得理直气壮。

"那你还说我?"

"我是弟弟啊!"

"你怎么能这么理直气壮?"

"我是弟弟啊!"

"你是复读机吗?"

苏锦黎闷头吃完东西,又在房子里转了转,去看小花园。

沈城别墅的小花园里种了不少观赏花,因为沈城经常住在这里,这些植物被沈城的妖气滋养得很好,生机盎然的,光看着就觉得心情好。

等了能有十多分钟,侯勇就开车过来接苏锦黎了。侯勇似乎在之前就来过沈城家里,路线门儿清。

去训练营的路上苏锦黎才知道,原来侯勇被沈城叫过来单独培训过了。是啾啾给培训的,见侯勇还算有点小聪明,就放过侯勇了。

"辛苦你了,我哥哥真的很……很……"苏锦黎不想说哥哥坏话,不过他的哥哥确实很难缠。

"了解的,毕竟是处女座……"侯勇叹了一口气,对于这件事也很无奈。

"处女座是什么意思?"苏锦黎问。

"啊……你可以用手机查一查,你是双鱼座的,有自己的性格特点。安子含是射手座、乌羽是狮子座、范千霆是天秤座。哦,对了,安子晏是金牛座,生日是5月20号,很巧吧?经常到了这天,他的单身粉丝就会给他庆祝生日,说跟他一起过什么的。"

苏锦黎拿着手机查询起来,然后看着解说,很快沉迷其中。

看看自己的星座,还要看看其他几个人的星座。

看到后来他就发现,每次看完双鱼座的,就会下意识去寻找金牛座的,紧接着一愣。

为什么……要同时找安子晏的星座?

放下手机,盯着车窗外的景物看,他总觉得,他似乎感悟到了什么,却又什么也不明白。

第八章 | 145

回到训练营,这里似乎冷清了不少,还有工人在搬运东西,似乎已经在搬家了。

苏锦黎跟侯勇一块去了训练营,路上侯勇还在介绍:"浩哥在世家传奇接受培训呢,波波跟着 Lily 去疯狂大采购了,据说买的化妆品衣服什么的,需要用货车拉回来。"

"这么夸张?"苏锦黎惊讶地问。

"对,因为你的各方面都要进行包装,你每次出现在机场的衣服都会被盯着,不能重样。而且世家传奇重点培养你,包装资金也非常雄厚。"

"哦,小咪呢?"

"今天还在跟着乌羽帮忙,下午就跟我们一起行动了。"

"哦。"

回到宿舍,就看到范千霆在跟安子含一起坐在窗上拆摄像机。

安子含立即招呼苏锦黎过去:"苏锦黎,你要不要过来踩几脚?"

苏锦黎惊讶得不行:"你们怎么把摄像机给毁了啊?"

安子含回答的颇为霸气:"我答应给他们赔了,我就是看它不顺眼,想砸。"

"哦。"苏锦黎立即走过去,跟着踢了两脚,"让你拍我睡觉!"

另外两个人立即大笑了起来。

节目组叫他们分别过去录个人的最后采访,会作为网络版的福利播放。

侯勇进入寝室帮苏锦黎收拾东西,苏锦黎发现他什么都不舍得丢,于是就全部都拿走了。

安子含录完采访后,带着苏锦黎、范千霆去了第一次录他们入场的地方。原本乌羽不想跟着他们过来,然而苏锦黎一直拽着乌羽,便也跟着来了。

这里跟训练营不在一个地方,难得的没有拆,打开门里面的布置依旧一样。

四个人推开门走进去的时候,安子含就感叹了一句:"我进来的时候就是四个人,结果这次进来换了几个伴。"

"我进来的时候是一个人,因为去波波那里化妆了,所以最早来的,结果二十三号进去的。"苏锦黎跟着说。

安子含很不爽地吐槽:"第一期我看了,你是从进门起就被夸,刷屏的弹幕说吹箫小哥好帅。我是一进门就被骂,说应该给我配《乱世巨星》的背景音乐。"

乌羽终于开口:"我进来的时候就觉得这么精心布置的走廊,不可能一点用没有,所以还算小心,果然在镜子里藏着摄像头。"

"唉,现在是肯定没有了。"范千霆快步朝前走了几步,到了一个镜子前往里面指:"这里肯定有一个,我记得我进来的时候差点平地摔也被拍到了,就是这个角度。"

"我第一天的时候说抠两个灯泡送苏锦黎,还被评为最佳好友了。"安子含忍不住吐槽,走到星星灯前面,开始研究怎么抠,后来发现拧下来就行。

安子含真的拧下来了几个灯,给了苏锦黎。苏锦黎拿在手里,吹了吹上面的灰,分给每个人做纪念。

三个人继续朝里面走,看到了写名字的台子。

上面居然还有道具。

苏锦黎拿来了毛笔,对他们几个人说:"我写你们几个人的名字吧?"

安子含立即同意了:"行,写一个我裱起来。"

范千霆问:"我要行书的那种,贼帅的那种,会写吗?"

乌羽则是到了苏锦黎身边,看着苏锦黎写。

苏锦黎按照他们的要求,写了三个人的名字,安子含突然乐了问苏锦黎:"你的名字留下了吗?"

"在我行李箱里呢。"

"我的早扔了,字太丑,我自己都不爱看。"安子含拿着苏锦黎给自己的名字,"你的字是真不错。"

最后,四个人一起到了等待的大厅,里面的东西还在,依旧是四面墙的大镜子。

四个人并排坐在一起,看着空荡荡的镜子静坐。

"就我们四个人了啊……"苏锦黎感叹。

安子含嘿嘿直乐:"我当时坐在这里的时候贼牛,心里想着:在座的各位都不行。结果事实教我做人了，我才不行。"

范千霆忍不住感叹："年纪还没到，我们就怀旧起来了。"

乌羽靠着椅背，叹了一口气："刚来的时候，我还以为我能摆脱该死的命运，不过似乎不太理想。"

"你都第二了，还想怎么样？"安子含扭头看向乌羽。

乌羽声音渐渐沉下去："并不是第二了，就一定能走下去。"

"你那边到底是什么情况？"

乌羽没回答，只是突兀地站起身来："去舞台看看吧。"

其他几个人跟着起身，一起到了舞台的位置，依旧是空荡荡的。到了舞台上，安子含突然对着台下喊："虽然我第四，但是我照样会出道的！"

苏锦黎不知道说什么，就说："对！"

乌羽无奈地笑："你个捧臭脚的。"

苏锦黎不服气，跟着喊了一句："会好的！都会好的！"

范千霆也跟着喊了一句："以后提起嘻哈，肯定就会想到范千霆，我发誓！"

乌羽无奈地叹气，想要转身离开，却被另外三个幼稚鬼拽住了。

"我不会放弃的。"乌羽终于跟着喊了一句，然后羞耻心作祟，喊完立即离开了。

他们往出走的时候还在聊之后会做什么，然后表示以后微信群联系，就这样分开了。之后他们都有各自的工作了，不可能一直在一起。

苏锦黎上了侯勇的车，感叹了一句："结束了。"

"你表现得很优秀，最开始我们都没想到，你居然能红成这样。"

小咪也在车的后一排，立即跟着说："对啊，我送你去孤屿工作室的时候，觉得你小子肯定荒废了一年，不过你小子真走运。"

苏锦黎笑了笑："以后一起努力啊！"

"好嘞！"两个人异口同声地回答。

"下一个工作任务是什么？"苏锦黎问侯勇。

"本地，明天下午2点钟，《文化宝藏》录制。"侯勇回答。

"好的。"

当天夜里，《全民偶像》就用神仙般的速度制作出了最后的采访视频。

这次是前九名选手的采访，外加一段让人意想不到的花絮。

视频先是采访他们，问他们奇怪的问题。视频都是每个人单独录的，最后被剪辑在了一起。

比如：爆料其他选手的糗事。

苏锦黎的回答是这样的："啊？糗事啊……安子含天天都很糗，但是他用自己的乐观全部解决了。"

苏锦黎回答完，弹幕就被"哈哈哈哈"刷屏了。

安子含："苏锦黎的睡姿？换下铺后掉下床了好几次，后来又自己爬上上铺睡了。"

弹幕继续一片欢乐，姐姐们充满了慈爱。

问：你觉得选手里谁最会怕老婆、谁会最欺负男朋友？

苏锦黎想了想后回答："我觉得安子含嘴上凶，肯定最怕女朋友，不过我觉得常思音绝对最会照顾男朋友。"

安子含："苏锦黎肯定天天被欺负！绝对的，而且傻乎乎的还不知道自己被欺负了。"

乌羽："啊……"没了。

范千霆："魏佳余吧，太强势了，我的天。"

结果到了后面，就出现了催泪的画面。

主持人问："还有没有什么想说的？"

苏锦黎对着镜头，犹豫了良久："就是……感谢吧，我觉得我们几个人如果不是通过这个节目，根本就不会认识。昨天微信群一直在聊，我知道他们都舍不得，但是，我们还是要分开，要各自成长。会想想他们。"

安子含："他们是真的一点也不惯我毛病，我居然……没脾气，其实我性格真不太好，可是……"说到这里快速擦了一下眼角，"苏锦黎还跟我说要去抠灯泡，他居然记到现在，我都快忘了……"

乌羽："这可能会是我最与众不同的记忆吧。"

范千霆："不想分开，不想结束，比他个百八十轮的，万一我有一期碰大运就能赢苏锦黎一次呢？"

张彩妮："我觉得他们都傻乎乎的，但是人都很好，我来之前以为会钩心斗角的，然而没有……最后的这些人都很好……"

节目组突然出现文字：因为安子含透露会去初见的地方，所以节目组偷偷准备。

第二行字幕：这一次，又是全程偷偷拍摄，没有任何彩排。

接着，就是四个人重进长廊的画面。

"啊啊啊啊啊，我居然看哭了。"

"深夜哭成这样，明天怎么办？"

"他们四个是真的关系很好！不是作秀！"

"苏锦黎说就我们四个人的时候瞬间泪目。"

"你们会成功的。"

接着，就是几个人喊话了。

安子含喊完后，满屏幕的"对！"

在苏锦黎喊完后，弹幕被"会好的！都会好的！"霸屏了。

在乌羽喊完之后弹幕又被"我不会放弃的。"刷爆屏幕。

范千霆则是"以后提起嘻哈，肯定就会想到范千霆，我发誓！"

节目最开始，不被看好。

节目中间，充满了问题与争议。

节目的结尾，却意外地得到了好评。

观众们期待这群少男少女的未来，全部拭目以待。

当天夜里，苏锦黎还在跟自己的小团队聚会，然而因为第二天就要开始工作了，他们并没有多聚，而是简单地吃个饭后就散了。

苏锦黎回到家里，沈城不在家，苏锦黎自己洗漱完毕，就睡觉了。

第二天一大早，波波就带着准备好的东西来了沈城家里，小团队的成员全部都到了。

来了之后波波就给苏锦黎做造型。

因为要上总台，头发染回了黑色，并且准备了最乖的白色衬衫跟浅蓝色牛仔裤，白色的板鞋，最简单无槽点的打扮，比较保守。

侯勇开始教苏锦黎如何应对一些问题。

这种综艺节目跟选秀节目还是不一样的，选秀节目里可以嘻嘻哈哈，但是上总台的节目就不行了，必须严肃。

苏锦黎是新人，就表现得乖巧一些就好，不能再什么都说了，会让人找到把柄批评一顿。

苏锦黎都一一应了。

"当明星也是不容易。"浩哥双手环胸，站在一边说道。

波波白了浩哥一眼："你的审美真是让我难受，你能不能把你的直筒肥裤子换掉？"

"这种裤子舒服。"

"还有这种翻领的条纹上衣，你出趟门都能碰到十来个撞衫的。"

"这说明是大热款啊！"

波波又看向侯勇，侯勇顿时不安起来。

侯勇的打扮没比浩哥强多少。

小咪本来就长得不错，外加爱收拾自己，倒是没被波波嫌弃，于是问："现在小锦鲤这身也很平常啊。"

"小锦鲤至少长得帅啊！"波波回答得理直气壮。

侯勇冏，没说话。

浩哥不想上班第一天就闹得不愉快，然而波波真的不好相处，于是只能说："我出去抽根烟。"

小咪吐了吐舌头，不再说话了。

他们收拾稳妥后才上午十点多，他们没多留，直接先去了电视台。

电视台的工作人员没想到他们这么早就到了，于是安排在休息室里，还客气地说："杨哥还有工作要处理，编导一会儿会过来，需要给你们准备午饭吗？"

侯勇客气地说："午饭我们可以自己解决，不用麻烦，让编导过来告诉我们流程就行了。"

"好。"工作人员离开了。

波波坐在一边对苏锦黎说："午饭别吃了，别弄脏了衣服，也会影响牙齿，录完了再吃。晚上 9 点你会出现在机场准备明天的代言拍摄，还得换一身造型。"

"啊?"苏锦黎有点失落,问,"以后会经常这样吗?"

波波点了点头,坐在椅子上修整自己的指甲:"没错,还需要控制身材,食物是用来摆拍的,葡萄糖都是必备的东西,以后有你受的。"

小咪则是走了一圈之后,给苏锦黎倒了一杯水:"别怕,有我们呢,没他说的这么吓人,他就是对外形要求太高了。"

苏锦黎点了点头,他还是第一次单独作战,真的开始接工作,所以十分紧张。

初出茅庐的小子,什么都不懂,所以特别小心翼翼的,对谁都客客气气的。

到午休的时候杨泽华来了,没进门就听到了笑声,走进来就跟苏锦黎握手:"早就想要见你了,终于见到了,身体好多了吗?"

"嗯,好多了。"苏锦黎微笑着回答。

"侯勇是吧,我们俩通过几次电话。"杨泽华一下子就认准了侯勇,对侯勇说。

侯勇也跟着杨泽华握手,寒暄了几句。

之后就是杨泽华安慰苏锦黎:"不用紧张,我们的节目也没有那么严肃,而且是会后期剪辑的,不好的部分都会被删减下去,留下正能量的部分。像其他的综艺喜欢留下一些有话题性的片段,恶意剪辑,我们都不会有,毕竟是总台。"

苏锦黎点了点头:"嗯嗯。"

"紧张得都不会说话了。"杨泽华大笑起来,然后跟苏锦黎说,"我看过你的节目,在节目里的状态很好,保持就行。"

正常来说,到了一个节目里,都会有工作人员告诉他们流程,需要他们配合。

杨泽华则是全程亲自跟苏锦黎他们说流程,用的还是午休的时间,讲得很详细,并且叮嘱苏锦黎准备好一段表演。

"其实我们是想去拍摄你的私塾的,结果听说私塾已经拆了?"杨泽华问苏锦黎。

苏锦黎点了点头,猜到这个可能是沈城帮忙说的谎话。

"那教书先生呢?"杨泽华又问。

"不太想见人,也别打扰他了,他不喜欢这个。"

"这就很遗憾了。"

这个节目想要了解的,就是苏锦黎练习这些文化传承时的经历,还有学习的时候遇到的问题,有没有想过要放弃之类的聊天。

苏锦黎很为难啊……

他都是看一次就能模仿下来,这该怎么聊?

苏锦黎觉得自己遇到了人生中最大的难题。

他在跟杨泽华聊完流程之后,立即发消息给沈城,沈城良久没回,估计又进入工作的状态了。

他想了想,只能发消息给安子晏求助。

安子晏:套用你学舞蹈跟唱歌的历程,实在不行把参加选秀的不容易也说了。

安子晏这边也不知道怎么就这么闲,居然很快就回复了。

苏锦黎:嗯,好,还有吗?

安子晏:看过小说吗?

苏锦黎:四大名著都看过。

安子晏:跟你哥哥学学睁眼说瞎话的本事,不然问你什么,你就回答什么肯定露馅。

苏锦黎:我不会撒谎啊!

安子晏:不是撒谎,你在保卫人间的和平,保持世界的平衡状态,一个谎言,拯救了全世界,你可以的。

苏锦黎:好,我试试。

整个剧组的人大眼瞪小眼,女主角干脆拿出自己的台词小条临时巩固一下台词。

导演扇着扇子,问站在镜头前拿手机打字聊天的安子晏问:"小安啊,能继续拍了吗?"

"我再回几句。"

"行，你先忙，不着急。"

安子晏见苏锦黎那边似乎已经安稳下来了，才放下手机，掀起自己的裤管，将手机别在上面，因为是古装，看不出裤子里的问题。

他知道今天苏锦黎第一天上节目，怕有问题才特意这么准备的。

整理好了之后，剧组继续拍摄。

又拍摄了两段后，安子晏再次示意剧组等一下。

他对苏锦黎单独设置了提示音，能够感受到手机的震动，拿出手机就看到苏锦黎发来了两个字：谢谢。

他回复了：不用谢。

之后对剧组人员笑了笑："抱歉，公司里的紧急问题，我们继续。"

为了维护世界的和平，苏锦黎今天算是拼了。

下午2点钟，苏锦黎已经准好，调整好自己的状态了，准时进入了录制厅。

他一直是按照流程被进行采访，并且配合。

回答不上来的时候就微笑，想一想后开始胡扯，反正都是拣好听的说，主旨就是宣传传统文化，宣扬正能量，倒是也没有什么破绽。

毕竟，杨泽华不是那种会为难人的主持人，问的都是一些关于对传统文化的看法，还有就是如何学习的问题。

问一问苏锦黎为什么会喜欢这些东西，中间还插了一段苏锦黎的才艺表演。

这个节目仅仅是一位主持人，还会有几位固定的专家，都是各个业界的行家泰斗，会对本期的文化进行点评。

"其实我们一直都在说反弹琵琶只是一种舞蹈动作，但是传说中，就是有这种技艺。我在之前也翻阅了一些典籍，对这方面的记载不多，但是也提及反弹琵琶。上次看他的视频，我还是第一次见识到，激动得我一晚上没睡着。"其中一位专家这样说道。

为此，苏锦黎又一次现场表演，还在采访他口技学习的时候，表演了一段口技表演。

　　课本里有一篇文章，就是描写口技的。

　　苏锦黎来之前特意看了一遍文章，然后按照文章里的表演，将这段口技表演展示了出来，引来了满堂喝彩。

　　杨泽华跟苏锦黎聊得非常开心，问苏锦黎："我们注意到，你还喜欢国画以及书法对吧？我们节目组还特意准备了文房四宝，不如你给我们留一幅作品？"

　　苏锦黎点了点头，走过去看了看准备的材料画了一幅画。

　　画的主体是牡丹，枝头落着一只麻雀，栩栩如生，寥寥数笔，却下笔如有神。

　　他曾经看过各界名画家的原画，也曾跟着学习，画画的水平自然不差，接着又写了一排大气磅礴的字：国家文化宝藏。

　　落笔后，引来杨泽华跟几位专家的称赞声。

　　原本节目录制已经到了尾声，结果杨泽华又拉着苏锦黎聊起了关于围棋的事情，让他们比预期晚了一个小时才结束了录制。

　　离开的时候杨泽华亲自送苏锦黎，并且跟他解释："抱歉，占用了你的时间。其实真的播放出来，你的镜头也只有12到18分钟，其他的时候都是关于这些传统文化的资料片。我们还是想要剪辑出精彩的部分，你今天的表现非常好，我个人跟你担保，就算有一部分不能播放出来，也会作为花絮发布在社交平台上，你看怎么样？"

　　苏锦黎并不在意："您愿意采访我，我就非常感激您了，谢谢您之前对我的关心，让您担心了。"

　　"没事没事，我也是珍惜人才。"杨泽华依旧在兴奋之中。

　　苏锦黎走出去后，看了杨泽华一会儿，突然说："杨哥，逢事选左勿选右。"

　　"嗯？"

　　"就是个人的一个意见，风水上的事情，您要是信我便听我一句。"

　　杨泽华突然觉得这个少年一脸平静地说出这句话，有些奇怪，但是他竟然记在了心里，接着点了点头："好，我信你的，你现在给我的感觉就是一个非常神奇的人。"

第八章 | 155

"好人会有好运的。"苏锦黎对着杨泽华微笑，然后伸手摸了摸杨泽华的头。

杨泽华被弄得大笑起来，问："这就是你在网上说的祝福吗？"

"算是吧。"苏锦黎笑得内敛，很快跟杨泽华道别离开了电视台。

苏锦黎很饿，他想赶紧回去。

走出电视台，就看到外面围了很多粉丝。苏锦黎来得早，来时还没有这么大的阵仗。

浩哥还是第一天上班，虽然被培训过，也没想到场面这么壮观，忍不住"嚯"了一声，然后开始工作，保护苏锦黎。

电视台里的工作人员帮忙稳住现场，苏锦黎在门口跟粉丝们简单的互动，就准备离开。

"我们这里倒是很少有这么大的阵仗。"有工作人员感叹了一句。

他们这里经常来影视明星，像这么多粉丝聚集的情况倒是不多见，可见苏锦黎现在的人气有多高。

苏锦黎听力好，听之后立即回过身跟工作人员道歉："抱歉，给您添麻烦了，我会赶紧离开的。"

工作人员没想到苏锦黎还会道歉，他们只是最低层的工作人员而已，立即笑呵呵地说："没事，没事……"

杨泽华这天又在电视台留到了晚上才离开，开着车回家，碰到了在修路的路段。

这里的道路都是方方正正的，左拐或者右拐都能绕过去。

按照杨泽华以前的习惯，一定是右拐，今天看着路口打了一个哈欠，鬼使神差地想起了苏锦黎的话，选择从左侧绕过去。

回到家里，还没走出停车库，就突然接到了电视台同事的电话，问："杨哥，你到家了吗？"

"到了啊，怎么了吗？"杨泽华还当是工作上的事情，在停车场里停下了脚步。

"你回家的必经之路不是修路的吗，需要绕过去，其中的华阳东路出事故了,我们台的记者已经赶过去了。我怕你在那碰上车祸,赶紧问问。"

"什么情况?"杨泽华吓了一跳。

"一辆大货车失控冲向了对向车道。"

杨泽华听到这里,一阵后怕。

挂断电话,他看着电梯没敢上去。

电梯在右边,楼梯在左边,他想了想后,选择走楼梯上楼。

苏锦黎这小子……难不成真有点门道?

苏锦黎在车上吃三明治的时候,接到了安子含的电话。

"我都服了,乌羽的脑子绝对有问题!"接通电话后,安子含就开始骂,语气特别的差。

"怎么了?"

"节目结束后,节目组不是担保了你300万,第二200万的代言吗?"

"对啊。"

"乌羽今天去拍摄安排给他的代言广告,结果是自己一个人坐高铁去的,车要开了才买的票,以为戴上帽子和口罩就行了,结果行踪还是被人卖了。到站后直接造成高铁站内全是他的粉丝,他被困在里面出不来了。"

"天啊……他怎么一个人?事先都没安排好吗?"

"波若菠萝是不是有病啊,他身边一个助理都没有,艺人一个人坐高铁去拍广告,我都不知道乌羽怎么想的。好像还准备下高铁后,坐地铁去拍摄现场!"

苏锦黎听到之后就睁大了眼睛,惊讶地问:"怎么这样?!这太过分了!"

"气得我胃疼,现在满头条都是他,他倒是挺会引关注的,舆论根本没控制,骂他的人比他的粉丝还多,这是刚出道就要毁了自己?"

"我总觉得有隐情,我问我哥了,我哥不告诉我。"

"他最开始也是逃出来进的训练营,绝对是公司不待见他,这次你别拦我,我必须搞明白是怎么回事。"

"嗯,乌羽那边怎么样了?"

安子含等了一会儿才回答:"我接到他的时候,他正蹲在警务室偷偷

第八章 | 157

哭鼻子呢，我还当他多坚不可摧呢！"

"你去接他了？"

"对，现在我们俩一起被困在这儿了。"

苏锦黎忍不住蹙眉："你也没比他强多少……"

"就是来蹭热度的，不行吗？"安子含回答得理直气壮。

"行。"

Chapter 09

今天,安子含跟常思音根据公司的安排,来摄影棚拍摄杂志封面。

他们来得早,开工也早,中午就结束了。

在最后录了一段采访后,他们俩今天的任务就算是结束了。按照安排,他们晚上还要飞往下一个地点,可以提前回酒店进行短暂的休息。

安子含还是刷动态知道的乌羽的事情,当时就无语了,心里狂骂这个人脑子有病吧。

然后,自己特别冲动地过来接乌羽了。

接着,两个人一起被困在了高铁站。

乌羽已经白了安子含好几眼了,安子含被弄得特别生气,走过去想跟乌羽吵架,乌羽还不理他,他只能打电话给苏锦黎吐槽。

结果苏锦黎在录节目,晚出来了,安子含憋了半个多小时才打通电话。

挂断电话后,乌羽立即提醒:"我没哭。"

明显在偷听。

"是哦。"安子含没好气地回应了一句,态度很是敷衍。

"你又不是没在这里待着,这么小的地方,这么热的天,流个汗都被你说成哭?"乌羽忍不住解释道。

安子含听完冷笑了一声:"你要是真没哭,顶多冷笑一声,但是你愿意跟我解释这么多,就证明你真哭了。"

乌羽抿着嘴唇无奈了一会儿,最后干脆不解释了:"谢谢你这么了解我。"

之后两个人是在警卫的保护下出的高铁站,安子含带来的那几个保镖,都已经镇不住这种场合了。

"高铁车站在市中心,坐一趟公交车就来了,估计后面闻讯赶来的人也不少。这追星成本低,所以才会这么严重。"安子含坐在车上的时候,还忍不住说了一句。

乌羽在低头发消息,似乎是在跟拍摄方解释情况,懒得跟安子含说话。

"你今天拍摄不了了吧?"安子含又问乌羽。

"能拍,是室内,不在乎时间,你送我过去吧。"

安子含看着乌羽的侧脸,突然想笑,问:"之后你怎么打算的,继续搞这种大阵仗?"

"反正不用你去接我,弄成了双重屏障。"

"你兜里的钱还够花吗?我听说你进训练营后,公司连工资都不给你发了。你的代言费用,还是打给你的公司,一时半会儿不会到你的手里。"

乌羽确实没什么积蓄了,不然也不会搞成这副样子。

拍摄方也不派车接他,他也没好意思提,估计谁也不会想到他居然是自己赶过来。

乌羽闷着不说话,安子含立即掏了掏口袋,拿出一张黑卡来:"叫我一声哥,我借你。"

乌羽看着安子含,说道:"苏锦黎也能借我。"

"他?"安子含不屑地说道,"他工资五千块钱,借你两个月的工资他就倾家荡产了。他现在人气高,但是工作没接多少呢,钱也没到他的手,不比你富裕多少。你还有没有备选?范千霆跟常思音也都穷。"

不仅仅是苏锦黎,现在整个《全民偶像》的选手里,就没几个富裕的,都是徒有人气,其他什么都没有。

乌羽极其不爽,不过还是说了一句:"哥。"

安子含乐得呀,整个人都舒坦多了,然后把长腿一抬,搭在了乌羽的大腿上:"给小爷捏捏腿,有小费赏你。"

乌羽掀起裤管就拽腿毛,安子含赶紧躲开了。

"我给你安排个临时助理,还有两个保镖兼司机,费用跟上次帮你前女友的事算一块了啊,记得以后还我。"安子含把卡给了乌羽,"密码是我哥生日。"

"你跟你哥关系不错啊。"

"不错个头,我哥那脑子不行,就能记住个生日,他时不时得给我还钱去。"

"亲自去还?"

"顺便查查账,怕我干了什么乱七八糟的事情。"安子含无奈地回答。

"嗯。"

"用完记得还我,我就一张黑卡。"安子含递出去的时候,还有点肉疼。

乌羽抬起头看了安子含一眼,也不知道安子含究竟是故意在他面前显摆,还是真的大方,反正现在这种肉疼的样子倒是挺有意思。

他们到了地方之后,乌羽下了车,站在门口想了想,对安子含说:"今天谢谢你。"

"你肯定得谢谢我啊,还得发个动态,郑重感谢安子含小哥哥对本傻瓜的大力支持。"安子含扯着脖子回答,模样极为欠揍。

这人怎么什么时候都那么讨人厌?

安子含刚说完,乌羽就把车门关上了,让安子含没办法继续说下去了。

苏锦黎回到沈城的别墅,坐在沙发上笨拙地看手机,查询乌羽跟安子含的消息。

他看了没一会儿,侯勇拿来了一个文件夹过来了。

"你别看了,看了也帮不上忙,你们几个现在的消息就是一线的关注度。你们随便一点事情都能让热搜,等过去这阵,或者再有其他的节目火了,你们就过劲儿了。"

"过劲儿了是什么意思?就是不火了吗?"苏锦黎疑惑地问。

侯勇见苏锦黎是什么都不懂,于是耐着性子跟苏锦黎解释:"是这样的,你们现在比赛刚刚结束,开始出道了,关注度很高,是最近这半年里,最有热度的一批人了。"

苏锦黎点了点头。

"但是呢,娱乐圈昙花一现的艺人非常多,如果你们想要立住脚,就需要有作品出现,不然……很快就会过气。"

苏锦黎再次点头,问:"那我需要怎么做?"

侯勇把手里的文件夹递给了苏锦黎:"最近一个半月的工作内容,一共有9个代言要拍摄,节目组安排的跟自己找来的,我们筛选过剩下这些。其中,还有两个综艺节目的嘉宾,这个你不用担心,安子含他们几个也会一同过去,其中一个安少也是嘉宾之一,他肯定会照顾你。"

苏锦黎翻看了一下文件夹，跟着点了点头。

文件夹里都是资料，每个代言产品的资料，需要去哪里拍摄，拍摄内容是什么，需要用几天，会安排他们住宿的地方全部写在了上面，非常详细。

侯勇又递过来了一个平板电脑，说道："里面有两个综艺节目的以往节目，你可以看一看，事先了解一下。"

"好。"

"安少还给你安排了课程，需要你在闲暇时间里自主学习，还可以给你安排老师，一个是英语口语，一个是演技课程。除去课程外，你还需要继续练习，不能把舞蹈、歌曲落下。"

苏锦黎翻看文件夹的手一顿，诧异地抬头问："哪里还有闲暇的时间啦？"

"我估计，你这一个半月内，每天只能睡5个小时。"

苏锦黎整个人都陷入了呆滞的状态。

他想过他出道之后会很忙，却没想到会忙成这样。

侯勇继续介绍："沈先生初期也是这样，他在飞机上的时间非常多，会在飞机上进行学习跟休息。"

"飞机……"苏锦黎吞咽了一口唾沫，"坐飞机可怕吗？"

"还可以。"

"好，我努力克服。"

波波在帮苏锦黎整理送来的衣服，顺便全部都熨烫好，听到侯勇的话，把熨烫机挂好，走过来说道："给小锦鲤留护理的时间了吗？"

"嗯，这个只能抽时间了，好在他的皮肤状态一直很好，在训练营这么久都没有出现什么问题。"

"这就是仗着自己年轻，他需要护理自己的皮肤，就算不用美白，也得补水，不然皮肤肯定不行。实在不行就打一针，控制痘痘，影响也不大。"

苏锦黎一听，立即摇头："我皮肤没问题的，别打针。"

"对，还是自然点好。"侯勇也是这么觉得。

"单纯的敷面膜？"波波忍不住问。

小咪蹲在小花园里跟花自拍了半天，才走进来跟着说道："尤姐也保养，不过她工作没有小锦鲤多。"

对于之后高强度的工作安排，整个小团队，除了浩哥都有点纠结。

浩哥就是你说去哪儿就去哪儿，给口饭吃，给他发工资就行。

侯勇的关注点是苏锦黎的工作完成度，还有就是自身的提升。

波波在意的是苏锦黎的保养问题，最近也是在所有的衣服里，挑选苏锦黎出现在机场时需要穿的。毕竟是全身心投入到跟苏锦黎的工作之中，苏锦黎的形象就是他的门面。

小咪走到没人的地方跟江平秋通电话，问他们派来的助理什么时候过来。

没一会儿，给苏锦黎安排的助理来了。

同样是一个小伙子，个子有一米八多，皮肤也算是干净，长相端正，身材纤细修长，看起来外形还挺不错的。他戴着一副黑框眼镜，背着一个双肩背包，看起来很学生气，说话的时候没有口音，人也挺善谈的。

"我叫冷浅语，大家叫我的外号就行：丢丢。"新助理自我介绍。

"哥哥姐姐们把身份证号还有护照号给我一下，然后行程本给我一份。"丢丢放下包，直接坐在了餐桌前，从包里拿出本子跟笔，开始了自己的工作。

小咪坐在丢丢对面，盯着丢丢看。

丢丢统计完了所有人的证件后，又拍照备份，接着拿出手机查询起来，对侯勇说："侯哥，我把机票跟酒店都订好了，你看一下？"

"叫勇哥就行。"侯勇走过来看了看后，点了点头，没有问题。

"你以前跟过谁吗？"小咪忍不住问。

丢丢摇了摇头："我毕业就进世家传奇了，之前是在做兼职，不过我是江平秋哥哥亲自带的，本来是留给安二少做助理的，不过现在我派给苏老大了。"

"江平秋亲自带的徒弟……"小咪感叹了一句，好像……不需要她来带。

"对。"

苏锦黎则是走过来问："你订完票之后，我需要给你钱吗？"

丢丢被问得一愣："啊？安少给我打了最近的资金了，都在我手里了。"

"有多少钱啊？"

"五十万。"

苏锦黎又震惊了："你比我有钱！"

侯勇忍不住捂脸，自家艺人这没出息的样子，真是丢人……

丢丢忍不住笑了："可是这都是你的钱啊,以后是会从你的收入里结算的。"

苏锦黎点了点头,然后偷偷地问丢丢："你知不知道世家传奇什么时候开工资？"

"啊……应该是有款项汇入进来,他们审核后就会发给你了。"

"可我现在还没有钱,你能先帮我订份外卖吗？"

丢丢先是一怔,随后微笑着回答："当然可以。"

苏锦黎的工作生涯正式开始了。

他们一行人在晚上就去了机场,乘坐晚上的飞机到达需要拍摄的城市。

苏锦黎现在的人气,进入机场就好像一场历练一样,要控制好粉丝,还要配合着进行机场拍摄。

苏锦黎从来没尝试过,坐个飞机还得配合一群记者的拍摄。甚至会有记者为了抢在前面,会不顾阻拦地涌上来,镜头差点贴在苏锦黎的脸上。

苏锦黎被吓得一愣一愣的,身边丢丢提醒他保持形象,他只能一直维持自己的状态,一直保持微笑。

苏锦黎恐高,本以为坐飞机不坐在窗口就没有事情了,结果在起飞跟降落的瞬间,他还会心跳加速一阵子。下了飞机,难受得需要人搀扶。

然而走出去之后立即要改变自己的状态,表现出元气满满的样子,跟粉丝打招呼。

他们到达拍摄城市的酒店后,已经将近12点了,门口依旧有一群粉丝在等待。

"他们是怎么知道我行程的？不是下午才预定的吗？"苏锦黎在其他人的保护下进入了酒店,忍不住问丢丢。

"正常,现在粉丝追星都有专门的软件,还有不少会员注册性质的网站专门公开明星的出行资料,上次乌羽就是被这么堵在了高铁车站。"丢丢回答,"你这还是好的呢,还有不少艺人家里都被袭击了,安少就经历过。"

"啊？怎么了？"

"安少在两年前最火的时候,回到家里就觉得有点不对劲,走进去就看到一个粉丝躺在他的床上。安少住的地方安保已经非常好了，还是防不住这些跟踪的粉丝。"

苏锦黎点了点头，接着疑惑地说："可是……我们也是靠他们支持的啊，所以不能有敌对心理。"

"你做偶像之后要有一个概念，跟踪的粉丝跟真爱粉是两个概念。真爱粉就是支持你的粉丝，他们绝对不会给你带来任何烦恼，都是小天使。但是极端的跟踪粉丝会扰乱你的生活，你遇到这种跟踪粉后，绝对不要因为他们是你的粉丝，就手软什么的。"

"嗯……"苏锦黎点了点头，依旧有点觉得不妥。

"举个例子，就像安少遇到的那件事情，如果安少觉得她是自己的粉丝手下留情了，之后怎么办？万一被传成是他的女友呢？或者被女粉丝闹着说非礼，要他负责怎么办？岂不是很冤枉？"

丢丢依旧耐着性子跟苏锦黎解释，希望苏锦黎以后能够处理得好。

"可能是我现在还不能体会到什么，我的想法也都是希望能让我的粉丝觉得我值得被喜欢。有可能的话，他们来了我也会尽可能地去看看他们，我想保护我的粉丝。"

丢丢听完苏锦黎的话，点了点头，比量了一个手势："OK 的，不过我还是想提醒你一句，粉丝就像你的孩子，可以宠着但是不能溺爱。"

"我的粉丝都是我的家长……"

"对，我知道，你有着强大的姐姐粉。"丢丢忍不住大笑起来。

丢丢还是需要跟这个小团队磨合，至少现在看来没有什么问题。

苏锦黎在第二天，就开始进行拍摄了。

这个广告是一个护肤品的广告代言，内容很简单，就是让苏锦黎在舞台上表演，其中有一段，希望拍摄成淋雨的效果。

丢丢看到本子之后，立即跟拍摄方进行沟通。

最开始给的方案里，并没有说会有淋雨的镜头，安子晏他们才会同意拍摄。但是突然出现这样的安排，让他们有点不能接受。

丢丢来之前就得到了吩咐，苏锦黎的身体不能碰水，不然会影响身体健康。所以他来之后，跟拍摄组聊了内容，希望取消这个镜头。

苏锦黎这才放下心来。

虽然说，广告最后剪辑出来很可能只有2分钟。但是他们对广告的拍摄，就持续了21个小时，不眠不休。苏锦黎第一次拍广告，有点不能入戏，不过也都极力配合。

其实镜头大多是苏锦黎在舞台上表演，还有一组是在生活里的状态，最后的镜头是苏锦黎拿着护肤品，对着摄像头说几句台词就可以。

广告的主题就是，在舞台上他释放自我，在生活里喜欢安静，XXX护肤品，能够让他表现真正的自我之类的。

非常常见的广告了，内容好过审，内容直白，大家也喜欢。

艰难地拍摄完毕后，苏锦黎累得倒在了椅子上。

波波看到苏锦黎的状态有点心疼，拿来工具，让苏锦黎就这样坐着帮他卸妆。

丢丢在一边给江平秋发消息，汇报工作。

丢丢：江哥，苏老大的演技不太好，总是不太自然，有几个镜头导演依旧不满意，是明天再补镜头，还是按照行程继续去下一个城市？

江平秋：这个广告不是没什么难度吗？侯勇是什么态度。

丢丢：勇哥希望再继续拍摄，不能丢了口碑。

江平秋：嗯，你帮忙调整，跟下一个拍摄方解释吧。演技有多不好？

丢丢：就是……我看着都觉得很尴尬。

苏锦黎也知道自己的演技很差了，他自己都觉得很别扭，再看看其他工作人员的神情跟状态，就知道是自己给他们添麻烦了。

这个广告除了那段舞台上的表演很快就拍摄完毕了，之后的拍摄都非常不顺利。

其中有一段是苏锦黎早上起床，接着到楼下喝了一杯牛奶，还有一组镜头是在小花园里晒阳光，这样简单的镜头，他都拍摄了无数遍。

四肢僵硬，表情不自然。

后来干脆改成了幻灯片一样的镜头，下楼的部分都减掉了，缩减为起床、厨房里喝牛奶、小花园里晒阳光。

如果不是必须拍皮肤，拍摄方说不定会改成只拍身体，不拍近景了。

在苏锦黎卸妆完毕后，导演又进来，希望跟苏锦黎的小团队沟通一下。

导演不算是知名导演，他们这边又是世家传奇，属于大公司，所以来的时候也挺客气的。

让导演没想到的是，他刚进来，苏锦黎就主动站起身来，并且道歉："导演，不好意思，我没学过这些，给你们添麻烦了。"

丢丢他们也放下手机，赶紧过来了。

连续 21 小时的拍摄，他们已经算是过分了，毕竟合同上写的是不超过 16 小时，今天已经严重超标了。

他们也知道苏锦黎明天还有工作，就想一次性完成，不过最终依旧不算是满意。

不过，他们能看出来，苏锦黎的态度一直很好，从来不会不耐烦，而且说什么都会努力配合，做不好了还会道歉。

这让这位导演对苏锦黎的第一印象非常好，孩子性格跟态度是非常难得的。

"我们这边看了拍摄后的镜头，其中起床的部分还是有点欠缺，我们的这个广告需要在很短的时间内就制作完毕，你们看什么时候能不能再给我们补一个镜头？"导演这边是这样的想法。

苏锦黎也有点为难，他很想拍摄好，又怕耽误其他的工作，于是看向了侯勇。

丢丢这边已经汇报完了，江平秋也不能做主，去跟安子晏请示了。等了一会儿，丢丢拿出手机来听语音，确认没有问题后开了公放。

是安子晏的声音："没有事先给苏锦黎培训过就直接去拍摄了，的确是我们这边的问题。你们积极配合拍摄，拍摄方完全满意后，再说下一项工作。之后的工作内容，造成的所有损失，由世家传奇来承担。"

既然安子晏都这么说了，导演终于松了一口气，接着对苏锦黎进行了鼓励，表示让苏锦黎休息半天，吃饭、睡觉调整状态，下午再继续拍摄。

确定了之后，侯勇立即去跟下一个拍摄方聊时间问题。

丢丢则是一直跟在侯勇身边，听着谈话的内容确定时间，再去跟这边的导演聊一下，最终确定了改签的时间，坐在角落改签整个团队的机票时间。

苏锦黎看着他们忙碌，突然觉得自己就算回去睡觉了，也会睡不着。

他坐在化妆间里，吃小咪买来的早餐，有点食不知味。

这个时候手机响起来，是安子晏发来的消息：没事，刚开始拍摄经验不足，我们慢慢锻炼。

苏锦黎看着屏幕，良久才回复：就是有点内疚，整个团队都陪着我加班，工作人员跟着我加长了工作时间，我的表演却一直都不理想。

安子晏：是我们的错，太急于求成了，你刚刚结束比赛，就开始拍摄广告，为难你了。

苏锦黎开始给安子晏发语音消息，询问该怎么起床才自然。

安子晏：你平时怎么起床？

苏锦黎：就是睁开眼睛啊，可是他们要求我睡觉的时候还嘴角带笑，醒来后就帅帅的，还要求清新自然。

安子晏过了一会儿，发来了一段短视频。

视频应该是对着电脑屏幕拍的，不是很清晰，画面里是一组安子晏拍摄电视剧里，起床的镜头。

安子晏：这种镜头是最常见的拍摄了，因为内容很简单，也很日常，所以被选为了第一个拍摄。

苏锦黎看着安子晏视频里的样子，打字询问：你平时这么起床吗？

安子晏：不，应该是醒了先翻几个身吧？

苏锦黎：其实我也是。

安子晏：你不应该是从地上爬起来，把被子放在床上吗？

苏锦黎：不是的！我一般都很老实！

安子晏：我不信。

苏锦黎：哼。

安子晏：你去拍摄的那张床去睡吧，留意自己醒过来时的状态。

苏锦黎：哦，好的。

苏锦黎真的听了安子晏的话，去拍摄组准备的床上去睡了。

其实这个床一点也不舒服，两面通风，都是摄像机，上空也是镂空的。

如果不是苏锦黎真的累了,加上坐飞机不太舒服,估计也不会睡着。

他是非自然醒来的,整个人都掉在了地面上,然后蒙头转向地爬起来,迷茫地看了看周围。

然后就听到导演说:"OK!完美!非常自然,就用这段!收工。"

苏锦黎很惶恐……拍摄了将近一天都没拍好,他睡一觉之后,就拍摄完成了?

难不成他睡觉的时候,拍摄组一直在旁边看着他睡觉?

苏锦黎的演技真的有问题。

为此,在苏锦黎到安子晏拍摄新剧的城市来拍广告的那天,安子晏特意提前收工,来看苏锦黎拍摄。

苏锦黎舞台表演没有问题,不然也不会得到选秀比赛的第一名,还是被众人推崇的。

平面广告稍微引导一下,拍出来的静态相片,也没什么问题。

但是演技……真的很尴尬。

苏锦黎很努力去演,在镜头里就能看到苏锦黎努力的样子。

然而太努力了,就会显得非常刻意,一看就是在演,而且不自然,非常做作。有的时候为了体现这个神态,就会做得十分夸张。

生气就会暴躁得像发疯了一样,惊讶的时候眼睛睁得老大,微笑的时候简直恨不得露出后槽牙。

安子晏站在旁边看了一会儿,忍不住捂脸。

苏锦黎的表现,就好像在上公开课的小学生,手臂放在桌面上叠着,后背坐得溜直,非常刻意。

演技也是小学生汇报演出级别的。

这样的演技根本不行啊,之后拍摄姜町的戏也是一个大问题。

"安大哥……"苏锦黎委屈兮兮地走过来,跟安子晏打招呼。

"嗯,感觉怎么样?"安子晏问。

"感觉不太好。"

"的确。"

"呜呜……救命啊安大哥！"

救救孩子！

安子晏看着苏锦黎又心疼又无奈，又看了看拍摄组工作人员无可奈何的样子，于是点了点头："演员我先带走进小黑屋特训，你们先拍女主角的部分。"

"女主角的部分已经拍摄完成了，她一直是在跟苏锦黎搭戏。"工作人员弱弱地说。

主角就是苏锦黎，女主角的戏份真就不多。

"那你们喝喝茶，看看风景。"安子晏说完之后，就带着苏锦黎去了楼上一个单独的房间。

"安大哥，你说，我跟人家小姑娘才第一天见面，非亲非故的，还不是我女朋友，我怎么跟她互动啊！她靠着我肩膀我都觉得占她便宜了！"苏锦黎刚进屋，就滔滔不绝地说了起来。

"不要有那么多的心理负担，你是在工作，她也是在工作。"安子晏拉着苏锦黎，让他坐下来慢慢调整心情。

这次这个广告比较有难度。

这是一个剧情广告，需要拍出初恋的感觉。

苏锦黎在广告里是校服造型，第一出戏是男女主角在学校里眉来眼去，苏锦黎没拍好。

后面有一段是坐公交车，女生靠着苏锦黎的肩膀睡着了，苏锦黎既紧张又高兴的样子，苏锦黎没拍好。

还有一段是苏锦黎偷偷往女生的书桌里放巧克力，女生突然回来，他快速伪装，苏锦黎依旧没拍好。

总而言之，一整个广告，苏锦黎就没拍好什么，只有一个镜头几次就过了，是苏锦黎跳高，女主角在旁边路过的镜头。

别的，没了。

然而这段苏锦黎不需要什么演技，正常跳高就可以了。

安子晏看了进度，又看了苏锦黎的状态，总觉得这个广告拍摄完成，就跟拍了几集电视剧一样的时间,这样很耽误进度。

"你来跟我搭戏,我表演给你看,你找找感觉行不行?"安子晏问苏锦黎。

苏锦黎点了点头:"好。"

安子晏低头看了看剧本,然后坐在椅子上,拍了拍肩膀,说道:"靠过来。"

苏锦黎立即到了安子晏的身边坐下,然后靠着安子晏的肩膀。

两个人之间存在体型差,看起来倒是不觉得有什么违和感,苏锦黎却需要抬头,挤出抬头纹来,才能看到安子晏的表演。

安子晏低头看了苏锦黎一眼,忍不住笑了:"咱俩是不是傻?"

"有点。"

"我去跟女主角搭戏,你看看吧。"

安子晏说完,就又一次对苏锦黎进行单独的心理辅导,告诉苏锦黎不要有调戏女孩子的感觉。

对女主角足够尊重,同时将这个当成是工作,就不会有什么特殊的想法了。

走出去后,安子晏找到女主角,客客气气地询问可以不可以跟她搭戏,帮苏锦黎找感觉。

女主角并没有什么名气,之前是平面模特,好在演技能比苏锦黎强一些,之前拍过一部剧的女配角。

见到安子晏她立即激动起来,羞答答地同意了。

然后,安子晏跟女主角搭戏给苏锦黎看,先是眉目传情,然后就是女主角靠着安子晏,安子晏表现出慌张又窃喜的样子,最后是偷偷藏藏东西的样子。

一系列下来,只用了 15 分钟,根本不用重复拍摄,直接就可以用。

估计导演都要哭了,为什么不用安子晏?

不过,安子晏真的没有少年感,苏锦黎更符合广告的主题,因为广告就是为苏锦黎量身打造的。

苏锦黎看着他们搭完戏,并没有茅塞顿开的感觉,反而表情不太好了。

安子晏有点纳闷,拉着苏锦黎到角落,问:"怎么了?"

"耍流氓！"苏锦黎突然说了这么一句。

"哈？！"

苏锦黎看完之后，气得不想理安子晏了，给安子晏弄得莫名其妙的。

"我们刚才是工作，我对她真的没有非分之想！"安子晏立即解释。

苏锦黎瞪了安子晏一眼。

"你能不能别这么有代入感？"安子晏继续解释。

苏锦黎又凶巴巴地骂了一句："你笑得特别轻浮！"

"别别别，我们是在工作。"安子晏解释。

苏锦黎听完就有点慌，下意识地左右看，然后看向安子晏，看到安子晏笑得比刚才还好看。突然就红了脸颊，有点无地自容。

"我一会儿会看视频，好好研究的。"苏锦黎这才软了态度，对安子晏说。

"嗯，实在不行，我可以再演一遍给你看。"

"不用！"苏锦黎立即拒绝了。

"好，我再给你讲一讲剧情，你没谈过恋爱，估计没有体会过见到喜欢的人，会是什么样的心情。就是那种……"

"你谈过？"

"没有。"

"那你怎么演？"

"靠脑补。"

苏锦黎盯着安子晏看，安子晏继续跟他讲广告里，男主角是什么样的心情，演戏的小技巧，苏锦黎该怎么做，才能够表现出来等等。

对于苏锦黎，安子晏还是很有耐心的。其他的演员，安子晏很少亲自去教，不行就换人培养了。

但是苏锦黎不一样。

第一，苏锦黎人气高，其他人做不到。

第二，他乐意！

之后，苏锦黎就又去跟女主角搭戏去了。

安子晏站在旁边看着，有的时候还会走过去指点一下，告诉苏锦黎怎么走位,眼睛看哪个方向,还得硬按,苏锦黎才能再靠近女主角一点。

"你靠她近点,她不会让你负责的!"安子晏甚至直截了当地说了出来,引得现场一阵爆笑。

安子晏亲自指导后,要比之前好了很多,终于又奋斗了一下午,这段广告算是拍摄完成了。

广告不像电影,要求太精湛的演技,说得过去就可以。

安子晏要求要更高一点,所以这段广告也是磨了一阵子才完成。让他心里格外满足的是,苏锦黎的悟性不错,提高得很快,一点就透。

拍摄完毕后,苏锦黎捧着盒饭吃,安子晏就拿来了电脑,逐帧给苏锦黎看他的拍摄成果:"我知道你是新手,不能精益求精,但是你看看这里……眼睛是不是往摄像机这里瞟了一下?你觉得是小举动,摄像机下会特别明显。还有这里,手指挪了一下,这里其实可以再温柔一点……"

苏锦黎盯着屏幕跟着看,然后说了一句:"演戏好难啊。"

"其实在我看来唱歌跳舞更难,然而你都做到了,每个人都有自己擅长的领域,如果你演技再进步一些,就更完美了。"

苏锦黎突然把饭盒里的鸡腿给了安子晏:"这个送你。"

"这是在你这里最高的礼遇了吧?"

"是。"

苏锦黎继续吃饭,安子晏坐在旁边继续看拍摄成果,看着看着就忍不住感叹:"长得真不错,脸还是挺耐看的。"

"我还是她?"

"你。"

"哼。"算你识相。

安子晏笑眯眯地继续看着屏幕,接着问道:"你明天没什么安排,去我那里看我拍戏吧。"

"不看,生气。"

"没有恋爱的戏,我那一整部戏大多都是权谋,主角夫妻都是相敬如宾,没有亲密的戏。"

"哦,好。"

第九章 | 173

苏锦黎回到原来入住的酒店，安子晏则是回去安排苏锦黎探班的事情。

明星探班，有的时候需要安排记者过来，也是一种宣传。

现在苏锦黎人气高，来安子晏的剧组探班，还能帮剧组宣传，所以剧组很欢迎苏锦黎过来。

苏锦黎现在偶像包袱重，每次出门都要被波波折腾好一阵子，才能算是稳妥了。

他觉得自己的皮肤没什么问题，波波还非要涂上一层，再仔细看他各个角度，这才许他出门。他从出道到现在，穿的衣服都没有重样的，买了那么多真没浪费，还显得有点不够了。

今天苏锦黎是难得没有工作，正好可以让苏锦黎到剧组学习一下演戏。

明天苏锦黎会跟着安子晏一同去录制一个综艺节目，节目里还有其他几位嘉宾，比如安子含、范千霆、张彩妮和魏佳余。

顾桔在下雨的那天表演帮了苏锦黎，安子晏并没有直接忽略了，而是对顾桔颇为照顾，叫了顾桔一同过去。四位评委老师只有顾桔去了，毕竟最开始没打算邀请他们，是安子晏安排顾桔去的。

据听说，最近安子晏还在联系一档新的真人秀节目，苏锦黎跟顾桔都被安子晏安排了进去，不过安子含的名额还在待定。

最近范千霆有签约世家传奇的苗头，如果范千霆签进来，估计也会带上他。不过都是变数很大的事情，尚且不能说准，都要看最后合同是怎么签的。

苏锦黎到了影视城之后忍不住东看看西看看，觉得什么都很新鲜。

丢丢就跟在苏锦黎身边，手里拎着探班礼物，还要小声提醒："苏老大，有记者！"

"哦哦哦……"苏锦黎赶紧反应过来，然后就看到江平秋来接他了。

苏锦黎跟着江平秋往里走，听到江平秋介绍："安少还在拍戏，现在不能停下来，你一会儿进去之后先等一会儿。剧组给你安排了椅子，距离导演还挺近的，你可以近距离观察一下。"

"嗯，好的。"

苏锦黎进去之后，看到大家都在忙，于是没打扰他们，乖乖地坐在了椅子上，看安子晏拍戏。

苏锦黎第一次来电视剧的拍摄剧组，想着，这恐怕就跟拍电影差不多了吧？不过听说电影制作会更大，估计现场还会更壮观。

的确要比拍摄广告的时候看着紧张，并且都是有剧情的。

苏锦黎来的时候，安子晏拍摄的一幕是其中一段很平静的戏，实则暗涛汹涌。

在场是安子晏以及剧中几位重要角色，他们看似平静地谈话，实则是在互相试探，唇枪舌剑，却不见任何硝烟。这种戏需要控制的微表情非常多，一个举止，一个神态都有可能是别有深意。

苏锦黎盯着看了一会儿，看得直打哈欠，他看不懂。

一次重拍后，苏锦黎终于有机会问身边的丢丢了："探班提供盒饭吗？"

"安少肯定给你准备了。"

"哦，那就好。"

"苏老大，您是来学习演戏的。"

"学着呢，看得可仔细了。"

丢丢从包里取出一瓶水递给了苏锦黎："学到什么了？"

苏锦黎小心翼翼地保护口红，大口喝了水之后回答："安大哥真帅啊！"

"还有吗？"

"我就是不明白，为什么这么点事，他们就不能直接说呢？聊了这么半天，都拐弯抹角的，好绕啊。"

丢丢开始跟苏锦黎解释什么是权谋，有的时候说错话，就会引来灭顶之灾。

苏锦黎半懂地点了点头。

再次开始拍摄后，苏锦黎就发现，安子晏从始至终都没看过他。

他此时的状态也跟平时完全不同，似乎真的就是剧里的那个角色，不苟言笑、威严、冷峻、杀伐果断。他又看了一会儿，终于看出了一点门道来，突然就觉得安子晏好厉害啊。

完全演出那个人的感觉了。

途中，他起身去洗手间，丢丢自然跟着。

苏锦黎上完厕所洗手的时候，突然身体一颤，诧异地看向斜后方。

这里是共有的洗手池，左侧是男厕所，右侧是女厕所。

有一个漂亮的女人站在他斜后方，对着镜子在补口红，被苏锦黎看了一眼后，也看向了苏锦黎，接着抿唇一笑，却看得苏锦黎心惊胆战的。

"这么怕我？"她看到苏锦黎的脸色都变了，忍不住笑着问。

"还好……"

"你哥看到我的时候也挺嫌弃的。"她似乎认识沈城，说起沈城的时候波澜不惊。

"可能是……是……因为本能吧……"苏锦黎解释的时候都口吃了。

女人笑了笑，突然靠近他，手隐藏在洗手池边，指甲突然变得锋利，用指尖刮过苏锦黎的手背，问："不过你这个小东西，是在吸引我的注意力吗？"

苏锦黎立即往后躲了几步，摇头："并没有，冒犯了，我……我先走了。"

"我脾气不太好。"女人在苏锦黎身后突然说道。

苏锦黎回过头看向她，没说话，不懂这句话的意思。

女人一字一顿地说："以后别再惹我，不然……"

接着阴森一笑。

苏锦黎能想到这句威胁是什么意思，于是点了点头，快速出去了。

丢丢就站在门口，看到苏锦黎出来得这么慌张有点疑惑，探头往里面看了一眼，当即就震惊了。

两个人走了一段，丢丢才说："怎么遇上她了啊！"

"她是谁啊？说话很奇怪。"

"华森娱乐的王牌经纪人韩瑶，周文渊以前是她的艺人。"

"啊？！"苏锦黎惊讶地问。

"不止呢，她带的另外一个小明星，前阵子一直在争取姜町导演的戏，结果被安少给截和了，也就是你的那个角色，这么好的机会，可不是小事了。"

苏锦黎心中一凉，他似乎间接性地惹了韩瑶两次，都够韩瑶记仇的。

他拿出手机快速给沈城发消息：哥，我遇到了一个叫韩瑶的女星，她过来警告我了。

这次沈城倒是很快就回复了，应该是到了午休时间：她一般不会怎么样，你别招惹她，真出事了给陆闻西打电话。

苏锦黎：嗯，好。

他又把周文渊以及角色的事情跟沈城说了，沈城很快回复：别怕，没事。

苏锦黎正在紧张，就看到安子晏穿着古装过来找他，看到他战战兢兢的样子，忍不住问："怎么了？"

"韩瑶……"苏锦黎立即回答。

"她怎么了？"

"我怕她！"

安子晏这才懂了，对苏锦黎说："来我保姆车上说。"

苏锦黎跟着安子晏走的时候，还在小心翼翼地拽着安子晏的衣角，似乎这样能觉得安全一些。

到了保姆车上后，其他人没跟上来，安子晏关了车门。

现在保姆车里还有空调，就算关车门也不会被说什么。

"你是说她警告你了？"安子晏听了苏锦黎说的后，帮苏锦黎倒了一杯饮料问。

"对！"苏锦黎紧张地点头。

安子晏立即坐在了苏锦黎身边，摸了一下他的头，安慰他。不过还是能够感受到苏锦黎在发抖，可见苏锦黎是真的很怕猫精灵。

"别怕，我去跟她解释清楚，毕竟这些事情都不是你的原因。"安子晏安慰道。

"我多陪你一下吧，好一点了我们再吃饭，然后接受采访。"

"啊！那还是先吃饭吧。"

安子晏无奈地松开了苏锦黎，让江平秋将午饭送进来，等苏锦黎开始吃了，安子晏才问："你除了她，还有什么怕的吗？"

"你。"

"哈？！"

"没错，你。"苏锦黎回答。

安子晏拄着下巴看着苏锦黎吃东西，忍不住蹙眉，问："现在还怕吗？"

苏锦黎看了看安子晏，用手托着，喂了安子晏一块肉，问："好吃吗？"

"嗯，还行。"

"我觉得这个挺好吃的。"

安子晏可忍不住，坚持着继续问："我问你话呢，现在还怕我吗？"

此时手机响了，安子晏看到屏幕上的名字"沈城"，就立即翻了一个白眼。

之前苏锦黎跟沈城说了韩瑶的事情，沈城那边有点担心，苏锦黎这边又突然没了声音，于是直接打电话过来了。

"我跟陆闻西打过招呼了，你有事联系他，或者他的助理都可以。他的助理就是那个姓许的，挺厉害的，他们俩在一起还是有些实力的。"沈城在电话那端说道。

"嗯嗯，会不会给他们添麻烦啊？"

"当我护身符白给的？"

"你给了啊？"

沈城那么郁闷了一会儿，才回答："嗯……"

"是为了我吗？"苏锦黎问。

"嗯。"

"哥你真好！"

沈城是一个特别臭美的人。

苏锦黎之前跟在沈城身边多年，自然知道沈城的风格。

爱美还臭美，刚懂事的时候，就跑到城里收集各种衣服穿，穿上之后搭配完了，问苏锦黎好看不好看。臭美又要面子的人，竟然会给仇人护身符。

仔细想想，苏锦黎还觉得挺感动的。

"你去安子晏那里探班了？"沈城又问。

"对啊！"

"你得好好看看，你想进入娱乐圈的话，演戏还是要学会的，我们俩毕竟是血亲，说不定你也有天赋。"

"我好像……没什么天赋……就跟你不会唱歌一样。"

兄弟两个人都陷入了沉默。

尴尬得安子晏都感受到了一丝凉意，后期敷衍了几句后，兄弟二人挂断了电话。

两个人一块吃完饭，安子晏下了车。江平秋见安子晏来了，赶紧迎过来拿出手机对安子晏说："网上闹起来了，关于苏锦黎的。"

安子晏伸手拿来手机，看了一会就觉得特别火大："能查出来是谁干的吗？"

"华森。"

"韩瑶吗？"

"具体的不确定。"

最新的热搜：苏锦黎剧本人设。

娱乐大V有3个号，同时发了关于苏锦黎的消息。

内容大体是这样：苏锦黎从参加《全民偶像》起，就在按剧本在表演，是沈城跟安子晏达成了合作，自导自演，捧红了一个苏锦黎。

最开始是贫民窟里的金锦鲤的人设，卖穷卖惨，具有娱乐性，会被人开玩笑还觉得亲民。

后期就是伤病剧本，安家兄弟的推波助澜，卖惨让人心疼，牺牲了一个乔诺，成全了一个苏锦黎，让苏锦黎一下子爆红。

最后是逆袭剧本，苏锦黎逆袭成为人气第一名，突然曝光是沈城失散多年的亲弟弟。

一系列下来，让苏锦黎具有戏剧性，引起关注，然而狗血至极。

还说苏锦黎的爆红，可以被誉为娱乐圈近几年最成功的营销。

其实这种有组织有纪律的情况，明显是请了水军，业内人一眼就能看出来。

首先是娱乐大V集体发同样的内容，一群在意原创的人，发了同样的东西也不去声讨对方了，反而成了同一阵营。

然后就是让水军账号占领评论热门。

很多网友看到动态之后，会点开评论看一眼，接着就会被评论里的内容带节奏。

从众心理,就是这样。

动态发布的第一时间就能打出那么多字来,有逻辑,有想法,肯定不是临场发挥,而是早就写好了内容,同一时间运作的。

这些账号在同一时间发出来,没几个粉丝的账号,发出来的动态大批量出现,想删都删不过来,然后横空出现在热搜榜前几名。

想要抹黑一个人,就不会留下喘息的余地。

华森娱乐想抹黑苏锦黎,恐怕跟安子晏帮他抢了他们非常看重的角色有关,也许还有点别的原因。

总之,就是想让苏锦黎现在这个全屏转发的偶像,身上带上一点黑点。

前阵子他的动态24小时转发量超过千万,的确震惊了不少人。这恐怕是近几年里,出道新人里势头最猛的一位了,眼红的人自然多。

苏锦黎补完妆,走过来看他们在商量对策。

一会儿还有记者过来采访,肯定会问这件事情,这个消息发布得很是时候,直接给安子晏安排了一个大难题。

安子晏很不爽,明明最近世家传奇跟华森娱乐关系还不错,难不成真是因为他抢了一个男三号的角色,对方就恼羞成怒了?

苏锦黎从他们那里大致了解了事情的经过,点了点头:"嗯,我知道了。"

"一会儿如果有记者问你很犀利的问题,你保持微笑即可,我会帮你回答。"安子晏叮嘱。

苏锦黎点了点头,接着对安子晏笑了笑:"没事的,我哥跟我说过,真正进入娱乐圈肯定会经历一些风风雨雨,我早就做好心理准备了。"

"嗯。"安子晏拿出手机来,安排公司的公关,并且对苏锦黎说,"正好明天有综艺节目的录制,我们可以利用这个机会做一些说明。我跟主持人很熟,会暗中安排,让他们的官方账号提前放出花絮来。还有,我会尽可能地为你澄清。"

比流氓,至今没有哪家能比得过世家传奇。

最好别让安子晏知道是谁干的,不然绝对让那边吃不了兜着走,安子晏可从来不是好惹的。

苏锦黎看都去忙了,于是凑过去小声对安子晏说:"我跟我哥哥都不怕被抹黑。"

"为什么？"

"早时欺负过我的都遭到报应了。抹黑我们的人，如果让我们受到影响的话，他们也会更加倒霉的！"

安子晏动作停顿了一下，接着问："那对你好，有没有幸运加成？"

"有啊！"

安子晏听到后笑了起来，笑容里透着一股甜，他总觉得他被苏锦黎逗了，然而苏锦黎说得格外真诚，明显是认真的。

这次来的记者有些是安子晏安排的，自然客气一些。有些也想挖点料出来，自然会问出一些敏感的问题来。

记者："安子晏，有人传闻你跟沈城达成合作，故意捧红苏锦黎，您有什么想说的吗？"

安子晏笑了笑，然后回答："我虽然跟沈城的关系还可以，但是有这种机会的话，我觉得还是会给我的亲弟弟。"

记者："难道不是因为沈城从未曝光过弟弟，所以才会有现在的效果吗？安子含很早就被曝光过，似乎不适合。"

安子晏："如果真想捧，可以有很多个剧本，非得用这个套路？但是在《全民偶像》里，大家也看到了，我对安子含的关照并不多，他也是第四名，没有在节目中出道。所以这个说法非常不合理，我甚至觉得非常搞笑。"

记者："可是苏锦黎现在是世家传奇的艺人，您也是赢家。"

安子晏："他没有实力的话，我也不会签他。我是看到了他的潜力，还有各种优秀的表现，才临时决定签他的。当时波若菠萝也在争取，还有其他的几家公司，不过被我争取到了。"

记者见安子晏这里似乎不太好攻略，于是转头问苏锦黎，节目里，苏锦黎似乎不会说谎。

"苏锦黎，请问您对这件事情怎么看？"

苏锦黎被提问后先是微笑，接着说："好人会有好报的，感谢所有给我投票的小可爱。"

这个回答……好像跑题了吧？感谢投票感谢习惯了？

记者不死心地追问："我是指您按剧本演戏被捧红的事情，您回答的好像不是这个。"

"是啊！好人有好报，恶人有恶报，胡乱抹黑别人是会受到惩罚的。我觉得突然这么传很奇怪，不过，也许他们也只是想让我的人生更……多姿多彩吧？"苏锦黎回答得认认真真的。

安子晏坐在旁边，张了几次嘴，想着这个说法该怎么补救，结果愣是没说出话来，最后干脆乐了："对，真坏！"

"嗯，真坏！"苏锦黎跟着说。

这样，这件事情就像是一个玩笑似的，就过去了。

采访结束后苏锦黎拿出手机，看到侯勇的消息：杨泽华帮忙救场了，你去转发一下动态，说话客气一点。

苏锦黎赶紧登录账号找到杨泽华发的动态。

杨泽华：从业多年，还没帮哪个明星炒过热度，更别说配合剧本演出了。放一个花絮给大家。

杨泽华平时的账号都没什么热度，点开账号，热门都是关于苏锦黎的，看起来很有意思，这一次的评论也是这样：

厌厌：感谢杨老师一直以来对苏锦黎的关心与喜爱，那些说苏锦黎是有剧本人设的人真该动动脑子，他们能请来杨老师配合演出吗？杨老师用得着蹭热度吗？从业二十余年，不会这样坏了自己的名声？

Linda：看出来杨老师是真的很喜欢苏锦黎啦！感谢杨老师帮忙澄清。

苏锦黎看了一会儿评论后，转发了杨泽华的动态。

苏锦黎：感谢杨老师，这一期节目录得很开心，希望以后还有机会合作。

第二天，苏锦黎跟安子晏一块去往综艺的拍摄城市。

他还是第一次跟安子晏一块儿出行，到达机场依旧会有机场拍摄，但是并不会有摆拍环节了，所以就没有被摄影师各种指挥的事情发生了。

他们只要正常候机，正常登机就可以了。会有摄影师在旁边抓拍，十分安静，不会打扰到他们。

至于其他的记者，都被远远地隔开，不允许他们靠近，粉丝也被很好地引导了，井然有序，还特别乖巧似的。苏锦黎突然意识到，他的团队的确是人少，跟安子晏一同走就会轻松很多。

到达拍摄场地的时候，其他人已经到了。

苏锦黎进去后配合化妆，安子含就到了他的身边，撸起裤管说："你看我膝盖都青了。"

苏锦黎的第一想法居然是安子含又被揍了。

之前乌羽在训练营里顾忌纪律，没跟安子含动手，现在不用忍了，是不是会动手啊？毕竟他们俩老吵架。

不过他还是问："怎么弄的？"

"上次拍广告的时候非得让我攀岩，结果我没扶住，撞上了。"

苏锦黎伸手帮安子含揉了揉，接着问："疼吗？"

"肯定疼，结果还是咬着牙继续拍完了，天知道我有多想耍大牌直接不干了。"

"那你真厉害啊。"

"必须的。"

等苏锦黎化完妆，安子含就神秘兮兮地召集了几个人过来。

范千霆跟张彩妮过来后就跟苏锦黎嘘寒问暖的，问着最近的情况，最后总结一下就是苏锦黎是最忙的。

安子含让他们先安静，然后说道："我之前借给乌羽我的黑卡，还给他派了临时的助理跟保镖，结果你们猜怎么样？"

范千霆看安子含卖关子，就觉得很无奈："你能不能痛痛快快地把话说完。"

"他现在状态还好吗？"苏锦黎倒是很关心乌羽的近况，似乎乌羽是他们里面最不顺利的。

安子含回答："昨天，我派去的临时助理跟保镖都回来了，说是乌羽以后都没有工作了。波若菠萝真的一个工作没给乌羽接，工资也给停了。乌羽公司也不去，整天在宿舍里自己练习。"

张彩妮忍不住骂："过分了吧？乌羽的确是私自参加比赛的，也不至于这样吧？他现在的人气很高了。"

"还有呢！"安子含立即说了下去，"我查了我的卡账，发现乌羽除了订这么几个人的机票外只花了很少的钱，每天一块两块的，估计是买矿泉水。难得一笔消费，我一查扣账方，居然是买了一包背心。"

范千霆听完忍不住一脸迷茫地问："怎么了吗？"

他们需要从乌羽买的背心品牌分析乌羽的情况吗？这是传递给他们什么暗号了吗？

"你们几个现在出门，哪个不是穿新买的衣服？造型成天被盯着，机场都得拍摄吧？结果……他是一身新的衣服都没买，参加比赛时的穷酸相延续至今。"安子含说。

苏锦黎知道，他的衣服装了几个行李箱，这都是安子晏给他投资的。

但是乌羽完全被放弃了，拍摄完比赛给安排的广告后就没有其他工作了，难得买新的衣服，还是背心。

"有点可怜啊……"苏锦黎突然后悔，分开的时候为什么不给乌羽一个祝福，也不至于这样。

只能说……太匆忙了，忽略了这一点。

范千霆忍不住抓头："完全想不明白波若菠萝为什么要这样。"

张彩妮也跟着点头："对啊，没必要这样，乌羽红了能赚很多钱的吧？"

安子含点了点头："而且，乌羽的妈妈是个单身母亲，父亲是谁，我完全查不到。"

苏锦黎赶紧问："这……有什么蹊跷吗？"

安子含托着下巴说道："我猜，有可能是乌羽的家庭背景，也就是他爸有可能不想让他红。估计是个有头有脸的人，而乌羽是个私生子。"

几个人面面相觑，最后什么也没讨论出来。

他们只能干瞪眼。

苏锦黎蹙着眉说道："我问过我哥，我哥让我不要管，我管不了。"

安子含跟着说道："我哥根本不关心这些事，也不愿意帮我查。"

他们一齐叹气，总觉得几个臭皮匠凑一起也能有点用吧，结果一点头绪都没有。

公司打压，明显是想冷落乌羽的态度。最近这些综艺，乌羽都没有来参加,错过了黄金期,粉丝能记得他多久呢?

在更新换代这么快的娱乐圈,乌羽不抓住机会,再次出现的时候,他之前没有任何作品,只是参加了一个选秀,估计很难翻身。他们几个聚在一起也是干着急。

安子晏走出来,整理自己袖口的时候问他们几个:"密谋什么呢?"

"在聊乌羽。"苏锦黎直截了当地回答,扭头就看到其他三个人都在瞪他,知道自己又说话不过脑了。

"乌羽啊……合同还有两年多,没有其他公司愿意付巨额违约金,他只能维持下去。"

"那你能不能……"苏锦黎试探性地问。

安子晏抬手,用食指指了指苏锦黎的脑门:"养你一个就要倾家荡产了。"

苏锦黎立即闭嘴了。

安子含似乎也想问,既然安子晏也说了,他也不能说什么了。

"不过,你想我帮他吗?"安子晏又问苏锦黎。

"确实是想的。"苏锦黎如实回答。

"好,我帮忙想想办法,但是也不能保证一定可以,毕竟我的能力有限。"安子晏回答了一句后,对苏锦黎说,"昨天的事情解决了。"

其他几个人自然都知道苏锦黎碰到的事情,只能说是人红是非多,他们都没好意思问。

安子含也帮忙发了一条动态,用嘲讽的语气帮忙澄清。

安子含:感谢各界领导对我演技的赏识,要是我真演得那么好,下一届影帝就是我了吧?

不过,听到事情解决了,安子含还是好奇,问:"怎么解决的?"

"自己看,热搜第一条。"安子晏回答完坐在了旁边,似乎是在等待苏锦黎他们的夸奖。

苏锦黎赶紧拿出手机看,就看到热门第一条,是之前发他负面新闻的娱乐大 V,此时发了一条热搜。

盲叔看圈:好的,我信了,动态我删了,以后再也不接这种活了。

图片里，是一个人拍摄自己吊着的腿，腿上打着石膏跟绷带，应该是断了腿。

评论就非常有意思了：

喵嗷：抹黑锦鲤大仙，遭报应了吧？

夕夕西西：今天就靠这个笑了，活该，让你乱发消息，抹黑了多少艺人了？最讨厌你这种营销号。

一曲离殇：苏锦黎的确有点灵，亲测有效，绝对不是托！

安子含看完，忍不住问："这个博主……是不是傻了啊，居然肯发这种消息，岂不是断了以后的财路？"

"我把这个账号买下来了。"安子晏笑着回答，说话的气度，颇有霸道总裁的风范。

"破釜沉舟啊！干得漂亮！我哥果然够流氓！"安子含忍不住夸奖道。

"这叫什么夸奖？！"

苏锦黎听完，忍不住问："账号贵不贵啊，等我赚钱了还给你吧？"

安子含看了一眼这个账号的粉丝数，回答："不贵吧，粉丝数也不是特别多。"

"被坐地起价了。"安子晏叹了一口气。

"正常，不过也没贵多少吧？"安子含忍不住扬眉，他知道他哥不是会吃亏的人。

安子晏是想显摆自己为了苏锦黎豁出去了，结果自己的傻弟弟非得拆台。

他还没回答，就看到苏锦黎整个人都傻了，然后说："我赔不起啊……"

对苏锦黎来说，那是巨款啊！他现在兜里就一张五十的跟一张二十的。

安子晏笑着回答："没事，这个账号买回来，还可以给公司用。"

"哦……"苏锦黎松了一口气。

他们今天要录制的是一个网络综艺节目，不会在电视上播出，是一个视频平台的独家节目，需要会员才能观看。

这个节目是一个吃饭的综艺，一群人聚在餐桌边，一边吃饭一边聊聊天，然后一期节目就过去了。

节目之所以能火，是因为他们在饭桌上谈论的话题也非常开放。

他们进入现场的时候，主持人会对他们一一进行介绍，接着大家落座。

安子晏坐在最靠近主持人的位置，原本苏锦黎想坐远点，结果被安子晏拽着坐在了他的身边。

现在的安子晏找准一切机会跟苏锦黎同框，看到网友们截图他们两个，安子晏都能高兴一会。

他们的第一个环节是：点菜。

从点菜，知道每个人的口味，接着分析一些个人习惯，从这个开始进入话题。

女主持人主动问安子晏："燕子平时最喜欢吃什么？"

结果安子晏还没开口，安子含先抢答了："海鲜！尤其爱吃鱼！我哥过了23年生日，我参加的这些年里，没有一次是没有海鲜的，因为他爱吃。"

苏锦黎背脊一寒。

"并没有！"安子晏赶紧否定了，"海鲜我戒了。"

"为什么要戒海鲜？！"男主持人不解地问，觉得这很莫名其妙，听说过戒烟，没听说过戒海鲜，"这个影响身体健康吗，还是说有什么难言之隐？"

"就是……突然不想吃了。"安子晏拿着笔，在单子上画对号，同时解释，"我之前就是喜欢吃龙虾啊什么的，大多是跟朋友一起聚会的时候，喝着啤酒，聊着天，吃着点海鲜，并没有多爱吃鱼。而且，过生日也就那么几样食物，肯定是选择比较拿得出手的食材。"

"我们的关注点是为什么戒海鲜？"女主持人继续纠结于这个问题。

苏锦黎当然知道安子晏是因为自己戒的海鲜，所以有点心虚，怕安子晏被追问出什么来，都不敢抬头。

安子晏依旧非常淡然："没什么特殊的原因，最近连肉都想戒，可是还没下定决心。其实我是易胖体质，能看出来吗？"

之后他们就又聊起了健身之类的话题，似乎是转到了养生方面。

苏锦黎看着面前给他的单子，要在单子上选择5样菜，是他们今天的第一个环节。

这个不需要跟身边的人对照，就算点了同样的菜也无所谓，这个环节无非是了解大家的口味。

苏锦黎看着哪种菜都想要，最后还是在难以取舍之下，选了几样比较感兴趣的。

女主持人现在开始直接问安子含了："安子含，在座的这几位你都比较了解，有没有什么想爆料的？"

"顾桔不是很了解，他不跟我们一起吃饭。"安子含回答。

"那其他人呢？"

"苏锦黎啊！从来不吃海鲜,河鱼什么的也不吃,反正碰到水的都不吃。"

苏锦黎立即摇头否认了："海带和紫菜是吃的。"

"你为什么不吃海鲜？难不成也是为了健身？我今天还是第一次听说健身爱好者不喜欢吃海鲜的。"男主持人用夸张的表情说道。

苏锦黎摇了摇头："就是……不爱吃。"

"他不想残杀同类。"安子含还是特别嘴欠地说了，"他只吃不是同类的，比如其他肉他就吃。"

"为什么？"两位主持人非常不理解了！

"可能是怕……吃了，我这个锦鲤……就不灵了……"苏锦黎弱弱地回答。

"他坚持自己的人设无法自拔。"安子含补充。

"对，在床上还自由泳。"范千霆跟着补充。

"我有点好奇苏锦黎点了什么了。"女主持人第一个拿来了苏锦黎的菜单。

"茶香鸽蛋酿鹅肝，这道菜在节目里算是第三次被点了吧？之前有谁……"

两位主持人回忆了一下点这道菜的前艺人后，突然灵光一闪："沈城也点过。"

苏锦黎惊讶地问:"我哥哥来参加过?"

"对,你都没看过吗?"女主持人问。

苏锦黎倒是看了几期,不过没看到沈城来参加的那期。

女主持人突然语出惊人:"不过我很不喜欢沈城这样的嘉宾。"

"欸?!"男主持人捧场地问。

"回答真的是滴水不漏,完全没有破绽,那一期录得非常没意思。"

两个主持人调侃了起来:"你这是在说我们节目有破绽吗?"

他们又看了苏锦黎的菜单后没什么可圈可点的,交还了出去,开始依次看别人的菜单,接着讨论一会儿。

比如喜欢这种菜的什么,其他的嘉宾也会跟着评价一下,说自己喜欢不喜欢,看法是什么。

他们这一期节目大多是选手,他们之前就经常在一起相处,所以没一会儿就放得开了。

他们吃过自己点的菜之后,还会上来其他人的菜,品尝一口之后,对其他人的口味进行点评。

这是这个节目的第二个环节,一切都在有条不紊地进行。

苏锦黎接不上梗,全程都在吃,听着他们聊,倒是没有出现什么纰漏。

节目录制完,苏锦黎又要跟其他人道别了。

其他的人都有工作,或者是住的地方不同,很快就离开了。

尤其是安子含,真的是一边骂一边离开的。他本来想趁大家聚在一起,找机会出去玩的,结果他的工作催得最紧,就只能离开了。

安子晏回到酒店后,江平秋过来请示:"范千霆好像想跟您单独聊聊。"

安子晏正躺在沙发上看剧本,听到之后"嗯"了一声。

没一会儿范千霆就单独走了进来,进来之后有点紧张,显得手足无措的。

安子晏姿势都没变,扭头看了范千霆一眼之后,笑了:"紧张什么啊,坐下说,想喝点什么?我让江平秋给你准备。"

"不，不用了！"范千霆赶紧摆手，依旧拘谨得很。

"嗯，怎么了？"

"那个我……仔细想了想，还是不签您这里了。"范千霆有点紧张地说了出来，怕安子晏会生气似的，显得非常不安。

安子晏放下剧本，端正地坐好之后点了点头："嗯，如果这是你最后的决定，我尊重你的决定。"

"抱歉，您之前还帮了我那么多。"

"无所谓，这也是我的工作之一，毕竟我之后也是要接手这家公司的。一个人闷头赚钱，肯定没有带着一群人努力赚钱赚得多，你说是不是？"

"是。"

"其实你不用觉得愧疚什么的，这都是很常见的事情。我也知道，我给你的条件不够优厚，你应该也打听过了，知道业内的基本情况。你现在有人气了，有很多选择，也不像初期是被公司选择。"安子晏主动说起了这件事情。

"没，您给的条件已经很公道了。"

"你也知道我大力挖苏锦黎的事情吧？"

"嗯……"范千霆自然知道，于是点了点头，这也是范千霆心里一直有疙瘩的地方。

"当初我第一个看中的是苏锦黎，他有要爆红的征兆，一群公司抢人，我非常着急。当时我正是招兵揽将的时期，下手也狠，花了重金，甚至连工作室都收购了。结果呢……他是沈城的弟弟，沈城那边卡得厉害，苏锦黎不知道什么时候就会跑了。"

范千霆点了点头，这些他也听说了。

"这之后我爸给我训了一顿，我爸跟我不一样，他是纯商人，我们在他的眼里就是员工。好在他觉得我是经验不足，才出现这种事情，之后的合同他都会过目了。你的合同我已经没办法再给你什么特殊的关照，就会显得我很不近人情。"

范千霆不知道这些，听到之后一愣。

"其实我非常想给你再好一些的条件，不然会显得我对苏锦黎更……

特殊。现在公司里已经有流言蜚语了,因为我对他的关照太多。如果我对你也这样,就不会有那些烦恼了,可惜我的顶头上司,也就是我爹不同意了。"

"这些我都理解。"范千霆点了点头,语气已经弱了很多。

安子晏现在说的都是大实话了,其实按照安子晏的身份,根本不用推心置腹地跟他说这么多。其实,安子晏也是想再挽留一下吧。

"所以说,如果你愿意签我的团队,我能保证的就是一流的团队,一流的公关,一流的资源。如果我是你的老板,我绝对是所有备选人员里最会抢资源的那个。但是,你只能享受到业内同等的合同待遇。"

安子晏说的这些都是真的,如果范千霆签了安子晏这里,一定会对范千霆不错,外加安子晏抢资源一向出名,范千霆是信的。

"还有就是,你确定其他挖你的人,说的就能做到吗?我确定我能做到,因为我做不到,安子含就会来我这里闹。"安子晏继续说了下去。

说到这里,范千霆忍不住笑了起来,这也是大实话了。安子含什么性格,他太了解了,现在他也算是安子含的朋友之一了。

"嗯,我懂的。"范千霆回答。

"还有一件事情,因为一直没有确定我的想法能不能行,所以之前一直没说。现在,我把我的想法第一个告诉你,你参考着考虑一下,怎么样?"安子晏说得依旧客气。

"嗯,您说。"

"是关于……救乌羽的方法。"

范千霆一直听安子晏说完,提议十分大胆,却又充满了诱惑力,他的内心开始汹涌澎湃起来。

他纠结得直揪自己的袖口……

对于一个天秤座来说,现在的抉择简直太难了!

乌羽坐在沙发上,已经许久没开口说话了。

身边的经纪人都有一丝尴尬,他不明白公司为什么一直不肯给乌羽换经纪人,他就只能一直这样尴尬地跟乌羽相处。

昨天,他通知乌羽,说时老身边的得力助手主动联系乌羽,说不定乌羽的情况会有转机。

乌羽虽然纠结了一阵子,但是也来了。

然而来了之后的情况非常不对劲,乌羽当场黑了脸。

时老本人虽然不喜欢娱乐圈,却是波若菠萝最大的股东。

他喜欢赚钱。

说时老是财主一点都不过分,时老掌控着许多上市公司的股份,而且在这些公司里的股份,都有绝对的话语权。波若菠萝只是其中一家公司而已,时老虽然控股,但是很少来这家公司,所以公司一直是乌羽的父亲控制大局。

最近,沈城才渐渐开始有了点股份,不受乌羽父亲的控制,所以两边一直在对着干。在这家公司,能够镇住乌羽父亲的人,就只有时老了。

乌羽来之前,还在想着也许是时老想要继子,所以愿意出手帮他。他虽然不屑这种事情,却还是来了,想要看看对方怎么说。

然而来了之后的情况并非如此。

来见乌羽的是一个男人,说是时老总公司的一位秘书。

"呵。"秘书冷笑了一声,"你甘心吗?"

乌羽看着秘书抿着嘴唇,气得握紧了拳头,眼神里还存着一股倔强。

"你们那个比赛的其他选手,现在都火得不行,还刚一起拍完了一个热门综艺的节目。不如你的人都比你红了,再过阵子真来不及了。"

秘书的话似乎扎进了乌羽的心口里,让乌羽一阵难受。

的确,这是乌羽最难受的一点。

秘书继续说道:"我们领导欣赏你,你就知足吧。"

乌羽扭过头,依旧不说话,完全无法接受。

秘书也不在意,将名片推给了乌羽,说道:"过了这个村就没这个店了,我们领导也是一时兴起愿意帮你,之后不感兴趣了你后悔都没用。而且,你现在这个时期没有其他人能帮得了你,你合同上的违约金本来就不正常!当初签约就挖了一个坑,欺负你什么都不懂。"

秘书说完,就拎着包离开了。

乌羽靠着椅子微微蹙眉。

经纪人尴尬地解释:"我最开始也没想到是这样的事情。"

乌羽拿起名片看了看,刚才的秘书姓林。

Chapter 10

乌羽回到宿舍，舍友们都去公司训练了，他却连公司的门都不想走进去。

他很想潇洒地连宿舍都不住，可是他已经没用积蓄了，刷安子含的卡又不太好意思，就只能这样继续维持着。坐在地板上，靠着床铺，看着放在不远处的吉他，还有偶像的海报，突然觉得有点嘲讽。

他已经许久没开手机了，怕看到其他选手的消息，然后发现自己混得这么差。

今天他再次打开了手机，打开软件的一瞬间，就看到了它弹出来的可跳过的广告，是苏锦黎的广告图。

他盯着广告看了几秒后，广告跳了过去。

他看到了很多消息，原本没当回事，结果就看到了其他选手提到他的消息。

苏锦黎：《开饭啦》录制完成，九缺一提到乌羽。

图片是他们八名进入前九名选手的合影，因为乌羽没在，所以所有人都拿着手机，手机屏幕是乌羽的恶搞表情，没有一张是好看的。

八个人美美的合影，只有乌羽的八个表情包格外抢镜，显得丑死了。

乌羽看完之后忍不住笑了，这群傻子。

他还去看了看评论：

lilya：说乌羽不参加节目是跟苏锦黎不和，我看到就气炸了！明明关系那么好！看到你们还是关系这么好，我就放心了。

狗头猫脸：感谢小锦鲤带我们小乌鱼，小乌鱼是不是出事了？前几天被困高铁站好像也透着问题，有点担心，小锦鲤帮忙关心他一下可以吗？

月：看到合影的瞬间笑出声了，结果又觉得透着一股心酸。

乌羽继续看，发现其他人都发了相同的合影，只不过是合影的姿势换了，或者有人换了他的表情包。

安子含：提一下乌羽怒刷存在感。

范千霆：说好别缺人的，乌羽你怎么回事啊？

张彩妮：乌羽你承不承认我选的表情包是最好看的？

……

乌羽一条一条地看完，就觉得鼻子有点泛酸。低下头缓了一会儿心情，才继续去看他们的消息，用手机搜索，看看其他人的动态。

心态已经没有之前那么不平衡了。

苏锦黎拍摄了一个化妆品广告，原本的小清新风格，却因为苏锦黎在广告里展现了花式睡姿后自由落体落地，成了一个搞笑视频，还从来没有哪个广告自由奔放成这样的。

结果，好好拍摄的广告没红，这种"自然"的广告，引得一群粉丝们疯狂"哈哈哈"。

后期开始传说这其实是苏锦黎在现场真的睡着了拍摄的，以至于广告以诡异的方式红了。

现在打开热搜，就是苏锦黎的这个广告，随便看看苏锦黎的带货数据就会发现，苏锦黎的影响力真的很强。

前阵子被黑了之后，安子晏的操作力挽狂澜，让苏锦黎的玄学水平再次提升。

现在，好些人开始传说，买苏锦黎代言的东西都会有好事发生。以至于苏锦黎代言的商品，就好像护身符一样地疯抢，被抢购得一度断货，或者预定网站系统崩溃。

有了这样的事情发生后，苏锦黎以后的代言都会很好谈。估计现在不少商家已经开始主动联系世家传奇了吧？

另外安子含发展得也不错，广告拍摄完毕后，还去参加了一个杂志封面的拍摄，是跟常思音合影。

让人意外的是，这期杂志也断货了，网络上出现了倒卖二手，价格高到离谱。好在杂志及时加印，才控制住了局面。

范千霆的消息不多，估计等他公司确定下来，正式签合同后，就会开始制作单曲了。

就连张彩妮都被邀请去了一档节目,现场进行表演。

好像都过得不错的。

他还拿着手机查询了他们录制的节目什么时候播出,苏锦黎的《国家文化宝藏》会在本周播出,《开饭啦》在两个星期后播出。

他正看消息的时候,安子含发来了消息。

安子含:我看到你上线了。

乌羽切过去,打字回复:你还有追星的APP(应用软件)?

安子含:关注了你们所有人。

乌羽:有事?

安子含:你到底怎么回事?

乌羽:你帮不了忙的。

安子含:为什么?

与此同时,苏锦黎也发来了消息。

苏锦黎:你最近怎么样啊?

乌羽:还行。

苏锦黎:我过几天回去,我们一起出来吃饭吧?

乌羽:算了吧。

苏锦黎:见一面吧,不然没法祝福你啊。

乌羽:呃……见我就是为了摸头?

苏锦黎:对啊。

乌羽:算了吧,我买点你代言的产品是不是就沾了福气了?

苏锦黎:你想要什么啊,我送你吧。

乌羽知道他们都是在关心自己,微信群里还有人提到他。

他看着手机,一阵惆怅。

他不想让其他人看到他现在有多窘迫!虽然他知道大家都是好心,可是心里却莫名地难受。

本来不该这样的,可是他从出生后,就注定无法得到他想要的。

他没有亲情。

他的母亲总是哭,怨天怨地就是不知道想想为什么自己是第三者?他甚至痛恨自己被生下来，为什么要他来人间遭罪？

他的父亲更不用说了，嫌弃他，不想见他。

前两年突然表现得不错，好像要对他好似的，还一副准备改过自新的样子，却给他签了一份充满阴谋的合同。还以为父亲不会骗自己，结果骗得最狠。

他付出了比其他人更多的努力，却一点回报都没有。

再次关掉手机，戴上帽子跟口罩，他走下楼，到楼下便利店里选了今天的晚餐。

走出来就发现一辆车一直跟着他，他侧过头看过去，就看到了林秘书。

他嫌弃地加快脚步，结果被林秘书喊了一声："要不要再聊聊？这次跟之前不太一样。"

乌羽又走了几步才停下来，走到车边打开后排的车门，坐进去就看到后排还坐着一个女人。

女人看起来三十多岁的样子，保养得很好，身材颜值都在线，属于气质型女性，不算抢眼的漂亮，但是绝对不丑。

"你好。"她向乌羽问好。

"嗯。"乌羽回应。

她笑了笑，让林秘书开车。

"你还真跟节目里一样。"她笑着感叹。

"节目里没伪装。"他回答。

"其实我真挺喜欢你的，觉得你的性格挺好的。"

"什么意思？"乌羽问她。

"我可以先让你摆脱困境，让你有资源，可以去参加综艺，有剧本可以拍，还可以录制单曲……"

乌羽觉得有意思，忍不住问："你就不怕我到时候直接跑路？"

"不会，我有能力让你再跌下来。"

这句话说得很淡然，然而却有一种不容置疑的自信。

"你知道我是什么身份吗？"乌羽问她。

"哦，耿闻的私生子？不用在意他。"

乌羽的确犹豫了。

他虽然不屑于这些事情,但是无可奈何。如果他坚持做自己,拒绝了她的话,他之后的命运就只能是被雪藏两年,再也无法翻身。

等两年后,他还能怎么样呢?还能再红一次吗?

如果不这么做,恐怕就无法摆脱这种该死的命运吧?

"我……考虑一下。"乌羽回答。

"好,我送你回去。"

车子开到了乌羽宿舍楼底下,乌羽下了车,拎着手里的方便面往回走,结果被人挡了一下。

"你认识那个人?"安子含让人讨厌的声音突然传来,让乌羽的动作一顿。

两个人对视之后,竟然一时之间没了言语。

安子含全副武装地出现在这里,可以说是经历了千难万险,结果乌羽根本不理他。

见乌羽准备继续往里走,他立即不爽了,跟在了乌羽身后:你在想什么啊!

乌羽直接回头骂了一句:"滚!"

"你就算……也不至于吧你?"安子含强行跟着乌羽进了电梯里。

乌羽盯着数字变化,不理安子含。

安子含也气得不行,跟在乌羽身后继续念叨:"我们几个聚一起想想办法不行吗?你什么都不跟我们说,我们怎么知道该怎么办。"

"不用你们管了,你们帮不上什么忙。"乌羽回答完,用钥匙打开宿舍的门,只一个人进去。

安子含用双手扒着门不让乌羽关,乌羽还是让安子含进了寝室里。

进去后,安子含就非常讨人厌地开始点评:"寝室居然是后加的木隔板隔开的?本来就不大的房间,硬隔开了两个房间?窗户一边一半?还有一道缝,都能偷窥了吧?"

"又不用你住。"乌羽冷淡地回答。

"这个破地方,波若菠萝怎么想的?好意思安排?"

"是给没出道的练习生准备的寝室,你还想有多好?"

安子含回头看了乌羽一眼,想要说什么又忍住了。乌羽现在就算出道了,待遇还是以前的,也真够憋屈的。

他坐在沙发上开始发消息。

乌羽坐在他旁边,看了一眼就发现安子含在小群发消息。他探头看,安子含也不躲,直截了当地给乌羽看。

安子含:我到地方了,到乌羽寝室里了,臭烘烘的地方。

苏锦黎:他状态怎么样啊?

安子含:丑得要死,胡子都没刮。

范千霆:我买完饭菜了,签了三十多个名后,我终于杀出来了。兄弟们,我还是有人气的!!

安子含:你的签名可以论斤卖了。

苏锦黎:你们等等我,我刚出机场。

常思音:我也快到了。

乌羽看完忍不住问:"什么情况啊你们,别告诉我都准备过来。"

"过来围观落魄群众。"安子含回答。

乌羽都无奈了,又看了看安子含的手机,确认其他人是真的准备过来,赶紧起身去了卫生间整理自己的形象。

乌羽出来的时候,常思音都拎着一堆饮料来到寝室里了,安子含跟半个主人似的帮忙开门。

乌羽看着常思音,问:"最近不忙?"

"我没有苏锦黎他们忙,我不是前九名,人气差点,过几天去拍一个电视剧,就没时间了。"

又等了一会儿,范千霆也到了,还带了外卖过来。

乌羽不想打扰其他的室友,弄脏了公共区域,带着他们进了自己的屋,一个劲收拾才能让这三个人并排坐在他的单人床上。

他们进来之后就开始吃饭、喝饮料,聊工作,弄得乌羽一阵无语,那么多的聚会场所不去,为什么偏偏挑他这里?

他双手环胸看着这三个人,问:"你们就是来我这吃顿饭?"

第十章 | 199

安子含气呼呼地问:"不然呢,还来这里给你表演节目的?知不知道我现在出场费有多高?"

常思音吃着饭嘟囔着回答:"上次不是还商量免费出场,只求曝光度吗?"

安子含瞪了常思音一眼,范千霆乐呵呵地没说话。

又过了二十分钟,又来了一波人,是苏锦黎跟安子晏。

看到安子晏居然也来了,乌羽忍不住蹙眉,总觉得这些人有什么阴谋。

这么一群人聚在乌羽的一个小屋子里,就显得十分拥挤了。就好像一个桑拿房里聚集了二十几个壮汉似的,又挤又憋闷还尴尬。

在安子晏来了之后,安子含踢了安子晏一脚,问:"你怎么帮乌羽啊?"

安子晏白了安子含一眼,问:"参加比赛的合同你们仔细看了吗?"

"没有回转余地的合同,还用仔细看吗?"安子含反问。

"其中有一条,大体的意思是比赛结束两年内,需要听从节目组的安排,配合宣传。"安子晏回答。

"可是……这个能救乌羽吗?"苏锦黎不懂这些弯弯绕绕的,忍不住问道。

其实这是一句废话。

如果不能,安子晏没必要召集这些人来找乌羽,商量这件事情。

"听从安排,配合宣传,也可以将几个人组成一个组合,然后由节目组安排活动。这些活动,全部都可以称为宣传,这样就可以带乌羽进来了。"安子晏回答。

"组合?!"安子含觉得有点扯,他们是不同公司的,怎么组成组合?

"如果不是组合,单独安排乌羽,估计还是会被波若菠萝为难。如果你、范千霆、苏锦黎、常思音一起组一个组合,带上乌羽的话,这样我再运作一下,波若菠萝也只能吃瘪,毕竟合同已经签了。"

几个人都不说话了,似乎这个提案大胆到让他们难以置信。

常思音捧着盒饭都傻了眼。

他最开始来的时候只知道是拯救乌羽小行动,没想到是聊这样的事情。叫他过来,这是要带上他一起进组合?

在场只有范千霆知道安子晏的想法,还算是淡定,毕竟之前安子晏是第一个跟范千霆说的。

范千霆一拍大腿："大家就当救救我也行，我个人人气不行，如果组合的话还能带带我，你们要是同意，我就签世家传奇了。"

"你不是要签灵音娱乐吗？那边都给你请首席团队制作单曲了。"安子含知道范千霆要拒绝安子晏的事情，毕竟范千霆是先跟安子含说的，才去找了安子晏。

范千霆笑了笑："安大哥也能给我做单曲不是吗？"

安子晏点了点头。

乌羽看着他们，突然有点不知所措。

先看看坐在床上的几个，再看看站着的几个，乌羽忍不住问："别告诉我，是为了我改变了决定，苏锦黎跟安子含单飞绝对比组合有发展。"

安子含自然知道，所以此时有点沉默，然后抬头看向安子晏。

他知道安子晏不会害自己。

"我可以的。"苏锦黎突然开口，"我特别喜欢跟你们在一起的感觉，要是能成为组合，我会很开心。"

"既然你都这么说了……"安子含有点不好意思地开口，似乎也同意了。

乌羽看着他们，就感觉他们在玩似的，有点不能接受。就这么草率的决定了？

"你们……"乌羽纠结了一会儿，竟然有点说不出什么来了。

"挺好的啊！"常思音突然开口，"我个人实力不够，而且也不是前九名，能被带进来挺荣幸的，我可以负责寝务。"

"你还可以当队长。"安子含突然说道，"毕竟其他人都不太适合当。"

"我觉得不错。"苏锦黎也同意。

乌羽看着他们……跟玩似的，队长都确定了？

"你就任由他们胡闹？"乌羽看向安子晏问。

"我也有我的想法。"

乌羽想了想后，看向苏锦黎，明白了。

如果苏锦黎跟他们成为以后组合，说不定以后为了组合团结什么的，就会留下苏锦黎，不让他去波若菠萝。这样，苏锦黎就一直都是世家传奇的艺人了。

乌羽忍不住问苏锦黎:"你有没有想过他会利用这个做文章,让你不能跟你哥哥在一家公司了。"

苏锦黎被提醒了以后,抬头看了安子晏一眼,想了想后回答:"没事的……"

安子晏听到苏锦黎的回答之后,忍不住抿着嘴唇笑了起来。

乌羽看着他们几个,再想想自己这几天的纠结,突然觉得自己有病。

他们几个更有病。

"你们……"乌羽又说不出来什么了,也不知道是个什么心情。

这一群人聚在他的小破屋里,话都没说两句就说要搞一个组合出来。

最离谱的是,一提,他们就都同意了。

搞什么啊?为了他吗?他要感动得痛哭流涕吗?

乌羽沉默的时候,外面的房间门打开了,似乎是其他的练习生回来了。

他们之前跟乌羽的关系还蛮好的,在乌羽回来后,关系就发生了微妙的变化。不过,还是会友好地跟他打招呼,只是没有之前亲切了。

听到外面有动静,屋子里的人似乎有默契似的,全部安静下来。

外面的练习生谈论起来:"羽哥在寝室吗?"

"不知道,房门一直关着。"

"不过他也没什么地方可去……"

接着外面安静下来。

过了一会儿,那几个练习生应该是买的东西,聚在一起吃,聊着今天的事情。

安子含又吃了几口饭,问:"为什么突然安静了?"

安子含说完话,外间也跟着安静了下来。

"吃饭呢,说什么话?"范千霆嘟囔着回答。

"我也想吃……"苏锦黎看着他们吃的东西就有点馋。

"吃啊,又没说不让你吃,来了就跟罚站似的。"安子含递出去了筷子。

苏锦黎立即也凑过去跟着吃了,还回头问安子晏:"安大哥,你吃吗?"

"我不太想吃……"安子晏看着这里的环境,忍不住感叹,"你们波若菠萝是不是故意的,这种地方怎么住人?"

乌羽冷哼了一声："你跟安子含真是哥俩。"

"挺好的了，我在孤屿的寝室也条件不太好，床嘎吱嘎吱地叫，可吵了。"苏锦黎已经开吃了。

"是你睡觉动得太厉害了吧？"安子晏无情地揭穿了苏锦黎。

安子含一听就乐了："你那个广告，我都没好意思说你，怎么拍的？啊？跟搞笑片似的，你居然睡出来一个顺时针旋转。"

苏锦黎瞪了安子含一眼："哼！"

安子晏立即发话了："别欺负他，他以后是你们的镇组神兽。"

安子含听得直乐："好嘞！"

乌羽沉默了许久，终于开口："我们出去找其他的地方仔细聊吧。"

在这里，到底还是不太方便。

"终于犹豫完了？"安子晏微笑着看向乌羽，笑容透着一股子狡黠。

安子晏只在算计成功了后，才会笑得这么好看。

"真的这么做，最有利的人是我，最吃亏的人是苏锦黎跟安子含，他们都不在意，我怕什么？"乌羽回答。

说是这样说，却有种要哭的征兆。乌羽打赌，他是遇到了一群傻瓜。

他最开始把这些人当成是对手，好几次，他都会去看苏锦黎彩排，心中暗暗比较，衡量自己的实力。现在呢，这些傻瓜对他这么好，就好像一点也不在意他有多冷漠似的。

图什么呢？朋友吗？友谊吗？

这个圈子里真的会有吗？

这些人丢掉了外卖，一起出了乌羽的房间。

一个小房间浩浩荡荡地出来一群人，就好像动漫里的传送门走出来似的，看起来格外神奇。

客厅里的练习生都看傻了眼，不过还是很快站起身来行礼，毕竟出来的这些人都是前辈了，尤其是安子晏。

安子晏随便应付了一下，带着这群人浩浩荡荡地去了附近的高级会所。

第十章 | 203

安子含进门的时候就在感叹："我还是第一次进这种会议室。"

安子晏白了安子含一眼，在其他人不在意的时候，还踹了安子含一脚。

苏锦黎一直跟在他们俩身边，躲得过别人，躲不过他。他看到之后，踢了安子晏一脚："你别欺负他。"

安子晏终于老实了，心里却很不服，苏锦黎只是不懂安子含话语里的内涵而已。

安子含跟在后面"嘿嘿"，却没意识到安子晏被苏锦黎治得服服帖帖的。

他们到了会议室里纷纷坐下，一群人聊了起来。

安子晏还打电话把张鹤鸣也叫来了，听到了他们的提议，张鹤鸣都要哭出来了。之前已经得罪华森娱乐了，这回岂不是要得罪波若菠萝？

"这个……这个……波若菠萝不松口，我们也不好做什么。而且，真闹大了，波若菠萝告我们的话，我们还真不一定能赢，还惹得各种麻烦缠身。"张鹤鸣是这样的说法。

"这件事情波若菠萝没理，如果他们真的告，就是撕破脸了，然后我们就公开他们雪藏乌羽的事情。乌羽的粉丝会护着乌羽讨说法，这几个小朋友跟着捧捧场，场面就会一边倒。就算最后波若菠萝的官司赢了，股票也得跌，我就不信波若菠萝的几位大佬会不管这件事情。"安子晏的态度依旧"流氓"，说得特别轻松。

张鹤鸣只能笑，笑容都有点虚了。

还以为《全民偶像》完满结束了，他的事就结束了，结果安子晏他们是真不愿意放过他啊。

张鹤鸣依旧坚持这样的说法："还是波若菠萝那边同意了，我这边才能运作。"

安子含忍不住烦躁地问："能让他们同意，我们这么干做什么啊？"

"那有没有能让波若菠萝松口的方法？"苏锦黎则是关心这个，他也不想为难张鹤鸣。

乌羽第一个回答："你哥肯定不行，他现在位置不稳，只要开口，自己反而引来一身骚。"

"还能怎么办，实在不行我去给时老的那个得力助手求情去？"安子含语气嘲讽地说,眼睛在看乌羽,明显是在暗示什么。

乌羽瞪了安子含一眼,作为警告。

"时老?"苏锦黎疑惑地问。

"对,波若菠萝最大的股东,那个财主老爷子。"安子晏也知道波若菠萝的底细,毕竟干了这么多年的对手了。

"他……他是认识王总吗?喜欢下棋?"苏锦黎赶紧追问。

安子晏奇怪地问苏锦黎:"对啊,怎么了?"

"我好像认识时老。"苏锦黎回答。

场面突然一静。

安子晏微微蹙眉,他也算是一个有地位的人物了,可依旧没到跟能时老对话的位置。他爸爸也只见过时老三次,说话的时间也不多。

毕竟那位老爷子性格乖张,很多人都不知道怎么才能讨好他。

结果苏锦黎居然认识时老。

紧接着,安子晏灵光一闪,问:"那个下棋下不过你,还生气的朋友不会是时老吧?"

这是那天去听戏的时候王总说的。

苏锦黎点了点头:"对,而且时老欠我一个人情。"

"时老欠你人情?"安子含扯着嗓子问,"你可以跟他要一座岛,从此做岛主了。"

苏锦黎诧异了:"啊?还能要这个?"

安子含回答得非常夸张:"老爷子有钱!非常有钱!虽然性格真的不怎么样,但是有钱是真的。"

乌羽都很诧异,看向苏锦黎,觉得苏锦黎很神奇。

在他们这些人的眼里,时老身边助手的秘书都是不能招惹的角色,苏锦黎还认识时老。

最重要的是,跟时老下过棋?

"我可以试试去求求时老,让他帮帮乌羽,这样是不是就能缓解乌羽的情况了?"苏锦黎兴奋地问大家。

安子含立即摇头劝苏锦黎放弃,为了乌羽太不值了:"不,放弃乌羽吧,他没救了，我觉得还是应该跟时老要个岛，或者要一架飞机也行。"

安子晏也这样说："甚至可以让时老给你量身定做一部电影，你想演什么就演什么，还是顶级团队。"

乌羽他只是盯着苏锦黎看，不知道苏锦黎愿不愿意为了他浪费这个人情。

苏锦黎赶紧制止了安家两兄弟的狮子大开口："你们这样有点过分了，我去求他老人家帮乌羽，都觉得怪麻烦人家的，而且不一定会成功。这样吧，我有时间了就去试试看，这样组合的事情还继续吗？"

"估计得继续。"安子晏回答。

安子含也是这样的看法："时老能让波若菠萝松口，但是，时老没空一直看着。所以之后，波若菠萝还是有机会雪藏乌羽，或者不雪藏，只是工作给接的少，安排一些烂戏让乌羽演，都有可能。"

这个道理大家都清楚，如果一个公司想跟你耍无赖，就真的会想尽办法，让你不服不行。

范千霆终于忍不住开口了："我就是想不明白，波若菠萝为什么要雪藏你？"

常思音也跟着点头："对啊。"

安子含随口问了一句："你是耿闻的私生子？"

乌羽居然突然愤怒地问："你调查我？！"

安子含都傻了："别告诉我真是！"

他随口胡诌的。

乌羽瞪了安子含一会，最后扭头不说话了。

张鹤鸣又傻了，他突然吃了一个好大的瓜。

"安大哥……私生子是什么意思？"苏锦黎凑到安子晏身边，小声问。

"就是不合法的儿子。"

"哦，超生儿吗？"

"对。"简单易懂。

苏锦黎点了点头，表示自己懂了。

范千霆爱吃瓜，加入《全民偶像》后，每天都在吃瓜。他吃瓜的时候还不老实，总是贼眉鼠眼地来回看，所以显得特别讨厌。这也是苏锦黎当初不告诉他们,自己哥哥是沈城的原因之一。

此时范千霆就吃了大大的瓜,拽了拽常思音的袖子,常思音立即按住了范千霆的手。

安子含突然懂了,"哦"了一声。

安子晏则是对这个不感兴趣,只是知道了乌羽被雪藏的原因而已。

他对苏锦黎说:"我试着联系王总,让他安排你跟时老见面,你试试看。"

"嗯,好。"

"时老欠你一个人情很重,你以后可以利用这个做文章,不必浪费在我身上!"乌羽突然开口说道。

"可是我想帮你啊。"苏锦黎回答得坦坦荡荡。

"我除了叫你起床外,还做了什么吗?你对我这样干什么?"

"你是我朋友啊。"

乌羽愣了一瞬间,突然喊了起来:"你是不是傻?!"

喊完自己却哭了起来。流出眼泪来,乌羽赶紧换了一个方向,快速擦掉了眼泪。

安子含指着乌羽兴奋地说:"看!哭了吧!我就说他那天在车站真的哭了,你们都不信。"

常思音则是快速给乌羽递纸巾,结果乌羽没领情,继续努力掩饰自己,好像一切都只是一个美丽的误会。

苏锦黎看了看安子晏:"我气到他了?"

"他被你感动了,只是人太别扭了。"安子晏回答。

"哦……吓我一跳。"

苏锦黎走过去,揉了揉乌羽的头:"没事的,马上就要过去了,都会好的。"

乌羽觉得这绝对是自己最丢人的一天,当着这么多人的面掉眼泪,他参加《全民偶像》都没哭过。

之前,他还在想,要不就妥协了吧……心里却在心灰意冷。

现在,他突然什么也说不出来了,只是掉眼泪,然后听着他们说话就想骂人。

丢死人了。

没脸见人了。

苏锦黎约到时老的时候，距离姜町电影开机已经没有多久了。

那天苏锦黎刚刚拍摄完剧里的造型。

苏锦黎扮演的是电影里的一名戏子，天生媚骨，因为长相出众还曾被誉为第一美男。他不是男性化的美，而是柔美。

在戏里，苏锦黎也是一个唱戏的花旦，在电影里最引人注意的是，这身戏服就是一身红装。

因为是玄幻剧，讲究的是视觉效果，在古代原有的基础上，增加了一些华丽的装饰。

苏锦黎先是拍摄了一系列的定妆照。

其中一张剧照，就是苏锦黎一袭红衣，跪坐在地面上。

这就是苏锦黎扮演的角色，难度很大，让苏锦黎来扮演绝对是一种冒险。

这张相片拍摄了很久，苏锦黎一直调整不好表情。最后，在中间休息的时候，他偷偷去跟安子晏发消息，问该怎么控制表情。

安子晏：你和我在开心地聊天被你哥发现了，你想冷静，又害怕的样子表现出来就行了。

苏锦黎：呃……

之后，就拍摄出来了，感觉到位，眼神可以，堪称完美。

苏锦黎如获大赦，换掉了戏装后走出来碰到了姜町导演，他对苏锦黎说："苏小友的悟性还是可以的，不过还需要去揣摩角色，继续努力。"

姜町性格还不错，他属于那种有脾气了会立即爆发，一般不会有太多事儿的人。

"谢谢姜导。"苏锦黎客客气气地说。

"行了，王总派车来接你了，你去吧。"姜町说完，就吹着口哨去忙别的了。

今天拍剧照的不仅仅苏锦黎一个人，姜町得去看看。

苏锦黎上了车，跟司机打了一声招呼，对方没怎么理。这次只有丢丢跟过来了,所以丢丢也跟着一块儿紧张。

苏锦黎倒是没事,而是努力去读剧本,理解故事里人的想法,然后想象出来是什么样子的,试图用想象力演出来。

到了时老住的地方,苏锦黎就感觉自己仿佛来了炮楼。里三层外三层的,还层层把关,弄得苏锦黎觉得,这不是一个住的地方,而是一个监狱。

氛围有点可怕啊——

到了正院,就会发现这里就看不到外面高耸的院墙了,而是远处的景色,墙壁大多被树木什么的巧妙地遮盖了。

苏锦黎回头看了看之后,终于走进了时老的家。

时老的别墅不是非常前卫的设计,也不是欧式的设计,而是比较低调的风格,家里大多是暗色调,灯也没有多亮。

走进去就有一种阴沉的感觉,会觉得安静,也会觉得压抑。

不过,苏锦黎也懂一些风水相学,知道这里的风水一点问题都没有,这种阴沉的设计,反而能够压制住这里过盛的紫金之气。占着这么好的一片地,不赚钱就怪了。

而且,在这里工作的用人都会沾上一点紫金之气,家里也会越来越好。

苏锦黎到了他们安排的区域坐了一会儿,拿出剧本继续看。

丢丢一直在旁边战战兢兢地坐着,生怕做出什么事情来,会惹到时老。时老性格乖张,脾气暴躁是出了名的。

等了能有二十分钟后,有人让苏锦黎单独进去。

苏锦黎将剧本给了丢丢,一个人跟着走了过去。丢丢还想交代苏锦黎小心一点儿,可惜苏锦黎走得太快,丢丢没能说出口。

苏锦黎倒是没怎么紧张,去了时老的会客厅后,就看到时老在浇花。

"老爷子。"苏锦黎笑呵呵地跟他打招呼。

"嗯。"

"你最近身体怎么样?"

"暂时死不了。"

这对话让苏锦黎都不知道说什么好了,时老也没再说什么,他就走过去看着时老浇水。

"花要被您淹死了。"苏锦黎站在时老身边说道。

"怎么会？"

"像这种叶子很小的植物，少浇点水比较好。您一次性浇这么多水，容易烂根。"

时老停下动作看了看花，又看了看苏锦黎，不高兴地放下了水壶。

"您不服气也是这样的，花还挺无辜呢。"苏锦黎见时老不高兴，依旧执着于说这些。

时老气鼓鼓地到了一边坐下，问："你来找我做什么？"

"我有事想求您！"

时老坐下后，倒了杯茶喝了一口，眉毛都不动一下："我为什么要帮你？"

"上次我也算救你一次吧，你能不能就当还我个人情，帮我个忙？"

时老跟王总有联系，自然也知道苏锦黎最近出道的事情，估计着苏锦黎是想求他帮忙在争资源的事情，于是点了点头："行，你说吧，我看看我愿不愿意帮。"

"我有个朋友，是波若菠萝的艺人，但是他被公司雪藏了，我们实在是走投无路了，希望你能捧捧他。"

苏锦黎说完，就开始絮絮叨叨地说乌羽有多优秀。

他们的想法是弄一个组合，用这种方法帮乌羽，只要时老帮忙开个头，让波若菠萝同意乌羽加入组合就行。

时老看着苏锦黎，不解地问："你准备把这个人情，用在朋友身上？"

"是啊！十万火急，不然我也不会来求您的。"

对于时老来说，这只是一件非常小的事情，告诉自己的助理，随便去波若菠萝说一句话就完成了。真要是不爱动，打个电话就搞定了。

结果苏锦黎特别正式地过来求他，还要动用之前那个"人情"。

时老盯着苏锦黎审视半天，究竟是觉得他的命不值钱，还是说这小子真的很重视他的朋友？又是为了别人，就不考虑自己吗？

"他那么优秀，为什么会被雪藏？"时老问。

苏锦黎打算说得煽情一点，于是深情款款地对时老说："您不知道，他特别可怜，是一个超生儿。"

时老一阵纳闷:"超生儿?"

"对!"

两个人对视了一会,时老又问:"雪藏跟超生什么关系?"

"就是……他爸不想让他有曝光度,他爸是耿闻。"

"哦……私生子?"真亏得时老能明白苏锦黎的意思。

"嗯,对。"

时老笑了笑:"这是人家的家务事,我掺和进去不好吧?"

"您就当救救孩子吧!"

"既然你那么愿意帮他,不如把资源也让给他,比如,姜町的那部戏。"

苏锦黎听完一愣。

不过,他还是很快摇了摇头:"恐怕不行。"

"哦,为什么?我还当你会非常无私呢。"

"首先,这个角色是安大哥帮我争取来的,我不能拿安大哥的心血去送给别人。其次,这部戏已经开始工作了,临时换人也会给他们添麻烦。最后就是……乌羽不适合这个角色,乌羽太爷们了。"

"你不爷们吗?"时老问他。

"我还行,可刚可柔。"

"我还当你完全傻呢,看来也不是。"时老说着起身,到了里间说,"陪我下棋。"

"哦,好。"

苏锦黎进去之后,就开始规规矩矩地下棋了,毕竟是有事要求人家,态度特别好。

"吃点核桃。"时老推过去一盘核桃给苏锦黎。

"不爱吃。"

"补脑。"

"不好吃。"

"那你想吃什么?"时老又问他。

"我想吃鸡翅。"

"净吃些不好的东西。"时老说完,继续下棋,让苏锦黎没想到的是,没一会儿居然有人送来了鸡翅。

他很诧异，忍不住抬头四处看，看看是不是有摄像机在旁边，不然这些人怎么知道的？

时老没解释，只是继续下棋。苏锦黎没看到摄像头，于是又说："我要吃鸡米花！"

时老没理他，继续下棋，没一会儿就有用人送来了鸡米花，还有番茄酱放在旁边。

神奇。

"房间里有收集声音的仪器？"苏锦黎问时老。

"嗯。"

"你在家里都不偷偷打嗝的吗？不会觉得尴尬吗？"

时老被苏锦黎问得动作一顿，抬头看向苏锦黎："你……跟长辈说话都这样吗？"

"不是啊，我真的好奇啊。"

"好好下棋。"

"哦……"苏锦黎又落了一子，"你输了。"

时老盯着棋盘看了良久，才冷哼了一声，接着起身对苏锦黎说："我给你安排了客房，你上去住吧。"

"啊？不用住的，您帮帮忙就行了。"

"我的人应该已经跟耿闻联系了，你放心吧。"

"啊……这样啊……那我就先走了啊，我晚上还得坐飞机去别的地方。"

时老点了点头，也没多留他，没一会儿就有人进来，接苏锦黎出去了。

办事效率可真快。

苏锦黎离开后，时老的助理进来问时老："您好像很喜欢这个孩子，不如收他做继子。"

"你应该知道我收继子是为了什么，这么做是害了这小子。"

助理便不再问了。

乌羽恐怕是第一个得到消息的。

他原本还在宿舍里看着微信群，那群人在他睡觉的时候，又聊了超级多，光往上翻就翻了半天。

他醒了之后趴在被窝里看着聊天记录，觉得自己简直是在浪费时间，真的是没有一句有营养的话。现在，他因为没有工作已经日夜颠倒了，晚饭恐怕是他一天当中的第一顿饭。

正看着，经纪人突然发来了消息：来公司一趟吧，给你安排工作。

因为正在看手机，第一时间就看到了。

乌羽看到这段话之后一愣，很快就反应过来，是苏锦黎去时老那里求情成功了。

苏锦黎在两个小时前说要去找时老了，现在工作安排就来了，效率快到让乌羽震惊。

他立即起身，打开衣柜穿上了自己衣柜里最得体的一身衣服出了门，整个人都显得神清气爽的。他已经许久没来过波若菠萝了，走进来后似乎已经有点不知道该怎么走了。

距离他参加比赛初，已经过去了很久了……这期间，他真的是一趟都没回来过。

来到经纪人的办公室，看到经纪人在整理一堆文件。他进来后坐在了办工作前的椅子上，看着经纪人问："有什么工作？"

经纪人指了指桌面上的文件夹："所有。"

乌羽愣了。

他很快就猜到，这绝对不是一天内接到的。

桌面上乱七八糟地一大堆文件，各种各样的文件夹，经纪人似乎也在翻："前阵子公司想把这些送来的工作，安排给公司其他的艺人做。不过对面大多不同意，所以后来都不了了之了，现在也不确定这些工作里还有哪些尚未确定艺人。"

乌羽听完就懂了，问："公司不准备继续压着了？"

"对，我有点好奇，你是怎么做到的？"

"什么？"

经纪人看了看乌羽，眼神有点复杂，似乎是觉得乌羽同意了。

第十章 | 213

毕竟是时老的助理亲自跟耿闻打电话，并且表示会关注这件事情，耿闻才不得不松口了。

"安子晏比较希望赚到钱。"乌羽这样回答。

他知道时老那边十分敏感，提到苏锦黎就会给苏锦黎引来麻烦，不如就说成是安子晏做的，毕竟许多人都在传安子晏神通广大，传到后来都有了点神话色彩。

"之后你的工作都是由安子晏安排？"经纪人问。

"嗯，对。"

"公司会给你安排一名助理和一名造型师，保镖等都是临时聘用的，估计安子晏会安排，你的收入会在今天下午到账。还有，宿舍你就住你们组合的宿舍吧，正好还能住进去一个练习生。这些工作我都会让人转给安子晏，让他那边的人给你联系吧。"

其实不做乌羽的经纪人了，他还如释重负，反而挺开心的。

这活真不是人干的。

"好。"乌羽点了点头。

"组合名字想好了吗？"

"还没确定。"

"行了，你等会儿吧，一会儿你的助理就过来报到了，毕竟是临时派人，所以还有点紧缺。"估计也不会派来工作能力强的，也就是个愣头青。

乌羽点了点头，紧接着暗暗地握紧了拳头。

他终于要翻身了。

突然就组成了一个组合，很多人都措手不及。

张古词坐在安子晏的办公室里仰头望天，他总觉得从一开始，安子晏就给他挖了一个坑。

把安子含送到他的公司，然后又拿走权力，要走了安子含跟常思音的负责权，搞了一个什么组合。

"安子含会被组合拖累的，组合的工作多的话，用可能耽误他们的其他工作。"张古词跷着二郎腿，对安子晏说。

安子晏也觉得头疼，当时想得很容易，真实行起来各种方案就要想半天。无论公关做得多好,这次组成组合后,都会引起一场史无前例的骂战。

粉丝就是这样,喜欢护着自己的"爱豆",绝对不许自己的"爱豆"受一点委屈。组建成了组合后,被拖累的艺人粉丝肯定是骂得最狠的。偏偏这几个人的粉丝,都是数量最多的。

安子含跟苏锦黎的粉丝最多,组建成为组合后,他们俩的粉丝也会骂得最凶。

最可怕的场景就是,他们俩的粉丝到组合另外几名成员的社交账号里进行攻击,接着其他几个人的粉丝反攻。骂急了,这些粉丝就会爆出一系列的黑料来抹黑对方的"爱豆"。

然而先挑事的,一定会败路人缘,也会让两个人的人气受损。

最后的场面,会非常惨烈。

"你有没有什么好的建议?"安子晏问张古词。

"你问我?!"张古词气得直接坐直了,"突然让我来,突然告诉组组合,然后合同都甩我面前了,现在你才想起来问我?你早干吗去了?"

"毕竟你会是这个组合的主要经纪人。"

"什么玩意儿?我?!"

"对,我毕竟还有其他的工作要忙,而且还要拍戏,估计照顾不来,主要经纪人的重任就只能交给你了。"

"为什么是我?你们世家传奇没人吗?"

"我当初就是看中你的工作能力,才把安子含送去给你的。"安子晏的马屁突如其来,十分油腻。

"你……你……"张古词气得浑身发抖。

"你手里还有其他的艺人吗?"安子晏继续理直气壮地问他。

"没有,我统管公司所有的艺人。"张古词现在的位置,已经不需要单独带人了。

"这不是正好吗?"

"正好个头!"张古词气得站起身来,到安子晏的办公桌前骂,"安子晏你别欺人太甚了!什么都安排好了?手怎么伸得那么长?你说怎么就怎么,你是皇上啊?娱乐圈唯你独尊是吧?"

这活给谁，谁都得掂量掂量。

的确，现在这几个孩子人气很高，真组成组合了，那绝对是奔着一线组合去的。

但是这个组合生存期只有不足两年，真要按照合同算，总共就一年零九个月的生存期！

什么前期铺垫没有，消息一发布，就是震撼级的画面，控制不住估计就会全盘崩溃。

还有，几个孩子是不同公司的，世家传奇、波若菠萝、木子桃，三方在分配的方面怎么算？

真有工作了，合同怎么签？

最要命的是波若菠萝，甩手掌柜一个，人给你们了，红了算大家的，出事了算别人的，态度非常恶心。他如果做了经纪人，资源安排的不合适，他就会被粉丝点名骂。

粉丝最喜欢把小细节扩大化，说经纪人对XXX不好，然后联名声讨，张古词年轻的时候甚至收到过粉丝的抗议书。

"你有没有想过，这个组合会让你年底分红，多一套海景别墅？"安子晏平淡地开口。

"我不干。"

"这个组合的背后推手是时老。"

"……"张古词不说话了。

"现在有一系列的问题需要处理，比如组合的定位，现在市场上十分缺少，粉丝们渴望，却存在空白的是什么。他们每个人的定位是什么，苏锦黎跟乌羽的高音是不是冲突了，该如何定位才能让他们个性鲜明？"

张古词有职业病，被问了问题后还真想了想，想了一会儿就气得不行："我现在就要进入工作状态了？"

"为什么不？这是你在给你自己赚养老钱，拼搏不到两年的时间，你绝对会有超级大的收获，我敢保证。"安子晏说得信心满满。

张古词气得不行，扭头问安子晏："世家传奇一个艺人都没送去《全民偶像》，现在后悔没？"

其实这件事情，他从来没说过。当初接主持人这个活的时候，应该顺便送几个练习生过去，可是提出来的时候那边报名已经截止了。

张鹤鸣希望安子晏可以派 10 个人去凑个整数，安子晏手底下人不多，临时招也顶多够 6 个人。

但是，全出动了安子晏又觉得不稳妥，最后干脆放弃了。

结果《全民偶像》爆火了。

之前没有人气的评委都红了一波！

所有的参赛选手都受到了关注，他最后唯一的胜利是"高价"挖来了苏锦黎跟范千霆，也算是"收成"不错了。

后悔没？

三大巨头，估计都后悔了。

那也没用，过了那个村就没那个店了。

张古词看到安子晏表情变了变，就觉得心情好多了，抬手摊开掌心对安子晏说："策划案给我，我看看。"

"还没有。"

"什么都没有，甚至组合名都没有，然后一个星期后组合出道？"

"对。"

"安子晏，你有问题啊！"

苏锦黎在接受演技培训的这段时间，剧组曝光了剧照。

因为苏锦黎是配角，所以曝光的时间在中间，官方账号一共发了四张图。

一张图是戴着头冠的红衣装扮，一张图是狼狈的模样，被托起下巴的剧照。另外两张，一张是花旦时的造型，一张电影里最常用的普通造型。

苏锦黎的剧照曝光之后，再一次引发了一波热潮。

无疑，苏锦黎这几张剧照，在精心修图后格外有感觉，而且视觉冲击感很强。

毕竟姜町导演也是被苏锦黎红衣扮相惊艳到了，才会联系安子晏，不然这个角色依旧没有谱。事实证明，姜町导演的选择是对的。

苏锦黎的剧照刚刚出来，就横扫头条、热搜、热话，粉丝们兴奋得像是过节了一样。

当天,微信群里就炸了。

苏锦黎:我要死了……

安子含:怎么了?

苏锦黎:演技课,每天都能看到老师无奈的眼神。

安子含:真那么差吗?

苏锦黎:大家看看我发的视频。

15秒后。

安子含:这声嘶力竭的嘶吼,让我没有勇气看第二次。

乌羽:……

常思音:确实……尴尬。

范千霆:整个画面里只有脸能看了。

安子含:真要说的话,声音也是可以的。

很快,范千霆就用苏锦黎嘶吼的画面,做了一个表情来。

安子含:哈哈哈哈哈。

安子含:苏锦黎,你们什么时候开机?

苏锦黎:只剩三天了。

安子含:这次筹备得挺快啊。

苏锦黎:不是,我是截和了别人的角色,他们已经准备了很久了。

安子含:哦,对,所以之前才会被黑是吧?

苏锦黎:对。

安子含:我们出去玩吧!

乌羽:我最近很忙。

安子含:苏锦黎进组之后,咱们就得几个月之后才能集合了。现在咱们是组合了,不得聚一波啊?

乌羽:组合成立之后没有活动吗?

安子含:组合名都没出来呢,你觉得他们能安排出来什么像样的活动?

范千霆:不仅没有名字,至今也没给我们安排宿舍。

苏锦黎:我们的组合,跟我的工作室一样简陋。

常思音：苏锦黎不是带着工作室飞了一次吗？现在镇组神兽带着我们组合飞吧！

苏锦黎：我们会红的！

安子含：锦鲤大仙说了，我们会红！

安子含：就这三天，我们找个时间见一面，聚一聚，上次的太寒酸了，不算数。你们说时间，其他的我安排。

他们在群里商量了好阵子，最后才决定出来时间，明天下午4点之后，所有人都能到达同一个地方，安子含就此没了声音，估计是去安排了。

安子含不说话之后，其他人也跟着安静了。

苏锦黎趴在床上，继续研究剧本，时不时抬头看沈城一眼。

苏锦黎从公司培训回来后，刚巧碰到沈城拍摄完毕广告回来。沈城突发奇想，要看看苏锦黎演戏。然后苏锦黎演了，把沈城给气着了。

沈城看完苏锦黎演戏气得不轻，说了一句"被你气得胃疼"之后，就不再理苏锦黎了，却也没离开苏锦黎的房间。

沈城又气了许久，才再次回来说道："剧本给我，我给你讲讲戏。"

沈城拿着剧本看了起来，来回翻阅了一会儿，托着下巴思考了起来。

"你吃透这个角色了吗？"沈城看着剧本的同时问他。

"大概就是一个悲剧的角色。"

苏锦黎继续看剧本，沈城则是指着其中几个部分对苏锦黎说每个部分，橘璃儿应该是怎样的心情，如何表现才能演绎出来。苏锦黎怕自己忘记了，还在剧本上做了笔记。

约好聚会的时间，苏锦黎还是去了。刚刚到约定的地方，就看到其他的人已经到了。

安子含不仅仅约了他们几个，还有张彩妮、小咪等人，本来还约了魏佳余，但是魏佳余同样很忙，没空过来。

他们到了地方，先走了一段长长的红毯。

"好羞耻啊……"张彩妮就在苏锦黎身边，忍不住感叹了一句。

"也是子含精心准备的。"苏锦黎觉得安子含准备得有点过了。

两个人聊着工作的时候，一起走了进去，进去后就看到安子含穿着一身西装，就跟个新郎似的，站着门口迎宾。

"呃……"张彩妮有点想走了，她还以为只是平常的聚会。

苏锦黎看着安子含居然还能感叹出来："你今天好帅啊！"

安子含笑眯眯地点了点头，觉得人都到齐了，就带着他们一起上楼："这儿被我包场了，我们随便吃，随便玩。"

他们来的地方，是本地一个特色地点。这栋楼全部都是特色餐厅，什么风格都有，还都很好吃。

安子含一边上楼，一边发消息，带着他们进了第一个店，里面的食物都已经准备好了："所有热门菜，一样一道。"

一行人立即坐在了桌子前，乌羽没好气地白了安子含一眼："你以后副业是不是要当个服务生？"

安子含反以为荣："巧了，我还真有这想法。"

苏锦黎倒是不在意其他的，坐下之后就开始吃，安子含在一边赶紧提醒："一样吃一口得了。"

"可是吃不饱啊。"苏锦黎回答。

"就是让你吃不饱。"安子含回答完，坐下来跟着他们一起吃。

众人迷迷糊糊地继续吃，吃到一半安子含就拍了拍手："走了，下一家。"

"喔！"范千霆突然欢呼起来。

"传说中的吃百家？"常思音也跟着问了一句。

"我还是第一次尝试跟富二代混的感觉，真不错啊。"张彩妮二话不说，直接起身。

苏锦黎目瞪口呆地跟着他们走，身边的乌羽依旧是原本那副表情："嘚瑟。"

到了第二家，他们就开始兴奋地聊天了。

"你们成组合以后，会是什么样？是不是各种开巡回演唱会？"张彩妮吃着东西问。

"完全不知道呢，几个公司都手忙脚乱的。"安子含回答。

"我这边工作很冲突，刚进剧组，组合就要出来，不知道会不会影响拍戏。"苏锦黎也十分忧愁。

安子含吃得津津有味的:"放心吧,我哥心里都有数,你的事肯定会放在首位,毕竟你是我们世家传奇的现任摇钱树。"

乌羽问他:"你为什么要加入木子桃?"

估计很多人都好奇这个问题,为什么安子含不加入世家传奇。

"我哥烦我,不想我在他眼前晃,就找了一个靠谱的地方把我扔过去了。开始估计就当我想玩,没多久就会放弃,谁能想到我居然出道了,比他认真带的新人还红。"安子含回答完得意地大笑起来。

"应该说的是,我们所有选手都没想到会红。"范千霆说得特别认真,"我当时是公司看我进公司一阵子了,都没有过什么曝光度,随便找个不成器的节目就给我扔过来了,然后我就火了。"

"我也是……我觉得苏锦黎真的神奇,我当初都没想过能进木子桃,结果遇到苏锦黎就被录取了。然后节目里碰到了苏锦黎,节目火了,我也跟着有了点人气。"常思音也是这样的想法。

安子含从来只当苏锦黎给人好运是玩笑,从未当真过:"可是你进木子桃了,苏锦黎自己却没进,是不是说明苏锦黎不太灵啊?"

苏锦黎委屈巴巴地说:"其实我的运气一直都不太好,不过我可以给身边的人带来好运。"

"小样儿吧。"安子晏揉了揉苏锦黎的头,又带着他们去了下一家店。

站在店门口苏锦黎就不动弹了。

水煮鱼的店。

"这店的菜真准备好了?"乌羽问安子含。

"准备好了啊。"

乌羽指着苏锦黎问:"食材就站在旁边呢,我们进去吃配料?"

苏锦黎突然对乌羽嚷嚷起来:"你进去啊,你进去爆炒乌鱼都有了!"

安子含看得啼笑皆非:"你们俩是在自相残杀吗?"

安子含带着他们乱吃一通,各种料理、各国食物混着吃,吃得他们走路都打晃了后,再换了一个地方。

进去后,就听到震耳欲聋的音乐,他带着众人来了迪吧。原本进去的时候大家都很兴奋，结果就看到里面聚集了一群"网红"妹子……

安子含大手一挥，指着女孩子们说："我给你们准备的！"

张彩妮一愣："你是……真把我当兄弟了？"

安子含回答："我不认识几个男生。"

"不用不用，太客气了，我找个地方坐着看你们玩。"说着，拉着小咪就跑了。

其他的几个男生，最后只有范千霆跟安子含一块儿去了人堆里，其他人都躲得远远的。

乌羽没好气地白了安子含好几眼，才到了吧台，让调酒师给他们调酒。几个人还挺贪杯，还因为安子含请客不限量，他们也都没控制，就想挨个都尝尝味道。

苏锦黎酒量好，所以多半是看颜色鲜艳，样子好看，尝尝什么味，没觉得多好喝。

常思音跟乌羽则是会喝酒，却没什么酒量，越喝越晕。

一群人聚到了半夜，最后被助理们扶着回去的，有的要赶行程，有的要去酒店休息，就此分道扬镳。

电影《艳世》很快开机了。

这部电影还没开拍，就已经备受关注了。电影中，各路大腕云集，男主角是天王级的巨星，其他的配角也都是重量级的艺人。

其中扮演男主角助手的，也是一位正当红的实力派小生。

外加最近风头正旺的苏锦黎也参加了，剧照更是吸引了一批人的注意，让这部电影未拍先红。

开机仪式也极为隆重。

苏锦黎是第一次参加这样的场面，还挺紧张的，在化妆的时候，工作人员坐在他的身边说着他需要注意的流程，还有就是注意记者的采访。

其中有几个问题是安排好的，希望苏锦黎想想该如何回答，如果想不出来周全的，剧组还能给他安排草稿。

苏锦黎这次的妆要求很高，早上早早就起床了，结果4个小时才化妆完毕。据听说，他的妆容比女主角的还要难。

化完妆之后，苏锦黎去参加了开机仪式。

结果采访的环节闹得非常尴尬。

苏锦黎风头正劲，就算只是坐在最边上，依旧是媒体关注的重点。

不是剧组安排的记者，问的问题都是他们最感兴趣的，致使大家的关注点似乎都是苏锦黎，其他的角色都显得有点冷清。

苏锦黎初期还会老实回答，后来就品出了些许不对。

记者问："苏锦黎，第一次演戏，你有没有做过什么功课？"

"有，我特意看了李哥跟胡哥的电影，尤其是那部《神华》，我觉得特别好看。"苏锦黎模样乖巧地回答。

苏锦黎是在尽可能地把话题往其他人那里引。他无法控制记者们都问什么问题，但是他可以用回答稍微扭转一下局面。他并不想在一开始就抢尽风头，惹了同剧组的人。

采访结束后，苏锦黎到外面透气，李乔清走到了苏锦黎的身边，拍了拍他的肩膀："其实你不用这么小心翼翼的，娱乐圈就是这样，谁受关注有话题度，他们就喜欢盯着谁。"

"我……其实也不想闹得太尴尬。"

"我们这些人早就习惯了，不至于因为这个在意什么的，好好演戏才是真的。"

"嗯，好。"

李乔清跟苏锦黎说得不多，但是跟苏锦黎聊天的时候，语气非常好，人也亲切，苏锦黎对李乔清的印象还蛮好的。

他站在原地看着剧组里所有人的灵魂，突然觉得，这真是一个鱼龙混杂的地方。

这些人，看起来都挺和善的，但是如果被谁招惹了，他们估计也不会以善良的方式解决。苏锦黎觉得，他依旧要小心为妙。毕竟不是所有人都混到了李乔清的天王级地位，做不到像李乔清那么豁达。

正式开始拍摄后，苏锦黎并未被安排给姜町，而是由副导演负责他的拍摄。

第十章 | 223

他们的电影是两批人同时开始拍摄，李乔清他们跟姜町拍摄，拍摄主要的剧情部分。苏锦黎则是跟其他的配角一起，拍摄橘璃儿的回忆部分。

　　苏锦黎拍摄的第一场戏。

　　苏锦黎是坐在轿子里，轿子颠簸，他要表现出紧张的样子。

　　然而他拍摄广告时的问题又出现了，近景镜头非常困难，微表情表现得不够到位，虽然已经没有最开始浮夸了，却也总是不能达标。

　　一场戏，拍摄了整整一天。

　　副导演看着苏锦黎，态度还算是可以："第一天拍戏，需要磨合，入不了戏也是正常，我们也需要慢慢磨合，很少有一次成的艺人，你的表现还可以。"

　　苏锦黎有点紧张，点了点头，然后继续等待其他人安排。

　　他完全不知道该怎么做才行，接下来他要做什么？

　　拍摄的顺序都是错乱的，他们搬运设备十分麻烦，所以都会在一个场景，将这个场景的戏全部拍完。

　　苏锦黎站在旁边等待他们整理布景的工夫，姜町来了，看了一眼之前拍摄的部分，忍不住蹙眉："苏锦黎，你这水平只适合拍个偶像剧，完全不需要演技，只要刷脸就行的那种。"

　　姜町说得就要比副导演直白多了，让苏锦黎心里咯噔一下。

　　其实每一场戏沈城都帮他分析过，还跟他讲过该如何诠释，他也真的在努力。

　　然而他自己的阅历就不够，不懂很多人情世故，不懂很多东西，诠释不出来那种感觉。

　　"对不起，我会继续努力的。"苏锦黎回答。

　　"你再拍一段，我看看。"姜町一摆手，对苏锦黎说到。

　　似乎是被考验似的，苏锦黎握紧了拳头，酝酿了一会儿又重新到了之前的位置，重拍刚才的那段戏。

　　姜町就双手环胸地在旁边看着，总觉得苏锦黎给自己打气的样子，看起来还挺逗的。

　　态度倒是挺好。

苏锦黎闭着眼睛，回忆沈城说的，然后又一次重新演绎。

姜町看完忍不住扬眉，等这段拍完，苏锦黎走过来问的时候，他才说："还行，有进步，怎么做到的？"

"就是……害怕你。"

姜町起初没懂，想了想才明白过来："哦，你怕我，然后代入这种感觉是吧？"

"嗯。"

姜町被苏锦黎逗乐了，"嘿嘿"笑了一会儿，对苏锦黎说："虽然有进步，这次诠释得也可以，但是吧，这里你还是做得不足，比如……"

姜町开始跟苏锦黎讲戏，他讲戏的时候属于那种大幅度的导演，会到现场亲自示范，手臂卖力地挥舞，努力让演员了解。

苏锦黎也跟着认认真真地听，同时调整自己的表演。

这场戏终于在两次后通过了。

苏锦黎的天赋不行，但是好在态度好，愿意一遍一遍地磨，而且也算是聪明。演技不足，就靠努力。

他的戏最后总能演好，但是速度慢了，前几天还能等，后面估计就不行了，毕竟他们多拍一天都要多花一笔巨额费用。

苏锦黎自己心里也清楚，所以在等其他人拍戏的时候，也会跟着去看，看别人是怎么做的，然后自己手里也一直拿着剧本研究。

最开始还放不开，总觉得有点不好意思，后来干脆直接在一边念念有词，同时还在做着表情。

安子晏还是不放心苏锦黎，抽空特意来了片场，刚巧碰上苏锦黎在和将军的扮演者胡腾对戏。

苏锦黎就像一个孩子刚刚学会走路，就让他去跟着特种兵冲锋陷阵去。

第一次拍戏，就接了大导演、大制作，苏锦黎的压力可想而知。

的确是安子晏急于求得好的资源，没有想过给苏锦黎过渡的时间。

到了剧组，安子晏和姜町聊了一会儿，表示如果苏锦黎耽误了进度，他们公司可以给予补偿。

第十章 | 225

结果姜町拒绝了:"用不着你,有时老呢。"

安子晏听了之后点了点头,没再多问,心中却不想苏锦黎跟时老有太多的牵扯。

别人恐怕不清楚,听说时老想要收继子,心中向往时老的财富,就真的去巴结了。

却不知,这是时老在排除异己,收一个继子,却不保护继子的安危,看看有谁会去伤害这个继子,就知道是谁惦记他的财产了。

最近这段时间,时老已经不这么做了,似乎是已经被人暗算了一回。所以开始加强对自己的保护,甚至开始联系律师,将遗书送去了国际上知名的储物银行。

太有钱,也会生出诸多事端。

说是草船借箭也可以,继子就是草船,收获的箭是不忠于他的人,然后挨个清除出团队。

安子晏不想苏锦黎被推出去当靶子,他想让苏锦黎安安全全的,真赔偿,安子晏自己也赔得起。

但是他又不能拒绝了时老的好意,毕竟,时老也是一位不能得罪的主,这让安子晏的心情极为复杂。

安子晏来了以后找到了剧组的统筹,从他那里看了安排,接着到一边用笔画了起来,跟统筹商量如何安排戏。之后,搬设备的人换了一个位置,去拍其他的戏,安子晏将苏锦黎拽走了。

安子晏早就在飞机上看过剧本了,拿来苏锦黎的剧本,看了看苏锦黎做的笔记,对苏锦黎说:"你哥的思路是对的,但是很多都太深奥了,我跟你解释有些困难,我就只能用歪门邪道的方法,让你迅速代入了。"

苏锦黎点了点头,期待地看着安子晏。

安子晏拿出自己做过功课的剧本,指着下一场的剧情,对苏锦黎说:"你就想象自己是一条鱼,把胡腾当猫看待,他要吃你,还抓你鱼鳞,所以你怕他。"

"啊?"

"代入一下。"

"非常可怕了。"

"是吧。"

苏锦黎看着安子晏，努力想象安子晏是一个猫，结果对视之后，突然愣了。

安子晏看着苏锦黎明显出戏了，问："对我代入不了？"

"安大哥……你怎么这么帅啊？"

安子晏本就捏着苏锦黎的下巴，干脆晃了晃他的脑袋："你给我认真点，不然我收拾你。"

"怎么收拾？"

"打。"

苏锦黎立即点了点头。

"不给吃的。"安子晏补充。

苏锦黎这才慌了。

这场戏，苏锦黎是跪坐在地面上，所以安子晏直接蹲下来跟苏锦黎讲戏，告诉苏锦黎该如何做，之后再跟苏锦黎搭戏。

看过苏锦黎的表现后，就会再次给苏锦黎意见。安子晏跟沈城最大的不同就是，安子晏不会生气，也不会不耐烦。

沈城看到苏锦黎演技很差，先是震惊，接着就是气得不行，虽然给苏锦黎讲戏，却也会不耐烦。沈城的性格就是这样，问题问多了就会烦。

恐怕沈城最大的容忍度就是面对苏锦黎的时候。

同样，安子晏最大的容忍度也是面对苏锦黎的时候，如果安子含这么教不透，安子晏没多久就会上脚踹了。

安子晏认真教完，让苏锦黎去跟刚刚拍完单独镜头的胡腾搭戏。

这回，要比之前顺利很多，苏锦黎的表现也是可圈可点。安子晏看着苏锦黎的时候，竟然有种儿子般的欣慰感。

苏锦黎拍戏的时候，安子晏一般会在旁边跟副导演坐在一块，拍得不满意后还会主动要求苏锦黎重来，似乎也是质量至上。

时不时地看看文件，出去打个电话，忙公司的工作。在苏锦黎去卸妆时，安子晏跷着二郎腿看手机。

没一会，苏锦黎走过来问安子晏："安大哥，我们一会还要对戏吗？"

"嗯，对明天的戏。"

"哦，好。"

苏锦黎立即点头答应了，接着问："你真待在剧组里啊，我是不是耽误你工作了？"

"没，正好也能看看你们组合出道的章程，马上就要开始运作了。"安子晏继续刷手机，回答得漫不经心。

看似淡定，天知道他有多重视这部戏。

这是苏锦黎的第一部戏，一开始就是大导演、大制作，著名导演，如果苏锦黎不能表现好，之后的前途就会因此耽误下来。不然安子晏也不会推掉自己的戏，过来带苏锦黎。

安子晏带着苏锦黎到了现场去对戏，安子晏还会讲解苏锦黎拍摄的时候需要注意什么。

依旧是苏锦黎演完，安子晏给出意见来。他们凌晨1点才收场，安子晏跟苏锦黎则是对戏到两点半，才一同往酒店走。

安子晏的房间就在苏锦黎房间的隔壁，也是为了平时教苏锦黎方便一点，故意调换的房间。

开门时，苏锦黎扶着门把手迟疑，接着扭头对安子晏说道："安大哥，谢谢你。"

"没事，这是我的工作之一。"

"嗯，晚安。"

"晚安。"

今天，安子晏会比较忙，因为他们注册的社交账号终于认证完成，所有工作一切准备妥当，就准备发正式的公告了。

安子晏联系了经纪人，安排他们准备好几名成员的账号，到时候同时转发。

这前几天尤其重要。

安子晏今天忙碌，干脆叫来了尤拉回国盯着苏锦黎拍戏。

尤拉跟安子晏的风格不太一样，她自己的口头表达能力不行，不会像安子晏那样举奇奇怪怪的例子,就表演给苏锦黎看。

有几次尤拉干脆扑过去,直截了当地跟胡腾搭戏,瞬间入戏,又瞬间抽离跟苏锦黎讲解,弄得胡腾都有点无奈了。

拍完上午的戏,他们几个人聚在一起吃饭。

安子晏还在刷平板电脑,随时盯着情况,苏锦黎跟尤拉坐在一起吃,还在聊着演戏的事情。

"尤拉姐,你身上挺瘦的,怎么手这么胖?"苏锦黎伸手捏了捏尤拉的手掌心。

尤拉个子高,身材也好,不知怎的,偏偏手掌很厚,手指肚的地方也有点粗,看起来肉乎乎的。

安子晏抬眼看了一眼,突然伸手拽走了苏锦黎的手:"跟小女生拉拉扯扯的,像什么样子?"

苏锦黎收回手,委屈巴巴地看了安子晏一眼,他可是一点非分之想都没有。

不过小女生这个称呼取悦尤拉了,忍不住感叹:"小女生这个称呼我很喜欢,你很识时务嘛!"

这时副导演过来了,叫走了尤拉谈事情。尤拉想不明白副导演找她能有什么事,不过也跟着去了。等聊了一会儿,尤拉就乐了,副导演是想找她演戏。

刚才尤拉教苏锦黎演戏,亲自上阵,顿时让副导演眼前一亮。

尤拉入戏很快,尤其是演技着实不错,看剧本没多久,竟然也吃得很透,演绎出了橘璃儿的感觉。副导演这次是跟着姜町来学习的,之后他要自己做导演,拍摄一部电影。

电影是军事题材,主要讲述的是一场战略行动,守护边境安全的内容。

女主角是战地记者,并且就是尤拉这样的年纪。最开始副导演没想找尤拉这么漂亮的,但是看到尤拉后,还是决定用她了。

他们这次要拍摄的地点是边境,那里是高地,风吹日晒条件恶劣。他们这个剧本已经给了很多女艺人,不是杳无音信,就是被拒绝了。实在是太过于艰苦,又没有很好的造型,最重要的是片酬也不高,这个题材也不一定能卖座。

尤拉听了之后倒是很心动的，立即点头同意了："我很感兴趣。"

"这个……你有没有时间试镜？其实……投资商跟制片人那边，我还没打过招呼，不过我觉得你没问题。"

这种事情尤拉都懂，一个剧组里其实也不是导演一家独大。

最开始就是制片人雇用了这些人，演员有行程问题，请假也不是跟导演请而是跟统筹请。一部剧是一个团队制作，各有其职，副导演发出邀请也不是一定会用。

"好，没问题，我最近工作少，有的是时间。"尤拉回答得还挺大气的，丝毫不在意。

副导演对尤拉的印象越发好了，又跟尤拉聊了几句，就让尤拉回去了。

尤拉回来的时候，苏锦黎还跟安子晏聊天呢，她过来一听就笑了半天。

"This food no good."苏锦黎指着菜说，听得安子晏哭笑不得。

"这英语谁教你的？"尤拉问。

"平板电脑上。"苏锦黎回答。

"学得不错，你形容一下我。"尤拉努力忍住笑，给了一个十分"宽宏大量"的夸奖。

"Sister very good!"苏锦黎回答。

"哈哈哈哈！"尤拉心情好，大笑着坐在了苏锦黎对面，感叹道："小锦鲤，我怎么每次碰到你都有好事发生？"

"怎么了？"

"刚才副导演叫我过去是邀请我去试镜，还是女一号！我第一次见到你的时候还穷困潦倒，一个工作没有呢，结果突然演了大制作的女二号。这回又来了一个女一号，都是在碰到你后很快就发生了。"

"我说了，你心肠好，会有好报的。"

"你是不是得给我来个锦鲤大仙的祝福？快快快！"

苏锦黎也不犹豫，伸出手就给了尤拉一个祝福，揉了揉尤拉的头。

"行啦！"尤拉兴奋地抬起手来，"来，击掌来一个。"

苏锦黎又配合地跟尤拉击掌。

几个人闹了一会儿，副导演又来了，拿来了剧本给尤拉看。尤拉赶紧过去跟副导演聊这部戏，只留下苏锦黎跟安子晏。

"你的这个祝福限制次数吗？可以无限制送？"安子晏突然想到了这个问题。

"哦，没事。"

安子晏点了点头，问："能给我送一个吗？"

"不要，你身上太费祝福了。"

安子晏瞬间苦着一张脸。

苏锦黎没理，坐在他身边看剧本，时不时问问安子晏该如何如何演。等尤拉回来后，就又拽着苏锦黎去亲自示范如何演绎了。

即将会推出组合，消息一经公开网络上就炸开了锅。

跟他们最初预测得差不多，大家都觉得这个决定很奇怪，甚至有些莫名其妙。

粉丝们今天也是忙坏了。

到五个成员的账号里逛逛，回复一些网友留言，几个成员的粉丝互撑。接着再去沈城跟安子晏的账号那边看看，问问他们觉得组建组合好吗？你们不觉得会耽误自己的弟弟吗？

最后再去《全民偶像》节目组官方以及几家娱乐公司账号那边骂一圈。骂完一圈之后，再看看热门话题，热搜排行，再去围观一波。

围观完，又可以再转一波，因为肯定有新的骂战了。

今天掐架的阵营也非常有趣：

宅唯：突然就来了一个非常奇怪的组合，认真的？几个人的风格格格不入，最开始还在吹他们的友谊，现在组成组合，不知道感情还能存活多久。

Jyokau：看到"江湖救急"这个组合，就有一个想法：难不成组合比个人赚钱？不应该啊！

惠灵敏：派我们安子含去扶贫吗？组合名说明一切——"江湖救急"。

焦糖：除了说了一个组合名，其他的什么都没有，这么着急推出来一个组合到底是为什么？我突然联想到了乌羽之前的遭遇，难不成……是在帮乌羽？

库伊特：以前听说过一个组合，也是选秀选手比赛结束后突然被组成组合，没多久就散了，散了后组合四个人从来没联系过。难得联系还是在撕，呵呵。"江湖救急"我看坚持不了多久。

苏锦黎拍完戏后，回到自己的休息室拿出手机来看。

现在的情况有点失控的征兆，苏锦黎翻了一会儿，就看向安子晏："用我再发一条动态吗？"

安子晏揉了揉眉头："你想发什么？"

苏锦黎想了想后，编辑了一下，给安子晏看。

安子晏伸手接过来，忍不住笑，接着点了点头："也行。"

苏锦黎立即点击了发送。

"安大哥，对不起，我总在给你添麻烦。"苏锦黎突然特别忧郁地对安子晏说。

安子晏看着苏锦黎，温柔地问："怎么？"

"比赛的时候就是，嗓子出问题给你们添麻烦了，下雨那天也是。还有，演技不好害得你各种搭人情，帮我圆场，还推了自己的戏。帮乌羽，组建组合也是我求你的……"苏锦黎越说越内疚。

安子晏看着苏锦黎，忍不住笑了起来，之前的愁云惨淡都消散了不少。

"我啊，跟你哥半斤八两，都是那种不太好的性格，却在镜头前装从容优雅。我自己都承认，我之前没干过多少好事，我也不知道我以后能收敛多少。不过对你，我一直都是心甘情愿，没有人能逼迫我做什么事情，我全看自己的内心。"

苏锦黎听完，点了点头。

"组建组合我会获得利益，所以值得付出努力。求过我的人不仅仅是你一个人，还有安子含，所以你也不用有太大的心理负担。"安子晏继续劝说。

"嗯，好。"

苏锦黎回答完，拿起手机继续刷。

苏锦黎发的动态，是他发了一张五个人的合影，加上一句话。

苏锦黎：报告姐姐们，我终于找到不会分开的好朋友了。

评论：

桎梏鸢尾：怎么办，我明明已经战斗了一天了，结果看到你说的瞬间消气。弟弟没事，姐姐在呢，你找到朋友了，姐姐替你觉得开心。

安歌：小锦鲤，只要你觉得好就好，无论你是个人还是组合，我们都支持你。

花大人：看到这条动态居然瞬间泪目了，想到小锦鲤以前的遭遇，太心疼了。

兜凌：要跟朋友好好相处哦，姐姐爱你。

苏锦黎的粉丝，就这样被安抚下来，没过多久，渐渐开始帮着说话了。

现在的情况就是有"水军"，还有苏锦黎的姐姐粉们一同帮忙，这让舆论导向好转了一些。

没一会儿，安子含也转发了。

安子含：姐姐们请放心，我会照顾好你们的弟弟的。

评论：

北城笙箫箫：怎么话到你这里就变味了呢？

红烧肉下稀饭：别再教我弟弟搓大腿根！

半圆之月：看节目就能看出来你跟他关系最好，希望你们的情谊保持下去。

卧梅又闻花：所以加入组合，你是自愿的吗？

安子含回复卧梅又闻花：放心吧，能胁迫我的人还没出生呢。

卧梅又闻花回复安子含：啊啊啊啊！被回复了！我爱你啊！

过了一会，安子晏也回复了安子含。

安子晏：别调戏粉丝。

安子含回复安子晏：苏锦黎是复古人设，我是负心人设，是不是绝了？

安子晏回复安子含：别的我不知道，我知道你欠打了。

当天晚上，其他三个人也转发了动态。

这一回，场面终于好看了许多，已经没用了白天的硝烟。组合成员们看起来关系都没问题，他们在这里吵什么呢？

不过一些键盘侠还是有的，他们无时无刻不在抹黑人，这些就是无法控制的人了。

与此同时，微信群里也在讨论。

安子含：说起来我也想吃火锅了。

苏锦黎：我这边终于赶戏结束了，之后就是跟李天王配戏了，完全需要配合他们，用到我了我就过去，用不到我就歇着。统筹那里看，我也空出来了几天时间可以去跟你们拍组合照片，以及参加组合活动。

范千霆：每次听到李天王，就觉得是托塔李天王。

常思音：我也是。

乌羽：那集合后一起吃火锅吧，为了感谢你们，我请客。

范千霆：有钱了？

乌羽：嗯，他们把钱打给我了。

苏锦黎：真好。

范千霆：安大哥给我安排的单曲，我最近已经在录制了。

苏锦黎：哇！那很好啊！

范千霆：我听安大哥说，我们组合的第一支曲子也在创作当中了。

苏锦黎：他也跟我说了，我们还接了组合广告代言。

常思音：抱大腿的感觉真好，我是组合里个人工作最少的，我现在在公司接受演技培训呢，过阵子拍偶像剧。

安子含：我都要忙死了。

乌羽：呵。

两个人出来一会儿后，又同时陷入了沉默，让人怀疑他们俩是私聊对骂去了。

苏锦黎：安大哥要教我演戏了，我去忙了。

范千霆：这绝对是亲弟弟级的待遇。

常思音：确认过眼神，是被老天爷选中的人。

苏锦黎：我惹出来的损失以后从我个人收入里扣，我估计短时间内都不会有收入了，最近真赔了不少。

范千霆：别人有你这个人气都赚钱，怎么就你赔钱？

苏锦黎：我也不想啊，生存需要借钱。

范千霆：突然想退群。
常思音：其实我想买房……
苏锦黎：哈哈哈，没事，我有我哥呢，我真的去练习了。
常思音：去吧。
范千霆：去吧！

一个组合出来，需要有各种准备的工作十分复杂，需要一个团队去运作。

安子晏看着团综提案，就觉得心里有万马奔腾。

团综个屁！

他们最开始没打算弄组合，工作都是按照个人接的，最近才统计了所有成员的时间表。按照组合成员的行程通告来看，他们五个人根本没有几天能碰到一起。

安子晏坐在沙发上，烦躁地甩着手里的文件夹，看向不远处正在忙碌的苏锦黎。

现在是凌晨1点钟，为了不耽误拍摄进度，尤拉还是会熬夜给苏锦黎讲解如何演戏，进行临时的特训。

他突然想到了什么，找来了丢丢："你来录个花絮，学过录像吧？"

"录苏老大的拍戏日常吗？"丢丢立即点了点头，很快就同意了。

做助理有的时候需要拍摄这些日常，放到网络上给粉丝看，让公司团队里的人稍微做点后期就可以了，也是经营人气的一种。

丢丢作为专门培养出来的助理，自然会这些。

"我去准备一下内容，你去准备好摄像机。"

"好。"丢丢立即回房间取设备了，他们来剧组，这些东西还是准备了的。

苏锦黎跟尤拉中间休息的时候，苏锦黎坐在椅子上喝水，尤拉蹲在旁边看剧本，嘴里还在念念有词，是在读台词酝酿感情。

苏锦黎也闹不明白尤拉看剧本为什么要蹲着，可能是这样比较有灵感？

这个时候丢丢拿着安子晏安排的东西过来，对苏锦黎说："苏老大，我们要拍团综了。"

"啊？"苏锦黎十分诧异，这个时候拍？他拿出手机看了一眼时间，已经非常晚了。

"你们这个团综也太随意了吧？"尤拉也忍不住感叹了一句。

"我们的这个组合都挺随意的。"苏锦黎撇了撇嘴，然后点了点头，"好，拍吧，我用整理一下造型吗？"

"现在挺好的。"现在苏锦黎还是戏里的装扮，还没卸妆。

尤拉讲戏喜欢在原场地，还穿着戏里的服装，这样细节的地方也可以督促到。

丢丢拿出了摄像机，另外一边江平秋也过来帮忙，拍摄另外一个角度。两个人都不是专业的，不过作为花絮用也就无所谓了。

丢丢对苏锦黎说："现在你拨通组合成员其中一人的视频聊天。"

"哦。"苏锦黎想了想后，拨通了安子含的视频聊天。

等了一会后，安子含就接通了："还没睡啊？"

"你在做什么呢？"苏锦黎问安子含，看到安子含那边黑漆漆的，估计是没开灯，什么都看不到。

丢丢把摄像机对准手机屏幕，也没拍到什么东西。

"我睡觉啊，这个时间我还能去拯救世界？"安子含回答，然后就看到了不对劲，"丢丢在你旁边干什么呢？"

"我们拍团综呢。"

"什么鬼？这么就拍了？"安子含立即拔高了音量。

"对啊，开始了。"

"你等会儿，我穿衣服。"

"你裸睡的吗？"

安子含那边的声音有点含糊了，估计是穿衣服的同时在喊："以前在寝室那么多人，当然穿衣服睡，我私底下穿什么随我喜欢。"

等了一会儿安子含那边才好，重新拿起手机，并且开了灯。

安子含此时是素颜，打开灯还在摆弄自己的头发整理发型。他的五官本来就很精致，因为是混血，五官轮廓也很分明且深邃，在手机里依旧承受得住考验。

安子含看着镜头问："就这么搞团综，之后呢？"

苏锦黎抬头看了看，对安子含说："他们让我告诉你，你会是组合里的舞蹈担当。"

"哦……"好尴尬啊，苏锦黎可别当主持人，一准的冷场。

"还需要你按照现在的心情，唱一首歌，清唱就可以。"苏锦黎继续读安子晏写的东西。

"还唱歌？"安子含那边又移动了一个位置，想了想后开始唱："反反复复孤枕难眠，告诉我你一样不成眠，告诉我你也盼我出现。"

"这是什么歌？"

"《孤枕难眠》。"

"请用五个词形容你哥哥。"

"还五个……啊，个子高，鼻孔大，长得帅，脚也大还有……脾气差。"

"重复一遍。"

"鼻孔大和……什么来着？"安子含执着于安子晏的鼻孔，也不知道是为什么。

"安大哥在我身边。"苏锦黎小声提醒。

"他只要不在我身边，我就不怕他。"

挂断了安子含的视频，苏锦黎又打给了下一个人，乌羽。

乌羽那边第一个反应是给挂断了，接着发了一段语音："我睡了，什么事？"

"想你了。"苏锦黎只能这样回答，毕竟他们要求的是突然袭击。

乌羽：……

苏锦黎：就看一下。

乌羽：什么情况？

过了一会儿，乌羽发来了视频要求，苏锦黎很快点了同意。接通后，就看到乌羽猫在被子里，盯着视频看的疲惫样子。

苏锦黎这回才能说实话："我们在录团综，在搞突然袭击。"

视频那边的乌羽呼出一口气，放松下来："你吓我一跳。"

"我现在要宣布，你会是组合的主唱。"苏锦黎对着手机说。

"哦，你呢？"乌羽跟苏锦黎，都可以担任主唱。

"我是 C 位。"

"常思音是队长,范千霆是说唱担当,安子含呢?"

"他是舞蹈担当。"

乌羽随便应了一声后问:"就这样就完事了吗?"

"需要你按照此刻的心情,唱一首歌。"

"一个人失眠,全世界失眠,无辜的街灯守候明天……"

"哦,《全世界失眠》?"

"嗯。"

"用五个词形容安子含。"

"讨厌、烦人、咋咋呼呼、絮絮叨叨、没完没了。"

"他会生气的,而且你们粉丝不会和睦,你别这样说。"苏锦黎赶紧提醒。

"那改一下,傻、白、甜、呆、萌。"说完还对着手机屏幕比了一个大拇指。

"可以可以,好多了。"苏锦黎松了一口气,偷偷看了一眼摄像机,怕他们什么都播出去,这段足够安子含粉丝跟乌羽粉丝大战三天三夜。

之后打给常思音,常思音性格好,被吵醒了也没生气,配合地录制完就挂断了电话。

最后是范千霆,无论如何打,都没打通,估计是没开微信待机。

苏锦黎踌躇了一会儿,还是给范千霆打了一个电话,结果电话也没人理,苏锦黎这才放弃:"范千霆如果累了,睡眠质量特别好,早上经常叫不醒他。"

等拍摄完成,苏锦黎才问坐在不远处的安子晏:"这种花絮能有人喜欢看吗?"

"综艺节目的几大撒手锏你记住了:女嘉宾突击素颜,男嘉宾突击换衣。百看不厌的烂梗就是,夜里突袭睡觉的样子,用奇奇怪怪的方式叫醒,我们现在用的就是这一种。"

"不太懂。"苏锦黎摇了摇头。

尤拉却被安子晏的总结逗得不行。

"你不用懂,早点睡觉去吧。"安子晏摆了摆手,让苏锦黎去睡觉。

第二天是组合成立后,第一次正式以组合的形式参加工作。

苏锦黎他们是分开到的，刚刚到达现场，就碰到了人山人海的场面，混乱得分不清哪些是粉丝，哪些是记者。

显然，这里的工作没安排好才导致了混乱。

安子晏坐在车里对跟江平秋发消息，让他们安排，这个组合的安防需要再提高一个档次，场面明显比他们想象的要大。

这个横空出世的组合，受关注程度可以说是史无前例。一出道便有这么大的阵仗，有这么高的关注度，在近几年里都是十分少见的。

下车后苏锦黎就听到了震耳欲聋的尖叫声，他左右看了看，对粉丝们打招呼，还会鞠躬感谢。不过场面混乱，苏锦黎多待都会造成混乱，只能快速进去。

进去后，有工作人员来迎他们，有人走在苏锦黎的身边给他递过来一份文件夹："这是今天拍摄的宣传视频的台词，台词不多就几句话，还有拍摄内容。"

"哦，好的，他们几个都到了吗？"

"还差乌羽，应该会在半个小时后到达。"

他们今天要拍摄的是组合宣传，也是团综的片头，还有就是组合的宣传照。因为人员还没到齐，所以他们首先拍摄的是个人部分。

苏锦黎的台词很简单，他是 C 位，也是最抢眼的存在。

每个人的情景都是按照个性、经历制定的。

苏锦黎的场景就是曾经孤独，无依无靠，后来遇到了组合的其他人，一同走向辉煌。

台词是独白，后期配音便可以，内容是："我喜欢光，赐予我一道光，我便有一道影。是不是有影子陪着我，我就不再孤单了？"

拍摄的内容也大多是在耍帅，他们让苏锦黎在布置完的场地内站好，接着突然打一道光给他，他似乎措手不及，抬手挡住自己的眼睛。

这个镜头要拍摄得很有艺术效果，手影子的位置，苏锦黎脸的角度，摄影师都调整了半天。

接着，苏锦黎是在灯光下跳舞、跳跃、行走，影子也是其中的重点之一。

因为要忙于工作，他们来了之后都没打招呼，直接化妆进入工作状态，安子含来了后都没能和苏锦黎说一句话。

安子含的拍摄内容就非常有难度了。

他的台词是:"我喜欢寒冷,让我置身于冰雪之中,我是不是就能够冷静下来?"

他的拍摄内容,前半段是在假雪场地里装作寒冷,后半段则要坠入有冰块的水中。拍摄的道具是一个透明的巨大鱼缸,里面放满了水跟冰块。

从侧面可以拍摄,里面也有一名工作人员,穿着厚厚的衣服在里面潜水拍摄。

乌羽来到现场的时候,看到安子含仰面倒进冰水中的画面,安子含在冰水中游了一段后出来,导演问道:"能再拍一次吗?表情不太到位,在水里能睁开眼睛吗?"

安子含冻得瑟瑟发抖,说话都不利索了:"还用……把衣服晾干吗?"

"上面那段可以用你倒在海绵上的画面,你坠入水里我们单独拍,你重新来一次,条件恶劣,我们争取一次到位。"

安子含点了点头,从冰水里出来,想要重新倒下去,却因为冻得僵硬,身体打滑掉了下去。

这次肯定又白进去冰水里了。

安子含只能狼狈地从水里爬出来,立即有工作人员过来帮他披上毯子。

他从小娇生惯养的没吃过什么苦,多少有点受不了了。

身体难受,却也没发作,只是裹着毯子在一边坐了一会,有气无力地跟身边的工作人员说:"我歇会儿,缓缓再拍。"

工作人员也没催促,而是在安子含身边说着该如何拍摄,这样也能减少拍摄时间跟次数。

乌羽看着他们,脚步有点停顿。他进门的时候也有工作人员过来交代他的工作,不过他刚才走神了,没听进去。

回过神来才道歉:"抱歉,能重复一遍吗?"

"哦,可以,我们先去化妆,你化妆的时候我跟你仔细说。"

他们是第一次集体活动,几个人都非常忙,所以他们的工作必须快速集中完成。

乌羽配合地到一边化妆，因为现场条件有限，没有专门的化妆间，都是用隔板隔出来的小空间。他坐下后没多久，就又听到一次有人落水的声音，下意识地回头看，却被化妆师转过头来。

在他化妆的期间，又听到两次有人落水的声音，才算是结束。

再过一会儿，安子含到他的隔壁间换衣服，整理造型。

安子含坐下之后依旧觉得冷，明明浑身衣服都换过，身上还披着毯子，却还是觉得难受。

安子晏刚才也在看他们拍摄，看到弟弟这么难受，很快就走过来，递给了安子含一杯温水："感觉怎么样？"

"浑身肉疼，明明我该冷，但是碰到一些东西就觉得烫。这是什么剧情，你们怎么想的？"安子含骂骂咧咧地喝了一口温水，又"啧啧"了两声。

"我知道你今天辛苦了。"

"光今天吗？我几天几乎没合眼，刚准备睡觉突然叫醒我，说拍什么团综，搞什么啊，我现在总觉得我心跳加速，说不定哪天就没了。"

"我一直是这样，你最开始也知道，可你为什么还要进入娱乐圈？"

"我哪知道能这么累啊？我就是觉得出名了，跟我那些哥们吹牛逼非常厉害，但是现在我忙到没时间去跟他们吹牛，憋得我够呛。"

"一会儿你再去补几个镜头。"安子晏似乎觉得安子含说得越来越扯，生怕工作人员没安排好，传出安子含素质低的消息。

"我缓缓的，现在根本不想动弹。"安子含立即拒绝了。

之前周围是其他的工作人员，他什么都没说，碰到自己亲哥才抱怨了一句。

安子晏看安子含确实难受，想了想后回答："我安排一下，你先休息，等会先跟着拍合影，单独的镜头最后拍。"

苏锦黎拍摄完自己的镜头，走过来问安子含："你冷不冷啊？"

"冷，要抱抱。"安子含看到苏锦黎就觉得心情好多了。

"滚蛋。"安子晏却立即制止了。

"嘿！我又没抱你，你管什么？"安子含不服，反问。

安子晏跟苏锦黎都不说话了，苏锦黎也没动。

"要不我给你暖暖手吧。"苏锦黎走过去，握住了安子含的手。

安子含立即把手抽开了:"你可靠边吧,你手凉得跟冰块儿似的。"

苏锦黎一般没有什么体温,所以特别怕冷,冬天都会十分难熬,此时真帮不上安子含什么。

结果推搡的时候,安子含碰倒了水,溅在了苏锦黎的身上。

他直接把自己的毯子给苏锦黎擦,结果突然看到苏锦黎的胸口出现了一片金色的东西。

"你……胸口什么东西?化妆化的?"安子含指着那些奇怪的鳞片问苏锦黎。

苏锦黎赶紧躲开了,同时用法术控制住,收回了鳞片,磕磕巴巴地回答:"没……没有啊。"

安子晏也瞬间紧张起来,在这种情况下暴露真实身份绝对要命。

安子含可不是能冷静对待的性格。

安子含又看了看,发现真的没有了,不由得一愣,忍不住嘟囔:"难不成是我眼花了?"

"有没有头晕的感觉?"安子晏伸手将苏锦黎拉到了自己的身后,试图误导安子含。

安子含傻乎乎地摇头,然后奇怪地看着安子晏:"哥,我是不是太累了,眼睛都花了?"

"可能是。"安子晏回答,忽悠自己弟弟毫不留情。

"哥!我想退出娱乐圈了,太累了,我要受不了了,我万一哪天人没了,爸妈可怎么办啊?"安子含夸张地抱住安子晏哭诉。

"没事,你放心去吧,有我呢。"安子晏拍了拍安子含的头。

安子含立即松开了安子晏,就当刚才什么都没说。

安子晏没多留,对安子含说:"我去带苏锦黎整理一下湿了的衣服,等会儿回来看你,需要我吩咐江平秋给你买点什么吗?"

"不用,我也有我自己的助理。"

"行。"

苏锦黎立即乖巧地跟着安子晏走,小心翼翼地维持着形象,生怕再露馅。

关上帘子的时候,看到安子含揉了揉眼睛,似乎没当回事,而是在怀疑自己的眼睛。幸好发现的人是安子含，其他人真没这么好忽悠过去。

等安子晏他们走了，安子含一个人坐在小间隔里休息，手里拿着手机一个劲地看手机。

这个时候有人推开帘子走进来，他还以为是工作人员，也没在意。

那人走进来，用手背碰了碰他的脸颊试探体温，接着用手盖住了他的耳朵。

他抬头看了看，发现是乌羽拿着文件夹站在他身边，一边看上面的内容，一边用手碰他。

"有事？"安子含躲开了乌羽的手问他。

"我手不凉。"

"我管你手凉不凉呢？"

"你怎么那么笨，一组镜头都拍那么多遍？"

"你厉害，你跳里面试试去，你是不是还能吐个墨？"

"我的镜头好像也挺特殊化的，还有爆破镜头。"乌羽说着，指着其中一段给安子含看。

安子含看完就觉得奇怪："咱俩的是不是反过来了，冰与火的组合？"

"我看了一下，苏锦黎是躲在黑暗里的主题，常思音是常年明媚，身边很多朋友却没有知心朋友的主题，他们俩是对应的。"

"范千霆呢？"

"把我们所有人召集在一起的角色。"

"为什么我觉得范千霆反而像C位？"安子含听完忍不住问。

"可能是因为范千霆的个人特色太不明显吧。"

"……"安子含想了想后，点了点头。

之后，他们都没话说了。

他们俩相处，除了吵架真没有其他的话题可聊了。

去问对方忙不忙，最近心情怎么样，安子含光想想就觉得心里硌硬。

好在乌羽很快就去拍摄了，安子含也能松一口气。

当天的工作就是拍摄组合的宣传视频和组合的合影。

其中就属安子含跟乌羽拍摄的内容最有难度，一个是跳进冰水里，一个是淡然地站在爆破的场地前。唯一的要求就是耍帅。

拍摄完毕后,几个人聚在一起,安子晏带着他们去了一个小的会议室进行开会。

这个会议非常烧脑,因为时间比较赶,很多事情都是只交代一遍,没有疑义就进入下一个内容。

苏锦黎认认真真地记笔记,也跟不上其他人的速度,整个人都蒙了。丢丢就坐在他身边,小声跟他说:"老大,没事,我录音了。"

"哦哦哦,好样的。"苏锦黎偷偷对丢丢两处大拇指。

安子晏瞥了苏锦黎一眼,终于放慢了自己的语速,继续说接下来的内容。

他们的组合成立,最开始真的跟玩似的,但是真的组建起来了,就不能是简简单单地应付。

要组合,就要做一线组合,不然安子晏都会觉得丢人。

安子晏首先说了组合的定位,之后是告诉他们制作首支单曲的制作团队,还安排了MV的拍摄时间,内容介绍会在会议后发给他们每个人。

在统计后,安排了组合成员下一次聚集的时间,以及目前接到的组合工作。

还有一段应该是属于培训内容,比如被采访了关于组合的问题,他们应该怎么回答,一起讨论有没有更好的回答。

会议结束,都已经凌晨1点钟了。这一天飞一样地过去了,火锅根本没时间吃。

苏锦黎趴在桌子上,长长地哀号了一声:"我的天啊!"

安子含喝了一口水问他:"苏锦黎你是不是又瘦了?"

"没注意啊,我已经非常瘦了。"

安子含直接伸手掀起苏锦黎的衣服看苏锦黎的肚子:"啧啧啧,腹肌都没了,没健身?"

"使使劲还是有的。"苏锦黎立即秒变肌肉出来。

安子晏伸手把苏锦黎的衣服拽了下来,问他们几个:"你们都什么安排?明天赶回去?"

安子含要去拍摄广告,还要看木子桃给接的剧本。

常思音则是在接受演技培训,也是即将拍偶像剧。

范千霆最近只剩一个广告,之后会专注于制作自己的个人单曲,同时还会去跟着参与制作组合的单曲。

乌羽是他们里最忙的,因为比别人少忙碌了两个月,真的是连轴转。

"飞!"安子含哀号了一声,"下一次见面,是 9 天后粉丝见面会?"

"嗯,乌羽还会缺席。"苏锦黎回答完嘟了嘟嘴,乌羽是真的抽不出时间来。

"对,乌羽大忙人,下次见面二十几天以后。"安子含感叹完就收拾东西了。

安子晏拿起自己的文件夹,对苏锦黎说:"你跟我过来,我有事跟你说。"

"什么事?"

"我今天才给你争取到的资源。"

Chapter 11

苏锦黎跟着安子晏离开会议室，弱弱地问："不会又接了一部戏吧？"他已经有心理阴影了。

"知道你不适合演戏了，不会硬给你接戏的，这回是一个表演的机会，不过同样是工作任务很累，酬劳不太高的工作。"安子晏说完，笑着揉了揉苏锦黎的头安慰。

最近苏锦黎被搞得完全失去了信心，他也跟着内疚。没了解过苏锦黎演技，就给苏锦黎接了这么一部大戏，也是真的难为苏锦黎了。

"就是唱歌、跳舞之类的吗？"苏锦黎问。

"对，独唱，你在比赛里自己填词的那首歌。现在这首歌很红，还有浓重的中国风，所以他们很喜欢，选中了这首歌，也就是选中了你。"

"哦哦，那很好啊！"

"不过这个节目需要很多次彩排，我会给你安排好档期。"

苏锦黎再次点头，问："什么节目啊？"

"总台的晚会。"

"哦，什么时候啊。"苏锦黎根本不知道那是什么。

安子晏没等到想象中的兴奋模样，不由得有点失落，酝酿了一会才说："目前他们给我的消息是，会给你的节目安排在零点以后。不过他们每次彩排都在变，你彩排的时候好好表现，争取挪到零点之前去。"

"嗯，好的，不能是组合一起去吗？"

"我争取过，不过我们组合刚刚有一个雏形，一首歌都没有，什么样都不知道，又赶在了年底，他们是不会用的。"

"哦，这样啊……"

苏锦黎点了点头，然后看着安子晏，等着安子晏继续安排工作。

安子晏也在看着苏锦黎，然后他们俩就陷入了尴尬。

安子晏没有其他要说的了。

看着看着，两个人开始对视傻笑，没有缘由。

回去时，只有安子含、苏锦黎和安子晏三个人一起回酒店。

三个人并排往里面走，走到半路，苏锦黎突然蹙眉，总觉得周围有种阴森的气息，让他有些不安。

他左右看了看，然后朝一直跟着他们同行的浩哥走了过去。

"浩哥，这里你是不是逛过一圈了……"苏锦黎想问浩哥这里有没有什么问题，话还没说完，就被浩哥突然拽了一下。

与此同时，浩哥一只手挡在苏锦黎太阳穴的位置，挡住了一只飞镖一样的东西。

浩哥闷哼了一声，第一个反应就是拽着苏锦黎躲进隐蔽的地方，好在不远处就有一个拐角，可以躲避飞镖再次射来。浩哥自己则是挡在前面，看了看手背上的东西，"啧"了一声。

已经是深夜，本来该没有多少人，却因为苏锦黎他们在这里，有一些粉丝在大厅里打地铺，看到这一幕开始尖叫出声。

这件事恐怕无法低调了。

安子晏还在跟安子含说话，不清楚具体发生了什么，听到尖叫声下意识寻找苏锦黎。寻找时看到不远处的地上有血，心里一慌，也跟着左右看，查看情况。

他并没有冲动地跑过去，而是将安子含护在身后，尽可能不去添乱。

酒店里的保安立即开始行动，还有人报了警。这种情况下，歹徒会在第一时间趁乱逃跑。

"浩哥……"苏锦黎诧异地抬头看向浩哥，看到浩哥受伤立即慌了神。

浩哥依旧警惕地看着周围，目光看向不远处的楼梯间，小声地对苏锦黎说："如果是我攻击不成功，人也会往这个方向躲，其他地方还会有埋伏。"

"啊？"苏锦黎整个人都蒙了，下意识地抓住浩哥衣服，开始进入警戒的状态。

"你惹了什么人，居然这么大的手笔……也是发狠了。"

第十一章 247

"啊?"

"还没完呢。"浩哥回答。

浩哥朝楼梯间走去,进去后快速戒备,却没有发现任何人。

安子晏快速跑过来,扶着苏锦黎的肩膀来回看,确定苏锦黎没事,才对浩哥说:"不用找了,这只是一个警告。"

浩哥这才走了回来问:"怎么回事?"

安子晏招呼他们几个快速进入电梯,这里说话并不方便,上楼去他们的房间里仔细聊。

苏锦黎一直握着浩哥的手,减轻浩哥的痛苦:"我会医术,一会我会给你进行包扎,你忍着点,我条件有限,工具很少,所以……还是会……"

"没事。"浩哥忍着疼回答。

等安静下来,安子晏才粗略地说了自己的想法,因为着急,语速极快:"最近时老对苏锦黎很照顾,估计引起了一些人的注意,过来对苏锦黎发出了警告。"

安子晏回答的同时已经握紧了拳头,接着看向浩哥,说道,"我联系了私人医生,他会很快过来帮你处理伤口,15分钟内一定会到,所以委屈你了,不能去医院。"

"嗯,没事。"浩哥回答。

"哇!什么情况啊?刚才如果不是司机大哥挡一下,他们是不是会扎苏锦黎啊?"安子含在旁边问,"这是什么警告啊,这是杀人!"

"不,目标是脸。"浩哥回答,"是我拽了他一下让让换了位置,正常的目标是苏锦黎的脸。"

"太毒辣了吧?"安子含打骂了一句。

"你是什么人?我为什么查不到你以前的信息?"安子晏则是问浩哥。

浩哥还觉得疼呢,只是随意地回答:"我现在是个好人。"

安子晏看了浩哥半晌,再回忆刚才浩哥保护苏锦黎的样子,决定相信浩哥。

接着他忍不住笑:"我们用私人司机的价格,养了一尊大佛。"

"我本来挺喜欢现在的日子的,安稳。"

"以后也会安稳，我会让时老跟苏锦黎断了联系。他们的纷争，别引到我的人身上。"

苏锦黎终于回过神来，问："怎么回事？为什么我会被袭击？为什么警告我？关时老什么事？"

安子晏没回答，带着人去了客房关上门后才说道："时老一直传说要收养子，一些不知真相的人真的会去。但是我们这些知道一些底细的人都明白，时老是在用养子钓鱼，钓出来要谋害他的人。"

苏锦黎听完点了点头，内心其实不太懂具体的，不过大概事情还是能够想到。

与此同时，他还在帮浩哥处理伤口，人也跟着有点恍惚了。

安子晏帮忙找来毛巾等东西，这是最快速能找到的了。

"时老身边的人知晓时老的财富，外加时老已经年迈，所以越发猖獗起来。本来时老已经放弃了收养子的计划，结果突然暗中关注你，帮了你一次，还帮你赔偿了剧组的损失。这种暗中的保护反而引起了他们的怀疑，所以过来警告你一下。"安子晏回答的时候，眉头拧得紧紧的，手里拿出手机，似乎是在发消息。

从听说时老帮了苏锦黎两次后，他就觉得不妙。

"这关苏锦黎什么事？求时老是想帮乌羽，时老帮苏锦黎也是因为欠人情，这群人有病吧？"安子含气得浑身发抖，继续问，"这事不可能就这样算了吧？"

"不可能，就算时老不管我也要管，我还从没被人欺负到头上来。"安子晏也正是气不顺的时候，发出去的消息也带着怒气。

安子晏：抓到人先揍到一顿再说。

江平秋：好。

安子晏随行一直都有保镖，出事后，安子晏身边的保镖全部出动，已经去抓人了。

"最近时老控股的公司，全部股票大涨……"安子晏说的同时，看向苏锦黎，怀疑是跟苏锦黎接触造成的，"资产怕是又要翻倍了。"

苏锦黎忍不住抱怨："我根本不知道养子的事情！我也不会做什么养

第十一章 | 249

子啊！"

"时老原本有一个儿子，还很优秀，但是年纪轻轻就没了，"安子晏说完，越发心烦，"为什么要盯上你呢？你明明很少跟时老来往。"

苏锦黎摇了摇头，这次跟被周文渊投毒一样都是无妄之灾，莫名其妙的。

也难怪爷爷给他算命说他凶多吉少。

他注定会碰到几次劫难，这只是其中一次。

幸好上次第一时间遇到了哥哥，这次身边有浩哥保护，这些都是他的贵人。

"时老的儿子我见过，那时候我还不大，玩的时候误打误撞碰到他们爷俩，时老儿子陪时老下棋，时老一个劲让他儿子吃核桃，他儿子也不吃，我就看到这么一段。"安子含回忆道。

"时老也总让我吃核桃，我也不爱吃，就没吃……"苏锦黎回答。

"这算是线索吗？"安子含立即问安子晏。

"这……就这？"安子晏都无语了。

这个时候，苏锦黎的手机突然响了起来，他拿出手机看了一眼，是陌生的号码，迟疑了一下，他还是接通了。

"喂，你好，你是哪位？"苏锦黎问。

"时束言。"

"呃……时老先生吗？"

"对。"

屋子里立即安静了下来。

"事情我已经知道了，抱歉，你的保镖我会给予他赔偿金，我也向你正式道歉。"时老在那边说道，语气有点沧桑，似乎这件事情对时老来说，也是非常失望的事情。

私人医生已经赶到了，苏锦黎抬头就看到医生进来帮浩哥处理伤口，他迟疑了一会儿，才对时老说："您身边有危险，知道您给我吃过核桃，还知道您故意护着我的人，恐怕不太对劲。"

"嗯，我会处理。"

"您要注意好自己的安全啊！"

时老那边停顿了片刻后，才应了一声："嗯，好。"

浩哥的伤口其实不深，加上苏锦黎一直在调用灵力帮浩哥治疗，私人医生包扎后，伤情就基本上控制了。

那群人是过来警告苏锦黎的，距离也比较远，能够保证准确率已经不错了，威力则是不够。

苏锦黎本来还担心浩哥，结果浩哥包扎完伤口，止疼片都不愿意吃就直接回房间睡觉了。

临走的时候还说了一句："只是小伤而已。"

苏锦黎还想跟安子晏、安子含聊聊自己忐忑的心情，结果安子晏暴躁地在屋子里走来走去，一直在发消息，周身阳气大盛，让苏锦黎下意识地躲得远远的。

再一扭头，安子含裹着被子已经睡着了。

他左看看，右看看，最后也跟安子晏道别，回自己的房间里睡觉去了。

第二天醒来，就发现一切如常。

原本这件事情注定会被曝光，现场人有些多，还引起了一阵骚乱，酒店方面也会报警。苏锦黎的消息也会再次上热门，或者出现其他的消息。

然而并没有。

安子晏进入娱乐圈多年，都无法像时老这样做得干净利落、滴水不漏。简直是一点风吹草动都没有，在网络故意搜索都没有半点消息。

有的，只是江湖救急组合成员们的第一次合体的新闻。

安子晏早上给苏锦黎送来早餐，同时对苏锦黎说："你先回剧组，尤拉还在那里，她会带你几天。这几天我要去参加新戏宣传活动，还有自己的工作要处理。"

"嗯嗯，好的！"苏锦黎立即点头同意了，他不会成为安子晏的负担，安子晏这么帮他，他已经非常感激了。

"昨天的那拨人没捉到，不过我的保镖有跟他们交手，对方并没有全身而退。"安子晏提起了昨天晚上的那群人。

安子晏并没有说得太具体，怕会吓到苏锦黎。

第十一章 | 251

苏锦黎点了点头："他们伤到浩哥了，的确该受到惩罚。"

如果伤到苏锦黎自己，他或许不会太过于计较，但是伤到的是苏锦黎在意的人，苏锦黎也不会心慈手软。该惩罚，就要惩罚。

跟天王级的演员搭戏，苏锦黎还是有些紧张的。

好在李乔清为人和善，经历了这么多年的大风大浪，心态上要比苏锦黎他们强很多，耐心也比胡腾好许多。

见苏锦黎不能入戏也会跟着引导，吃饭的时候都会跟苏锦黎一块儿吃，给苏锦黎讲戏。

看得出来，李乔清对苏锦黎的印象不错，外加性格好，人很绅士，也愿意多点拨苏锦黎几句。

苏锦黎都认认真真地听了。

有了前些天的铺垫，这回苏锦黎已经不会像最开始那样不停重拍了，已经控制在了正常范围内。有些则是表现得不错，还想再精益求精一下，或者是其他方面穿帮了，不得不重来。

几天的拍摄过去后，苏锦黎终于轻松了一些，进度已经过去了大半，他这部戏终于要杀青了。

不过，他还要在胡腾下次来剧组的时候过来配合，在这部戏全部拍摄完毕后，他也要单独过来补几个镜头。

安子晏再次来到剧组的那天，正好是胡腾回来再次进行拍摄的那天。

这一天的戏是重头戏。

安子晏让苏锦黎在他面前演几次，安子晏都不太满意。安子晏拿出手机来，找到了一段视频给苏锦黎看。

苏锦黎看着手机，说道："是尤拉姐。"

"这是她刚刚离婚被假新闻攻击的日子，她明明什么都没有做，出门也是偷偷摸摸的，然而还是被记者找到了。一群记者围着她让她哪里都去不了，用一些恶性的问题提问她，她当时就这样，一肚子的委屈说不出，想帮自己辩解，却没有人信她的话。"

苏锦黎看着视频里尤拉狼狈的样子，被问问题，似乎是刺痛了她，她努力跟那些人解释却没有人相信，依旧在用她出轨的假消息炮轰她，让她哭到崩溃，狼狈不堪。

他看的微微蹙眉，竟然觉得特别心疼："太过分了。"

"她没有演，因为这是她的真实经历。然而你需要演绎出来，让别人看到荧幕中的橘璃儿也会觉得心疼。"

苏锦黎沉默下来，点了点头："我大致能想到了。"

安子晏看了一眼手表，说道："好了，你去拍戏吧，我只是帮你代入一下剧情。"

苏锦黎点了点头，接着快速离开房间。

安子晏出去后，先是看了公司发来的文件，到达拍摄现场的时候，苏锦黎跟胡腾已经拍摄一阵子了。

现场很安静，所有工作人员都在工作，这段剧情拍摄得很顺利。

这段戏拍完，现场甚至有工作人员给了苏锦黎掌声，是对苏锦黎演技神一样的成长速度的赞赏。

姜町双手环胸看完了这段戏，接着问安子晏："真的不准备再给他接戏了？他其实有灵性，只是没开窍，多积累积累，演技是可以说得过去的。"

"不，以后只接他喜欢的。"

"你倒是惯着手底下的艺人。"

然而此时安子晏却格外开心，苏锦黎被认可，他居然比自己被认可更开心。

苏锦黎拍完这场戏有点吃不下去饭。

安子晏坐在他身边整理自己的文件夹，同样没时间吃饭，在安子晏这里，这是常态。

不过对于吃货来说，居然能吃不下去饭，就非常神奇了。

"怎么了？"安子晏还是注意到了苏锦黎的不对劲，主动询问。

"我在想，如果我真的碰到了这种情况该怎么办，那么难过，却无可奈何的感觉真的是太差了。"

"戏里不是有主角为世子爷沉冤昭雪了吗？"安子晏回答。

第十一章 | 253

"可主角如果没出现呢？"

安子晏扭头看向苏锦黎，见苏锦黎问得特别认真，怀疑苏锦黎是真的入戏了，到现在还没走出来，依旧沉浸在那种感觉里。

苏锦黎现在还无法从戏中抽离，内心中依旧是整个世界都在欺辱他的不忿之中。

这个时候胡腾过来了，手里拎着一个袋子，从里面拿出几份小菜的打包盒："我的助理去买的，都是附近的名菜，合计给你们送一份。"

安子晏突然指着苏锦黎对胡腾说："这小子入戏了。"

"嗯，刚才那场拍得不错。"

"不是，他出不来了。"

胡腾动作顿了顿，看向苏锦黎。

苏锦黎立即调整了一个姿势否认："我就是非常生气，气得我肚子里还在翻江倒海的难受，有点吃不下了。"

安子晏点了点头，对胡腾说："那别理他了，我们自己吃。"

接着，安子晏真的跟胡腾就自顾自地吃了起来。

苏锦黎看着他们俩，忍不住问："你们难道都不觉得世道不公吗？"

胡腾被问完，"扑哧"一声笑出来，差点喷饭。

安子晏点了点头："是啊。"

苏锦黎继续愤愤不平："悠悠众口，却只看表面，根本不知道真实的真相就胡乱传言，不觉得很过分吗？"

"是啊。"安子晏再次回答。

苏锦黎看着他们俩，就觉得跟他们简直没有共同语言，叹了一口气，继续自怨自怜。

安子晏吃了几口后，给苏锦黎夹了一块肉："乖，别想了，你不是橘璃儿，你现在是苏锦黎。你没有遇到任何不公平，身边都是爱护你的人，还有一群喜欢你的粉丝。"

"我知道啊！"

"对啊，所以你不用想太多，演员要懂得戏里跟现实是两个世界，不然真的入戏太深，容易人格分裂，让自己都不像自己了。这也是我不喜欢让我手底下艺人有什么人设的原因，很累。"

"可是……"

安子晏推了推苏锦黎的额头："吃饭吧，别想那些，真有一天你被全世界否认，我就想尽办法在全世界面前给你洗白。"

苏锦黎点了点头，拿起筷子吃饭，同时感叹："真好吃。"

胡腾坐在他们对面看着，忍不住扬眉说道："我是跟你对戏的人，所以能够感受到你的进步，确实很厉害。尤拉呢，怎么没看到她？"

胡腾到现在还对这个上来就跟他搭戏，一点都不含糊的女人印象深刻。

"副导演希望她演女主角，今天安大哥过来，尤拉姐就去试镜了。"苏锦黎回答。

胡腾点了点头："哦，我觉得她演技不错，当初放弃事业可惜了。"

安子晏也是这么想的："对，这种舍弃事业的想法真的不靠谱，就算是女人，也是自己赚钱最有安全感。不过现在尤拉似乎已经进步不少了，她刚离婚那阵子，真的是无脑地到处冲撞。"

"我听说过。"

苏锦黎是跟胡腾同一天杀青的，所以他们两个人的杀青宴是在同一天，大家一起庆祝。

苏锦黎特别开心，同意了所有人的合影要求，打算去休息的时候，看到胡腾在跟尤拉聊天。

"愣什么神呢？"安子晏过来问苏锦黎。

苏锦黎睁大眼睛看向安子晏，拽着安子晏到一边："我跟你讲一个大秘密！"

"戏都拍完了，不怕别的了，我们回房间吧。"

回去后苏锦黎拉着安子晏兴奋地说："我刚才发现了一个天大的事情！"

安子晏笑着回应："你说。"

苏锦黎坐在了沙发上，盘着腿兴奋地说道："我原本以为我送尤拉姐的祝福，是用在她试镜上了，后来我发现我错了，她是靠实力选上的。"

"就这个？"安子晏奇怪地问。

第十一章 | 255

"还有呢！我的祝福变成粉红色的了！所以……变成桃花运了。"

"你还有这个功能？"

"如果真剑走偏锋，我还能当送子观音呢！"苏锦黎拍了拍自己的胸脯说道。

"所以尤拉有桃花运了，谁啊？"

"胡大哥啊！"

安子晏愣了一下，想了想也觉得有可能："他们俩的身高合适，真生孩子不是篮球队的，就是排球队的。"

"胡大哥人怎么样？"苏锦黎对胡腾不是很了解，毕竟他们合作也才几天而已。

"我跟他合作过一次，人倒是还行，但是自身带着一种生人勿近的气场，朋友不多，人缘一般，爬到现在的位置全靠演技。恋爱方面……听说过有前女友，不过不知道是谁。"

苏锦黎陷入了忧愁之中。

"尤拉经历过一次失败的婚姻了，肯定不傻，她自己心里都有数，你就不用管了。"安子晏拍了拍苏锦黎的头，让他别多想了，想了也没用。

第二天，苏锦黎回了沈城的家里，安子晏也去忙自己的工作了。

苏锦黎回到家里后的工作不多，最近都是去公司，跟范千霆一起练习组合的单曲，帮忙参谋，进行修改跟录制。

忙完后无论多晚，苏锦黎都得回沈城那里去。

最近沈城的工作也开始渐渐变少了，因为他在努力接手公司的工作，剧本也只接精品，其他的时间都是空闲的，所以有时间陪苏锦黎。

可是沈城在，真的是闷坏了苏锦黎，什么地方都不许苏锦黎去，这让他觉得特别无聊。

"哥……我好想出去玩啊！"苏锦黎趴在沙发上耍无赖，因为个子高，腿都支了出去。

"想去哪里？"沈城还在拼他的乐高。

"我好想出去玩，去去游乐场，到处走走看看，不然做人有什么乐趣啊！"

沈城放下乐高，想了想后对苏锦黎说："那你跟我上楼吧。"

"到楼上看风景？"

"到楼上换衣服。"

苏锦黎一听就兴奋了，屁颠屁颠地跟着沈城上楼，结果看到沈城拿出来的衣服，就有点……不知所措了。

苏锦黎罚站似的站在旁边，看到沈城包住了自己的头发，接着戴上了一顶假发。

沈城看着镜子里的自己，还在化妆调整自己的面部，虽然调整不算太大，只是柔化了面部曲线，也是翻天覆地的变化。

苏锦黎看着沈城化妆。

前五分钟，震惊、纠结。

后五分钟，努力淡定、调整心情。

十分钟后，苏锦黎已经接受了这些，兴奋地问沈城："哥，我们去哪儿玩啊？！"

沈城也没想好究竟去哪里好，他平时都很少出去玩，没有这方面的经验。

他照着镜子一边化妆，一边想了想后说："先带你去游乐园，再去吃好吃的，最后去K歌，怎么样？"

"可以可以可以！"苏锦黎兴奋得原地转圈，"我要坐过山车！"

沈城听完就忍不住蹙眉，接着继续化妆："我不能陪你坐了，到时候我看着你玩。"

"为什么啊？"苏锦黎不解地问，"我自己玩多没意思啊。"

"假发会飞出去，我可以陪你坐摩天轮。"

"哦……"

沈城捏着苏锦黎的脸摆弄了几下，接着拍了拍苏锦黎的头："矮点。"

"哦。"苏锦黎曲了一下子变矮了5厘米。

"再矮点。"

苏锦黎又矮了5厘米，到了身高174厘米。

苏锦黎走到镜子前看了看，发现自己化妆成了大致14岁时的模样，还有些稚嫩，一看就是个小孩。

第十一章 | 257

沈城帮他化了点妆,效果堪比微整容,足够让苏锦黎的粉丝认不出他来。

"只能玩 12 小时,我们不能玩得太久了。"沈城说完带着苏锦黎下楼,找现在苏锦黎穿着依旧合适的衣服。

"嗯,好!"苏锦黎美滋滋地跟在沈城身后念叨:"过山车、过山车、过山车。"

沈城回头看了苏锦黎一眼,忍不住笑了起来,笑容宠溺。

本来就是倾城美人的样子,笑起来更是了不得,让苏锦黎都心跳加速了两拍。

去了游乐场,苏锦黎就觉得沈城简直是个战士。

站在买票的地方,苏锦黎感受到了男人们的注视,忍不住侧移了一步。

沈城看都不看苏锦黎,直接说了一句:"儿子,过来点。"

"儿子……"苏锦黎嘟囔了一句,不过还是站在了沈城的身边。

沈城拽着苏锦黎的袖子口,对他单独说:"跟在我身边,这里人多,你别走丢了。"

"我又不是小孩子了。"苏锦黎小声嘟囔了一句。

"主要是我第一次带你出来玩,我比较紧张。"

苏锦黎看了看沈城,就忍不住乐。

沈城之前也经常带苏锦黎出去见见世面,但是那个时候他们都没化为人形,所以都是遮遮掩掩的,各种躲藏。

现在,他们俩还是第一次变为人形在人世间玩,沈城反倒比苏锦黎还紧张。

沈城排队给苏锦黎买了票之后,苏锦黎就兴致勃勃地跟着坐过山车去了。

沈城晃悠了一会儿后到了下一个设施前排队,等苏锦黎过来后,就又可以再玩一个了。

两个人就这样玩了几个小时后,才一起去坐摩天轮。

上去后,沈城脱掉鞋揉了揉脚,问苏锦黎:"你跟时老是怎么回事?"

苏锦黎将自己下山后遇到时老,音乐节再遇时老这一系列事情,全部详细地跟沈城说了。

沈城听了之后点了点头:"其实我不太想让你跟他有来往。"

"嗯,安大哥也是这个意思,时老也来电话给我道歉了。"

沈城嫌弃地"啧"了一声:"谁用得着他道歉?给你的保镖赔了……20万?"

苏锦黎点了点头。

"真恶心,真讨厌这样的人。"

"哥,你讨厌的人真多啊……"

沈城瞪了苏锦黎一眼,苏锦黎立即闭了嘴。

沈城重新穿上鞋子,才说了起来:"我知道安子晏弄组合的意思,想把你留在世家传奇。不过我想了想,觉得你这几年留在世家传奇也无所。"

"你允许我签约世家传奇?"

沈城解释:"我最近跟耿闻斗得厉害,如果你来波若菠萝会被波及。你最近几年非常关键,也会非常忙,所以我不能影响到你。有安子晏在你身边,以他护短的毛病一定会照顾好你,你的资源也会很靠谱。"

苏锦黎点了点头,问:"你那边用我帮忙吗?"

"不用,他还斗不过我,我只是不想做得太露骨而已,不然早就赶走他了。"

沈城不仅仅看谁都觉得很烦,还看谁都觉得是凡夫俗子,谁也看不上。

"我跟耿闻斗,时老也很关键。之前耿闻有心将他的私生子送去当时老的养子,我就暗中帮助乌羽参加了选秀比赛,还特意去告诉乌羽耿闻的意思,让耿闻再也没办法送乌羽过去。"沈城说了之前的事情。

"我记得!我就是那天发现了你给乌羽的祝福。"

"我之前就想过跟时老结交,但是这位老爷子性格乖张,我帮助过许多富商,他们也愿意帮我引荐,但是完全无用,没想到你居然救过他。"

"你想跟他结交?"苏锦黎惊讶地问。

"对,如果有时老的话,我根本不用斗来斗去的,直接就能接手公司了。"

"那……"

"不用你,我不想你跟他有任何牵扯,这个人就是一个大麻烦,谁碰到他就会倒霉。但是其他人都觉得他是香饽饽,抢得厉害,有人靠近还会被盯上。我要你安安全全的,其他的都不用你管。"

苏锦黎点了点头,问他:"你那边会有危险吗?"

第十一章 | 259

"会有什么危险？真把我气急了，我多的是办法对付他们。"

苏锦黎被沈城那毁天灭地的气势吓了一跳："哥，你可别干伤天害理的事情啊。"

"我心里有数。"

他们两个人在游乐园里玩了一整天，晚上结伴去吃饭。

沈城带苏锦黎吃的是特色菜，吃完沈城又带着苏锦黎去唱歌。

苏锦黎彻底兴奋了，非要给沈城唱歌听，点了一排的歌曲，兴致盎然地给沈城唱了两个小时都没觉得累。沈城不爱唱歌，一直坐在一边听，偶尔吃点东西，看着苏锦黎跟着笑。

沈城回到家里，洗漱完毕换了睡衣，刚准备看看之后要拍的剧本，却有人按响了门铃。

他走下楼，就看到苏锦黎已经在门口开了门，似乎是正在推人离开。

他双手环胸地看着，接着冷淡地说了一句："怎么，夜袭？"

安子晏站在门口义正词严地回答："我是来安排工作的。"

沈城冷声说道："贵公司可真忙，凌晨1点钟来安排工作，多等一天工作就能没了？"

"说不定真的就没了呢。"安子晏死猪不怕开水烫地走了进来，手里还真的拿了工作的文件夹。

苏锦黎慌慌张张地跟在安子晏身后，拽着安子晏的袖子说："哥，我带他上楼去说。"

"哪有在卧室接待客人的，在客厅里吧，我也看看你都有什么工作，最近侯勇都不给我汇报工作了。"沈城坐在了沙发上，示意他们俩也可以坐过来。

安子晏来的时候就做好心理准备了，沈城肯定不会让他们进展顺利，他只能跟着坐在了沙发上，看着文件夹，给苏锦黎安排之后几个月的工作。

首先是组合的宣传活动，粉丝见面会、组合巡回演唱会。还有录制组合的最新单曲、团综。

苏锦黎的个人行程则是参加电视台晚会、准备广告拍摄、去真人秀节目当固定嘉宾。

安子晏一直在帮苏锦黎联系真人秀表演，今天则是第一次正式通知苏锦黎会是真人秀的固定嘉宾，也可以说是常驻嘉宾。因为参加节目的艺人档期问题，会导致每期都有可能少一两名常驻嘉宾，请来当其他嘉宾参加那一期，补齐人数。

苏锦黎跟安子含都在常驻嘉宾里，乌羽、范千霆、常思音是在替补名单里。

这是因为安子晏最初联系的时候，这几个人还是不确定因素，所以没有加入真人秀的固定嘉宾名单之中。

另外一位常驻嘉宾是顾桔，也属于安子晏的特殊照顾。

真人秀的名字是《前辈，请赐教》，主要内容就是一群小年轻，会在节目中被前辈带领，学习一些行业内的知识的节目。

安子晏直接透露："我会是前辈之一，还有胡腾也会参加，我会教你们演戏方面的东西，胡腾则是负责模特方面，还会有一位功夫巨星加盟，教你们演动作戏。另外一位还在待定，应该是一位歌手。我们是想联系陆闻西的，但是陆闻西比较忙。"

苏锦黎听完点了点头，有安子晏跟安子含还有其他人在，他就安心许多。

"好无聊啊！"安排完工作，安子晏靠着沙发感叹了一句。

沈城捏着鼻梁，疲惫地看了一眼时间："已经凌晨两点钟了，这个时候还能狂欢不成？"

苏锦黎问："要我唱歌给你们听啊？"

居然当真了。

安子晏拿出手机来，打开了录小视频的功能，对他们俩说："我们深夜搞点事，上个头条吧。"

这句话，就跟天凉了，让时老破产吧一样欠揍——好无聊啊，我们上个头条吧。

安子晏还是拿出手机来，叫来两个人拍摄小视频，手机横着，一起看着屏幕。

屏幕里会出现小表情，三个人需要去学那个表情，看谁学得更像，

APP 会给他们三个进行评分。

三个人拍摄了一会儿，苏锦黎就笑场了，"咯咯"的，笑得像只老母鸡。

沈城配合了一会儿起身上楼了，不再陪着他们了。

"你哥放心我留在这里了？"安子晏用下巴指了指沈城离开的方向。

"我哥特别臭美，这么晚睡觉不符合他的养生观念，能坚持到现在都是硬撑，现在估计是撑不下去了。"

安子晏整理好小视频，就发布了动态。

安子晏：我们三个谁的演技更好，是时候展现真正的技术了。

苏锦黎拿着手机，第一时间给安子晏发表评论：

苏锦黎：上次的疯狂自拍，这次的表情比拼，我都甘拜下风。

安子晏参观了一会儿别墅，然后坐在沙发上取出手机看评论。

Jessymimi：深夜福利吗？这是世纪同框啊！

独孤丝言：小鱼儿果然是天使，笑得好好看，别人笑成这样绝对会是老巫婆的声音，偏偏小鱼儿的笑声依旧好听。

安子晏看得特别不爽，使劲往下翻，好不容易看到一条满意的，结果这条底下的评论吵了起来。

组合的宿舍已经安排好了，苏锦黎也要去宿舍一趟，送去一些生活必需品。在去往组合宿舍的路上，看到讨论组里在讨论。

安子含：居然只有三个房间，我从来都不知道我哥哥居然是这么小气的人。

范千霆：我听说了，时间太仓促了，想装修新房子时间不够，距离公司近位置合适的就这么一个地方了，助理的房子都在隔壁。

苏锦黎：寝室怎么分好啊？

安子含：我跟你一个屋。

范千霆：那我跟常思音一个屋，正好乌羽比较独立。

苏锦黎：其实我觉得吧，还是乌羽、常思音、范千霆分别自己一个房间吧，我跟子含在宿舍住的时间少，没必要让一个房间总空着。

范千霆：居然敢跟苏锦黎一个房间？我们的宿舍都是双人床。

苏锦黎：我……

安子含：说得对啊，跟苏锦黎一个房间简直要命！

苏锦黎：没那么严重吧。

常思音：我不跟苏锦黎一个屋。

安子含：我也是。

乌羽：我也是。

范千霆：我也是。

苏锦黎：难不成我自己占一个房间，常年空着？

常思音：要不这样吧，就当你跟我一个房间，你如果回寝室住，我就跟范千霆一个屋住去。

安子含：等等！

安子含：不对劲啊！

苏锦黎：怎么了？

安子含：这样的话……我是不是就跟乌羽一个屋了？

苏锦黎：你很少回寝室住吧？

安子含：但是我喜欢人多啊！

乌羽：怎么就不行了？

范千霆：据我观察，乌羽睡觉还挺老实的，也不打呼。安子含虽然性格不怎么样，但是睡觉方面还算正常。

常思音：对比太强烈，就显得我们都很正常。

安子含：对，那位太吓人。

苏锦黎：我想退群。

安子含：哈哈哈哈哈。

丢丢提醒苏锦黎到地方了，苏锦黎立即拖着自己的行李箱下了车。

他带来的东西大多是一些生活用品以及换洗的衣物，他大部分时间是住在沈城那边的，只有在公司忙碌得太晚了，才会回寝室住，所以带的东西并不多。

走进寝室，就发现地方还蛮大的，装修也很精致，安子晏找的寝室也挺用心的，他拖着行李箱走进去。

常思音已经来这边收拾过一遍了，见苏锦黎过来就拉着苏锦黎进房间，

第十一章 | 263

又帮苏锦黎收拾了一遍。

等了一会儿,范千霆跟安子含结伴过来,常思音又帮他们两个人收拾了一遍。

"乌羽早就来过了?"安子含站在房间门口问。

"他的东西是助理送过来的,现在还没回这边。"常思音回答。

"他怎么那么忙?"

"毕竟他迟了几个月,而且什么工作都不挑,有工作就接,太拼了。"

他们在宿舍里还没聊几句,江平秋突然走了进来,显然也有宿舍的钥匙。他似乎心情很好,卖了一会儿关子后,宣布了他们最近争取来的新资源。

"ACME杂志的封面人物,还有一篇专题采访。"江平秋说的时候还带着喜色,这是整个国内娱乐圈都争抢不来的资源,但是安子晏拿到了。

这个杂志是世界一百强杂志前二十名,已经有48年的历史了。然而这本杂志到如今,都只拍摄过3名国内的艺人做封面人物,并且做专访。

安子晏是其中之一,在那之后也一直跟杂志社的编辑保持着联系。

像苏锦黎他们这样的组合,在整个娱乐圈遍地都是,组合成立十年都不一定能够被这样的杂志用为封面人物。然而他们的江湖救急组合刚刚成立就成为封面人物,还是以组合的形式上去的,可见这次的破例程度。

安子晏是亲自到国外去谈,并且做了一些牺牲,才拿到了这次机会。

杂志上市后,江湖救急组合的档次都会提升一些。

"原来我哥……这么狠吗?"安子含都震惊了。

苏锦黎看了看他们,纳闷地问:"这个单词是什么意思?"

"你不用懂,反正就是我哥又拿下了一个全世界艺人都向往的资源,懂了没?"

"嗯,懂了。"就是他非常厉害的意思。

乌羽在收拾东西的时候,动作稍微停顿了一下,紧接着继续收拾。

沈城坐在他的斜后方,注意到了他的迟疑,问他:"怎么,反悔了?"

"我只是没想到这么快就开始。"乌羽冷淡地回答。

"不觉得时机很好吗?运作得好了,你还能趁机再火一把,到时候苏锦黎的人气都不一定能如你。"

"用这种方法火起来,让人不齿。"

"现在还有几个人在意方法的?关注度就是第一。"沈城换了一个姿势,继续修整自己的指甲。

"你已经跟安子晏说过了?"乌羽又重新跟沈城确认了一遍。

"嗯,他心里有数。而且你觉得,他是靠什么拿下这个资源的?他的面子大也就是在国内,在国外的话他也就是一个无名小卒。"

"他用我的隐私,换来了这次的拍摄机会?"

"你的,还有苏锦黎的,这都是不错的八卦新闻,虽然说人家不一定能看得上,但是你们几个人的带货能力不错。他们这个杂志看起来十分风光,但是最近销售量却在暗中下降,毕竟电子经济对实体行业的冲击不小,需要找一个时机扭转一下乾坤了。"

上一次安子含跟常思音搭档拍的杂志,都在粉丝们的哄抢下紧急加印。

他们看中了国内的粉丝市场,选择国内的人气偶像也不稀奇。

不过,放眼整个国内娱乐圈,能上这个杂志封面的人依旧屈指可数,他们上去,估计还会是头条。再加上采访内容的爆料,会让江湖救急组合的出道第一次合体杂志,变得特别有话题性。

"不会有其他的影响吗?"乌羽犹豫了片刻又问。

"你以前不是这样的啊,你想出来的时候可是天不怕地不怕。"

"我以前就一个人,母亲去世,女朋友还跟我分手了,当然什么都不怕。现在……我怕影响到苏锦黎他们。"

以前乌羽的确不在乎,大不了就撕破脸,他不好,别人都别想好过。

但是他现在不一样了,他有了组合,组合成员都是照顾他、帮助过他的兄弟,他不想连累这些人。这些人是他遇到困境后的盔甲,也是他要上阵杀敌时的软肋。

"你可以放心,这个组合是安子晏花了大力气扶起来的,所以肯定会护着。苏锦黎是我的亲弟弟,我也不会放任不管。再说,这件事情里你没有任何过错,你是受害者,为什么要担心这些?"沈城继续引导乌羽。

乌羽站在原处深呼吸,最后点了点头:"好,我会配合的。"

"嗯。"

"我只是不明白,你明明什么都有了,真想隐退,投资做点其他的生意也可以,为什么非得跟耿闻过不去?"乌羽忍不住问了心中一直以来的疑问。

沈城低着头,思量了半晌没说话,最后起身离开:"我也要去工作了,你去赶航班吧。"

这是在故意隐瞒了。

组合其他成员原本都在公司录歌,所以是一起出发的。

乌羽一个人在外面工作,收到通知后立即收拾了东西订了机票,在转机的城市遇到了其他人。

安子含跷着二郎腿,大大咧咧地坐着。苏锦黎坐在安子含身边就像一个小受气包,裹着衣服瑟瑟发抖。

"你很冷?"乌羽到了苏锦黎身边问。

"刚才从外面走进来,到现在都没缓过来。"苏锦黎回答。

他的确十分怕冷,主要是本身是鱼,化成了人形之后的体温也总是上不去,到了冬天真的十分遭罪。偏偏他现在是艺人,不能穿得太臃肿,进来的时候有记者,他们都是穿着单薄的衣服就进来了,冷得苏锦黎直打战。

乌羽坐下之后将自己的外套脱了下来,递给苏锦黎:"你披上?"

"谢谢。"苏锦黎接过来穿上,继续坐在椅子上等待。

乌羽扭头看了安子含一眼,发现安子含完全没理他,他也没说话,拿出剧本来看台词。

他们的航班要飞行八个小时,他们三个人还是保持着原来的顺序,苏锦黎坐在中间,安子含跟乌羽一左一右,一边一个。

整个飞行过程中,气氛都冷到了冰点。

苏锦黎跟安子含聊两句后,又去跟乌羽聊两句,接着就发现这两个人都不说话了,他干脆靠着椅子开始睡觉。

睡到一半醒过来,就发现安子含跟乌羽特别团结的一人按着他一边,提醒他:"你还是别睡了。"

"你睡觉真要命。"安子含也跟着感叹了一句。

苏锦黎很委屈,在飞机上都不能休息了,于是叹了一口气。

苏锦黎紧张地问安子含:"到了地方我不会讲英语怎么办啊?"

"放心吧,那边说俄语,我也听不懂。"

"哦,那怎么工作啊?"

"有翻译,肯定都已经安排好了。这么着急让我们过去,肯定是这期拍摄的人出了什么状况,我们是临时救场,我说我哥怎么突然就杀过去了,原来是这事。"

"从这里下飞机可以多穿点吗?"苏锦黎问。

"你得有东西穿啊,行李都托运了,我们衣服也没办法给你,你只能挺着到车上再说。"

"哦……"

下了飞机就更冷了,这种天气来异国他乡,穿得又不多,真的要了苏锦黎的命。

让他们觉得意外的是,虽然是在国外,还是临时安排,居然也有接机的粉丝,让安子含一度怀疑这是安子晏花钱雇来的人。后来事实证明,他们在这边也有粉丝,不然也不会让他们来拍摄杂志封面。

苏锦黎走了一段,就对身边的两个人说:"不好,我腿抽筋了。"

安子含赶紧走过去扶着苏锦黎:"你可别在这里一瘸一拐地走,不然容易上头条。"

乌羽走到苏锦黎另外一边:"你先忍忍,到没人的地方再调整。"

苏锦黎脚都木了,腿还在抽筋,哭丧着脸点头,紧接着安子含跟乌羽就一左一右,架着苏锦黎往外走,看起来就像关系特别好,勾肩搭背离开似的。

不过这种举动在男生这边看起来有点奇怪。情况突然,他们也只能出此下策了。

安子含走到人少的地方看了看,忍不住轻哼了一声:"你个子那么矮,是不是让苏锦黎走的时候一边高一边矮,就跟脚崴了似的?"

乌羽看了安子含一眼没回答,然而却情不自禁地扬起了嘴角,笑了起来。

苏锦黎在等待拍摄、化妆的时间，看到周围的人都在忙，他还语言不通，便拿出手机刷刷。最近他开始随机看粉丝发来的私信，点开几条看了看，有的还会回复。

瑶梦：求锦鲤大仙保佑我的桃花运满满，跟安子含百年好合。

苏锦黎回复瑶梦：这个恐怕保佑不了，主要是我不放心把你交给安子含。

瑶梦回复苏锦黎：啊啊啊啊！居然回复我了，那锦鲤大仙我们在一起好不好？

苏锦黎：要不……你还是跟安子含百年好合吧。

一顾清明误终身：你什么时候来娶我？

苏锦黎回复一顾清明误终身：我可以拒绝吗？

Addictive：我想发财，就在明天。

苏锦黎回复 Addictive：想法挺好的。

子暧曵：小锦鲤，你已经 9 天没更新动态了，想你。

苏锦黎回复子暧曵：那我一会儿去更。

苏锦黎拿着手机，看着输入框不知道该写点什么，突然想到今天冻得打战的样子，于是打字输入：好冷啊，大家记得穿秋裤。

然后点击发送。

评论的画风就很奇特了。

马猴烧酒王不留行：我转发这条动态许愿，会不会被首页的人当成傻子？

白首如故：最开始，小鱼儿的动态配图 9 张。后来，配图 1 张，还能给我们送祝福。现在，只有一句话，连自拍都没有了。

琦琦：12 月 24 日粉丝见面会。

木木不识：接新的代言了吗？想跟你穿情侣款秋裤，求分享链接，买！

即将开始工作的时候安子晏到了，来了之后并没有理会其他的人直接找到乌羽，将乌羽叫走单独谈事情。

安子含探头探脑地看了半晌，忍不住问苏锦黎："怎么回事？我怎么觉得他们都神神道道的。"

"神神道道是什么单词吗？"苏锦黎不太理解，他是山里没怎么见过世面的鱼。

"啊……不是。"安子含甚至不知道该怎么解释。

范千霆坐在不远处，听到苏锦黎问的忍不住乐了，接着对他们俩说："我有预感，今天会放大招。"

"怎么回事？"常思音后知后觉，惊讶地问。

范千霆回答："安大哥的表情也有点严肃。"

苏锦黎也是这种感觉，平时一进门肯定第一个小举动就是看他一眼，今天居然没对视成功。

安子含眼珠子一转，接着问："要曝光身份了吧？"

"就是……家庭背景？"范千霆问，他知道旁边的化妆师跟他们语言不通，这才放心说的。

"对，乌羽也就这点料用得着这么兴师动众了，我猜到了一点。"安子含回答。

苏锦黎不懂这些，问道："可是为什么要这么神秘兮兮的？"

"处理不好，恐怕就会影响到我们组合，他们肯定慎重。"安子含跷起二郎腿，倒是不急了。

杂志会对他们进行专访，采访他们的经历，他跟安子晏是兄弟，家里是娱乐圈的大娱乐公司，这段经历会备受关注。

这是卖点之一。

但是安子含知道，相比较另外两个人，他今天只会是一个配角。

苏锦黎的经历，是这些日子里娱记扒得最凶的。

乌羽的身份曝光出来，也会是一个很大的料。

跟乌羽谈完了之后，安子晏又来找了苏锦黎，等苏锦黎化妆完毕后带着苏锦黎到了小房间里："这个是沈城帮你写好的稿子，你背下来后应对一会儿的采访，有很多地方都是胡编乱造，你就当成是对你们俩身份的保护，淡定说谎吧。"

"可是我不会俄语啊。"

"我也只会一点，你们采访的时候会有翻译，放心吧。"

苏锦黎看着沈城给他打的稿子，点了点头，接着问："乌羽会在这次公开身份吗？"

"虽然最近风波平息了一些，但是对于突然出现组合这件事情，大家的接受程度不高，所以我们也应该让'江湖救急'这个组合的来由公布出去了。"

苏锦黎沉默了一会儿，又问："是不是跟我哥也有关系。"

"对，沈城要趁机搞垮耿闻，拿到波若菠萝的管理权，我跟他私底下达成了合作，估计会一起运作这件事情。"安子晏对苏锦黎没有半点隐瞒。

这是沈城跟安子晏这些年里，唯一一次合作。

"一定要多小心，我总有一种不好的预感。"苏锦黎心事重重地说。

"肯定会是一场恶战，说不定还会撕起来，不过没理的人是他们，我们反而是正面形象。"

苏锦黎沉默了一会儿，突然站起身来摸了摸安子晏的头。

将稿子看了一遍之后就能够大致背下来，他撕碎了稿子扔了，出去后又摸了摸乌羽的头。

乌羽正在整理发型，翻着眼睛看了苏锦黎一眼："你能不能挑个时候？"

"着急，我先去拍摄个人的了。"

"行，你去吧。"乌羽也知道苏锦黎这么紧张的原因，所以没有计较。

这次的工作肯定会有拍摄环节，还有对他们所有人的个人经历做采访，还从各种渠道，获得了他们小时候的相片。

五个人拍摄进行得很顺利，虽然摄影师跟他们的语言不通，但是可以用肢体语言跟面部表情表达，而且还可以说英语进行简单的交流，拍摄也算是顺利。

到了采访的时候，五个人一起坐在拍摄场地，旁边还有摄像装备，他们五个坐成一排，等待采访。果不其然，杂志重点采访的是他们的个人经历。

比如常思音跟范千霆的学习经历，还有就是安子含的成长经历，家里有没有对他造成什么影响。

之后是苏锦黎波折的编得还挺煽情的经历。

最后就是乌羽真实身份，这些年的经历，还有就是耿闻雪藏他的经历。

最后采访的是乌羽在被雪藏后，组合成员做出的努力，也就是"江湖救急"这个组合的由来。

采访结束，几个人离开的时候还在议论。

安子含走路的时候晃晃悠悠的："我觉得这次的料很足啊，也难怪我哥能争取来这个机会。"

乌羽没说话，似乎心情依旧有点沉重，只有范千霆、常思音在跟安子含聊。

苏锦黎一直在意一点："我眼睛总是不舒服，这次给我化的眼妆太浓了。"

"我给你吹吹？"安子含扭头问他。

"我觉得卸妆水更有用。"

这个时候安子晏从房间里走出来，快步到了他们几个身边，手里还拿着一件大衣，过来后直接披在了苏锦黎身上，接着看向他们几个说道："今天赶得很匆忙，辛苦你们了。"

乌羽回应道："没什么。"

安子晏早就给他们安排好了酒店，回去的路上，他们有人玩手机，看到苏锦黎因为神回复又上了热搜，就忍不住一起起哄。

车里面很热闹，大家大声议论着，笑闹了一路，临下车的时候安子晏突然收到了消息。

他回头看了看这些人，没说什么，只是叮嘱："其实没多少时差，好好休息。"

只有乌羽一个人注意到了。

"好！"一群人浩浩荡荡地下了车，朝酒店里走。

这次来得匆忙，都是江平秋统一照顾他们所有人。苏锦黎还想等安子晏，看到安子晏被乌羽拦住了，眼妆又特别难受，他迟疑了一下还是跟着上了楼。

外面冷，他待着不舒服。

乌羽拦住安子晏问："是不是出事了？"

"嗯，耿闻似乎听到了消息，猜到了什么，放出了苏锦黎的黑料来。"

第十一章 | 271

安子晏回答完长长地叹了一口气。

"他的无耻程度，真的什么都做得出来。"乌羽了解耿闻，虎毒还不食子呢，但是耿闻连亲儿子都算计，更别说是别人了。

"不过还好吧……应该可以应对过去。"安子晏回答的时候，表情依旧不太好看。

他原本对耿闻没什么恩怨，大多是跟沈城不和。

但是耿闻听到风声后，就发来了警告，似乎是他们如果真的这么做，就会是鱼死网破的后果。尤其是，他们爆了那么敏感的消息。

"他们说了什么新闻？"乌羽问。

"说苏锦黎常年找靠山，去了选秀第一件事找了你跟安子晏当靠山。"

"这件事情不是澄清过吗？"

"但是有人信，还说他找了我当靠山，让我特殊照顾，还有就是王总、姜町，最可恶的是爆料苏锦黎为了上位，想认时老为干爹，还拿出一堆所谓的实锤来。"

时老身份敏感，之前苏锦黎已经被警告过了，这次被爆出来，只会引来更多人的注意。

"还牵扯了时老？"乌羽怒问。

"只是说讨好某富商，富商对他置之不理，苏锦黎居然还能厚颜无耻地装单纯。这种新闻就很恶心了，他们并不觉得时老会因为苏锦黎跟他们闹翻脸。"

乌羽握紧了拳头，眉头紧蹙。因为他连累到苏锦黎，让他的心情很差。

"苏锦黎是你最好的朋友之一，也是沈城的弟弟，是我最看重的新人，如果我们出事，他肯定是第一个挨刀的。"安子晏已经料到会出事，并且派人去处理了，倒也淡定。

"好在苏锦黎够乖，没有其他的料被挖出来，就只能拿他认识了一群厉害的人说事。这件事情我们会处理干净，你不用担心，只等着这几天杂志出来就行。"

"多久会出来？"乌羽又问。

"因为都是最新的资讯，晚了就会过时，按照往常的日期，大致二十天内就一定会出来新刊了。"

所有人都在焦急。

这次的事情却比他们想象中好解决，安子晏回到酒店房间洗了个澡出来后，走出来问江平秋："国内的情况怎么样了？"

"解决了。"

"什么意思？"

"时老又出手了，保护苏锦黎，并且警告了耿闻。"

安子晏听完忍不住蹙眉，难不成时老真的很看重苏锦黎？

杂志上市得要比安子晏他们预料的快，只用了不到半个月的时间。

最近这段日子，苏锦黎、范千霆、常思音几个人基本是留在公司里录歌，拍摄宣传的照片，为他们最新的单曲做准备。偶尔去拍摄个广告，去工作，好在没有比赛刚结束的时候忙碌了。

苏锦黎也是这几天才去参加了晚会的彩排。

安子含跟乌羽比较忙。

安子含已经开始拍摄偶像剧了，每次有工作都是抽时间过来。

乌羽也是一样，很多积压的工作以及他恢复后疯狂接的新工作，他现在的日程是最满的，最近这几天才开始进组，打算拍摄新的电视剧。

杂志上市后，果然引起了轩然大波。不仅仅是范千霆、常思音的成长，也不是苏锦黎跟安子含与众不同的经历，还有一个影帝哥哥的感想。

最大的卖点，是乌羽真实家庭背景以及江湖救急组合的由来。

在报道里他们就有这样的问题。

比如：为什么要组建组合来出道？而不是一开始就爆出这些新闻来？

乌羽是这样回答的：最开始我心灰意冷，觉得他已经控制了我的未来，我看不到希望。是我的哥儿们一直在帮我，记忆最深刻的是他们参加真人秀的时候，每个人都拿着我的相片合影。他们给了我勇气，让我能够振作起来，勇敢地面对一切。

但是当组合出来之后，很多不好的新闻跟传言出现了，我不想大家因为帮助我而经受非议，我觉得我应该站出来澄清一切。

记者：那么现在身份曝光了，你们的组合还会继续下去吗？毕竟它已经没用用处了。

乌羽：其实这个组合最开始就是一个"情谊"的体现，在曝光之后，我们的情谊还在，组合就会在。

杂志的独家报道在国内翻了锅，很多粉丝去抢购原版杂志，竟然让官网都瘫痪了。

后期还出现了高价倒卖的情况，好在官网及时修复。

新闻的关注度持续增高，当天就成了爆款热搜，打开热门动态，前几条也被他们组合的新闻强势霸占，舆论也是一边倒的趋势。

预离：看到新闻的时候气得发抖，耿闻怎么可以这么渣？如果乌羽没有一意孤行地出来参加选秀，遇到现在这群朋友，他是不是就要就此被埋没了？男高音啊！男歌手啊！这种实力派整个华语乐坛都十分罕见的人才，不觉得可惜吗？

羊咩咩啊：没看过选秀，不是任何成员的粉，只是觉得这种友情十分让人感动，别让我失望啊。

麒麟：骂乌羽的人三观有问题吗？他能选择自己的出身吗？他能控制自己的家庭背景吗？他出生后就被唾弃，被亲爹打压，现在还要被你们骂了是不是？如果能选择，谁不想要一个和睦的家庭背景？

是鱼不是鱼：最开始觉得这个组合很扯，组合名也跟开玩笑似的，现在懂了其中含义，开始心疼了。

Stella：他们是不会分开的好朋友啊！

断线纸鸢：本来想骂波若菠萝倒闭吧，后来想到沈城也在这家公司。坐等结果吧，我倒要看看波若菠萝这回怎么收场。

因为这件事，波若菠萝可以说是出现了很大的动荡。股票大跌，网上全是骂声，还有人翻耿闻的黑料出来。

很快，又有一位女艺人亲自出来发表声明，可以说是给了耿闻重磅一击。

柳吾珅：我曾经是波若菠萝的艺人，前两年一直在培训，好不容易有了资源有了曝光度，终于算是小火了一次。结果那之后依旧没有工作，我十分不服,去问我的经纪人,经纪人支支吾吾不肯回答。

后来耿闻亲自找到我,他就是想跟我做点见不得人的交易然而我没有答应,我直截了当地拒绝了,继续在公司接受培训。

后来是沈城帮了我一把,让我有了《那年青春正好时》的这部片子可以接。当时沈城直接了当地劝我说,不要续约,到期就换公司。

我很感谢沈城,也十分厌恶耿闻,希望大家不要因为耿闻一个人,否认了整个波若菠萝,并不是所有人都是这样的。

评论:

是鱼不是鱼:耿闻是真的无耻,看来还是惯犯,就是这种人坏了整个娱乐圈!

鳳:对,我们要搞清楚,抵制的是耿闻这个人,而不是整个波若菠萝,不要牵连无辜乱战一气。

雨林:骂耿闻怕被点赞到明年。

阿依努尔:不让耿闻滚蛋,难道要留着他过年吗?

小溢:心疼女神,也心疼乌羽。

紫縈:我偶像果然好样的!他人特别好,人间仙子沈小城!

大家已经在波若菠萝的官方账号骂了几个小时,这回官方倒是很给力,终于在事件爆发 25 小时后,发布的最新的动态:

波若菠萝:由公司股东大会紧急决定,耿闻将被撤职,由沈城暂时管理公司事务。

波若菠萝的股票大跌会引起股东的注意,并且有极大的不满。

随着事件的爆发,耿闻的黑料越来越多,这种全身都是黑点的人,再做波若菠萝的管理者就有些说不过去了。

时老这些大股东开了一个电话会议,只用了半个小时就做了这个决定:给耿闻撤职,由评价很好的沈城接任波若菠萝总裁的职务。

事情处理后,网络上开始出现另外一番景象:

红豆年糕:现在波若菠萝的总裁是沈城了!大家不要再骂波若菠萝了,别给新总裁添麻烦!

兮洛:沈城怎么那么厉害!

木子为叶：沈城又是影帝，又是霸总，长得又帅，又有实力，还有苏锦黎那么可爱的弟弟，沈城怎么这么强？简直是言情小说男主角的不二人选啊！妥妥的人生赢家。

沈城看着耿闻气急败坏地砸碎了他办公室的门，还在淡定地修剪自己的指甲。

他办公室的门是玻璃材质的，被耿闻用椅子砸成了纹理图案的，竟然也没碎开，继续坚挺着。

"你蓄谋已久的，是不是？从他去参加真人秀的时候，你就已经在筹划了，你什么都不缺，我也没招惹你，你非要逼我是不是？！为什么？"耿闻有些粗的手指头几乎指到了沈城的鼻尖，被沈城嫌弃地躲开了。

他将磨指甲的板子丢在桌面上，沈城拿来喷雾，对自己的办公室喷了喷。

他并没有回答耿闻的问题，而是说道："我之后就不在这里办公了，你这么折腾倒也无所谓，不过我不太喜欢你那个屋子的装潢，风水也不好，我得改改。只是……你这么气急败坏会影响你的名声吧，公司里还有其他员工呢。"

"是！你现在是代理总裁了，你真的觉得这个位置你能坐得稳吗？"耿闻气得声音都在发颤。

"我对这个位置倒不太感兴趣，我只是想赶你走而已。"沈城回答完，非常开心地笑了起来，笑容迷人。

"你总该告诉我为什么吧？"耿闻还是不理解沈城究竟是为了什么，把他往死里整。

沈城用自己的神识探查了一番后，确定周围没有人听墙角，围观的同事都被啾啾赶走了，这才说道："您还真是贵人多忘事。"

"怎么？"

"亏心事做太多了，所以都忘记了？"

"你手底下的艺人我一个都没动过！"耿闻说完气得掐腰，突然想到了什么，问沈城，"你是说韩瑶？"

沈城没回答，算是默认了。

耿闻听完忍不住大笑起来，简直要气得疯癫了："你跟她分手分的干净利落的，现在装什么痴情？"

"毕竟曾经是我的女朋友，在跟我交往的时候受了委屈，我就要收拾回来。"

"我根本没把她怎么样，还被她揍了一顿，最后她不是跳槽去华森娱乐混得风生水起吗？你就是没理由硬找理由吧？你就是一个精神病。"

"可能在你这种渣男看来，这种理由确实很扯。"

何止扯，简直就是无理取闹！

耿闻用拳头用力地敲击桌面："你等着……我会让你死得很惨。"

沈城听完就笑了，并且笑得挺好看的，依旧云淡风轻地看着耿闻："好，我等着。"

这千余年来，能让沈城觉得恐惧的，恐怕只有苏锦黎的睡姿了。

他目送耿闻离去，接着哼起歌来，虽然唱得难听，调子却很是愉悦。耿闻收拾了东西后便离开了公司，有人帮他安排好，让他能够隐秘地离开。

他来时还抱着侥幸心理，想着能求求情，只是暂时停职，可是得到的结果似乎是永久撤职。现在这种局势，他只能灰溜溜地离开，恨得牙痒痒。

他被人掩护着出了电梯，往地下停车场走去，刚上车，就看到突然来了一群记者追着一辆车走。耿闻众人一慌，立即想要安稳地离开，下意识地从一边反向绕开。

结果那辆车直挺挺地追了过来，挡在了耿闻的车前，让耿闻没法离开。记者们还在追问车上的人，希望他能够回答问题。

那人终于摇下车窗，指了指对面的车："你们问我干什么？前面不就是耿闻的车，你们问本人不好吗？"

听到了这句话，记者们将信将疑，紧接着就有人惊呼："真的是耿闻，他在车上。"

记者们一拥而上，紧紧地围住了耿闻的车。

这里是内部车库，本来不该有记者进来，围堵也是在出口的位置，那里早就安排了警卫，出去也不会有事。

然而记者突然出现在车库内，这就非常奇怪了，耿闻骂骂咧咧地问怎么回事,得到的答案是:"安子含突然跑到我们公司来了,也不避讳,引来了一群记者。"

"他来我们公司干什么?"波若菠萝什么时候跟世家传奇互通友谊了?

"说是找沈城要签名。"

"这群人……找死吧……这种理由也说得出来?"耿闻气得咬后槽牙。

耿闻知道,安子含绝对是故意的!

偏巧安子含还大大咧咧地下了车,站在耿闻的车窗外晃了晃,似乎是确定耿闻在看他,他还对耿闻挥了挥手,接着坏笑着带着自己的人进了电梯,去了波若菠萝内部。

应该是联系了沈城,沈城安排人接应了。

近期最热的新闻是什么?

绝对是:耿闻、乌羽、江湖救急。

现在记者终于找到了耿闻,自然不会放过,围追堵截,耿闻一时半会儿是别想脱身了。

沈城跟安子晏都早有准备,打了耿闻一个措手不及。

虽然耿闻早就有所察觉,可是这种场面也让耿闻难以应对。

事情在一个月后终于渐渐平息下来,网上又出了新的热门新闻,有一位男艺人出轨被拍到,剧情各种反转,吸引了网友们的眼球。

大致情况就是被拍摄到后,其妻子在社交账号大骂,质问记者有没有清楚的视频,没有实锤就别诬陷人。结果求锤得锤,该妻子又发了长文开始煽情,说自己早就抓到过老公出轨,只是顾及夫妻情面,还有孩子才会这样。

长文里的柔弱,跟之前强硬的女人完全是两种画风,导致掐得厉害。

耿闻当了一个月的缩头乌龟后,渐渐被淡忘了。不过就算淡忘,依旧无法翻身了。

倒是江湖救急组合的名气水涨船高,经历这次的事情后,一下子成为一线流量组合。

苏锦黎刚刚从新人势力榜冲出来,如今已经爬到了明星势力榜的第一名。只要发动态，就会有千万的转发量，虽然……大多是在许愿的。

安子含跟乌羽则是在这个月交替做着新人势力榜的第一名，也即将脱颖而出。

苏锦黎在晚会彩排的时候，并没有单独的休息室，他也是跟其他演员一样的待遇，在聚集了很多演员的大厅休息。

不忙或者没有轮到他的时候就戴着耳机，听着音乐，给他们组合的新曲填词。

虽然休息的地方太过于流动，还经常会有演员过来跟苏锦黎求签名或者合影的，苏锦黎依然会态度很好地答应。

终于送走一群小粉丝，苏锦黎回到座位坐下，就听到了"嗒嗒嗒"的高跟鞋声音，紧接着就是一阵让人不寒而栗的感觉。

他不用看就知道，是韩瑶来了。

他对这个人的畏惧简直是与生俱来的。

韩瑶到了苏锦黎身边后，丢丢第一时间站了起来打招呼："韩姐。"

"嗯，我跟你家主子聊聊天。"韩瑶回答了一句，就对苏锦黎勾了勾手指。

苏锦黎怂怂地低着头，摇了摇头："不想聊。"

"我不吃你！"韩瑶直截了当地说。

苏锦黎思量了一下，还是起身跟着韩瑶到了一边，并没有去什么隐蔽的地方，只是找了个旁边没有其他人的地方聊天，还保持着些许距离，为的就是坦坦荡荡，不会传出什么绯闻来。

"你哥跟耿闻不对付的原因，是因为什么你知道吗？"韩瑶问他。

"他充满正义感，不喜欢耿闻这样的人。"

"哦，还有吗？"说得就像她不认识沈城似的，苏锦黎眼里的哥哥光环有点过分了吧？

苏锦黎又摇了摇头："我哥哥从来不跟我说知心话。"

"这种人真的……不，这种鱼真的就该刮了鱼鳞吃了！"

苏锦黎摇了摇头："鱼太老，肉会特别难吃，尤其是锦鲤，肉很柴，不好吃。"

第十一章 | 279

韩瑶看着苏锦黎戾戾的样子，忍不住乐了，接着轻咳了一声："跟你道个歉。"

从沈城对付耿闻后，韩瑶便猜到沈城恐怕是为了她当年被耿闻害得离开公司的事情。没承想他们已经分手了，沈城还能持续帮她。

一下子就不气了，也不打算树敌了。

"你道歉我会接受的。"苏锦黎立即回答。

"因为我漂亮？"

"也不是……"苏锦黎继续戾到一塌糊涂。

"以后我们井水不犯河水，只要你们哥俩不招惹我，我也不会做什么的。"

"那你能不能为了弥补愧疚，帮我一个忙？"

"哈？你还跟我谈起条件了？"

"你……你要是不愿意……也没事。"

韩瑶无所谓地摆了摆手："你说说看，我看看行不行。"

"吴娜，我想要她的把柄，你们在一家公司，我想……"苏锦黎特别急切地说了出来。

"她怎么惹到你了？"

"尤拉姐被她抹黑，被欺负得特别惨，而且我的经纪人也被她打压过，我总觉得我应该为这些对我好的人，收拾吴娜。"

"你本身的能力就可以让她倒霉啊。"

"不够，我要让他们重新翻身，沉冤昭雪！"

看着苏锦黎那严肃的语气跟眼神，韩瑶被苏锦黎逗笑了，半天没停下来，后来取出手机来对苏锦黎说："加个微信好友吧，我尽可能帮你。"

苏锦黎也拿出手机配合加好友。

"你是不是傻啊，什么都敢跟我说，万一我跟吴娜是一伙的呢？"韩瑶加好友的时候问苏锦黎。

"我哥跟你在一起过，就证明你人是可以的，上次抹黑我也是事出有因。"

"你跟你哥哥真是不一样，他可不像你这么相信人，还这么仗义。"

苏锦黎摇了摇头，对韩瑶说："我哥当初说，你不会做其他过分的事情，估计就是相信你吧。"

韩瑶看了苏锦黎一眼,眼神似乎别有深意,加了苏锦黎为好友。

韩瑶跟吴娜不是一伙的,在公司的时候就已经互相看不顺眼了。

其实韩瑶是经纪人,跟吴娜可以井水不犯河水,偏偏吴娜这位主性格嚣张跋扈,没有什么忌惮,惹了不少人。

韩瑶又是个性格强硬的,两个人虽然没明面上吵过架,却还是在暗地里斗过几回。

苏锦黎跟韩瑶说的时候,韩瑶看似波澜不惊,倒是觉得这是一个很好的机会,打击打击吴娜,还能让她心里舒坦一些。可是这个料非常难搞,毕竟吴娜是华森娱乐的艺人加骨干之一,很多料只要爆出来,就肯定会牵扯到一系列的事件。

唯独一件事情,可以说是不会牵扯到什么人,就是吴娜当第三者的事情。

韩瑶最开始几天都是在跟苏锦黎扯皮,先问苏锦黎可不可以让手底下的女艺人跟他炒个绯闻,有热度大家一起得利,被苏锦黎拒绝了。

过了两天,终于把苏锦黎要的料发过来了。

首先是一张相片,吴娜生日的时候跟付阳泽的合影,两个人十指紧扣。之后是一张截图,是吴娜的社交账号的动态。

韩瑶:这个是他们俩在吴娜生日那天拍的,吴娜还发了动态,背景完全一致,时间是在付阳泽离婚之前。

韩瑶:我费了好大力气才拿到的,这都是华森娱乐跟吴娜关系不错的人才有的相片。

苏锦黎:超厉害!

韩瑶:还有呢。

之后的料就有点绕了,都是一个小号在尤拉账号下骂人的截图,内容大多很不堪入目,时间也是付阳泽离婚前。结果被扒到这个号关联了一个淘宝账号,点开个人主页,可以看到这个账号的晒图,有一个晒图里的背景被截图下来。

接着，又是吴娜社交账号里的自拍图，背景完全一致。

苏锦黎：虽然看得很迷糊，但是感觉超级厉害！

韩瑶：我就不动手了，毕竟我在华森娱乐，你问问你哥该怎么搞事吧，实在不行问安子晏也行。

苏锦黎：我哥哥从来不亲自做坏事，我问问安大哥。

韩瑶：对，安子晏这种破事做得特别拿手，反正不是什么好东西，你跟着他就对了。

苏锦黎：呃……听起来很奇怪。

韩瑶：就是跟着他不会挨欺负的意思。

苏锦黎很快将这些东西发给了安子晏，询问这些要如何处理。

他看到安子晏那边显示了正在输入，结果等了半天，都没等到回复。

他有点不解，又打字去问：怎么了？

安子晏终于回复了：我有点慌。

苏锦黎突然有种不好的预感，于是再次询问：出什么事情了？

安子晏：你最近别登录社交账号，如果有人问你什么，你就说你全部不知情，一直在彩排春晚，知道吗？别的一句话不要多说。

苏锦黎：出了大事吗？

安子晏：我现在手有点抖，等会儿再跟你详说。

苏锦黎：我打电话给你？

安子晏：别，我怕我会哭出来。

苏锦黎终于意识到事情的严重性。

这个时候，苏锦黎又收到了韩瑶的消息：什么情况？安子含性骚扰？！

苏锦黎：你在说什么？

韩瑶：现在热搜已经爆了，服务器都瘫痪了，整个平台都炸开锅了。

苏锦黎：不可能！

韩瑶：有实锤，你不信都不行，这次安子含是栽了。

苏锦黎慌慌张张地想要打开手机，又想起来他们的提醒，于是拿出了备用手机，登录了自己的小号，接着去看是怎么回事。

热搜的爆款是：安子含性骚扰。

他点开微博，就看到了详细的长文。

事情发生在昨天夜里，安子含被监控拍摄到跟几个人一同去吃饭加唱歌，视频里还特意回放几次，安子含跟其中一个女孩的身影故意画了红圈。

深夜他们出现在了一个酒店里，监控里可以看到他们是一同进入的，出来的时候，却没有安子含跟那个女孩。

之后，女孩去报案，说被安子含性骚扰，既有视频又有认证。

苏锦黎看着这些爆料，一下子也跟着慌了。

他知道安子含不是那样的人，这绝对是有人想要陷害安子含，还往死里搞。

他想，安子晏会有方法吧，一定会帮安子含洗脱冤屈的吧？

可是想到刚才安子晏的状态，苏锦黎就知道，安子晏现在也是束手无策的状态。

苏锦黎立即发过去消息：现在到底是什么情况？！

过了一会，安子晏发了一段语音过来："我也不知道具体的情况，昨天夜里发生的事情，白天安子含就被抓住了，如今还被关着。我想尽办法都不让我见安子含本人，问了当时子含的朋友之一，说是子含昨天晚上喝了很多酒，估计是酒后误事了。"

苏锦黎：子含肯定是被算计了！

安子含："我也是这么想的，可是证据放在那里，跟安子含一起的人都是安子含十几年的朋友，我都认识。女孩子是一个网红，他以前的确喜欢跟网红在一起。"

相信安子含的人品是一回事，但是安子含喝完酒后有没有做错事，谁都不敢保证。现在他们还见不到安子含本人，事情究竟是怎么一回事，他们谁也不知道。

安子晏想要控制局面，都有点束手无策。

苏锦黎拿起手机，再次忍着自己的心情，去看舆论。

Arthurkirkland：世家传奇跟木子桃公司都表示还没有见到安子含本人，不能轻易下定论。

捕鹅职业户：一直有传闻，安子含出道前很花心，特别喜欢跟网红在

第十一章 | 283

一起，还被扒出来过合影。不过我觉得性骚扰应该不至于，安子含应该不缺女朋友，而且女孩明显一直同行的，等待最后结果吧。

复古款眼睛：这恐怕是红得最快，也凉得最快的组合。

四个爸爸：视频和人证都有，还怎么狡辩？有几个女孩子会拿自己的清白开玩笑？

我如风声醉落：之前就觉得安子含人品不怎么样，现在看来是真的了。

苏锦黎看着评论，气得发抖。

手机提示里还有安子晏的提示：你别冲动，什么都别做，等我处理，你继续参加彩排，一切如常就可以。

苏锦黎看着屏幕，快速拿起来，给安子晏发消息：你是不是有点怀疑是安子含真的做这些事情了？

安子晏：我要问过他本人。

苏锦黎：我相信他。

安子晏：嗯，我也相信他。

苏锦黎拿着手机，快速打开了自己的账号，然后发布了一条账号。

苏锦黎：我相信他。

再无其他。

安子晏很快发来消息：你！

安子晏：我告诉你了，这样只会引起更高的关注度，让事情无法收拾，你也会被连累。

苏锦黎打字回复：现在已经有很高的关注度了，我觉得这种时候，安子含缺一个帮他说话的人。

安子晏：他喝醉了……

苏锦黎：上次安子含动我手机，我没相信他，后来我想起来都会觉得很后悔。我认识安子含不久，但是我知道他有干净的灵魂，所以我相信他。

安子晏：你自己去看看评论吧。

苏锦黎打开评论，果然昏天暗地的都是嘲讽，开始有人带头闹要脱粉了。

问渠家的小戏精阿惜：小鱼儿，团魂可以有，但是不要无脑护友，真的不想你参与这件事情。

风崎：可是证据确凿，不是你相信就没事的。

暗渊：小锦鲤，我们一起等结果，我也相信子含。

省略号：呵呵，现在看到你们几个就觉得恶心，知道什么是物以类聚人以群分吗？前阵子还在炒你们之间的情谊，现在看来全是笑话。

棒棒糖有点酸：抱歉，脱粉了，江湖不见吧。

喝水不减肥：毕竟安家家大业大，这件事情肯定会不了了之，苏锦黎，你就是帮凶！

转机发生在 5 分钟后。

安子晏转发了苏锦黎的动态。

安子晏：我尚未见到安子含本人，不知道具体的情况是什么样的，如果安子含真的做了错事，那么立即退圈道歉，该有什么惩罚就接受什么惩罚。如果安子含没有做错，那么我希望看到你们的道歉。

接着，苏锦黎收到了安子晏的消息：行了，你早点休息，我继续想办法见到安子含本人。

苏锦黎：好。

哪里睡得着啊，苏锦黎彻夜未眠，早上 4 点就起床洗漱了，坐在房间里等待波波的时候，丢丢敲门走了进来，支支吾吾地说："苏老大，今天应该不用过去了。"

"怎么了？今天的安排延期了？"

"你……上晚会的机会……恐怕是黄了，他们已经在找替代的人了。"

苏锦黎很快就接受了这件事情，并没有任何情绪波动，只是沉默地留在了房间里。

他静坐了一会儿对丢丢说："我在房间里休息一天，太累了想补个觉，你白天就别过来了。"

"嗯，行，你要是饿了给我打电话。"丢丢立即同意了，见苏锦黎神色如常便离开了。

丢丢离开后，又换了一件衣服，整理好自己的模样，站在墙壁边后给安子晏发消息：有消息了吗？

安子晏似乎也很早就醒了，问：依旧不让见。

第十一章 | 285

苏锦黎：我有办法。

安子晏：你要做什么？

苏锦黎：照我说的做。

安子晏：好。

带我去关押安子含的地方。

安子晏动作很利索，立即吩咐人送来包扎的东西，接着对苏锦黎说："不行，他们根本不让进入，已经被人控制了局面，外加事情闹得很大，我们都进不去。"

"我有办法，我可以进去问问他是怎么回事。"苏锦黎随意地握着拳，急切地说道。

"好。"安子晏也不废话，既然苏锦黎已经这样过来了，他不能让苏锦黎的努力白费。

安子晏大致介绍那边的情况。

安子晏没有亲自去，而是派人去一趟警局去问，现在安子晏只要出现，就会有一群记者围攻。

苏锦黎有点紧张，然而对安子含的关心，让他无法在意这些，只想快速找到安子含。

最终，他在关押的小房间找到了安子含，一进去就看到安子含抱着膝盖，坐在地面的角落的位置，神色颓然。

苏锦黎等送饭的人出去后，抬头看了看，发现这里居然没有摄像头，不由得有点惊讶。

不过他还是在门关上后现身了，以防万一，释放阴气让自己不会被拍摄到，又能让安子含看到他，接着快步到了安子含身边，紧张地问："子含，你没事吧？"

安子含看到苏锦黎吓了一跳，整个人都呆住了："你……你怎么突然出现？"

"没时间跟你解释，你先告诉我是怎么回事。"苏锦黎蹲在安子含身前，拿出口袋里的录音笔来打开。

安子含看到苏锦黎就忍不住了，噙着眼泪问苏锦黎："我被他们打傻了吗？出幻觉了？"

"你告诉我，那天到底是怎么回事。"

"我什么都没做！"安子含最先强调的是这件事情，"当天我哥们给我打电话让我去参加他的生日聚会，我本来不想去，结果他拿话激我，说我成了大明星了就不理他们了，我就去了。去了以后他们还带了几个女孩子，我没当回事，以为都是朋友。"

"然后呢？"

"肯定是被人劝酒了，我觉得我喝得有点多，就给我助理发短信想离开，结果手机被抢走了，我非常不高兴，毕竟手机里不少秘密呢！我要手机不给我，我就把冰镇酒的冰桶扣那货脑袋上了，抢走手机要走，结果被人用那种带药的湿手绢捂住鼻子，几个人一起，我根本挣扎不过。"

安子含说完抬起手来，让苏锦黎看自己的手背："我当时知道要坏事，所以有意识地往外爬，手都刮在墙角上了，但是还是被按在那儿了。"

"你保证你说的都是真的？"

"我保证，我不是喝酒忘事的人，他们本来以为能让我主动找哪个妹子吧，结果我没有，他们就来这招。肯定是预谋好的，不然这种东西谁提前准备？一准是耿闻干的。他们这么着急想让我认，估计就是怕我出去见到我哥，我哥就帮我证明了。"

然而安子含能见到安子晏的时候，这件事情已经闹得沸沸扬扬，再也无法翻盘了。当时安子含已经丢进颜面，整个组合都被拖累。

其实这件事情真的仔细调查，加上一些蛛丝马迹很快就能翻盘，然而他们故意不去检查安子含是不是曾经被迷晕，坚持拖延时间，事情就变成了这个样子。

"我相信你。"苏锦黎说完抬手揉了揉安子含的头，"你放心，我肯定会帮你的。"

"你手怎么了？怎么还包上了？"安子含很快注意到了苏锦黎的手。

"没事，受了点伤。"苏锦黎特别含糊地回答，接着又追问了几件事情，注意到外面有两道阳气朝这边走过来，苏锦黎立即对安子含说，"我先走了，有人来了。"

第十一章 | 287

安子含点了点头。

他觉得他真的是被打傻了。

苏锦黎在那两个人进来的同时快速出去,跑出派出所后想了想,试着趁没人注意的时候录像,发现录下来的内容居然可以用。

确定了这些事情后,他联系了安子晏,安子晏很快派人来接他。

来的司机也很迷茫,到了地方安子晏告诉他开后车门,打开后又等了一会儿,安子晏又上让他回去了。等他到了地方,安子晏再次让他开后车门,让他觉得这简直就是富人的一种仪式感。

正因如此,苏锦黎才能顺利下车,回到安子晏待的房间。

进去后苏锦黎解除了隐身的状态,将录音笔交给安子晏,同时说道:"送我去耿闻那边,我要找到一些证据。"

安子晏先是听了录音,听完就脸色阴沉起来,显然是气得不轻。

"你打算怎么做?"安子晏问他。

"我可以去录像,虽然不能联网、通话,但是录像在恢复后是可以用的。如果耿闻能够谈论关于安子含的事情,我就能够录下来,这就是直接证据。"

"不能录像改用录音,不然你那个角度录像会觉得很假,录音还说得过去。最重要的是你自己的身体状况,这样会不会有问题?"

"我还好,你告诉我地点,我自己过去,我不想拖延时间了,你也赶紧想想办法。"

"我会的,但是你不是不能……"

安子晏的话还没说完,苏锦黎就自己解开了手上的绷带,再次用血画了一个符箓图案,扭头非常严肃地对安子晏说:"地址给我。"

安子晏算是理解苏锦黎为什么会受伤了,看得眼角发红,心疼不已。

他沉默了半响,终于给了苏锦黎地址,最后说了一句:"量力而行,我会想办法的。"

"好。"苏锦黎回答完,就走进了阵法内。

苏锦黎离开不久后,乌羽便在众人的掩护下到了安子晏在的酒店,进来之后就问安子晏:"怎么回事?"

安子晏因为着急上火,嗓子都有点哑了,将录音笔丢给了乌羽,让乌羽自己听。

乌羽听完就脸色铁青，似乎早就料到了是耿闻做的好事。

"我已经让他的那几个朋友过来了。"安子晏哑着嗓子说道。

"他们还敢过来？"乌羽问问题的时候，表情都有点狰狞。

"我不管他们的爹是谁，直接从机场绑过来的，这几个人居然想出国了。我已经告诉了他们，不说实话，都别想回去。"

"这倒是你的作风。"

安子晏揉了揉太阳穴，他已经两天没睡了，疲惫得太阳穴一阵一阵地疼，额头的青筋直跳。

"一会儿你先凶神恶煞地折腾他们一会儿，之后我来问。"乌羽脱掉自己的外套，随便搭在了一边。

"你怎么问？"

"我们俩唱个双簧，毕竟很多人都知道，我跟安子含不和。"

安子晏没什么心情跟乌羽唱双簧。

那几个人也不是什么硬骨头，开始求饶："安大哥，我们提前走了，不知道到底是怎么回事？"

"对啊！安子含他喝了酒，估计是喝完酒误事吧？"

"你抓我们干什么啊？我爸知道了一定会找你的。"

"到了媒体面前我们也会曝光你的恶行！"

几个人这时候还在叫嚣。

"你们几个拿手绢捂安子含鼻子这事不认了？"安子晏气得过去踹了几脚，"你们几个也是跟安子含一块儿长大的，干的叫什么事？"

他们几个人面面相觑，似乎很惊讶安子晏居然知道这件事情。

"没有！"其中一个人还在努力坚持。

"你们说不说无所谓，反正我已经知道真相了，你们这种诬陷、人身伤害是要坐牢的。"安子晏说完退到了一边。

"安大哥，我们真什么都没做啊，我们就是叫安子含出来玩来的……安大哥！"另外一个人哀号道。

结果安子晏直接走了出去，完全不再问了。

似乎真的不打算问详情，而是真的知道了全部真相。过了一会儿，他们几个被捆在房间里，也没人来送吃的。

乌羽开门走了进来，看了看他们几个后，坐在他们几个对面点燃一根烟，等了一会才问："你们几个是耿闻派来的？"

他们几个没吱声。

"你们几个合伙骗安子含过去，还把他弄晕的事情已经曝光了，现在安子晏正跟记者解释呢。他断定是因为我连累的安子含，一直不给我好脸色，我好不容易出道了，估计又得被雪藏。你们一会儿就咬牙说跟耿闻没关系就行。"

乌羽说完，这几个人依旧不说话，估计是怕说出真相后两边都得罪，最后谁也帮不了他们。

"要我说啊，你们几个一会儿就一口咬定你们只是跟安子含闹着玩，没想到会闹成这么大，然后甩锅给人家小姑娘。"

他们几个人开始交流眼神，其中两个人悻悻的不说话，另外一个则是冷哼了一声："他为了你跑去给耿闻添堵，你倒是全部都想置身事外。"

乌羽惊讶地问："怎么还真关我的事？"

另外一个人立即大吼了一声，警告刚才问话的人："你把嘴闭上。"

乌羽也不再追问，而是继续玩手机，接着拿出手机来，一边往下滑，一边给他们看："你们看，我刚才给你们出的主意被人家用了。最新的新闻——现在小姑娘说是你们几个是共犯，一起配合安子含。也就是说，你们几个是帮凶。"

乌羽说完就把手机一收，看着他们几个乐："不过嘛，你们几个狐朋狗友的，这么说也的确有人信。"

"这人有病吧？"第一个跟乌羽说话的人又忍不住了，明显要比另外两个人好骗一些，"你滚一边去吧，我们跟安大哥说，你别出馊主意了，你们爷俩都不是什么好东西。"

"别啊……"乌羽还想再说几句。

"滚！"

乌羽这才点了点头走了。

过了没一会儿，他们几个似乎是商量过了，开始叫安子晏进去，为自己进行辩解。

他们七嘴八舌辩解的内容大致是：他们最开始的确没多想，就是想带着几个妹子一起聚个会。结果安子含脾气太臭，拿冰桶砸人，他们把安子含制服了，丢进房间里，让妹子在第二天讹安子含个几十万、几百万的，安子含都能给。

他们没想到会上升到性骚扰的程度，所以看到消息他们就料到不好，机票都是才买没多久，可以看到网上信息。

在他们看来，让安子含赔点钱，闹个绯闻什么的根本没什么，才做了这种事情。结果闹到这个地步，他们也都慌了，希望安子晏能饶了他们。

从头到尾，他们都没说出耿闻来，估计觉得耿闻能最后救他们，现在先摆平安子晏再说。

安子晏却在这个时候放出了一段录音："我刚收到的录音，你们听听？"

录音最开始都是哗啦哗啦的声音，后来传出了耿闻的声音："国内还在闹吗？"

之后是另外一个人不算清楚的回答，好多地方分辨不出在说什么，不过大概是在介绍国内的情况。

"沈城跟安子晏那个傻子还想跟我斗？他们的弟弟还不是被我挨个折腾一遍？"

"安子含的几个朋友好像被安子晏抓住了。"另外一个人说道。

"放心吧，他们几个如果想我帮他们，就一个字都不会说的，他们赌球输了那么多钱，不靠我，绝对会被他们家里打死！现在安子晏见不到安子含，肯定跟个无头苍蝇似的，等知道真相的时候也都晚了，安子含名声已经臭了，我看他们之后还怎么混。江湖救急？就是个江湖笑话！"

录音放完之后，安子晏看着他们几个："现在……你们还想说什么？"

三个人全都傻了眼，最后开始痛哭流涕地道歉，希望安子晏可以饶了他们。

安子晏没有那么善良，却暂时稳住了他们："告诉记者们真相，不然有你们受的。"

安子晏走出房间，看着微信自己刷屏的消息，苏锦黎那边从发了录音、录像过来后就再无消息，不由得一阵担心。

安子含的性骚扰事件很快就反转了。

他们首先放上了耿闻的录音到网络上，几个平台大V同时发布录音，告诉所有的粉丝，这是耿闻的报复行为。

接着，安子晏的社交账号亲自上传了几个纨绔富二代一边哭一边叙述事情经过的视频。

之后，之前报警说安子含性骚扰的女孩子也改口了，说自己只是恶作剧，安子含并没有碰她。

这些证据一齐发布出去，依旧有人质疑。

瓜子没有瓤：依旧保持怀疑态度，安家势力庞大，女孩、朋友被威胁后改口，这都是有可能的事情。没听过耿闻的声音，不知道录音是否真实，估计让苏锦黎表演一段口技，就能造假出来。

镜子另外一边：有点假啊，不会是被威胁了吧？

沐如岚：恶作剧？这种恶作剧也太过分了吧？我相信安子含，也相信苏锦黎！

安子晏并未就此松懈，他们这边还在努力交涉，希望能够跟安子含见面。

闹得越来越大之后，安子含终于可以被保释，走出派出所的时候，安子含脸上还带着淤青，身上也是一块一块的伤痕，他故意走到镜头前接受采访，说明他在之前被人殴打过。

现在他这样出来，门口围了成片的记者，安子含全部如实地回答，也算是铁证一件了。

安子晏站在人群外根本过不去，只能一直看手机，同时派直升机过去耿闻的住处找苏锦黎。

因为关心消息，一直在看手机，接着看到消息提示。

王总：时老送给你一份礼物。

安子晏：什么意思？

王总：看遛狗娱乐。

安子晏拿着手机看遛狗娱乐的热搜，这是一个狗仔队的社交账号，经常发一些偷拍的视频，好几次明星出轨，或者是发现恋情，都是他们发布出来的。

最新一条动态是：

遛狗娱乐：狗仔队都看不下去了，这条动态直接放送。

安子晏打开视频看，发现是狗仔队跟拍安子含的视频。

视频是经过制作的，还有配的独白："安子含是我们非常喜欢的艺人，因为脾气大、料足，每天都会给我们新惊喜，所以我们没有新新闻的时候就喜欢跟着安子含。这次安子含又给了我们巨大的惊喜。"

安子晏听到这里直翻白眼。

"首先我们拍到安子含跟朋友聚会，还带了两个漂亮的妹子，我们很兴奋，觉得我们有猛料发了。后来他们进入酒店，窗户只是透明纱的遮光帘，这根本难不倒我们的摄像机，毕竟我们的设备绝对是一流的。

接着我们就看到安子含要离开，朋友抢了他的手机，他把冰桶扣在了朋友头顶，我们看到这一幕的时候兴奋得直欢呼，有料了！有猛料可以发了！

结果，我们还是太天真了。

紧接着我们就看到这几位一拥而上，用一块手帕捂住了安子含的嘴，仔细看这里，安子含在努力往外爬。"

视频到了这里，就看到他们几个按住了安子含，安子含努力挣扎，却很快就晕倒了过去。

这段镜头只能看到他们几个人的轮廓，但是重复几遍之后能够确定，的确是安子含在努力挣扎，并且在最后还是手脚并用地往外爬，看得安子晏一阵心疼。

"安子含昏迷之后，他的朋友们像拖着死猪一样地将他拖进了屋子里，只留下了一个小姑娘，这是要做什么呢？另外我们看看时间，我们拍摄的时候怕是绑架或者其他恶性事件，加上我们的狗仔队的敏锐直觉，还拍摄了电脑上的北京时间。

等我们知道安子含这件事情后对照了监控，安子含朋友离开的时间，跟我们拍摄的时间吻合。

接下来我们找寻了各个角度的窗户，依旧拍摄不到具体的内容，只拍摄到了如下画面。"

画面是女孩子脱掉自己的外套接着俯下身拉安子含的手，又拍到女孩子在屋子里行走，似乎是在整理房间。

这一晚上，女孩一直一个人停留在房间里，并且时不时地来回走动，并未见到可以行动的安子含。视频还可以看到，天在一点一点地变亮。

这哪里是被性骚扰？

"视频到这里就结束了，感谢安子含，让我们有猛料可以发。不过对于一个艺人被冤枉，还被冠上了这样的罪名，作为狗仔队的我们也是看不下去了。并非站队，只是发布当时的视频资料而已，是非黑白，由聪明的你们自行分辨。"

视频到这里结束。

评论里的画风，再也没有质疑了。

月铭雅：看完视频心疼死我了，被自己的发小出卖，发现端倪了想跑却被强行用药物迷晕被殴打，还被一群人谩骂！安子含得有多委屈，苏锦黎帮安子含说话，已经被全网黑了一天了！

糖球球球球球球：那些诬陷了安子含的人道歉了吗？

Twoseven：耿闻怎么那么恶心！打压乌羽本来就是他的错，还怪别人曝光了。

天雅夜蝶：我现在只关心，这些陷害安子含的人会被判刑吗？

没错就是当然：怎么有这么恶劣的事情？小锦鲤还能上晚会吗？

很快，之前所有在苏锦黎骂过人，在安子晏转发动态下嘲讽的人，都被众多网友撑了。

点开每个人的社交账号，最新动态下面都有几十条到几百条的留言，问他们去道歉了吗？

没过多久，这些人中的一部分就发布了道歉长文。还有人很气愤，表示会销号再也不玩了，接着被人嘲讽：谁在意你玩不玩？要的是你道歉！

当天下午 4 点左右，其他人发布了动态。

乌羽：大家放心吧，安子含回来后跟我吵了半个小时，安大哥不让他发动态，他才转移了战斗力，看样子状态还可以，应该没事。

评论：

涅白：还能跟你吵架，证明没有抑郁，幸好我们子含内心强大。

江安木：本来觉得你们俩不和，结果你是第一个跑去那边找安子含的。之前也是，你被困高铁站，安子含第一个赶过去找你，你们俩就是越吵关系越好的类型吧？

沫沫漠玖瑾：好好安慰我的子含，他受委屈了，之前也是我们错怪他了。

安子晏看着安子含生龙活虎地拿着手机，要上号骂人，忍不住抢走了安子含的手机："苏锦黎为了你的事情跑东跑西，到现在已经失去联络了，你还有心情干这种事情？！"

"对啊，苏锦黎呢？他怎么做到突然消失的？"安子含这才回过神来。

安子晏沉着脸没回答，只要一分钟没有苏锦黎的消息，安子晏就不会放下心来。

"到底怎么回事啊？"安子含因为着急，直接对安子晏喊了起来。

安子晏还没回答，就接到了沈城的电话，问他："你的录音是怎么拿到的？"

"苏锦黎带去……"

"苏锦黎直接去的？！他疯了吧！"沈城愤怒地质问，很快就发现了重点。

沈城很愤怒，他这样优雅的人，很少说脏话，现在却骂得如此难听。

安子晏的心狠狠地揪紧了，对沈城说道："苏锦黎给我发完录音之后，到现在都没有消息，我已经派人去找他了，还没有找到。"

安子晏更加着急了，拳头握得紧紧的："我亲自去要人。"

就在这个时候，有人过来找他们："安少，韩瑶来了，说是找您有事。"

安子晏知道韩瑶的真实身份，并未犹豫，直接答应了。

韩瑶走进来，看到一群人站在这里，问道："其他人能回避吗？"

安子晏让其他人出去,安子含却梗着脖子不走,站在房间里等着,乌羽本来也不想掺和,过来拽了拽安子含,结果安子含直接嚷嚷起来:"我最讨厌别人有事瞒着我。"

安子晏也不赶人了,站在屋子里问韩瑶:"你有什么事情?"

"哦,没什么事,送个人过来,我有点眼熟,好像是你们公司的人?"

安子晏立即懂了,给沈城发了一条语音:"韩瑶过来了,你先放心。"

时老的礼物也送得有点晚了。

不过没有苏锦黎,大家也不会得到直接证据,证明这件事情跟耿闻有关。

安子含愣愣地看着韩瑶,一动不动,一句话也说不上来。

乌羽平日里看似淡定,看到韩瑶的手时还是吓得后退了一步,惊呼了一声。

安子含再开口说话,就又哭了起来:"他为了救我,才这样的?"

"我觉得他没必要这么拼,我也不理解。"韩瑶耸了耸肩,回答道。

"他怕安子含受委屈,所以特别着急。"安子晏回答。

安子含开始骂人,骂骂咧咧的也不知道究竟是在骂耿闻,还是在骂自己,好半天才平复情绪问:"那现在该找医生还是怎样啊?"

问完就开始嚎:"我也不想这样啊……我再也不作了,行吗?他别有事啊。"

乌羽看着他们几个,震惊得半天说不出话了,迟疑了一会儿才问:"那沈城呢?"

"你们得祈祷沈城别过来,不然你们几个都容易被打断腿。"韩瑶淡定地回答,并且补充,"而且我护不住你们,说起来丢人,我斗不过他。"

然而韩瑶话刚说完,她就察觉到了沈城的气息,立即闭了嘴。

沈城走进来,乌羽自觉地让开地方,他看着浴缸里的苏锦黎,表情冷漠,并未开口。

"怎么才能救他?"安子晏问。

"我来吧,他是为了我。"安子含立即跟着说道。

沈城烦躁地看着安家兄弟俩,从发现苏锦黎接近他们俩之后,他就知道苏锦黎的生活注定不会太平了。

然而现在沈城现在更气的是,自己没能保护好苏锦黎。明知道苏锦黎很在意这群人,在知晓事情发生后,却没有第一时间联系苏锦黎,而是选择暗中观望这件事情。

怪得了别人吗?

自己的弟弟自己了解,他却还是没能做到最好。

早干吗去了?

耿闻会盯上安子晗,也有他推波助澜的结果,也是他把耿闻逼上了绝路,耿闻才做出这些事情来疯狂报复。只是他看到苏锦黎这种状态后不知道该如何做,只能对旁人生气,也在生自己的气。

"你们出去吧。"沈城沉着声音回答,不看任何人,只是看着浴缸里的苏锦黎。

"出去吧,我不想多说话。"沈城虽然回答得沉稳,但这是爆发的边缘,如果再有人废话,沈城就要爆发了。

韩瑶看了看沈城,了解他的脾气,摆了摆手,示意他们别说了,直接出去就是了。

等他们都出去了,安子晏忍不住问韩瑶:"他刚才是试探我?"

"对,如果你稍微迟疑就要挨揍了。"韩瑶点头。

"接下来他会怎么做?"

"我有办法。"注意到安子晏眼神难过,她又补充,"也没有你想的那么严重啦。"

安子晗还在一边哭鼻子,又气又恨,又觉得是自己蠢材让人有可乘之机。

知道苏锦黎的事倒是没有多大的震惊跟害怕,看到苏锦黎折腾成这样,心里难受得不行,他在里面多待几天也没事。

乌羽缓了一会儿神,这几天的心情就像在坐过山车,分分秒秒都难受得要人命。仔细想想,似乎苏锦黎早期很多不正常也有了解释。

乌羽扭头问安子晏:"你早就知道了?"

"嗯。"安子晏沉闷地回答了一句。

"你直接接受了?"乌羽现在的心情依旧十分复杂,七上八下的。

"我也是从一些事情上发现了不对劲,慢慢分析出来,真的见到了真相后倒也淡然。"

"我突然觉得我之前辜负了他的一番好意,还当他是在开玩笑。"

安子含终于回过神来问安子晏:"怎么这样啊……你怎么都不跟我说?"

"你现在身体也不太好,我叫来了私人医生,你一会儿让他看看。"安子晏说完看向乌羽,"一会儿你照顾他。"

"那你呢?"乌羽问他。

"我去找耿闻,苏锦黎有消息了第一时间告诉我。"他已经坐不住了,必须收拾回来,不然心里不舒服。

乌羽似乎猜到了安子晏去找耿闻,会发生什么样的事情,不过还是点了点头:"好。"

韩瑶左右看了看后说道:"既然没我什么事了,我就先走了。"

安子晏看向她,认真地感谢:"今天谢谢你,你这份恩情我会记住的。"

安子晏的记住还是很有含金量的,毕竟之前记住了顾桔对他们的帮助,后来帮顾桔找了不少资源。这些资源对于一个刚刚出道的艺人来讲,简直就是天大的好处。

安子晏记住韩瑶的好意,以后也会竭尽所能帮助韩瑶。

韩瑶笑了笑,淡定地表示:"行,那我就等待你的报恩了。"

韩瑶走了几步之后又停下,问安子晏:"你知道耿闻逃到哪里了吗?"

知晓被录音后,耿闻就立即换了一个藏身地点,估计有了防备就更难找到了。

"还在调查。"安子晏沉闷地回答。

"我能告诉你他的位置,我在他的身上留下了我的气息,现在他在什么地方,我都能感知得到。"

耿闻招惹过韩瑶,这对于她来说不过是一件小事。

但是韩瑶辛辛苦苦地伪装,破坏了人际关系,到了另外一家公司,东山再起。想要打拼事业,哪有那么容易?

韩瑶心里是怨恨耿闻的,所以愿意看到耿闻更惨烈的样子。

安子晏到达耿闻住处的时候，耿闻已经转移了一个地方。

知道自己说的话被录了音，耿闻发了疯似的，翻了整个别墅去找窃听器也没找到。

于是他开始对身边的人存疑，觉得是身边的人身上藏了窃听器，只是已经丢掉。甚至还不管青红皂白地处罚了两名得力的手下，接着带人去往其他的地方避难。

耿闻这边还在疑神疑鬼地处理身边的人，这边安子晏就已经找到了他的新的住处。

"我就知道你在我的身边安插了人，你倒是真够狠的，我调查了这么久都没调查出来是谁。"耿闻看到安子晏之后，并没有出别墅，而是给安子晏打了一个电话，说了这样一句话。

如果没安排人，安子晏怎么会知道他在哪里？

安子晏站在空旷的地上，拿着电话笑了起来："我也很奇怪，你为什么就调查不出来呢，现在我的人就在你身边，只要你打开房间的门，他就能打断你的腿。"

耿闻那边一直没说话，似乎是在查看周围的情况。

安子晏也没耐心，直接挂断了电话。

"耿闻这个人多疑，他因为害怕，房子里肯定安排了不少人在看守，现在因为怀疑，自己的身边就不敢安排人了。毕竟他看谁都像卧底，然而其中谁也不是卧底。"安子晏冷笑着对江平秋说了一句。

"嗯，明白。"

"所以你们一会儿就专门找耿闻自己待的地方，把人给我带出来就行。"

安子晏往回走了几步，看了看江平秋找来的帮手，小声问："你在哪里找的人？"

"浩哥找的人。"

"哦……"他似乎猜到这群人的身份不一般了。

浩哥听闻苏锦黎被耿闻那边的人伤害到昏迷不醒，气得不轻，那架势就是我保护的人你们也敢碰，找死呢。打了一个电话，就召集了一群人安排给了江平秋。

第十一章 | 299

这些人进去之后只用了十五分钟左右，耿闻就被他们拎小鸡一样地拎了出来。

耿闻看到安子晏还不服，甚至在冷笑："气急败坏了吧？"

"对，我气得不轻。"安子晏直接承认了，"你知道什么感觉是十指连心吗？弟弟很在意，苏锦黎我也很在意，你伤害了两个我在意的人，你觉得我会放过你吗？"

"难不成你还能杀了我？你只是一个小明星，还真能只手遮天了？"

"我的确不能。"

安子晏又后退了两步，对江平秋吩咐道："把他给我打一顿，送给警方。"

"好。"江平秋立即应了。

耿闻之前还硬气，紧接着就发出了杀猪一般的哭嚎声："别……我错了……我给你磕头行不行……我……啊啊啊！"

安子晏完全不理。

他又坐回车上，拿出手机来发消息给安子含：苏锦黎怎么样了？

安子含：已经醒过来了，看起来没什么不对劲，手掌上的伤口也恢复了，一点痕迹都没有了。

安子晏：那就好，你观察一下还有什么异常吗？

安子含：能吃，非常能吃了，一边吃还一边玩手机。

安子晏：那就给他多弄点吃的东西。

安子含托着下巴看着苏锦黎吃东西，怎么看怎么觉得这个人有点呆，怎么一点都没有影视剧里那么灵动呢？不过嘛，长得是真好看，吃得狼吞虎咽的，居然还能萌萌的。

"我真的饿了。"苏锦黎又拿起了一个鸡腿，对安子含解释了一句。

他刚才真的是被沈城劈头盖脸地训了好一顿，现在化悲愤为食量。

"吃吧吃吧，多吃点。"安子含立即说道。

乌羽则是靠着安子含懒洋洋地瘫在椅子上，拿着手机刷动态。

安子含被人诬陷的事件依旧是霸屏的存在，事件已经完全反转成功，网上现在兴起的是催道歉的风潮。

还有的就是夸江湖救急组合之间的情谊，比如乌羽第一个去现场关心安子含，比如苏锦黎第一时间表示相信安子含。

安子含的这件事情，可以说是这几天里最大的瓜了，之前男星出轨的事情都被盖过去了。

整个社交平台几乎都是谈论安子含的事情。很多人跑来道歉，他还因此涨了一些围观的粉丝量。

这一次巨大的风波，就这样过去了。

乌羽这些年里都想报复的人，也就这样报复完成了。

恍惚间就好像大梦一场。

他们一行人参加了一个选秀比赛，在比赛里相遇，明明格格不入的一群人，却这么硬生生地聚拢在一起，然后那么用力地，想要保存这份情谊。

如果……

最开始没有阴差阳错下参加那场选秀的话，现在他们几个人的命运，恐怕大相径庭吧？

幸好参加了。

幸好遇到了他们。

幸好他们彼此投缘，幸好他们没有放弃乌羽，这个组合得以成立。

苏锦黎从一个刚下山的"乡里娃"，到现在有朋友，有家人。

安子含从一个纨绔富二代，到现在渐渐成长，决定自己收敛，结交了真正的朋友。

乌羽呢，一个冷漠的少年，谁都不愿意相信，性格慢热却还是在最后跟他们相遇了，开始接纳这些朋友，还终于摆脱了自己的命运。

范千霆跟常思音，则是从普通的少年脱颖而出，成了现在的人气偶像。

他们在一起成长，改变。

一起越来越好。

等苏锦黎吃饱了，刚拍拍肚子，就看到沈城走了出来，立即坐直了身体。

沈城走过来，丢过来了新买的衣服袋子："换上然后回去参加彩排。"

"他们不用我了。"苏锦黎弱弱地说。

"只要还没有播出，没有正式通知你回家，你就不能松懈，知道吗？"

"哦……"

"如果再这么胡闹，立即回山上去，我给你身上加三重禁制，让你不能踏出来半步。"沈城又一次狠狠地警告。

"哦……我知道了，不会再这样了。"苏锦黎委屈巴巴地回答。

沈城把手按在苏锦黎头顶，确定身体没问题了才放心。

安子含盯着沈城看，眼神都变了。

这才是影帝正确的打开方式，就该霸气啊！就该秒杀一切啊！他一瞬间觉得沈城没那么讨厌了，此时都在闪闪发光。

沈城牛啊！

"沈大哥，谢谢你帮忙救小锦鲤啊，要不我给你打钱吧，五百万你看行不行？"安子含真诚地对沈城表达感谢。

沈城瞪了安子含一眼，并未回答，只是等着苏锦黎去换衣服。

安子含被无视了也没生气，反而小迷弟一样：就该这样。

沈城带着苏锦黎离开后两个多小时，安子晏才回来，进来后脱掉外套问："苏锦黎呢？"

"回去了。"安子含回答。

安子晏动作一顿，迟疑了一下又重新穿上了外套："我去处理耿闻的事情。"

安子含气得站起来追着安子晏跑："你就知道关心苏锦黎，他不在这儿你就走了？你弟弟吃了那么多苦，你都不说看看你弟弟吗？"

"私人医生告诉我你没事大事。"安子晏回答。

"我心情很差！"

"你心情就没好过。"

"你是不是亲哥？"

"爸妈从垃圾堆里捡你出来的时候我就应该拦着。"

"捡的怎么那么巧，正好碰到一个长得跟你这么像的小孩？"

安子晏走到门口就忍不住笑了，回身伸手抱了安子含一下："没事就好，这两天我真的很担心。"

说完拍了拍安子含的后背，又快速转身离开了。

安子晏不是那种会跟自己的亲人说我爱你的人，也不擅长表达这些感情，他只会用实际行动说明。

这次也是一样。

"安少为了你的事情了两天多没合眼了，急得嗓子都哑了，第一天的时候说话都是哭腔。"江平秋站在旁边，为安子晏辩解。

安子含终于软了态度："哦……他出事我也这么帮他。"

江平秋笑得温和："安少应该不会出您这样的事情。"

"……"

"我先走了。"江平秋说完，就真的走了。

苏锦黎回去后不久开始了最后一次彩排。

他原本以为他不会去了，结果彩排之前还是通知他去参加，不过最后节目能不能上，还是得看现场安排。

彩排一次就要很久，苏锦黎没有休息室，丢丢在这次彩排时都没找到多余的椅子，只能让苏锦黎在椅子上坐下，自己在一边坐在地板上给他安排工作。

就算是过年期间，他们整个组合都不会休息下来，粉丝见面会、各种活动接连不断，正月十五就有一场演唱会，还有一些过年的节目，邀请他们去做嘉宾。

只要没有工作，就要在一起排练。

从 3 月起，苏锦黎是固定成员的真人秀就要开始录制了。

这一年里，他们没有假期，不是在录歌，就是在开巡回演唱会，要么就是在参加真人秀。

其他几位成员都不轻松，安子含、乌羽、常思音还要接戏。

安子含的风波过去后三天，吴娜做小三的新闻，一下子曝光了。

这下子，之前尤拉受的委屈算是完全得到了解决。

就好像安子含那件事情一样，尤拉的事件也反转了，这回开始有网友开始心疼尤拉，总结尤拉在被曝光后的事情，说尤拉足够坚强。

当时正好尤拉的新戏上线，尤拉逆天级别的演技得到了全网称赞。

尤拉就此翻身。

为此，尤拉兴奋地跟苏锦黎聊电话，还问他："我这边算是反转了，侯勇呢？"

"放心吧，我们会让大家看到真相的。"

"不错啊，为你的朋友跟经纪人出气。"

"事情的真相本来就是这样，本该如此。"

"其实我当时的确是冲动了，做事没过脑子，我活该。这件事情也正好让我成长了，我还得谢谢吴娜呢，现在，我的人气也变高了，很多年没见过反面女二比女主还红的了。"

"那就很好啊。"

"苏锦黎，我真是越看你越可爱。"

"我也觉得我挺可爱的。"

"哈哈哈哈哈哈。"

除夕当天。

"苏老大，今天就要开始采访了，都是现场直播的，你小心一点。"丢丢在去参加完会议后，回来跟苏锦黎说。

苏锦黎的服装是被安排的，现在穿的是红色西装，看起来十分扎眼，偏偏苏锦黎皮肤白，脸小长得也帅，什么样的衣服都能穿得了。

他点了点头，真诚地问："我就算不参加，他们也会采访我吗？"

"肯定的啊，观众们都希望能看到你，你的人气很高。"

苏锦黎点了点头，开始坐在休息室里等待，然而等到了下午都没等到人。

他为了接受采访的时候妆容不花，特意中午没吃饭，现在突然有点后悔了。觉得有点饿，在房间里每个包里寻找零食，最后从自己的包里翻出了干脆面来，捧在手里张大嘴巴往嘴里喂。

总台的主持人也有新鲜力量，这次的晚会之前的采访，用的都是新生代的节目主持人，所以今年的晚会直播间也是花样百出。

他们并未提前通知，只是带着摄像机到处走，并且在线询问粉丝们想要看谁。

为了收视率，被点名最多的反而放在了后面几个采访，苏锦黎就是其中之一。

"让我们看看苏锦黎现在正在做什么!"主持人关硕推开门,搞了一个突然袭击。

苏锦黎的休息室里还有其他艺人,并非他一个人,不然也不会只有一个椅子坐。

在公共场合,外加一直在等待采访,苏锦黎也不会做出什么出格的举动来,这也是主持人敢搞突然袭击的原因。

然而进去后,就看到苏锦黎把椅子让给了别人,蹲在墙角一口一口地吃干脆面,样子看起来有点可怜。

"苏锦黎,来跟观众朋友们打一个招呼。"关硕走过来,将话筒递到了苏锦黎面前。

苏锦黎吓了一跳,眼睛睁得圆圆的,赶紧站起身把方便面放在一边,扑了扑胸口的方便面渣,嘴里的方便面还没嚼完,因为着急一口气吞了下去。

"呃……大家好……呃……"吞得太快,打嗝了。

窘迫到不行。

关硕那里还能看到观众们的在线留言,很快就被弹幕刷屏了。

"我的弟弟丢人了,希望大家能多多包涵。"

"又在偷吃干脆面,跟在训练营的时候一模一样,我终于相信是突袭了!"

"噎到了就喝水啊傻鱼鱼。"

"苏锦黎果然好可爱,看得我想谈恋爱。"

"姐姐爱你啊!"

苏锦黎喝了一口丢丢递过来的水,这才规规矩矩地站在镜头前,郑重地接受采访。

"大家好,我是苏锦黎,祝大家新年快乐,年年有鱼,好运连连。"苏锦黎对着镜头微笑着说。

"儿子新年好呀,你也要大了一岁了。"

"这段一定会被截图做锦鲤大仙用的,盛世美颜啊,太帅了。"

"新年快乐!"

"江湖救急情谊永恒。"

"我们知道你是出道后,第一次登上这么大的舞台,会不会十分紧张?"关硕问。

"最开始确实有点,后来我发现好多人都挺紧张的,我还要比他们多一些现场表演的经验,相比较来讲我的情况还好。"

"我们都知道在真正晚会的时候,你会是古装扮相,而且到现在节目都是在待定,你怕不怕彩排了这么多次,最后没被选上?"

"有点怕,不过这都是积累,实在不行我就明年再过来,毕竟年年有鱼嘛,我年年来。"

关硕又采访了几句后,还让苏锦黎在线抽奖,之后就去采访其他的人了。这之后丢丢就拉着苏锦黎去换服装加化妆了。

苏锦黎的妆容需要很久,化完妆后前面已经开始表演前面的节目了。

"今天是除夕,是不是应该跟家里人吃饺子?"苏锦黎坐在椅子上等待的时候问丢丢。

"的确是这样,不过做艺人就没有这种时间了,真的很忙。"

"嗯,我突然理解我哥哥了,没那么怨了,我今年也是没时间陪他过年。"

"明天就回去过年,我看安子含他们都在常思音家里过年呢。"

"我也好想去啊……"

"我们再等等。"

"好。"

苏锦黎一直等到10点钟,有人开始过来帮他戴上设备,丢丢还在询问是不是苏锦黎要上去表演了,最后得到的答案还是:"等通知。"

苏锦黎也没再说什么,继续等待,终于在10点27分,耳机里通知:"苏锦黎准备登台,所有工作人员配合。"

听到这个通知,苏锦黎终于松了一口气,他要上台了,并且是在整点之前。

安子含、乌羽、范千霆除夕的这天都没有工作,全部都聚集在一块,去了常思音的家里过年。

安子含家里冷冷清清的,他还喜欢人多,就来了这边。

乌羽无依无靠,范千霆则是回家连自己的房间都没有了,干脆一起来了常思音的家里。

让他们没想到的是，常思音的家里居然住的是四合院。

到了常思音的家里，他们开始做直播，内容就是直播给粉丝看，陪粉丝一起过除夕，一起看晚会。

"我们常少是有四合院的男人！"安子含拿着手机，对着手机说了这样一句话。

说完，把手机放在了一边，还找来了收音的设备来，弄得还挺专业的。

安子晏是最后过来的，拎了一堆礼品，让常家变得热闹非常，胡同里的邻居都过来他们这里围观大明星。常思音的父母更是乐得嘴都合不上了。

他们在直播里一起包饺子，安子晏第一次在镜头前大展身手，安子含绕着安子晏转悠，安子晏也不怯场，表演起了花样包饺子。

"这个是兔子样的饺子，我再包一个小狗的。"安子晏说着，继续包饺子。

弹幕非常热闹。

"跟爱豆一起过年，感觉好特别。"

"我们的小燕子人高马大，心灵手巧。"

"燕子居然是居家好男人？我一直以为走的是霸道总路线。"

"想嫁！"

"他们的感情好好啊，一起过年，很温馨的感觉。"

"乌羽也在包饺子，只是没那么多花样而已，快给乌羽镜头。"

"常思音也会包饺子啊！为什么不拍他？"

"常思音会包饺子一点也不让人意外。"

"范千霆跟安子含就是个渣渣，什么都不会。"

常思音那边突然喊了一句："苏锦黎接受采访了。"

一群人立即都到了电视前面，一起看苏锦黎的采访，然后就看到苏锦黎偷吃干脆面的画面。

安子含："这个丢人的玩意儿！"

安子晏手上全是面，只能跟外科手术大夫一样地举着手问："他怎么就喜欢吃这些东西？"

乌羽:"之前嗓子坏了也忍不住吃,还曾经躲在被窝里偷吃薯片。"
常思音看了一会儿说:"嘴唇没擦干净。"
"嗯,口红上粘上渣渣了。"范千霆跟着说。
几个人一起看着苏锦黎的采访,急得不行,希望苏锦黎擦擦嘴唇,到最后苏锦黎的嘴角也没擦干净。
"这孩子第一次上这种舞台,就有这样的经历,不会有心理阴影吧?"安子含问其他人。
"他第一次上综艺就碰上你这种人,也没见他有心理阴影。"乌羽忍不住数落安子含。
"滚,我还因为你这种人被人狂黑了一通呢!"
然后两个人又吵了起来。
包完饺子,安子晏又展示了一番做菜的本事,让不少粉丝齐齐对安子晏转粉。
他们的直播,简直是破纪录一般地存在。
直播平台的服务器都几乎瘫痪了,好些粉丝要等到有人卡掉线了,才能挤进这个房间来。还有人在那里统计,安子含收到的礼物都破纪录了。估计次日人气男主播会变成安子含。
等到了晚上,他们一起吃饭,还在同时看春节晚会。
看春晚最大的乐趣就是吐槽,今年比较特别,很多粉丝是电视看着晚会,手机看着他们的直播,享受一起吐槽的乐趣。
"每年都这么姹紫嫣红的。"安子含吃着瓜子说了一句。
"估计苏锦黎又是红色的衣服。"常思音还在送水果过来。
"不知道他的节目能不能上。"安子晏靠在最角落,单手扶着下巴跟着看。
安子含:"有点信心行不行?"
常思音:"其他人都在观众席,苏锦黎怎么办不在?"
乌羽:"在化妆吧。"
等到了10点27,所有人看到报幕后立即欢呼起来。
安子含简直是在尖叫:"啊啊啊啊!苏锦黎!你怎么那么帅!"

结果私底下被乌羽掐了一下。

范千霆："居然是白色主体的衣服！"

常思音："以后白衣古装少年，会有我们苏锦黎了，不过估计是唯一一个背景是舞台的。"

安子晏："白色衣服，上面有竹子图案，看起来还挺好看的，符合他复古少年的气质。"

安子含："啊啊啊啊啊，苏锦黎，你唱歌怎么那么好听，你人设怎么那么稳？！"

范千霆："安子含你小声点，我都听不到苏锦黎唱歌了。"

常思音："哇！还加武术动作了，太帅了！"

安子晏笑得眼睛眯成了一条线，心里满是骄傲。

等苏锦黎表演完，所有人意犹未尽，开始拿出手机刷，找截图。

范千霆开始找回放视频，截图后做表情包。

"哈哈哈哈，看到安子含的表现，完全是电视机前的我。"

"这群人太逗了。"

"感情真的好好啊。"

"苏锦黎就是很帅啊，衣袂飘飘，复古少年，人设稳稳的。"

到了接近零点的时候，春晚里居然出现了时老。

之前他们就在观众席看到了时老，还给了时老好几个镜头，让人没想到的是，时老居然能登台，还在舞台上宣布，将会捐出自己的大半资产献给国家。

安子含："捐了？！"

乌羽："好像是的。"

范千霆："我都没见过这么多钱！"

紧接着，就听到时老说："我看到苏锦黎也坐在台下，我希望他能跟我一起把这些钱捐出去。"

"为什么是跟苏锦黎呢？"主持人问。

"他曾经是我的救命恩人，救我的时候他还是一个刚刚出来闯荡的少年，并未成名，也不知道我是谁。我很感谢这位愿意扶起路边不知名老人的少年,所以这些捐款当中,有一部分,是以苏锦黎的名义捐出去的。"

这是现场直播,苏锦黎不能耽误时间,很快上了台站在了时老的身边,没见几句话,就已经捐款结束了。

也因为他此时上了台,所以之后整点倒数的时候,他是站在比较显眼的位置,一直站在时老的身边,本来想让出位置,结果舞台太满,他无法离开。

5、4、3、2、1。

新年快乐!

苏锦黎参加完晚会,直接坐车去往常思音的家里。

到的时候这群夜猫子还没有睡,都在等苏锦黎过来。他刚进门,就被一群人簇拥着,大家让他表演武术。

他还没回过神,安子含就差点把直播的手机直接拍在他的脸上,拍他的近镜头。

"我饿了……"苏锦黎说得楚楚可怜的。

"我们给你准备了你最喜欢的——"安子含卖关子说道,接着拽着苏锦黎进屋,"当当当!火锅。"

"这么晚吃火锅?"苏锦黎惊讶得不行,不过能够看出来他现在的兴奋。

他最大的愿望,就是跟自己最亲近的人一起吃火锅。

"听说你没吃饭,所以我们特意准备的,这边还有我哥亲手包的饺子。"安子含继续介绍。

常思音在这个时候端来了刚出锅的饺子,苏锦黎看到之后就惊讶极了,指着饺子问:"安大哥,你怎么这么厉害啊?"

"尝尝味道。"安子晏就喜欢苏锦黎这没出息的样子。

苏锦黎选了选,最后选择了一个小鱼样子的饺子吃了一口,然后开始夸赞:"好吃!"

过了一会儿,沈城风尘仆仆地走进了屋子,正要抱怨几句这边太拥挤,停车的位置距离住的位置好远,就看到有人在拍他,他继续在镜头前保持优雅。

"哥!新年快乐!"苏锦黎看到沈城也来了,立即兴奋地说。

还是苏锦黎发消息，强烈要求沈城过来的，沈城原本都要睡觉了，结果居然也来了。

"嗯，新年快乐。"

"红包呢！"苏锦黎继续问，还从口袋里拿出了一个红包，"刚才安大哥给我们一人发了一个红包，鼓鼓的！"

沈城没准备这些，陷入了沉默，过了一会儿才说："明天补给你们。"

一群人聚集在常思音家里开始吃火锅，这么多人一起显得十分热闹，几乎没有闲下来的时候，一直在热烈地聊天。

沈城话不多，苏锦黎就一个劲地给他夹饺子："这个是安大哥包的，可好吃的。"

"嗯。"沈城冷淡地应了一声，接着吃了一口，"还行。"

后半段安子含把直播关了，他们说话也能更自在了。

苏锦黎吃饱了之后，看着在座所有人，笑眯眯地说："其实总结这一整年，我觉得我最幸运的事情就是跟我哥哥重逢，还有就是认识你们，这一年我都过得很充实，也很开心，感谢你们。"

"一样的！"其他人跟着回应。

安子含持续大嗓门地嚷嚷："你是最好的！"

乌羽也跟着说了一句："呃……今年感谢你们帮我……"

"没了？"安子含问。

"嗯。"

"没心肝的。"

"新年快乐！"其他人自然不在意，开始一齐说道。

"新年快乐年年有鱼！"

正月十五元宵节，他们没有人参加元宵晚会，却在当天开了一场组合的演唱会。

演唱会在 H 市，当天会场聚集了大量的粉丝，每个人手里都拿着彩色的应援物、锦鲤花纹的灯。

还有就是江湖救急的应援色：红色。

第十一章 | 311

在演唱会的最后，五个人站在舞台上，一起跳了一段比心舞，然后话筒给了苏锦黎。

"感谢大家愿意来参加我们的演唱会。"苏锦黎说到。

台下立即一阵欢呼声，声音撼天动地。

"大家都知道我们组合的由来，也知道我们组合能够存在的时间不长，对不对？"苏锦黎问他们。

台下开始有了回应，然而太过复杂，听不清他们在说什么。

"今天我要跟你们宣布一件事情，就是我们组合会续约五年，接下来，江湖救急组合最少还能再陪伴你们六年的时间。情谊在，江湖救急组合就在。"

这一回，尖叫声、欢呼声更加洪亮了，还有不少女孩子哭了起来，发出沙哑的声音。

在最好的年纪，遇到了最好的你们，有了最好的情谊。

情谊在，江湖救急就在。

不说分别，不会散场。

【全文完】

番外一

真人秀

　　苏锦黎成为真人秀的固定嘉宾,安子晏也跟着成了真人秀的固定嘉宾之一。

　　《前辈,请赐教》里,前辈们带着他们去熟悉各个领域,在真人秀中看到这些新人们的成长,是这个真人秀的主旨。

　　最近真人秀不好搞,需要正能量,还需要有笑点,最重要的是能够吸引观众。

　　想要面面俱到,真的很难。

　　这档真人秀每期都会抽取几名晚辈,跟着一位前辈去当学徒。

　　苏锦黎特意跟着安子晏拍摄了两期,都是跟着安子晏学习如何拍戏。其实苏锦黎的大志向里,演戏可以放在很后面。但是跟着安子晏学习了两期后,他突然又燃起了对演戏的兴趣。

　　然而新的一期,安子晏带来了新戏的搭档。

　　安子晏的新戏是一部民国剧,叱咤风云的司令,突然娶了一个媳妇,是留洋回来的。两个人的性格相差巨大,最开始男主角对女主角并不在意,后期遇到的事情多了,终于走到了一起。

　　为了新戏的宣传以及前期打好基础,安子晏带女主角来当临时嘉宾,这一期开始，还跟女主角组队成功。

苏锦黎迟疑了一会儿，选择了跟陆闻西一队，学习唱歌。

陆闻西站在苏锦黎面前，看着苏锦黎半晌才问："你说我能教你什么呢？海豚音我都唱不了，跳舞你也比我好……"

"前辈，你就教我怎么招粉丝喜欢就行。"

"这个好教，长得帅就行。"陆闻西笑得狡黠。

陆闻西能在娱乐圈红这么多年，自然也是有两把刷子的，带着苏锦黎跟安子含去了自己的工作室，开始教他们自己的个人经验。

拍摄的间隙，安子含小声问苏锦黎："怎么？心里不爽了？"

"我没有，不至于，我知道他是为了工作。"苏锦黎回答。

安子含盯着苏锦黎看，然后揽着苏锦黎的肩膀说："你现在就是一道菜。"

"什么？"

"西湖糖醋鱼。"

"……"苏锦黎委屈巴巴地看向安子含，没再说什么。

等今天的拍摄都结束，苏锦黎终于跟安子晏他们见面了。

每次拍摄完一期，不着急走的人都会留下聚餐，女主角也跟着留下了，似乎还很喜欢跟安子含开玩笑，让苏锦黎又有点沉默了。

安子晏偷偷给苏锦黎夹了一块糖醋里脊。

他吃了一口，啧，真酸。

安子晏看了看苏锦黎，轻咳了一声，给苏锦黎发消息：你的房间在我隔壁。

苏锦黎没看手机，继续吃饭，安子晏也没能再说什么。

回到酒店房间后，安子晏等了一个小时苏锦黎都没过来，开始给苏锦黎打电话，结果是安子含接的："哥，我跟小锦鲤打扑克呢，陆哥也在，你来不来？"

"不去了。"安子晏有点失落。

"来吧，陆哥太欺负人了，次次赢，就跟能看到牌似的，小锦鲤都要输光了。"

安子晏一听就急了,赶紧去了苏锦黎的房间,然后进去就看到安子含跟苏锦黎贴着一脸的纸条,只有陆闻西太阳穴的地方一边贴了一个,看着还好点。

安子晏走进来,坐在了苏锦黎身边,问陆闻西:"你欺负人呢?"

陆闻西笑得特别坏,跷着二郎腿,靠在许尘身上继续看着自己的牌:"没办法,我是有紫金之气的人,还戴着沈城的鱼鳞项链,运气就是好。"

安子晏怒了,对苏锦黎说:"摸我头!"

"次数用完了。"

安子晏气得不行。

等他们打完扑克都离开了,安子晏一直坐在苏锦黎的房间里没离开,门关上后才问苏锦黎:"你今天不高兴了吗?"

本来以为苏锦黎会含糊过去,结果苏锦黎直接点了点头。

嗯,果然是诚实的鱼。

"这次只是工作,你也知道,我快过气了,所以只能努力挽回一些,最近这个真人秀的人气不错,所以我想利用一下。"

说过气只是打同情牌,安子晏只是注重质量了,曝光度没有初期高,才会有种人气下降的感觉。

"哼哼!"苏锦黎再次回应。

番外二

颁奖典礼

时间：苏锦黎出道七年。

每年都会有国剧盛典，来点评当年的热门电视剧，并给优秀的作品以及演员颁奖。

苏锦黎之前的那部电影，演技也算是可圈可点，但是在那之后几年都没有再接新片，这还让不少粉丝觉得惋惜。

终于在第五年，苏锦黎沉淀了一段时间之后，又接了一部电视剧。

电视剧几乎是为苏锦黎量身定做的，很适合苏锦黎来演，剧本充满正能量，很多故事都足够刻骨铭心。

苏锦黎在出道后，的确成了风云人物。在这些年里他都没有什么绯闻，也没有什么负面新闻，评价越发地好起来。

这一部电视剧上映后，终于让苏锦黎之前演技烂的骂名没了。

苏锦黎有悟性，足够努力，愿意去琢磨，也努力提升自己。之前人生阅历不够，面对镜头也有些紧张，还一开始就演了高强度的戏，有些跟不上进度。

沉淀了这些年后，苏锦黎终于觉得自己可以了。他经历了起起伏伏，还体验到了什么是世间百态，有友情，有亲情，多了阅历，他终于敢接戏了。

他也终于有了电视剧作品。

所以这一次，他也来参加了这次颁奖典礼。

曾经参加选秀的选手，如今都已经发展了多年，其中张彩妮也发展得不错。

说起来张彩妮的感情经历也挺有传奇色彩。

张彩妮出道的第二年就传出了绯闻，是跟新戏的男主角，私底下约会的时候被偷拍了。

后来两个人干脆承认了恋情，这也让这部剧火了一把，张彩妮的事业走上了上坡路。

不过男艺人是个渣男，出轨了。

那阵子苏锦黎刚参加新戏的开机仪式，社交平台上两边各说各的，根本就是两个版本。

不过苏锦黎信任张彩妮，在这件事里力挺张彩妮，组合其他成员也跟着张彩妮互动，被男方的粉丝嘲"抱团"。不过苏锦黎抽空去拍了一次，拍到了男方出轨证据，剧情就此反转。

为了这件事情，张彩妮还特意请他们喝酒，那天大家都喝了很多，常思音突然对苏锦黎说："你知道吗，选秀的时候我曾经妒忌过你。"

苏锦黎不明所以，然而常思音醉得不行，说话颠三倒四，再也说不清楚什么了。

后来苏锦黎才知道，常思音很早就喜欢张彩妮，这完全是令人想不到的事情。

常思音厉啊，就音乐节的时候跟张彩妮合作过一次，还装得跟没事人一样，张彩妮被渣男伤了他才敢站出来。

现在，张彩妮跟常思音在一起了，已经交往了三个月，不过目前还没公开。

这一次颁奖典礼，张彩妮没有什么作品，却是兼任了一把主持人，在中途调侃各位明星，缓解气氛的那种。

张彩妮拿着话筒看着台下，开始调侃自己的朋友。

"我之前看颁奖典礼的影像，经常看到出席的时候男艺人帮女艺人提着裙摆这样的画面。然而,这种事情在我这里根本没有!"张彩妮开始控诉。

"就在刚才入场的时候,我遇到了苏锦黎他们的江湖救急组合,他们见到我很开心,老朋友嘛,七年多了!一起朝我走过来,并且注意到我今天穿着这么高的高跟鞋,过来一起跟我比身高,比完就全都走了……全部都走了!"

话音刚落,全场爆笑。

张彩妮还在台上问:"你们就真的把我当成了兄弟了吗?你们单身这么多年是有理由的,知道吗?"

等张彩妮说完下台的时候,就看到江湖救急组合在场的四个人全部起来去扶张彩妮。

范千霆因为不参演影视剧,并不在现场。

四个人一人一角,拎着张彩妮的裙子,就好像抬花轿一样地送张彩妮下台。

张彩妮都不会走路了,全程笑得合不拢嘴。

这一幕注定会成为当天的热门画面,这些曾经的对手,此时的关系真的都非常好。

今天的奖项比较特别。

苏锦黎的这部剧,有一个配角是苏锦黎的哥哥。

这个角色居然是沈城友情客串的。

大影帝来演一个配角,演技自然说不出什么来,还因为这个成了热门话题,沈城也因此入围了最佳男配角。

最后公布结果,这一届的最佳男配角真的是沈城。

宣布完后,全场沸腾。

苏锦黎都傻了,紧接着笑得都快疯了,去跟沈城恭喜拥抱,却被沈城嫌弃了。

沈城上了台,还觉得有点不可思议。

"真的是我?我整部戏的戏份加一起只有 27 分钟。"沈城问。

他当初也是因为戏份少才愿意接的。

"的确是你,你的 27 分钟真的让人记忆犹新。"颁奖嘉宾说道。

沈城接过奖杯的时候，还觉得有点意外，拿着奖杯，跟奖杯上的小人面面相觑，半天没说出话来，最后笑了笑说："谢谢大家的喜欢，我……我争取明年把最佳男主角拿下来。"

这句话说完，全场沸腾了。

到了最佳男主角的时候，主持人跟颁奖嘉宾故意故弄玄虚了一阵子，最后公布了名字："他就是……苏锦黎！"

苏锦黎一愣，紧接着站起来跟周围的朋友拥抱后上了台，站在台上，碰触到奖杯的一刻，心情澎湃到不行。

他看到大屏幕上熟悉的人面孔依次出现，最后是安子晏暖暖的微笑。

"最开始接这个剧本的时候，我很忐忑，因为第一部戏被我搞得一塌糊涂。当时是我的……嗯……是安大哥特意推了自己的戏来辅导我。这部戏也是一样，我的哥哥很担心我，不惜当配角，安大哥也给了我很多帮助以及很好的意见。"

苏锦黎想了想后，又补充："对，还有尤拉姐，她的那部军事题材的电影获得了50亿的好票房，而且，她前阵子还拿到了影后的奖项。就算这样，她也愿意彻夜跟我打电话，告诉我她的意见，祝她跟胡哥百年好合，宝宝健健康康的。"

说到这里，他意识到自己跑题了，赶紧回到正题来。

"七年前我参加选秀，很多都不懂，很多都不会，也觉得自己不够优秀，最后也得了第一名。后来我加入了组合，我们的歌曲多次拿到大奖，音乐风云榜我们一直独占鳌头，我们组合在歌坛稳稳地度过了七年的时间。现在我再一次拿奖，不会再底气不足，因为我足够努力，也足够自信，我担得起。"

他看着镜头，郑重其事地说道："大家好，我是苏锦黎，江湖救急组合的成员，经历了七年的成长，希望我成为你希望成为的样子。谢谢所有粉丝，谢谢你们。"

颁奖典礼结束后，组合成员一起离开了现场。

七年风雨，一直同行。

番外二 | 319

独家番外

讨论

标题：我怀疑苏锦黎不是人。

楼主：不是骂人的意思，我总觉得苏锦黎的一些言行举止，还有一些事迹总结，不像是正常的人类。

现在在帖子里总结一些。

引用新闻：苏锦黎深夜进入安子晏所在单元楼，翌日却从隔壁自己的单元楼走出来，全程没有拍摄到苏锦黎离开和进入自己家单元楼的视频。

引用新闻：深夜拍到苏锦黎，相机中苏锦黎身影模糊无法拍摄，竟与当年陆闻西一样身影成迷。

引用新闻：苏锦黎古怪语录，一些细思极恐的小细节，小锦鲤不会真的是锦鲤大仙吧？

引用新闻：我去了苏锦黎老家的山上，没有看到任何村庄，还遭遇了鬼打墙事件，只能匆匆回来了……那根本不是能住人的山！

1楼：啊啊啊！终于有人这么觉得了，我不是一个人！
2楼：进来之前觉得好扯，进来后点开每个新闻看了之后一身鸡皮疙瘩。
3楼：奈何姐妹没文化，一句天呐行天下。